エレゲイア詩集

テオグニス 他

西洋古典叢書

凡例

一、本書は古代ギリシアのエレゲイア調の詩の翻訳である。テクストとして Douglas E. Gerber (ed.), *Greek Elegiac Poetry: From the Seventh to the Fifth Centuries BC.* (Harvard University Press, 1999) を用いた。このテクストの底本は M. L. West, (ed.), *Iambi et Elegi Graeci.* 2nd edn. (2 vols.) (Oxford 1989–92) であるが、本書は、West の収録した詩人と詩を取捨選択した Gerber に従い、カリノスからクリティアスまでの一三名の詩人および詩人名不詳作品のテクストを翻訳した。

二、本書の底本である Gerber のテクストには、翻訳対象となる語が少なすぎて意味をなさないようなパピルス断片もあり、そういった断片は本書では訳出していない。具体的には、「ベルリン・パピルス」に記されたテュルタイオス「断片」二〇、二一、二二、二三である（テュルタイオス「断片」二四以降五九までは底本でも省略されている）。

三、……はテクストが毀れている部分。たいていは原文テクストにダガー（†）が付されている箇所である。

四、［ ］は訳者による補いである。

五、ギリシア語を日本語表記するにあたって、

(1) θ, φ, χ と τ, π, κ を区別しない。

(2) 母音の長短については、固有名詞のみ原則として音引きを省いた。ただし、ムーサ、テーバイなど、一部、慣例に従って例外扱いにした。

六、出典箇所の表記については、読者の便宜のために、たとえば『スーダ辞典』など一部、底本に変更を加えた場合もある。

目　次

エレゲイア詩集

西村賀子 訳

カリノス

証　言

一

その昔起こったことだが、マグネシア人[1]は長いあいだ栄えていたにもかかわらず、キンメリオイ人[2]の一部族のトレレス人に完全に滅ぼされてしまった。そして翌年、その地域はミレトス人[3]によって占領された。カリノスは、マグネシア人はその頃はまだ繁栄のまっただなかにあって、エペソス人[4]と戦って勝利を収めたと言っている。だがアルキロコス[5]は、マグネシア人を襲ったこの禍のことをもう知っていたようで、「わが嘆きしはマグネシア人の禍ならず、タソス人[6]の禍なり」と言っている。このことから、アルキロコスのほうがカリノスより後の時代の人だと推測できる。[7]

ストラボン『地誌』第十四巻一-四〇（＝「断片」三（West））

二

エレゲイア調の詩の創始者はアルキロコスだと言う人もいれば、ミムネルモス[8]だと言う人も、また、それよりも前の時代のカリノスだと言う人もいる。

オリオン『語源辞典』「ἔλεγος」の項五八-八―一〇（Sturz）

三

この戦争については、『テーバイス』[9]という叙事詩も創作された。カリノスはこの詩に言及したときに、これを作ったのはホメロス[10]であると言った。そしてすぐれた識者の多くの者たちも、カリノスと同じ判断を下した。

パウサニアス『ギリシア案内記』第九巻九-五（=「断片」六（West））

（1）イオニア地方のマイアンドロス川下流北側のポリス。
（2）南ロシアの現・アゾフ海沿岸から南下して小アジアに侵入した部族。
（3）前七―六世紀に栄えたギリシア系都市。小アジア西岸マイアンドロス河の河口に位置する。
（4）小アジア西岸のギリシア系都市。アルテミス神殿で有名。
（5）ギリシア最古の抒情詩人（前七一四頃―六七六年頃）。引用はアルキロコス「断片」一二〇。
（6）エーゲ海の最北の、トラキアの対岸に位置する島。
（7）この後に「断片」五が続く。アテナイオス『食卓の賢人たち』第十二巻五二五Cによると、マグネシア人がエペソスによって滅ぼされたことを伝えているのは、カリノスとアルキロコスである。
（8）エレゲイア詩人。本書四三頁以下参照。
（9）テーバイの王オイディプスの退位後に彼の二人の息子のあいだに生じた、二度にわたる戦争を主題とする叙事詩。「テーバイ物語」の意。約七千行とされるが、散逸した。
（10）ギリシアで最も著名な前八世紀頃の叙事詩人。古代には多くの叙事詩がホメロス作とされたが、現在では『イリアス』と『オデュッセイア』のみがホメロス作と考えられている。

四

鼠《ねずみ》にまつわる物語あるいは昔話もまた、その地［クリュサ[1]］と結びついている。クレタ[2]からテウクロイ人[3]がやって来たとき――テウクロイ人のことを初めて伝えたのはエレゲイア詩人のカリノスで、大勢の詩人が彼に追随した――、彼らに神託が下った。「大地から生まれたものたちに襲いかかられたら、それがどこであれ、そこに留まれ」という神託であった。その出来事はハマクシトス[4]のあたりで起こったという。夜の間に突如として、ものすごい数の野鼠が現われ、武具や道具類の皮のところをすっかりかじり尽くした。そこで、テウクロイ人はその地に留まり、クレタのイデ山にちなんで［その地の山に］イデ[5]という名をつけたという。

ストラボン『地誌』第十三巻一-四八（＝「断片」七（West））

五

カリステネス[6]の言によると、サルデイス[7]は最初はキンメリオイ人[8]によって征服され、次にトレレス人[9]とリュキア人[10]によって征服された――エレゲイア詩人カリノスもこのことを明らかにしている――。そして、最後の征服はキュロス[11]とクロイソス[12]の時代に起こった。カリノスは、キンメリオイ人の攻撃の狙いはエシオネイス人[13]であり、サルデイスが征服されたのはその頃のことだと語る。スケプシス[14]［のデメトリオスの一派］の推測によると、エシオネイスとはアシオネイス［アジア人］のイオニア方言[15]での呼び名である。おそらくメオニア地方[16]がかつてアシアと呼ばれたからだと、［スケプシスは］言っている。

ストラボン『地誌』第十三巻四-八

断片

一

カリノスから。

(1)トロイア近郊の港町。アポロン・スミンテウスの神域があった。
(2)エーゲ海最南部の大きな島。
(3)トロイア人のこと。トロイアの初代の王テウクロスに由来する名称。
(4)トロイアの南方、レクトゥム岬のやや北にある場所。
(5)クレタ島の最高峰のイデ（標高二四五六メートル）はゼウスの生地として名高い。これに因んで命名された小アジアの同名のイデ山（標高一七六七メートル）は、トロイア戦争の遠因となったパリスの審判が行なわれた場所である。
(6)アレクサンドロス大王の東征に随行した哲学者、歴史家（前三七〇頃—三二七年）（「断片」一二四F二九（Jacoby））。
(7)小アジア西岸のリュディア王国の首都。
(8)三頁註（2）参照。キンメリオイ人がサルディスを占領したのは前六七六年頃。
(9)キンメリオイ人の一部族。「証言」一および「断片」四参照。
(10)リュキアは小アジア西南部の沿岸の地方名。
(11)アカイメネス朝ペルシアの王（前五三〇頃没）。前五四六年にサルディスを攻略し、小アジアを征服した。
(12)リュディア王国の最後の王（前五九五頃—五四六年頃）。クロイソス治下のリュディアは空前の繁栄を誇った。
(13)この直後の説明にあるように、リュディア人のこと。
(14)小アジアのスカマンドロス川上流の町。この町の富裕な名家出身のデメトリオスは前二〇五頃—一三〇年頃の学者で、しばしばスケプシスと呼ばれる（「断片」四一（Gaede））。
(15)イオニアは小アジア西部、エーゲ海沿岸地方。
(16)リュディア地方の古名。

君たちはいつまで無為に過ごすのか？　いつになったら勇猛心をいだくのか、
　若者たちよ[1]？　周囲の隣人たちに恥ずかしくないのか、
こんなだらけた体たらくを続けていて？　君たちは平和の上にあぐらをかいているが、
　戦争[2]が地上全体をおおっているのだ。

…………………………………………………………[3]

　死に瀕した者にも最期の槍を投げさせてやりたまえ。
男《ますらお》にとって、祖国や子らのため、
　妻のために敵と戦うのは
華々しく、栄えあることなのだから。死が訪れるのは、
　運命女神たち（モイライ[4]）が定めたまさにそのときのみ。さあ、まっすぐ進め、
槍を振りかざし、楯のうしろの勇猛心を
　駆り立てるのだ、ひとたび戦いを交える段になればすぐにでも。
死はどうにものがれられない定めだ、
　人間にとっては。たとえ先祖が不死の血を引いていようとも［のがれられない］。
戦いや小槍のうなりを何度ものがれ、
　故郷で死の定め（モイラ）に出会った者もいるが、
こういう者は民衆に愛されもせず、惜しまれもしない。

それにひきかえ、不運な目に遭えば、少数とはいえお偉方が悼んでくれる。
剛勇の士は、死後、すべての民衆の愛惜の的《まと》となり、
　存命中は半神にも等しい。
なぜなら、人々の目に映る彼の姿は櫓《やぐら》のようなもの、
　ただ一人で多勢に等しい働きをするがゆえ。

ストバイオス『精華集』第四巻一〇-一二

二

以上がイオニア[5]の十二のポリスであるが、後にスミュルナ[6]もエペソス人に誘われてイオニア同盟[7]に加わった。というのは、その昔、エペソス人はスミュルナ人といっしょに住んでいたからで、エペソスは当時はスミュルナとも

---

(1)「若者たち」の原語 neoi には、現代なら「中年」と呼ばれる年齢の者も含まれる。
(2) おそらくキンメリオイ族との戦争。「断片」五と比較のこと。
(3) 韻律から、ここに一行ないしはそれ以上の脱文があると考えられる。
(4) 人の運命を紡ぎ、割り当てる三柱の女神。単数形「モイラ」は「死の定め」の意（本断片一五行）。
(5) 小アジア西部、エーゲ海沿岸地方。
(6) 小アジア西岸のイオニア地方にあったアイオリス系ギリシア人の植民都市。
(7) ミレトス、エペソス、コロポンなど十二のイオニア系ギリシア人植民都市からなる同盟。

呼ばれていたのである。カリノスもどこかでこの町をこう呼んだことがあって、ゼウス(1)への祈りのなかで、エペソス人をスミュルナ人と呼んでいる。

スミュルナの人々を憐れみたまえ、

ストラボン『地誌』第十四巻一-四

二a

〔カリノスは〕またこうも言っている。

思い出したまえ、かつてあなたのために牛のみごとな太腿を
　スミュルナの人々が焼いたことがあったならば(2)。

ストラボン『地誌』第十四巻一-四

三＝「証言」一

四

トレロスはトラキア(3)の一地域、トレレス人はトラキアの一部族である。詩人のカリノスはトレレス人のことを、次のように三音節で「トレエレスと」言っている。

トレエレス人を率いて

テオポンポス(4)はこの部族をトラレスと呼んでいる。

ビュザンティオンのステパノス『地理学辞典』六三四-三(Meineke)

五(5)

カリノスはキンメリオイ人がもっと前に行なった、また別の侵略にも触れている。というのは次の詩句を言ったとき、

今やキンメリオイ族の軍勢が乱暴狼藉をはたらきながら進軍してくる、

彼がこれによってサルデイス陥落(6)のことを言っていることは明らかだからである。

ストラボン『地誌』第十四巻一-四〇

(1)ギリシア神界の最高神。クロノスとレアの子。

(2)この部分は校訂者による補遺。典拠ではこの後にヒッポナクス「断片」五〇が続く。

(3)バルカン半島東部、ギリシアの東北に位置する地域。トレレス人については「証言」一および五参照。

(4)キオス出身の歴史家(前三七八頃—三二〇年頃)(「断片」一一五F三七八(Jacoby))。

(5)「断片」五は「証言」一に続く断片。

(6)五頁註(7)参照。

六＝「証言」三

七＝「証言」四

テュルタイオス

証　言

一

テュルタイオスはアルケンブロトスの子で、ラコニアかミレトスの出身[1]。エレゲイア詩人で笛吹き。ラコニア人がメッセニア人と戦争をしていたとき[2]、彼は歌（メロス）によってラコニア人を奮起させ、歌によってラコニア人を勝利させたという。はるか昔の人で、七賢人[3]と呼ばれる人々と同時代か、それよりも前の人。いずれにせよ、第三十五オリュンピア紀［前六四〇―六三七年］[4]に男盛りの時期を迎えた。彼はラコニア人の国制[5]、エレゲイア詩による教説集[6]、戦争に関する歌[7]を書いた。本は五巻[8]。

テュルタイオス。ラコニア人はメッセネ[9]を手中に納めるか、さもなければ戦死するという誓いを立てた。

そして神[10]が「アテナイ人[11]のなかから将軍を捕まえよ」という神託を下したので、ラコニア人は詩人のテュルタイオスを捕まえた。彼は足の不自由な男だったが、ラコニア人に武勇を鼓舞し、二十年目にメッセネを奪った。そしてこれを滅ぼし、その捕虜たちを隷農（ヘイロータイ[12]）に組み入れた。

---

(1)スパルタを中心とするペロポンネソス半島南東部の地方名。ミレトスは小アジア西岸のギリシア植民都市（三頁註（3）参照）。詩人の出身地をミレトスとみなす説は、スパルタの詩人がイオニア方言で作詩するとは想像しがたいために生じた憶測であろう。

(2)メッセニアはペロポンネソス半島南西部の地方名。メッセニア人との戦争は、前七世紀中葉の第二次メッセニア戦争を指す。

(3)前七世紀後半から前六世紀前半に実在した七人の知者を指す。七名の具体的な名前に関しては諸説あるが、ソロンや哲学者のタレスなどが含まれる。ソロンの項参照。

(4)この日付は少し早いとされ、盛時を前六三三―六三二年とする推測もある。

(5)「断片」一および二にある『エウノミア』への言及であろう。

(6)「断片」一〇―一二および一八―二三aのような、戦闘で勇敢に戦うことを勧奨する詩が中心の詩集。

(7)行軍や舞踏のための曲か。テュルタイオスの真作と判明している戦争歌はない。

(8)ある特定の本から引用された典拠はない。

(9)メッセニア地方の首都。前註（2）参照。

(10)予言、音楽、医術などの神アポロン。アポロンは聖地デルポイの神殿で人々に神託を下した。ゼウスとレトの子。アルテミス女神の双子の弟。

(11)アテナイはアッティカ地方最大のポリス。現在のアテネ。

(12)隷農（ヘイロータイ）はスパルタ地方の先住民族。スパルタ人に征服され、奴隷身分の農民として遇された。

『スーダ辞典』τ 一二〇五―一二〇六（Adler）

二

たとえば、テュルタイオスを権威として引用しましょう。彼はアテナイに生まれ(1)、ここにおられる方々の市民［ラケダイモン(2)の市民］になった人ですが、これらのこと［戦争］には、他の誰にもまして熱心だったのです。人々のうちで一番の金持ちであろうとも、よいものをたくさん――ほとんどすべてのよいものが列挙されました――を持っていようとも、戦いでつねに最高の勇者でなければ、「私はその男の名を挙げもせず、ものの数にも入れない」とテュルタイオスは歌ったのです。この詩句は、あなたもおそらく聞いたことがあるでしょう。

プラトン『法律』第一巻六二九A―B

三

このテュルタイオスという人はアテナイ人で、運の巡り合せが悪かった。というのは、彼は読み書きの手ほどきをする教師であり、足が不自由で、アテナイでは軽んじられていたからである。彼を呼び寄せろという神託をアポロンがラケダイモン人に下したのは、メッセニア人との戦争のさなか、ラケダイモン人が難局に立ったときのことだった。ラケダイモン人が有利なことを知るのにテュルタイオスなら十分であろうとのことから、彼を助言者にせよと神は命じたのである。

「プラトン『法律』第一巻六二九A―Bへの古註」

四

ラケダイモン人がテュルタイオスを将軍としてこのポリス［アテナイ］から連れて行って彼とともに敵軍に打ち勝ったこと、そして現在の危険に対してのみならず、あらゆる時代に対してもうまく画策できるように若者を鍛錬する体制を確立したということを知らないギリシア人などいない。つまり、テュルタイオスはエレゲイア調の詩を作ってラケダイモンの若者たちに残し、若者たちはそれを聞くことによって勇敢になるよう教育されるのである。

リュクルゴス『レオクラテス告発弁論』一〇六

五

ラケダイモン人は出陣の合図の演奏を始めるときはいつも笛と竪琴（リュラー）を用いるのであるが、このことについてはこれ以上言うまでもない。しかし、彼らがテュルタイオスを連れてきて、音楽ゆえに彼に名誉を与えたことは記録されていないようだ。神託に従って彼がアテナイから呼び寄せられたことは、ほぼすべての者が認めている。そしてほとんどの人は知っているのだ、彼が詩人であることも、高邁な思想を含む詩歌を通して……。

ピロデモス『音楽について』一七

（1）スパルタ贔屓のプラトンの証言ではあるが、アテナイのプロパガンダの一例と一般に解されている。

（2）スパルタの別名。

六

スパルタ人[1]はメッセニア人に敗れたとき、デルポイに[2]［使者を］派遣して戦争について尋ねた。［アポロン神は］アテナイから指導者を捕まえてくるようにという神託を告げた。テュルタイオスに鼓舞されてラケダイモン人は進んで戦列につこうという気運が非常に高まったため、いよいよ戦列に配置される段になると棒切れに自分の名前を書いて手に結びつけた。戦死したときに身内にはっきりと間違いなく知ってもらうためである。[3]彼らにはこのように勝利を逸した場合でも、名誉ある死を決然と受け入れる心の準備が整っていたのだ。

シケリアのディオドロス『世界史』第八巻二七―一―二

七

ラケダイモン人はデルポイから、助言者としてアテナイ人を連れてくるようにという神託を受けた。そこで彼らはアテナイ人のところに使節団を派遣してこの託宣を伝えるとともに、自分たちに必要なことを忠告してくれる人物を求めた。ラケダイモン人がペロポンネソス[4]内の土地の一番よい地域を大きな危険を伴わずに併合するのはアテナイ人の意に染まなかったし、かといってアポロン神に従わないのも気が進まなかったので、アテナイ人はその対策を工夫する。そして――読み書き教師で分別もあまりなさそうだし[5]、片足が不自由だった[6]こともあって――テュルタイオスをスパルタに派遣した。到着すると彼はエレゲイア調[7]の詩とアナパイストス脚［短々長格］の詩を歌ったが、官職に就いている者たちには個人的に歌ってみせ、偶然その場に居合わせた者たちにはできるだけ多く集めて歌ってやったのである。

パウサニアス『ギリシア案内記』第四巻一五-六

八

パウサニアス[8]はある人から、彼ら［ラケダイモン人］はなぜ詩人のテュルタイオスを市民にしたのかと質問され、「異邦人がわれわれを指導していると人に思われないようにだ」と言った。[9]

（1）スパルタはペロポンネソス半島南部の主要ポリス。スパルタ人とはラケダイモン人のこと。

（2）ポキス地方の町。予言の神アポロンの神託所のある聖地。

（3）この詳細はローマ帝政期（後二世紀後半）の文筆家ポリュアイノス（『戦術書』第一巻一七）と、やはりローマ帝政期（後二／三世紀）の歴史家ユスティヌス（『地中海世界史』第三巻五）にも記されている。シケリアのディオドロス『世界史』第十五巻六六-二もテュルタイオスがアテナイ出身であることに言及している。

（4）コリントスの地峡部よりも西にある大きな半島。

（5）ディオゲネス・ラエルティオス『ギリシア哲学者列伝』第二巻四三によると、テュルタイオスは正気を失っているのだとアテナイ人は言っていたという。

（6）ホラティウス『詩論』四〇二行へのポルピュリオの古註は、テュルタイオスが片目だったとも伝えている。

（7）エレゲイアについては解説三五〇頁以下を参照。

（8）スパルタ王レオニダス一世の甥（前五一五／一〇頃―四六七年頃）。前四八〇年頃より摂政。前四七九年のプラタイアの戦いで司令官をつとめ、アカイメネス朝ペルシア軍を破った。

（9）テュルタイオスに関するスパルタ側から以外の証言としては、「断片」一〇の一一―一五行へのストラボンの評言のほか、アイリアノス『ギリシア奇談集』第十二巻五〇、テミスティオス『弁論』一五-一九七c、オロシウス『異教反駁史』第一巻二一-七がある。

プルタルコス『スパルタ人たちの名言集』二三〇D

九

異国の方よ、ムーサ[1]から名誉を授けられた者がここに隠されています。
　人に誉れを授ける砂塵の懐には、ティモクリトス[2]が隠されているのです。
祖国のためにアイトリア人[3]の子らと対戦したとき、
　この勇敢な男が望んだのは勝利か、死か、そのいずれかでした。
彼は前列で斃れ、父に計り知れない悲哀を残したとはいえ、
　育ちのよさを失いませんでした。
テュルタイオスのラコニアの言葉を胸に留め、
　命よりも武勇を選んだのです[4]。

「ギリシア韻文碑文集成」七四九（Peek）[5]

一〇

ラコニア人は戦に長けていて、その息子たちも武装歌（エノプリア）と呼ばれる行進曲を採用している。そして戦争のさいにはテュルタイオスの詩歌を自ら諳《そら》んじながら、リズミカルに行進する。ピロコロス[6]によると、ラケダイモン人はテュルタイオスの陣頭指揮のおかげでメッセニア人を打ち負かしたため、遠征中に

次のような習慣を作ったという。すなわち食事をして勝利の歌を歌うとき、一人ずつテュルタイオスの詩を歌う。そして軍団長が審判をつとめ、優勝者に賞品として肉を与えるという習慣である。

アテナイオス『食卓の賢人たち』第十四巻六三〇F

二

昔の王のレオニダス(7)は、テュルタイオスはどんな詩人だと思うかと尋ねられて、「若者たちの魂をかき立てるすぐれた詩人」と答えたそうだ。若者たちは彼の詩歌によって熱狂に満たされ、戦闘で命を惜しまなかったからである。

プルタルコス『英雄伝』「クレオメネス」二-三

(1)九柱からなる文芸や学問などの守護女神。
(2)おそらくスパルタの戦士の名。詳細不明。
(3)ギリシア中西部地方に住むアイトリア人は、古典期には、未開で戦闘的と見なされた。
(4)P. Friedländer, 'A New Epigram by Damagetus.' *American Journal of Philology* 63 (1942), pp. 78–82は、この作者をダマゲトゥスと推定するが、作者が誰であれ、この詩はテュルタイオス風の響きを響かせている。
(5)アカルナニア出土の前三世紀の韻文碑文 (W. Peek (ed.), *Griechische Vers-Inschriften*, Berlin, 1955. S. 749)。
(6)前三四〇頃生まれのアテナイ出身の歴史家。『アッティカ誌』や『テトラポリス』などを著わした(「断片」三二八F二一六 (Jacoby))。
(7)スパルタの王の名前。テュルタイオスに関するレオニダスへの問いはプルタルコス『陸棲動物と水棲動物のどちらが思慮深いか』九五九Aにも見いだされる。同『スパルタ人たちの名言集』二三五Eも参照。

一二

この人たち［オルペウス(1)とアンピオン(2)］に続いては、ホメロスが卓越している。テュルタイオスも、男らしい勇気をマルス(3)の野に向けて、詩の力によって、奮い立たせた。

ホラティウス『詩論』四〇一―四〇三

一三

テュルタイオスは三種の合唱隊（コロス）を創始した。すなわち少年合唱隊、成年合唱隊、老年合唱隊という、各年齢に応じたラコニアの三つの合唱隊である。

ポルクス『辞林』四-一〇七

一四

詩人には韻律、神話、物語、ある性質を帯びた措辞という四つのものが備わっている。これら四つをすべて備えていない詩はどれも詩ではない。たとえばエンペドクレス(4)やテュルタイオス、そして天文学について語る人々がたとえ韻律を使ったとしても、私たちはこの人たちを詩人とは呼ばない。詩人を詩人たらしめる特徴を用いていないからである。

「トラキアのディオニュシオス『文法論』への古註」

断片

一

［内乱が起きるのは］さらに、一方に困窮を極める者がおり、他方に羽振りのよい者がいる場合である。そしてこれ［内乱］が起こるのはとくに戦時である。ラケダイモンでもメッセニア戦争(5)のときにこういうことが起こったが、それはテュルタイオスの『エウノミア(6)』という題の詩から明らかである。すなわち、この戦争のせいで窮迫した一部の者が土地の再配分を要求したのである。

アリストテレス『政治学』第五巻六-一三〇六b三六

(1) ホメロス以前の伝説的な音楽家、詩人。歌で山川草木をも動かしたほどの名手。

(2) ゼウスの子。歌の力で石を動かしてテーバイの城壁を築いたという。

(3) ローマの軍神。ギリシアのアレスにあたる。テュルタイオスとホメロスの関連については、クインティリアヌス『弁論家の教育』第十巻一-五六および第十二巻一一-二七を参照。

(4) シケリアのアクラガス出身の哲学者、詩人、政治家、神秘宗教家（前四九五／九〇頃―四三五／三〇年頃）。

(5) 第一次メッセニア戦争（前七四三―七二四年か、諸説ある）のこと。

(6) エウノミアはおそらく「法と秩序」の意。市民が法に従っているという国家の状態を指すものと解される。

二

……………………………[1]

というのは、クロノスの子[2]で］冠麗しきヘラの［夫である
ゼウス自ら、ヘラクレス[3]の子らに］この町を授けたのだから。
彼らとともに、風強きエリネオス[4]を後にして、
広大なペロプスの島[5]にわれらはたどり着いた。
］灰色の目の[6]［

「オクシュリュンコス・パピルス」第三十八巻二八二四（Turner）

というのは、テュルタイオスは『エウノミア』という題のエレゲイア詩のなかで、自分はその地の出身[7]だと言っているからである。［本断片一二―一五行］。だから私たちは、このエレゲイア調の詩を否定するか、あるいはピロコロス[8]やカリステネス[9]やその他の多くの人々の言を信じてはならないか、のいずれかだ。ピロコロスは、テュルタイオスはアテナイ人でアピドナ[10]出身だと言っている。カリステネスとその他の人々は、テュルタイオスはアテナイ出身であり、アテナイから指導者を得るよう指示した神託に従ったスパルタ人に頼まれたのだと言っている。

ストラボン『地誌』第八巻四-一〇

三（欠番）

四

ポイボス(11)の声を聞いたあと、彼らがピュト(12)から故国に持ち帰ったのは
　神の託宣ならびに、確《しか》とそうなる言葉。
神々から誉れを授けられて
　麗しきスパルタのポリスの世話をする王たちと
長老会の老人たちとは、評議を始めるべし、次いで民衆は

---

(1)本断片を記すパピルスは後一世紀後半か二世紀前半のもの。一―一一行はテクスト不全のため判読が非常に困難な状態だが、おそらく、デルポイの神託を伺って人々が演説をするために立ち上がったことが九行目に記されていると考えられる。
(2)クロノスはゼウスの父。ヘラはゼウスの妻。
(3)ギリシア神話における最大の英雄。ゼウスの子。数々の難業を完遂した。
(4)中央ギリシアのドリス地方（テッサリアとポキスの中間にある地方）の町。トゥキュディデス『歴史』第一巻一〇七は「ラケダイモン人の母市」と呼んでいる。
(5)ペロポンネソス半島のこと。ペロプスはこの半島の名祖となった伝説的な王。
(6)アテナイの守護女神アテナを指す。
(7)一般には、ラケダイモン出身と解されるが、エリネウス出身という解釈もある。
(8)一七頁註（6）参照。ピロコロス「断片」三二八F二一五(Jacoby)。
(9)五頁註（6）参照。カリステネス「断片」一二四F二四(Jacoby)。
(10)アッティカ地方のデーモス（区）の一つ。ただし、ラコニアにも同じ地名の場所がある。
(11)アポロン神の異称。「光り輝く」の意。
(12)アポロンの聖地デルポイの古称。

歯に衣着せぬ主張を互いにやりとりして
理想を語るとともに、正義をことごとく実行すべし、
そしてこのポリスに［不正を］企むべからず、
勝利と支配権は多数の民衆のものとなるべし。
以上のことを、ポイボスはこのポリスに示した。(1)

一〇

リュクルゴス(2)は統治についてすこぶる熱心に行なったため、統治に関する神託をデルポイからもらってきた。それは「レートラー［言われた言葉、法律］」と呼ばれ、内容は次のとおりである。

ゼウス・シュラニオスとアテナ・シュラニア(3)の神殿を建て、部族を保持し、人々をいくつかのオーバー(4)に分け、三〇名の者を長老会評議員として指導者（アルカーゲタース）たちとともに任命し、季節ごとに集会（アペラー）をバビュカとクナキオン(5)の間で開くこと。かくのごとく［提案の］導入と却下を行うべし。ただし、反論発言権と主権は民衆にあり。

［中略］しかし、後に民衆が削除や追加によってさまざまな動議を歪曲・強行したため、王のポリュドロスとテオポンポス(6)がレートラーに次のことを書き添えた。

もし民衆が誤った動議をした場合には、長老会と指導者（アルカーゲタース）が会議解散権を持つこと。

［中略］彼らはポリスに、このことを命じたのは神だと信じこませた。実際、テュルタイオスが次の詩で［本断片一―六行］と言っているとおりである。

プルタルコス『英雄伝』「リュクルゴス」六

この同じリュクルゴスが金銭愛好に関する神託をデルポイから持ち帰った。その神託の記憶はことわざの一部に残っている。

スパルタを滅ぼすのは金《かね》好き以外にはない(7)。

（ピュティア(8)は国政について、次のような神託をリュクルゴスに告げた。）

---

(1) 以上のテクストは、典拠とするプルタルコスとディオドロスのテクストの合成である。諸説紛々あり、とくに七―一〇行はテュルタイオスの詩ではないと見なす者が多く、最初の二行についても、これを真正と見なす研究者は少数である。

(2) 前九／八世紀のスパルタの伝説的な王。

(3) アテナはゼウスの娘。アテナイを守護する処女神。シュラニオスとシュラニアに関しては、「ギリシアの」の意のヘラニオス、ヘラニアとする修正案がある。

(4) 意味不明瞭の語。「住民集団」の一単位か。

(5) バビュカとクナキオンはおそらく、ペロポンネソス半島南部を流れるエウロタス川の支流であろう。

(6) スパルタでは王は二名いた。ポリュドロスとテオポンポスは、前八世紀後期から前七世紀前期の頃の王。後者に関しては「断片」五に言及がある。

(7) この一行をBergkは「断片」三としたが、Westはテュルタイオスの詩とする根拠がないとしてこれを除外したため、底本でも「断片」三は欠番になっている。

(8) デルポイのアポロン神殿で神の言葉を伝える巫女。この一行は欄外のコメント。

と申すは、遠矢を放ち、銀の弓を持つ王、金髪のアポロンが
豊かな聖殿よりかく告げしゆえなり、
〔本断片三―一〇行〕と。

シケリアのディオドロス『世界史』第七巻一二-五―六

五

神々に愛される、われらの王テオポンポス(1)に。
この王のおかげでわれらは手に入れたのだ、踊り場も広きメッセネ、
耕すによく、植えるによきメッセネを。
この町をめぐって一九年のあいだ休みなく戦ったのは、
つねに勇敢な心を持つ、
われらの父の、そのまた父たる槍兵たち。
そして敵軍は二十年目に豊かな耕地を見捨て、
イトメ(2)の高い山々から逃げ去った(3)。

戦争に終止符を打ったのはこのテオポンポス王であった。そしてテュルタイオスの〔本断片一―二行〕という言葉も私の説を保証してくれる。

パウサニアス『ギリシア案内記』第四巻六-五

彼〔テュルタイオス〕はラケダイモンに到着すると霊感を受け、対メッセニア戦を企てるよう彼らに忠告し、あらゆる手段を弄して仕向けていった。その手段には〔本断片三行〕という有名な言葉も含まれている。

「プラトン『法律』第一巻六二九Aへの古註」

メッセネは一九年間戦ったあげくに征服された。ちょうどテュルタイオスも〔本断片四―八行〕と述べているように。

ストラボン『地誌』第六巻三-三

六

メッセニア人自身について言うと、彼らはラケダイモン人から次のような処遇を受けた。すなわちラケダイモン人はまず、メッセニア人から誓約を取りつけた。ラケダイモン人に決して反逆しないという誓約、もしくは他のどんな造反行為も決してしないという誓約である。次に、ラケダイモン人が貢納を課したわけではなかったが、メッセニア人は彼らのために農作物全体の半分をスパルタに引き渡した。そして王の葬儀や王以外の高官の葬儀には、

（1）スパルタの王（在位、前七二〇頃―六七五／七〇年頃）。彼の治下に第一次メッセニア戦争が終結した。この一行は不完全な文であるため、意味は不明確。

（2）メッセニア地方の山（標高一一五一メートル）。

（3）以下に示す典拠のパウサニアス、プラトン、ストラボンのテクストを合成したもの。しかしこのように連続した一連の詩とせずに三分割するほうが多い。

メッセニア出身の男もその妻も黒い喪服で来るべしという布告が出され、それに違反する行為には罰が課された。ラケダイモン人がメッセニア人に加えた懲罰については、テュルタイオスが詩でこう歌っている。

彼らは、重い荷物に苦しむロバのように
つらいけれどもしかたなく、
畑がもたらす実り全体の半分を主人に持っていく。

パウサニアス『ギリシア案内記』第四巻一四-四—五

七

そしてテュルタイオスは、メッセニア人がむりやり悲嘆をともにさせられていることを次の詩で示した。

自分はもとより妻もいっしょになって、主人のために大声で嘆き悲しむ。
おぞましいモイラ(1)が誰かを訪れたときにはいつものことだ。

パウサニアス『ギリシア案内記』第四巻一四-五

八

ラケダイモン人はメッセニア人が反乱したという理由で再三再四、武力に訴えた。テュルタイオスの詩によると、ラケダイモン人がメッセニア人を最初に攻略したのは、父の父の代［つまり祖父の代］のことであった［『断片』五の六行］。二度目の攻略では、メッセニア人はアルゴス人[2]とアルカディア人[3]とピサ人[4]を同盟者に選んだ。そのとき、アルカディア人はオルコメノス[5]の王アリストクラテスを将軍とし、ピサ人はオンパリオンの子パンタレオンを将軍とした。テュルタイオスはこのときラケダイモン人のために戦争の指揮を執ったと、自ら語っている。［『断片』二の一二―一五行］。

ストラボン『地誌』第八巻四-一〇

九

そして、兵を前線に配置し、退却しようとする兵士がいると殴りつける指揮官たちもそれと同じことをしている。塹壕やそういうものの前に兵を配置する指揮官もそうである。つまり彼らがやっていることはすべて強制なのである。だが強制されて勇敢になるべきではなく、勇敢であることはすばらしいことだという理由で勇敢になるべきである。

アリストテレス『ニコマコス倫理学』第三巻八-一一一六a三六

彼［アリストテレス］がこのように言っているのは、ラケダイモン人についてであろう。というのは、ラケダイモ

(1)「死の定め」の意。複数形のモイライは「運命の三女神」を指す。七頁註（4）参照。

(2) アルゴスはペロポンネソス半島北東部のアルゴリス地方の総称またはその主要ポリス。

(3) ペロポンネソス半島中央部の山岳地帯。「アルカディア人」は Krammer による補い。

(4) ピサはペロポンネソス半島西部ピサティス地方のポリス。

(5) アルカディア地方東部のポリス。

ン人はメッセニア人に戦争を仕掛けたとき、テュルタイオスの言葉どおりに戦ったからである。

作者不詳『アリストテレス「ニコマコス倫理学」註解』一六五・一一―一三（Heylbut）

一〇

ラケダイモン人は他の詩人には一顧だにしなかったが、テュルタイオスには大いに敬意を払っていたので、ある決まりごとを定めた。その決まりごととは、武装して出陣するときにはかならず、テュルタイオスの詩に耳を傾けるために王の陣屋に全員を呼び集めるというものであった。そうすることによって、何よりもまず祖国のために死にたいという気持ちになると彼らは思ったからである。このエレゲイア調の詩を聞くのは有益である。詩を聞けば、何をすればラケダイモン人のあいだで高く評価されるかがあなたがたにもわかる。

死は美しい。前線で戦う
　勇敢な戦士の、祖国を守る戦《いくさ》のさなかの死は美しい。
自国と肥えた畑を捨てて
　物乞いをするのは、何にもましてつらいこと。
愛する母や老いた父とともに放逐され、
　幼い子らや娶った妻を伴っての物乞いは何よりつらい。
訪れる先々の者たちに疎まれるのだから。
　窮乏と厭わしい貧困に陥り、

一族の恥となり、光輝く姿がまがい物だったことが白日の下にさらされ、
　あらゆる恥辱と苦難がつきまとうのだから。
人がこのようにさ迷い歩いていると、気遣ってもらうこともなければ、
　敬われることもない。後の世代もこの同じ憂き目を見ることになるのだ。
勇気を出してこの地のために戦おうではないか。そして子らのために
　決して命を惜しまず、死のうではないか。
若者たちよ、さあ、互いに持ち場にとどまって戦いたまえ。
　恥ずべき逃走や恐怖心を起こすなかれ。
胸の内なる気概を大きく、強くしたまえ。
　兵士との戦いのさなかにおじけづくことなかれ。
もう膝が軽くは動かぬ、年寄った
　老人たちを見捨てて逃げるなかれ。
まったくもって恥ずかしいことは、最前線の兵士のあいだで、
　年嵩の戦士が若者たちの前で倒れていること。
その戦士の頭はすでに白く、頤《おとがい》にも白髪が交じり、
　勇ましい息を砂塵のなかに吐く。
血まみれの隠し所を自らの手にして——

目にも恥ずべき光景、見るも厭わしき光景だ――
体も裸にされている。だが、若者には何でも似合う、
　愛しい青春のまばゆい輝きがあるかぎり。
男たちが彼を一目見たいと願い、女たちが彼に惚れるのは
　生きている間のこと。彼が美しいのは、前線で戦って倒れたとき。
さあ誰もかれも、両の脚を広げて凛然と立ち、踏ん張りたまえ、
　大地にしっかりと立ち、歯で唇を噛みしめながら(1)。

リュクルゴス『レオクラテス告発弁論』一〇七

一一

テュルタイオスから。

さあ諸君、不敗のヘラクレス(2)の末裔なのだから、
　勇気を出せ――ゼウス(3)は決してそっぽを向いたりしない――。
群なす戦士を恐れるな、敗走するなかれ。
　勇士たる者、まっすぐ最前列に向けて楯を持て、
生命を目の敵《かたき》にし、黒き死の

宿命を陽の光と同様に(4)慈《いつく》しみながら。
知りたまえ、諸君、多くの涙を誘うアレス(5)の所業がいかに破滅をもたらすかを。
おぞましい戦争の気質を諸君はよく心得、
逃げる者どもや追う者たちとともに過ごしてきた。
若者たちよ、嫌というほど諸君は逃げもし、追いもした。
勇気を出して互いの間近に踏みとどまって
最前列まで進んで白兵戦に臨む者が
死ぬことはめったになく、後列の戦士ら(6)を守るのだ。
かたや敗走兵士は、面目が丸潰れ。
ことごとく語り尽くせる者などいないだろう、
辱《はずかし》めを受けたときに人の身に起こる不幸については。

---

(1)本断片については全体を一つの詩と見なす意見と、二篇の詩の合成と見なす意見とがある。後者の場合、二つ目の詩は一五行目から始まる。

(2)ギリシア神話のなかで最も偉大な英雄。最高神ゼウスの息子。「断片」一二の一三行参照。

(3)ギリシア神話の最高神だが、戦争との関係は不明。ゼウスはスパルタの味方であり、まだ戦勝の見込みがあるという意味であろう。

(4)「陽の光」はホメロス以来、この世における生を象徴する表現。「と同様に」は校訂者による挿入。

(5)戦いの神。ゼウスとヘラの子。

(6)可能性は低いが、「後世の人々を」とも読める。

ぞっとするのは、(1)うしろから背中を貫きとおすこと、
　むごたらしい戦のさなか、逃げまどう戦士の背中を。
恥ずべきは、骸《むくろ》となって砂埃《すなぼこり》の中にころがること、
　うしろから槍の穂先で背を切りつけられたあとに。
さあ誰もかれも、両の脚を広げて凛然と立ち、踏ん張りたまえ、
　しっかり大地に立ち、歯で唇を噛みながら。
腿と下の脛《すね》と胸と肩とを、
　幅広き楯の腹で隠しながら。
右の手で、強い槍を振り回したまえ、
　頭の上で、兜の恐ろしい羽飾りを揺さぶりたまえ。
力強い行ないをすることによって戦い方を学びたまえ、
　楯を持つなら誰であれ、武器の外に立つな。
すぐ近くで互いに肉薄し、長槍で、あるいは
　剣で敵兵をやっつけろ。
足は足のわきに置き、楯は楯の上に立てかけ、
　羽飾りには羽飾りで、兜には兜で、
敵兵と格闘せよ、胸には胸で襲いかかることによって、

あるいは、剣の柄《つか》や長い槍を握ることによって、だ。
軽装歩兵隊の諸君、君たちは楯の下でめいめい両側から
　身を縮めたまま、大きな丸石を投げたまえ、
磨いた槍で敵を射たまえ、
　武具ですっぽり身を固めた者たちのすぐそばに立ったまま。

ストバイオス『精華集』第四巻九―一六

一二

私が話にも出さず、物の数にも入れない男とは――[2]
　足が速かろうと格闘術がうまかろうと、
たとえキュクロプス族[3]ほど体が大きく、力が強かろうと、

(1) Ahrensは「望ましいのは」と読むが、テュルタイオスは背後から殺すことにも殺されることにも嫌悪を抱いているという底本の解釈に従い、「ぞっとするのは」と解した。
(2) プラトン『法律』第一巻六二九A―六三〇Bは本断片の一行および一一―一二行を若干の変更を加えて引用し、一―一〇行の内容を要約している。また、同書第二巻六六〇E―六六一Aでも本断片の一行目を引用し、一―一二行を要約している。
(3) キュクロプスは、ホメロス『オデュッセイア』第九歌に登場する野蛮な単眼巨人。

　競走でトラキアのボレアス[1]を打ち負かそうと、
たとえ姿かたちがティトノス[2]より優美であろうと、
　ミダス[3]やキニュラス[4]よりはるかに裕福であろうと、
たとえタンタロスの子ペロプス[5]より偉い王であろうと、
　アドラストス[6]よりやさしい声で話そうと、
猛々しい武勇以外の名声がたとえすべてであろうと、私はそんな男を評価しない。
　なぜなら戦争のさいに、
血みどろの殺戮を目にするだけの胆力がなければ、
　そして敵の近くに立ち、突きを入れる勇気がなければ、雄々しい男ではないからだ。
そもそも勇気は人の世の最高の褒賞、
　賢者が手にする最も美しいもの、
ポリスにも民衆全体にも役立つ美徳である、
　最前列にとどまり、足を広げてすっくと立つ者がいれば[7]。
また、恥ずべき逃走のことなど念頭に一切なく、
　生命と雄々しい気概を差し出し、
すぐそばの男を助け、励ましの言葉をかけながら最前列にとどまるならば。
　こういう男こそ、戦時には優秀な男だ。

彼は敵兵の荒々しい戦列をたちまち敗走させ、
　戦闘の波を熱意で押しとどめた。
自らは最前列で倒れて愛しい命を亡くしたものの、
　町と住民と父親の誉れとなった。
胸と、飾り鋲のついた楯と
　鎧を貫かれ、前方から何度も打たれたあげくの果てに。
老いも若きも等しく彼の死を嘆き、
　悲痛な哀悼の念にポリス全体が苦しむ。
彼の塚も子らも人々の注目を浴び、
　子らのそのまた子らも、その後の子孫も、同様となる。

(1)「北風」の擬人化。トラキアはギリシアの北に位置する。
(2)トロイア王プリアモスの兄弟。曙の女神が一目惚れしたほどの美男。
(3)小アジアのプリュギア地方の王。触れたものはすべて金《きん》に変わったという伝説がある。
(4)キュプロス島の伝説上の裕福な王。ホメロス『イリアス』第十一歌二〇行以下で言及される。
(5)ペロプスはペロポンネソス半島の名祖となった英雄。二一頁註(5)参照。その神話はピンダロス『オリュンピア祝勝歌』第一歌に詳しい。
(6)アルゴスの伝説的な王。テーバイ攻めの七将のうちでただ一人生き延びた総帥。
(7)本断片の一三―一六行は、テオグニス一〇〇三―一〇〇六行にほぼ等しい。

すばらしい誉れは決して滅びず、その名もまた滅びない。
　たとえ地の下にくだろうと、誰であれ不死になろう、
もしも武勲を立て、持ち場を離れず、
　国と子らのために戦い、荒々しいアレスが滅ぼした男ならば。
もしも、長い嘆きをもたらす死の悲運をのがれたら、
　彼は勝利を収めたうえ、槍の穂先の輝かしい功名をあげ、
老いも若きもこぞってみな、彼を敬う。
　冥界（ハデス）に向かうのは、楽しいことをたくさんしてからのこと。
老後は町衆に秀《ひい》で、彼の
　尊厳と正義を損なおうとする者など一人もいない。
着席している者はみな彼に席を譲る。若者も、同輩の者たちも、
　年長の者たちまで、彼に席を譲る[1]。
さあ、男ならみな、この勇気の絶頂に至るべく、
　戦から退かず、喜んでやってみたまえ。

テュルタイオスから［本断片一―一四行］。　　ストバイオス『精華集』第四巻一〇‐一

テュルタイオスから〔本断片一五―四四行〕。　ストバイオス『精華集』第四巻一〇―六

一三

クリュシッポス[2]が書き留めたホメロス[3]とヘシオドス[4]の短い数節を、私はほんの少し前に証拠として援用したが、これと同じしかたで、彼はオルペウス[5]やエンペドクレス、[6]テュルタイオス、ステシコロス、[7]エウリピデス、[8]その他の詩人たちから同じように不自然な非常にたくさんの言葉を引用している。たとえばテュルタイオスがこう述べたときのことだ。

獰猛な獅子の勇気（テューモス）を胸にいだきつつ。

(1) 本断片の三七―四二行は、テオグニス九三五―九三八行と同一。
(2) ストア派の哲学者（前二八〇頃―二〇七年頃）。多作だが、他人の著作からの引用が多いことで知られる。
(3) 前八世紀頃の叙事詩人。『イリアス』と『オデュッセイア』の作者とされる。三頁註（10）参照。
(4) 前八世紀末頃の叙事詩人。現存作品は『神統記』と『仕事と日』。
(5) 伝説的な音楽家・詩人。オルペウス教の創始者とも伝えられる。一九頁註（1）参照。
(6) シケリア島出身の哲学者・詩人（前四九五頃―四三五／三〇年）。一九頁註（4）参照。
(7) シケリア島出身の抒情詩人（前六三二頃―五五六年頃）。
(8) 三大悲劇詩人の一人（前四八五頃―四〇六年頃）。一九篇の作品が現存する。

ライオンが勇気（テューモス）を持っていることは、テュルタイオスを聞く前から、誰でもよく知っている。しかしクリュシッポスはライオンに勇気（テューモス）があることをしりぞけているのだから、テュルタイオスのこの言葉を援用するのは、たしかに彼に相応しいことではなかった。［中略］しかしテュルタイオスは、ホメロスやヘシオドス、一言で言うとすべての詩人たちのように、最も強い勇気（テューモス）を持っているのはライオンだと述べている。だから人々のうちで最も勇敢な者がライオンになぞらえられるのである。

ガレノス『ヒッポクラテスとプラトンの教説について』三-三〇九以下

一四

ところで、クリュシッポスの自己矛盾を指摘する人々は、彼の他の何冊もの本を繙《ひもと》く必要はない。まさに今挙げたいくつかの書物のなかで彼は、「知性を持たねばならない、さもなければ首吊り用の縄を持たねばならない」というアンティステネス(1)の言葉やテュルタイオスの次の言葉を、賛意を示しながら引用しているのである。

美徳の、さもなければ死の、終着点に近づく前に

プルタルコス『ストア派の自己矛盾について』一四-一〇三九E

一五—一六＝八五六—八五七（*PMG*）

一七

長音節にも短音節にもなりうる音節は、一般に、語のまんなかに見いだされる。あるいはテュルタイオスにあるように、パリンバッケイオス格(2)に見いだされる。

—◡◡　英雄たちは　—◡◡　—◡◡　—◡◡　——

彼が、一行の第二脚をこのような韻律に分けたためである(3)。

コイロボスコス『ヘパイスティオン「韻律学ハンドブック」註解』一九六‐六（Consbruch）

一八(4)

「彼女は歓喜しながら

（1）ソクラテスの弟子。犬儒（キュニコス）派の祖とされる哲学者（前四五五頃—三六五年頃）。

（2）長長短（——◡）または長長長（———）で構成される。

（3）「英雄たちは」の原語 ἥρωες は本来、長長短（——◡）とカウントするが、ここではωを短とカウントして、この語を（—◡◡）と見なしている。

（4）「断片」一八から二三の典拠のベルリン・パピルスは前三世紀のパピルス。

］そしてサフラン色の（衣を？）

……………

］ゼウスのさまざまな予兆によって

［三行欠損］

「ベルリン・パピルス」一一六七五A・i（Wilamowitz）

一九

］　［

］石の……そして

　］群れに［似て

人間を破滅させるアレスが

　］……者たちを［

］似た者たちが［

　］くぼみのある楯で防備を固めながら［

］それぞれにパンピュロイとヒュレイスと［デュマネス[1]が

人を殺すトネリコの槍を手で高く掲げながら。

］不死なる神々にすべてを任せ、

］……われらは指導者に従う。
だが、われらはすぐにみないっしょに死ぬだろう、
　槍兵たちのそばに立ちながら。
両側から聞こえてくるぶつかり合う音は壮絶なものであろう［
　みごとな丸みをおびた楯を楯で……［
］……するだろう、互いに倒［れたのちに。
］人々の鎧は両側に（？）
破滅を打ち砕き、追い返すだろう、
］大きな丸石の下に投げられた
青銅の］いくつもの兜が音を立てるだろう［

「ベルリン・パピルス」一一六七五Aii（Wilamowitz）

二〇

「ベルリン・パピルス」一一六七五Bi（Wilamowitz）

（1）ヘラクレスの子ヒュロスがドリス王アイギミオスの養子となったことから生じたドリスの三部族。

二一―二二　「ベルリン・パピルス」一一六七五Bii、Ci（Wilamowitz）

二三　「ベルリン・パピルス」一一六七五Cii（Wilamowitz）

二三a[1]　「オクシュリュンコス・パピルス」第四十七巻三三一六（Haslam）

二四＝「証言」九-七―八

ミムネルモス

証言

一

ミムネルモスはリギュルテュアデスの子。出身はコロポンかスミュルナ、あるいはアステュパライア[2]。エレゲイア詩人。男盛りの時期は第三十七オリュンピア紀〔前六三二—六二九年〕であった。したがって七賢人[3]よりも前の人だが、七賢人と同時代だと言う人もいる。美しい調べと甲高い声から、リギュアスタデス[4]とも

(1) 典拠のオクシュリュンコス・パピルスは、エジプトのカイロから南南西一六〇キロメートルあたりにあるオクシュリュンコスで発見された後三世紀初頭のパピルス。
(2) コロポンとスミュルナは小アジア西岸のギリシア植民都市。アステュパライアはエーゲ海の南方の島。だが、ミムネルモスは「断片」九でコロポン出身であることを強く示唆しているため、この島を彼の出身地とするのは明らかに誤りである。
(3) 一一頁註（3）参照。
(4)「澄んだ声の持ち主」という意味のあだ名。おそらくソロン「断片」二〇の三行目の「リギュアイスタデス」に由来するものと思われる。

呼ばれる。多くの……[1]本を書いた。

『スーダ辞典』μ一〇七七（Adler）

二

思い出されるコロポンの人[2]は、笛（アウロス）奏者にしてエレゲイア詩人でもあるミムネルモスと、自然哲学者クセノパネス[3]である。

ストラボン『地誌』第十四巻一-二八

三

ミムネルモスの［恋人の］笛吹き女のナンノとコロポンのヘルメシアナクス[4]の［恋人の］レオンティオンのことにも、私は触れなかった。

アテナイオス『食卓の賢人たち』第十三巻五九七A

四

そしてミムネルモスは、苦労を重ねたあげく[5]、甘い響きと
　ペンタメトロス［五脚韻］[6]から発せられるまろやかな息吹を見いだした人。
ナンノ[7]に熱を上げ、灰色の笛に革当て[8]をつけて
　エクサミュエス[9]といっしょによくお祭り騒ぎをした。
だが彼はいつも、厄介者のヘルモビオス[10]と恋敵のペレクレス[11]……、
　彼が送りつけてくる言葉を嫌って。

ヘルメシアナクス『レオンティオン』断片七・三五―四〇(12)

五

ナンノとリュデ(13)に二杯注いでやってくれ、……

---

(1) テクストが毀れている部分に関しては、「多くの詩を含んだ二巻の本を」という復元案がある。「二巻」に関しては、「証言」九参照。

(2) ミムネルモスがコロポン出身であることに言及する証言としては、他に「証言」一〇などがある。

(3) 前五七〇頃―四七五年頃のコロポン出身の哲学者・詩人。

(4) 前四世紀末―三世紀初頭に活動したコロポン出身のエレゲイア詩人。恋人の遊女レオンティオンに捧げた三巻のエレゲイア詩集『レオンティオン』が断片で残る。さまざまな詩人や哲学者の恋愛の目録を含む詩集で、「証言」四の典拠となっている。

(5) 不幸な恋愛遍歴の結果として詩作に向かったことを暗示するが、おそらく「忍耐に忍耐を重ねたのちに」というような意味であろう。

(6) エレゲイア調の詩の二行目を形成する韻律。解説三五一頁以下参照。

(7) ミムネルモスの恋人の笛吹き女。「証言」三参照。

(8)「灰色の笛」と訳したのは、アフリカ産のエノキ属のロートスという木でできた笛。「皮当て」は笛を吹くときに唇の周りに当てる革製のバンドのようなもの。

(9) 詳細不明の人物。

(10) 詳細不明の人物。ヘルモビオスはミムネルモスの口説きにはいつも色よい返事を返さないのに、ペレクレスの恋歌には応じていたものと推測される。

(11) 詳細不明の人物。ミムネルモスの恋敵か。四〇行の「彼」はおそらくペレクレスを指す。

(12) 典拠のヘルメシアナクス『レオンティオン』断片は、アテナイオス『食卓の賢人たち』第十三巻五九七Fにおける引用である。

(13) 次行で言及されるアンティマコスの恋人。

ミムネルモスと節度あるアンティマコス(1)にも。

『パラティン詞華集』第十二巻一六八‐一―二

六

ミムネルモスの詩にとことん従い(2)、
少年を熱狂的に愛しながら(3)……

アイトリアのアレクサンドロス「断片」五‐四―五(4)。

七

昔の旋律にはもう一つ、クラディアス(5)と呼ばれるものもあって、これはミムネルモスが笛(アウロス)で演奏した調べであるとヒッポナクス(6)が言っている。つまり初めに、笛に合わせて歌った人たちはエレゲイアの韻律に曲をつけて歌ったのである。

伝プルタルコス『音楽について』八‐一一三三F

八

カマイレオン(7)が『ステシコロス論』で言うには、ホメロスの詩だけではなく、ヘシオドスやアルキロコス(8)の詩、さらにはミムネルモスやポキュリデス(9)の詩にも旋律[メロディー]がつけられた。

アテナイオス『食卓の賢人たち』第十四巻六二〇C

九

ミムネルモスは二巻[10]の……を書いた。

ポルピュリオ『ホラティウス「書簡詩」註解』三九九（Holder）

一〇

二種類の詩歌のうち、ミムネルモスの甘美さを示すのは

（1）コロポン近郊のクラロス出身の詩人（前四四四頃―三四八／四七年頃）。恋人リュデへの愛を称えるエレゲイア詩『リュデ』や叙事詩『テーバイス』（カリノス「証言」三参照）を作った。

（2）主語はシケリア出身のパロディ作家ボイオトスとされる。

（3）テクスト不全のため意味の不明瞭な断片だが、少年愛を暗示する。

（4）アテナイオス『食卓の賢人たち』第十五巻六九九Bにおける引用である。

（5）*Κραδίας*（Kradias）は「いちじくの枝（クラデー）のメロディー」を意味する。

（6）イアンボス（短長格三脚韻）の詩を創始した、エペソス出身の諷刺詩人（前五五〇頃―五〇〇年頃）。言及されているのは、ヒッポナクス「断片」一五三（West）。

（7）逍遥派の哲学者（前三五〇頃―二八一年以降）。ギリシアの詩人たちに関する伝記的著述を執筆したが、散逸した。

（8）ギリシア最古の抒情詩人。三頁註（5）参照。

（9）ポキュリデスについては本書二六八頁以下参照。

（10）ミムネルオスの本がアレクサンドレイア時代に何巻あったかを示す唯一の証言。

ほっそりした……詩のほうであり、大柄な女のほうではない。(1)

カリマコス『縁起譚』断片一-一一—一二（Pfeiffer）

彼［カリマコス］(2)はコロポンのミムネルモスとコスのピリタス(3)の詩を比較して、行数の少ない詩のほうが行数の多い詩よりもすぐれていると言っている。

「カリマコス『縁起譚』断片一-一一—一二へのフィレンツェ古註」

一一

ミムネルモスが信じているように恋や戯れがなければ
何の喜びもないのなら、(4)君は恋や戯れのなかで生きるがいい。

ホラティウス『書簡詩』第一巻六-六五—六六

ミムネルモスはエレゲイア詩人であった。彼は、恋には喜びよりも悩みのほうが多いことを示している。

ポルピュリオ『ホラティウス「書簡詩」註解』二三五（Holder）

一二

ミムネルモスの詩は、恋ではホメロスの詩にまさる。

やさしい愛はやわらかな歌を呼び求める。

プロペルティウス『詩集』第一巻一九―一一―一二

断片

一

ミムネルモスから。

黄金のアプロディテ(5)がいなければ、何の人生か。何の喜びがあろうか?
いっそ死んでしまいたいものだ、

(1) カリマコス(次註参照)断片における「二種類の詩歌」に関しても、カリマコス断片への古註の主張に関しても、さまざまな説がある。底本によると、「大柄な女」という表現は『スミュルネーイス』(「断片」一三参照)を意味し、「ほっそりした詩」は『ナンノ』に収録された短い詩を意味する。

(2) ヘレニズム時代の代表的な学匠詩人(前三一〇頃―二四〇年頃)。

(3) コス島出身の詩人・文法学者(前三四〇頃―二八五年頃)。恋愛エレゲイア詩で名高い。ピレタスともいう。

(4)「断片」一の冒頭参照。

(5) 愛と官能をつかさどる女神。

秘密の愛や懇《ねんご》ろな贈物やベッドのことをもう気にかけないくらいなら。
　これらは青春の魅惑的な花、
男にとっても女にとっても。けれどもつらい老年がやって来ると、
　美男とて醜くなり、
つらい心配事がつねに心を悩ませ、
　陽の光を見ても喜ばず、
少年には厭《いと》われ、女には侮《あなど》られる。
　神様は老年をこんなにもつらいものになさった。

ストバイオス『精華集』第四巻二〇-一六

次の言葉は節制のない人々について言われている。〔本断片一―二行〕。

プルタルコス『倫理的徳について』六-四四五F

二

ミムネルモスから。

私たちは葉っぱのようなもの。花の咲き乱れる季節、

陽の光であっというまに葉が芽吹く頃に萌え出る葉っぱのようなもの。
葉っぱと同じく私たちは、腕ほどの長さのあいだ青春の花を
　楽しむだけ、神々からいただくものの良し悪しも
わからないままに。[1] だが黒い命運の女神（ケール）[2] たちがそばに立つ。
　そのうちの一人の女神はつらい老年という結末を、
また別の女神は死という結末を手にしている。青春の果実はつかのま、
　陽の光が大地に散らされるほどのあいだ[3]しかない。
それなのに、若盛りの時期の終わりが通り過ぎてしまうと
　たちまち生命より死のほうが望ましいものになる。
数多くの災いが心に生じるがゆえに。ときには、家が
　潰れて貧しい暮らしが苦しくなる。
子らに先立たれ、子らを何よりも
　恋しがりながら大地の下なる冥界（ハデス）に赴く者もいれば、

（1）正確な意味は議論の的になっているが、予測不可能な人生の運の変転のことを指すのであろう。
（2）人に死の運命をもたらす女神。
（3）「陽の光が大地に散らされるほどのあいだ」とは一日のあいだのこと。

命にかかわる病に罹る者もいる。人々のなかには一人もいないのだ、
ゼウスから多くの不幸を与えられない者など。

ストバイオス『精華集』第四巻三四―一二

三

ミムネルモスから。(1)

往年の美男子といえども、若さの盛りが過ぎ去ると、
子供たちに敬われもせず、愛されもしない父親となる。

ストバイオス『精華集』第四巻五〇―三二

四

ミムネルモスの『ナンノ』から。

彼［ゼウス］がティトノス(2)に与えたのは、滅びることなき災いたる……
老い、苦しい死よりもぞっとする老い。

ストバイオス『精華集』第四巻五〇―六八

五

ミムネルモスの『ナンノ』から。

　幻影のように儚《はかな》いのは、
尊い青春。おぞましくも醜い
　老年がたちまち頭上をおおう。(3)
厭わしく蔑《さげす》まれる老年、人の眉目《みめ》形《かたち》もわからなくなる
　老年がふりかかってくると、目も頭もだめになる。

ストバイオス『精華集』第四巻五〇—六九

六

ミムネルモスがこう書いたとき、

---

(1)本断片をミムネルモスに帰す写本（SM写本）もあるが、メナンドロスに帰す写本（A写本）もある。

(2)伝説によると、曙の女神エオスはトロイア王子ティトノスを愛し、彼を不死にしてほしいとゼウスに願い出て認められた。だが女神が彼の永遠の若さを願い忘れたためにティトノスは老い続け、とうとう最後に蟬《せみ》になったという。

(3)一—三行はテオグニス一〇二〇—一〇二二行と同一。

ああ、病気も厄介な心配事もなく、
六〇歳で死の定め（モイラ）が訪れますように。
ソロンも彼をとがめてこう言ったそうだ。(1)

ディオゲネス・ラエルティオス『ギリシア哲学者列伝』第一巻六〇

七

ミムネルモスから。不節制な生き方の勧め。
君は自分の心を喜ばせたまえ。無慈悲な市民のなかには
君を悪しざまに言う者もいれば、多少はましな言い方をする者もいる。(2)

『パラティン詞華集』第九巻五〇

八

ミムネルモスの(3)『ナンノ』から。
真実があるようにしようよ、
君と僕の間では。何にもまして公正なものなのだから。(4)

ストバイオス『精華集』第三巻一一-二

九

スミュルナ人はその後、アイオリス人に追い出されてコロポンに避難した。そしてこの地の人々〔コロポン人〕とともに自分の土地を攻撃し、これを取り戻した。ちょうど、ミムネルモスが『ナンノ』でスミュルナに言及して、この町はつねに争いの的であると述べたように。

……ネレウス[5]の町ピュロス[6]を去って、
　われらは憧れのアジアに船でたどり着いた。
圧倒的な力を持つわれらは美しいコロポン[7]に
　腰を落ち着けたのだ、過酷な暴虐を率いた結果として。

（1）ソロン「断片」二〇参照。
（2）誰もが批判的だが、違いはただ批判の度合いだけという意味。本断片はテオグニス七九五―七九六行とほぼ同一。
（3）諸写本はメナンドロスの詩句と記しているが、Gaisford がミムネルモスの詩句と修正した。
（4）性愛関係における「公正さ」は相互の愛情を意味し、「真実」は相互の愛情が生じるのに不可欠な必要条件とされた。
（5）ピュロス（次註参照）を建設した伝説的な王。
（6）ペロポンネソス半島西岸メッセニア地方のポリス。
（7）小アジア西方リュディア地方のギリシア植民都市。ミムネルモスの出身地。四三頁註（2）および四五頁註（2）など参照。

その場所から、……川[1]から出発して、
神々の御心によって、アイオリスの町スミュルナ[2]を占領した。

ストラボン『地誌』第十四巻一-四

一〇

ミムネルモスが『ナンノ』で言っているように、ピュロスの人アンドライモン[3]がコロポンを建設した。

ストラボン『地誌』第十四巻一-三

一一

ミムネルモスを証人として立てたスケプシスの人［デメトリオス］[4]の言うとおりだとすれば——ミムネルモスによると、アイエテス[5]の館は太陽の昇る方角に接して［人間世界の］外側にある大洋（オケアノス）のなかにあり、イアソン[6]はペリアス[7]の命により遣わされて羊毛を運んできたという——、羊毛を求めてかの地[8]に赴く遠征の物語は、聞いたこともない曖昧模糊とした場所に行く旅であるから、人が納得するようなものではなくなるだろう。またこの航海は、私たちのいる場所からとても離れた、ひとけもなければ家もない地域を通る航海なのだから、有名になることもなければ、万人に知られることもなかったであろう[9]。

イアソンが大きな羊毛を自力で[10]持ち帰ることはなかっただろう、
アイア[11]から戻る苦難に満ちた旅をなしとげた後に。

五

傲慢不遜なペリアスのために困難な試練をなしとげ、
一行が大洋（オケアノス）の美しい流れにたどり着くことはなかっただろう。[12]

ストラボン『地誌』第一巻二−四〇

(1) テクスト不全のため、川の名は判読不能。メレス川とアレス川が候補にあがっているが、いずれも問題があり、確定できない。

(2) 小アジア西岸イオニア地方のギリシア人植民地。七頁註（6）参照。

(3) おそらく「断片」九で言われている植民地建設のための遠征の指導者の名前。

(4) 五頁註（14）参照。

(5) 黒海東端のコルキス地方の伝説上の王。コルキスに来たイアソンを亡き者にしようとしてさまざまな難題を与えたが、イアソンは難題を完遂し、金毛羊皮を奪ってギリシアに戻った。

(6) ギリシア神話中の英雄。叔父のペリアスに横奪されていた王位を奪回するために、アルゴという船による遠征隊を組織し、金毛羊皮を求めてコルキスまで航海した。

(7) イアソンの父アイソンの異母兄弟で、イアソンの叔父にあたる。ペリアスはアイソンからテッサリアの王位を横取りしていたが、イアソンがそれを奪回しにくると、コルキスから金毛羊皮を持ち帰れば王位を返還すると言って、彼をコルキスへの遠征に赴かせた。

(8) 黒海東端のコルキスのこと。

(9) ホメロス『オデュッセイア』第十二歌七〇行に「誰もが知っているアルゴ」という詩句があることから、アルゴ伝説は人口に膾炙していたと考えられている。

(10) 「自力で」という表現は、恋の女神アプロディテやコルキスの王女メデイアの援助よりもむしろ、イアソンを守護する女神ヘラをほのめかすものと思われる。

(11) 黒海東岸のコルキスのこと。

(12) 金毛羊皮の奪取を目立たせるために時系列の順序が逆にされている。

一一a

さらにこう続く。

アイエテスの町、足速き太陽神（エエリオス）[1]が
　その輝きを黄金の寝所に横たえるところ、
大洋（オケアノス）のほとり、そこへと、神の如きイアソンは赴いた。

ストラボン『地誌』第一巻二-四〇

一二

ミムネルモスが『ナンノ』で言うには、太陽は、ヘパイストス[2]がそれ用に作った黄金のベッドに横たわっている間に海を越え、陽が昇る東の方角に運ばれていく。そして、そのベッドが杯のように中がくぼんだ形になっていることを示唆してこう述べている。

来る日も来る日もあくせく働くのが太陽神（エエリオス）の定め。
　馬たちにもご自身にも、休憩などまったくない、
薔薇色の指もつ曙の女神（エオス）が、いったん
　大洋（オケアノス）を後にして天空に昇ってしまうと。
波のまにまに太陽神を運んでいくのは、こよなく美しい寝床。

中がうつろで、ヘパイストスが手ずから打ち出した、
尊い黄金でできた、翼のついた寝床。水面《みなも》をさっと動き、
　眠っているあいだにヘスペリデスの園(3)から
アイティオピア人(4)のもとまで太陽神を運んでいく。速き馬車と馬たちが
　置かれている所、朝早く生まれる曙の女神（エオス）が着くまで置かれている所まで。
まさにそこで、ヒュペリオンの子(5)は別の乗物(6)に乗り換える。

アテナイオス『食卓の賢人たち』第十一巻四七〇A

彼ら［詩人たち］は太陽神（ヘリオス）やその他の神々を、多くの苦労を重ねるものとして詩作した。［中略］ミムネルモスは太陽神は毎晩眠ると言っているので、彼の描き方は他の詩人たちの描き方と食い違っているわけではな

（1）アイエテスの父である太陽神は、日中は天空の軌道を馬車で駆け抜け、夕方になると、巨大な椀のようなものに馬車ごと乗り込んで西から東に大洋を戻っていくとギリシア人は想像していた。「断片」一二参照。
（2）火と鍛冶の神。ゼウスとヘラの子。
（3）神話中の三人または七人姉妹で「黄昏の娘たち」の意。世界の西のかなたにあるヘスペリデスの園で、大地女神ガイアがゼウスとヘラの結婚祝いに贈った黄金の林檎を守る。
（4）世界の東の果て、大洋のほとりに住む神話上の民族。
（5）太陽神（エエリオス）のこと。
（6）太陽を運ぶ寝床という椀のような乗り物とは別の、馬のことであろう。

さそうだ。[1]

ピロデモス『敬虔について』[2]＝「断片」一三（West）

一三

ミムネルモスは、ギュゲス[3]とリュディア人[4]に対するスミュルナの人々の戦いについてエレゲイア調の詩を作った。彼はその序において、年長のムーサ[5]たちはウラノス[6]の娘であり、他の年少のムーサたちはゼウスの子であると述べている。

パウサニアス『ギリシア案内記』第九巻二九-四

ミムネルモスが系譜をさかのぼっているように、ムーサたちはゲー[7]の娘である。

「オクシュリュンコス・パピルス[8]」第二十四巻二三九〇-二ii二八―二九（Lobel）

一三a

「彼［または彼女］は結びつけるよう奴隷女たちに命令するだろう（ἐνδέξεται）」。［ἐνδέξεται という語は］ἐπ[ιτ]άξῃ［彼は命じるだろう］の代用で、ミムネルモスが『スミュルネーイス』で［用いている］。

そこで王の臣下[9]たちは、王が命令の言葉を与えると、
　中がくぼんだ盾[10]でまわりを囲みながら突進した。

「ミラノ大学蔵パピルス」一七ii二六（「アンティマコス註解」（Vogliano））

一四

ミムネルモスから。

かの男[11]の力と意気軒昂な気概ときたら、それどころではない。
　私は年長者たちから聞いたのだ、その姿を目の当たりにしたと、
つまり、一介の槍持ちにすぎない彼がリュディアの騎兵隊の堅固な戦列を

（1）テクストの判読がやや困難な状態であるため、かなり補って読んでいる。
（2）「ヘルクラネウム・パピルス」一〇八八‐二‐ii＋四三三‐二‐i。
（3）前七世紀前半のリュディアの王。
（4）小アジア西部にある地方名。
（5）一七頁註（1）参照。九柱からなる文芸や詩歌の女神たち。通常は全員がゼウスの子とされる。
（6）ムーサたちを天空神ウラノスの娘とする系譜はミムネルモスのほか、アルクマン（「ピンダロス『ネメア祝勝歌』第三歌への古註」一六b）にも認められる。シケリアのディオドロス『世界史』第四巻七‐一参照。
（7）「大地」の意、またそれを擬人化した女神。
（8）後二世紀のオクシュリュンコス・パピルス（アルクマン「断片」五（*PMG*）への註）。
（9）おそらくギュゲスを指す。ギュゲスについては前註（3）参照。
（10）テュルタイオス「断片」一九の七行参照。
（11）「かの男」が誰を指すかは不明だが、戦闘でめざましく勇敢な働きをしたことは文脈から明らか。おそらく、前六六〇年代のリュディアのギュゲスとの戦いへの言及であろう。

ヘルモス(1)の平原で潰走させるところを見たと。
パラス・アテナ(2)が彼の心の勇猛な力を
とがめる場面は一度もなかった。彼が先頭に立って戦う者たちに立ち混じり、
血塗られた戦争の合戦のさなかに疾走し、
敵軍の鋭い武器を力ずくでなぎ倒すときのこと。
敵軍にはいなかったのだ、あの男にまさる者、
力強い雄叫びの技を行なうことにかけて彼にまさる者は。
足速き太陽の光を浴びながら彼が動き回っている(3)ときのこと。

ストバイオス『精華集』第三巻七-一一

一五

βάξις［という語］は「評判」と「演説」を意味する。ミムネルモス。

そして人々の間では、彼の評判（βάξις）はひどい。

『真正語源辞典』および『シュメオン語源辞典』＝『大語源辞典』一八七-四五

一六

いつも手厳しい評判［バクシス βάξις］を聞きたがる者たち、(4)

βάζω［バゾー。話す］から βάξω［バクソー。話すだろう］と βάξις［バクシス。評判］が［生じた］。

『真正語源辞典』および『シュメオン語源辞典』＝『大語源辞典』一八七-四五

一七

ミムネルモス。

名だたる馬の種族のいるパイオニア(5)の男たちを率いて。

「ホメロス『イリアス』第十六歌二八七行「パイオネス族の騎馬武者たちを」への古註T」

(1) 小アジアのプリュギア地方を源とし、スミュルナの北でエーゲ海に注ぐ川。リュディア王国の首都サルデイスはこの川の流域にあった。

(2) 女神アテナの異名。前七世紀のスミュルナにはパラス・アテナの重要な神殿があった。

(3) 修正ないしは脱落を想定しないと解釈が困難な一行である。「足の速い太陽の光［のように］彼が［青銅の鎧をきらめかせながら動く］ときには」といった意味か。

(4) 他人の悪口を聞きたがる人々を意味する。第二行はおそらくミムネルモスの詩句をそのまま引用したもの。

(5) マケドニアの北部の地域。そこに住む種族はパイオネスと呼ばれた。ホメロス『イリアス』ではパイオネス族はトロイアの同盟軍。

一八

同じ著者[1]が同じ著書の第二四巻で、トロイア人[2]の間ではダイテス[3]が英雄として崇められており、彼についてはミムネルモスが言及していると語っている。

アテナイオス『食卓の賢人たち』第四巻一七四A

一九

ニオベ[4]の子供の数について昔の人々の言ったことは互いに食い違っているようだ。ホメロスは、息子が六人で娘も同数だったと言う[5]。ラソス[6]は一四人、［中略］ミムネルモスは二〇人、ピンダロス[7]もそれと同数だと言う。

アイリアノス『ギリシア奇談集』第十二巻三六

二〇

さもなければ[8]、ここにいるテオン[9]が私たちのために証拠をあげてくれるだろう。彼はミムネルモスやキュディアス[10]、アルキロコス[11]を引用し、彼らに加えてステシコロス[12]やピンダロス[13]も引用するだろう。これらの詩人たちは日食の間、「盗まれた最も目立つ星」とか「真昼間に現われた夜」と嘆き、太陽の光のことを「闇を駆け抜ける小径」と言っている。

プルタルコス『月面の顔について』一九-九三一E

二一

このヒロイン［アンティゴネ[14]］と妹のイスメネについて語られる話はいろいろと食い違っている。すなわち、二人ともヘラ[15]の神殿でエテオクレス[16]の子ラオダマスによって焼かれて死んだと、イオン[17]はディテュランボス詩のなかで

(1)スケプシスのデメトリオス（五頁註（14）参照）を指す。彼にはホメロス『イリアス』第二巻のトロイア軍のカタログに関する冗長な著作があったという（「断片」一四（Gaede））。
(2)小アジア北部沿岸の都市。ホメロスの叙事詩『イリアス』に描かれたトロイア戦争の舞台。
(3)「食べる人々」の意。ダイテスというトロイアの英雄への言及はホメロス『イリアス』の現在のテクストにはない。
(4)アポロンとアルテミスを生んだ女神レトよりも自分のほうが多くの子供を産んだと自慢したために子供を殺され、自身は石に変えられた神話中の女性。
(5)ホメロス『イリアス』第二十四歌六〇三行。
(6)前六世紀後半のギリシアの音楽家、詩人（「断片」七〇六（*PMG*））。
(7)テーバイ出身の著名な抒情詩人（前五二二／一八—四四二／三八年頃）。四大祭典競技会の優勝者をたたえる祝勝歌などが残る（「断片」五二n（Snell-Maehler））。
(8)文脈から「あなたが最近起こった日食を思い出さなければ」の意。前六四八年四月六日にスミュルナで観察された皆既日食のこと。
(9)アウグストゥス時代の文法学者。悲劇と喜劇の百科事典を編纂し、多くの詩人の註釈書を著わした。

(10)エロティックな詩を書いた詩人。プラトン『カルミデス』一五五Dに彼の詩句の引用がある。また、アリストパネス『雲』九六七行の引用詩句の作者とされるヘルミオネのキュディダスと同一人物と考えられる（「断片」七一五（*PMG*））。
(11)三頁註（5）参照。ギリシア最古の抒情詩人（「断片」一一二（West））。
(12)三七頁註（7）参照。シケリア島出身の詩人で合唱抒情詩の創始者。「真昼間に現われた夜」はステシコロス「断片」二七一（*PMG*）。
(13)前註（7）参照。「盗まれた最も目立つ星」と「闇を駆け抜ける小径」はピンダロス「断片」五二k（Snell-Maehler）。
(14)アンティゴネとイスメネは、テーバイの王オイディプスと、彼の母で妻でもあったイオカステとの間に生まれた姉妹。
(15)ゼウスの正妻で、結婚の女神。
(16)オイディプス王とイオカステの子。アンティゴネとイスメネの兄弟にあたる。
(17)キオス島出身の悲劇やディテュランボス詩などの詩人（前四九〇／八〇頃—四二一年）（「断片」七四〇（*PMG*））。

言っているが、ミムネルモスの弁によると、イスメネはペリクリュメノス(1)と交わったとき、アテナ(2)にそそのかされたテュデウス(3)によって殺されたという。以上がヒロインたちについて語られた奇妙な話である。

サルスティオス『ソポクレス「アンティゴネ」ヒュポテシス［古伝梗概］』二

二一a

「足の不自由な男がセックスが一番じょうず(4)」。アマゾン族(5)は男児が生まれると、その脚または手を切り取って不具にしたそうだ。スキュティア人(6)はアマゾン族と交戦していたときに協定を結びたいと思い、体が不自由ではない健常者のスキュティア人男性とアマゾン族が結婚できるようにすると確約した。しかしアマゾン族を率いるアンティアネイラは、「足の不自由な男がセックスが一番じょうず」とスキュティア人に答えて言った。このことわざに言及しているのはミムネルモスである。

「アテナイ写本」一〇八三（「ギリシア俚諺集成」(Latte)）

疑わしい断片と場所不明の断片

二二

ミムネルモスによると、アプロディテはディオメデス(7)に傷つけられたので次のように画策した。すなわちディオメデスの妻アイギアレイアが多くの愛人と床を分かち、ステネロス(8)の子コメテスにも愛される。ディオメデスがアルゴスに到着すると、妻が夫に罠を仕掛ける。彼はヘラの祭壇に避難し、仲間といっしょに夜の間にイタリアのダウヌス王(9)のもとに赴くが、この王に策略によって殺害されるのである。

「リュコプロン『アレクサンドラ』六一〇行への古註」

二三

（「断片」一二参照）

二四

ミムネルモスの『ナンノ』から、医者について。

（1）海神ポセイドンの子。イスメネはテオクリュメノスと交わったとする説もある。

（2）知恵・戦争・機織りなどの女神。アテナイの守護女神。

（3）カリュドンの伝説的な王オイネウスの息子。

（4）このことわざの韻律はイアンボス（短長格）。ミムネルモスがイアンボスで作詩した証拠はないが、彼がこれをエレゲイア調に変えたか、あるいは、より一般的にこのことわざに言及した可能性はある。このことわざを引用する他の引用源はミムネルモスに言及していない。ストラボン『地誌』第十四巻一-四は、スミュルナという町の名前は同名のアマゾン族の女性に由来すると伝える。

（5）好戦的な、女性だけの伝説上の部族。年に一度、近隣の部族の男と性交して子を生むが、女児のみ養育し、男児は殺害するか四肢を切断して不具にしたという。

（6）黒海北岸あたりに住む騎馬遊牧民族。

（7）トロイア戦争に参加したアルゴスの王。アキレウスに次ぐギリシア方の英雄。ホメロス『イリアス』によると、女神アプロディテと争って女神を傷つけた。

（8）テーバイ攻めの七将の一人カパネウスの息子。ステネロスの子コメテスはディオメデスからトロイア遠征中の留守を任されたが、その間に彼の妻と通じ、後に追放された。

（9）イタリア東南部アプリア地方の伝説的な王。

医者が好んで口にするように、
とるに足らぬ症状は実際よりも悪く、重病ときたら恐怖どころではない。
医者は病気を大げさに見せるものである。(1)

ストバイオス『精華集』第四巻三八-三

二五

ミムネルモスから。

……(2)『ネオプトレモス(3)』から。

われらはみな、みごとなまでに有名人のことを、
その人が生きている間は妬み、死んでから褒めたたえる。

ストバイオス『精華集』第四巻五七-一一

二六

γυναί（ギュナイ。妻たち）はどの語尾が消失した結果としてできた語形である。ミムネルモスにある。

いとも尊きゼウスよ、われら二人の奥さんたちときたら、なんてきれいなのだろう。(4)

『ホメロス語彙の分析』二二四-六八（Dyck）

ソロン

証言

一

ソロンはエクセケスティデス[5]の子。アテナイの人。哲学者、立法者、民衆指導者。男盛りの時期は第四十七オリュンピア紀［前五九二―五八九年］であったが、第五十六オリュンピア紀［前五五六―五五三年］という

（1）韻律と方言から、本断片はミムネルモスの詩ではないと見なされる。おそらくミムネルモスからの引用の部分と本断片の作者の名を含む部分が脱落したのであろう。

（2）「断片」二四と同様、ここにも脱文が推測される。ストバイオス『精華集』のこの節の題は「死者を侮辱するような口をきいてはならないこと」であり、この話題に関連するミムネルモスの詩が脱文の部分に含まれていたと推測される。

（3）ネオプトレモスはアキレウスの息子。『ネオプトレモス』は悲劇作品の題名。その作者の名はおそらく直前の脱文の部分に記されていたと思われる。

（4）本断片はおそらくメナンドロス作と推測される。「断片」三および八のように、メナンドロスはときに誤ってミムネルモスとして引用されることがある。

（5）「断片」二二aの前置きを参照せよ。

人々もいる。[1] 僭主ペイシストラトス[2]がソロンを標的として陰謀をたくらんだとき、ソロンは故郷を離れてキリキア[3]で過ごした。そしてポリスを建設し、自身の名に因んでそれをソロイと名づけた。[4] キュプロス島[5]のソロイも彼に因む命名で、彼はキュプロスで亡くなったと言う人々もいる。[6] ソロンはアテナイ人のために法律を書いた。その法律はアテナイの木の車軸（アクソネス）[7]に書かれたため、アクソネスと名づけられた。彼は『サラミス』という題のエレゲイア調の詩を書いた。[8] エレゲイア詩による訓戒その他もある。[9] いわゆる七賢人の一人でもある。「度を越すことなかれ」や「汝自身を知れ」は彼の格言とされる。

『スーダ辞典』σ七七六（Adler）

断片

一[10]

町の人々［アテナイ市民］は、サラミス島[11]をめぐるメガラ人との長期にわたる困難な戦いに倦み疲れると、次のような法律を定めた。すなわち今後、このポリス［アテナイ］はサラミス島の所有権を要求すべきだという主張を、文書でも口頭でも行なってはならない、違反すれば死刑に処するという法律である。このときソロンは、こんな恥辱にはとうてい耐えられないと思った。また、多くの若者が戦争再開を求めているのにこの法律のせいで再開する勇気が出ないでいる状況を見て、彼は気が狂ったふりをした。そして、ソロンは気が狂ったといううわさが彼の家から町中に広まった。彼はひそかにエレゲイア調の詩を作り、それを諳《そら》んじられるよう練習したあと、突然、小さなフェルト帽をかぶって広場（アゴラー）に飛び出して行った。大勢の群集が駆け寄ってきて集まると、彼は使者の石［演壇］に登り、節をつけてこのエレゲイア詩を最初から最後まで諳んじた。その冒頭はこうだ。

（1）この二つの年代のうち、前者はソロンが執政官に就任したと一般に見なされる年（前五九四／九三年）に近く、後者はおそらく彼の没年に近い。プルタルコス『英雄伝』「ソロン」三二-三が伝えるエペソスのパイニアス（「断片」二一（Wehrli））によると、ソロンはペイシストラトスの僭主就任（前五六一年頃）から二年未満しか生きていなかったという。

（2）アテナイの僭主（前六〇〇頃―五二七年）。

（3）小アジア南東部の地中海に面した地方。

（4）これに関する情報源はディオゲネス・ラエルティオス『ギリシア哲学者列伝』第一巻五一など。

（5）地中海最東の島。キュプロス島のソロイについては「断片」一九参照。

（6）ディオゲネス・ラエルティオス『ギリシア哲学者列伝』第一巻六二によると、ソロンはキュプロス島で八〇歳で亡くなった。

（7）アクソネスという語については多様な解釈がある。

（8）サラミスはアテナイの対岸の島。後註（11）参照。

（9）ディオゲネス・ラエルティオス『ギリシア哲学者列伝』第一巻六一は、ソロンのエレゲイア詩は五千行あったと伝える。また、イアンボス（短長格）の詩や頌歌も作ったとも伝えるが、これに関する証言は他にない。

（10）「断片」一から三は『サラミス』に属する。Bowie はプルタルコスの伝える話（ソロンは使者のふりをしてアゴラーで朗誦した）を後代の作り話と見なし、これらの詩は彼と同じ階級に属する同胞たちとの饗宴で歌われたと主張する。

（11）アテナイの対岸、すぐ西方にある島。長く独立を保っていたが、前六二〇年頃にメガラ人が占領して以来、アテナイとメガラの争奪戦の的になり、前六〇〇年頃、ソロンが率いるアテナイ軍によって征服された。

私はあこがれのサラミスから、自ら使者として参上いたしました、
　演説の代わりに、言葉で飾りたてた歌を作って。
この詩は『サラミス』という題で一〇〇行からなり、そのできばえは非常にみごとだった。
プルタルコス『英雄伝』「ソロン」八-一―三

二

アテナイ人の心にとくに訴えかけたエレゲイア調の詩は次のものであった。
こんなことなら、ポレガンドロス島やシキノス島(1)の人間になりたいものだ、
　アテナイ人なんかやめてしまって、祖国を取り換えてでもね(2)。
なぜなら世間にはたちまち、こんなうわさが立つからだ、
　「こいつはアッティカ人(3)だ。サラミスを捨てた奴らの一人だ」といううわさが。
ディオゲネス・ラエルティオス『ギリシア哲学者列伝』第一巻四七

三

さらに。

サラミスに行こう、美しい島のために戦うべく[4]。
　そしてこのつらい恥辱を雪《すす》ぐべく。

ディオゲネス・ラエルティオス『ギリシア哲学者列伝』第一巻四七

四

さあ、どうかソロンのこのエレゲイア調の詩を取り上げて私に読んでください。ソロンもまたこのような人間を憎んだことを諸君に知ってもらうためです。［中略］では、読んでください。

われらのポリスは決して滅びない、ゼウスによって与えられる
　運命と不死なる至福の神々の配慮ゆえに。
かくも心寛き守護女神、強き父を持つ娘
　パラス・アテナが天上から両の手を差しのべてくださるから。

（1）ともに、エーゲ海の南方にあるキュクラデス諸島の非常に小さな島。シキノスはパロス島の南方に位置し、ポレガンドロス島はシキノスのやや西南に位置する。

（2）本断片の一—二行はプルタルコス『政治家になるための教訓集』一七-八一三Fに引用される。

（3）アテナイを含む地方名。

（4）本断片は「デモステネス第十九弁論『使節職務不履行について』への古註」（Dilts）にも引用される。

ところが、町の人々は偉大なポリスを自ら滅ぼそうとしている、
　分別をなくし、金銭を頼みとすることで。
民衆を率いる者たちも心が不正である。彼らはかならずや
　多くの苦難を蒙るだろう、驕り高ぶりゆえに。
なぜなら彼らは飽満を抑えることを知らず、今ある
　宴の楽しみを落ち着いて楽しむことも知らないのだから。

…………………………

　彼らは不正な行ないに屈して富を得る。

…………………………

　神聖な財産であれ、公の財産であれ、
彼らは手控えることなく、略奪によって各人各様に盗み出し、
　畏れおおき正義の女神（ディケ）のお社《やしろ》も憚らない。
女神は、起こることも現にあることも、黙っておられてもあらかじめご存知で、
　時の経つうちに、罪を償わせるために、確かにお越しになった。
それは[1]避けがたい禍として、今やポリス全体に及び、
　たちまちみじめな隷属[2]へと及んだ。
それは骨肉の争いを目覚めさせ、まどろんでいる戦いを、

　かつて多くの人々の愛しい若さを滅ぼした戦いを目覚めさせる。
いとうるわしき町は敵意ある者どもにより、
　不正をなす者どもの好む争いのうちに、たちまち疲弊する。
この不幸は民衆のうちに蔓延《はびこ》り、貧民の
　多くは見知らぬ土地にたどり着く、
売り飛ばされ、恥ずべき縄目に縛られたあげくに。
　……………………
このようにして公の禍は一人一人の家に及び、
　中庭の戸が押しとどめることはもはやできず、
高い垣を跳び越えた。たとえ人が奥の間の
　奥に逃げ込もうとも、それはかならず見つかった。
アテナイ人に教えよと、心が私に命じるのは次のこと。
　すなわち、無法（デュスノミア）(3) は非常に多くの不幸をポリスにもたらすが、

(1) おそらく正義の女神の下す罰を指す。
(2)「隷属」は僭主政を指すと解される。
(3) 無法（デュスノミア）は無秩序な政治状況を象徴し、三二行の遵法（エウノミア）は秩序ある政治状況を象徴する。ともに詩的擬人化。

遵法（エウノミア）は、すべてを秩序ある適切なものにするとともに
　不正な輩にたびたび足枷を巻きつけもするのであり、
荒々しきものを滑らかにし、飽満を抑え、驕慢を弱め、
　咲きいずる破滅の花々をしぼませ、
歪んだ正義をまっすぐにし、思い上がった行ないを
　鎮め、いがみ合いを抑え、
厄介な争いの怒りを抑えもするということ、そして遵法のもとにこそ、
　人の世はすべてしっくりと賢くおさまるのだということ。

アテナイの人々よ、みなさんがお聞きになったのは、ソロンが語るこういった連中と、ポリスを救ってくださると彼が主張している神々についてなのです。

デモステネス第十九弁論『使節職務不履行について』二五四―二五六

四a

国制にはこのような規則があり、大勢の者が少数者の奴隷になっていたので、民衆は貴族に反抗した。この内紛は激しく、長期にわたって互いに敵対していたため、人々は合意の上でソロンを調停者兼執政官（アルコーン）として選び出し、彼に国政を委ねた(1)。ソロンはエレゲイア詩を作ったが、その出だしはこうだった。

私は知る。すると心の奥に苦痛が広がる、
［イ］オニアの最も古い土地が傾《かし》いでいるのを(2)
見つめているうちに

この詩のなかでソロンは各陣営のために各陣営と戦い、論争する。そしてその後、現にいま行なっている闘争を合意の上でやめるよう勧告するのである。
アリストテレス『アテナイ人の国制』五

四C

ソロンは出自と名声に関しては一流だが、財産と商取引については中流だった。これは他の情報源からも認められるとおりだが、彼が自作の詩において、富裕層に利を求めないよう忠告することによって、自ら証明しているからでもある。

諸君、胸の内なる強い思いを静めたまえ。
諸君はもう飽き飽きするほど多くの富を追い求めたのだから、

(1)ソロンは前五九四／九三年に執政官（アルコーン）に選出された。「支配者」を意味するアルコーンはポリスの最高官職であった。

(2)アテナイのこと。アテナイがすべてのイオニア系ポリスの母市であることを示唆する。

野心もほどほどにしたまえ。われわれは
言いなりにはならないし、事の成り行きも諸君の思いどおりにはならないのだから。

アリストテレス『アテナイ人の国制』五

四b

そして実際、彼［ソロン］は内紛の原因をつねに富裕層と結びつけている。だから、金銭欲[1]と驕慢は恐ろしい、敵意が生じたのはこういったもののせいであると、エレゲイア詩の冒頭で語っている。

アリストテレス『アテナイ人の国制』五

ソロンは、国政への従事を最初はためらっていたし、一方の人々の金銭欲と他方の人々の驕慢を恐れていたと、自ら言っている。

プルタルコス『英雄伝』「ソロン」一四-二

五

しかしソロンはどちらの側にも反対した。どちらであれ、自分の望む側に与《くみ》すれば僭主になることもできたのに、彼は両側から反感を買う道を選んで、祖国を救済し、最良の法を制定した。事態がこんなふうだったことについては、他の人々もみな意見が一致している。ソロン自身もこのことについて、詩のなかで次のように述べている。

私は民衆に十分なだけの特権を与え、

名誉を奪いもせず、高めもしなかった。
他方、権力があり、人が羨むほどの金銭がある人々に対しても、
彼らに侮辱が加えられないよう、私は気を配った。
私は力強い大楯を双方に配して立ち、
不正な勝利をどちら側にも許さなかったのである。(2)

アリストテレス『アテナイ人の国制』一一-二―一二-一

五

六

［ソロンは］また大衆について、いかに扱うべきかを明らかにして、
民衆が最もよく指導者に従うのは、
弛められすぎもせず、力ずくで強制されもしないような場合である。
というのは、飽満が傲慢を生む(3)からである。大きな富が、

（1）テクストには毀れが認められるが、「金銭欲」と復元される。

（2）本断片はプルタルコス『英雄伝』「ソロン」一八-五にも引用される。

（3）「飽満が慢心を生む」という表現はことわざになった。

精神がまともでない者たちについてくるときはいつものこと。(1)

アリストテレス『アテナイ人の国制』一二-一

七

ソロンは、この難局から完全に身を引いて市民たちの気難しさやあら探し好きからのがれたいと思って

大事業においては、万人に気に入ってもらうのは難しい

と自ら言ったように、船舶の所有を外遊の口実として一〇年間の外国滞在をアテナイ人に願い出て、出航した。

プルタルコス『英雄伝』「ソロン」二五-六

八 (欠番)

九

ソロンはアテナイの人々の間に僭主［ペイシストラトス］が出現すると、エレゲイア調の詩で予言したと言われる。

雪と霰《あられ》の力は、一片の雲から生じ、
　雷鳴は一条の輝く稲妻から生じる。

ポリスは権力者から滅びていき、独裁者の
　奴隷へと、民衆は無知ゆえに落ちぶれた。(2)
独裁者を持ち上げすぎると、のちに抑えつけるのは容易ではない。
　今こそ、人はすべてのことを考えなければならない。　　五

シケリアのディオドロス『世界史』第九巻二〇-二

一〇

ソロンは槍と楯を持って民会に突進すると、ペイシストラトスが何か企み事をしていると人々に警告した。［中略］すると、評議会はペイシストラトスの派閥で構成されているため、ソロンは気が狂っていると言った。そこで彼はこう言った。

少し時が経てば、私の狂気なるものが町の人たちにもわかってもらえるだろう、

(1) 典拠では、この後に「断片」三四が続く。本断片の一―二行はプルタルコス『英雄伝』「ソロンとププリコラの比較」二-六にも引用され、三―四行はテオグニス一五三―五四行に酷似し、三行はアレクサンドレイアのクレメンス『雑録』第六巻八-七にも引用される。

(2) 本断片の一―四行はディオゲネス・ラエルティオス『ギリシア哲学者列伝』第一巻五〇にも引かれ、一―二行はプルタルコス『英雄伝』「ソロン」三-六にも引用され、三―四行はシケリアのディオドロス『世界史』第十九巻一-四にも引用される。

真実が真ん中に進み出てきたときになれば。

ディオゲネス・ラエルティオス『ギリシア哲学者列伝』第一巻四九

一一

その後、［ペイシストラトスが］僭主になったとき、彼［ソロン］はこう言った。(1)

もし自分の過ちのせいでみじめな目に遭ったのであれば、諸君は
それを、わずかなりとも、神々のせいにしてはならない。
なぜなら、この連中を自ら保護し増長させた結果、
ひどい隷属に陥ったのだから。

諸君は一人一人だと狐の足跡をたどるのに、(2)
集団になると頭が空っぽだ。
ずる賢い男の舌や言葉には気をつけるくせに、
その行ないには、注意を払わないからである。(3)

シケリアのディオドロス『世界史』第九巻二〇‐二

五

一二

風によって、海は波立つ。だがなにか
　動かすものさえなければ、海はどんなものより穏やかだ。(4)

プルタルコス『英雄伝』「ソロン」三‐六

一三

ソロンから。

ムネモシュネよ、(5)ならびにオリュンポス(6)なるゼウスの華麗なる娘御たち、

---

(1)典拠では、本断片は「断片」九に続く。

(2)「狐の足跡をたどる」は、用心深さを言い表わす表現。

(3)本断片の一―八行はディオゲネス・ラエルティオス『ギリシア哲学者列伝』第一巻五一にも引かれ、一―四行はプルタルコス『英雄伝』「ソロン」三〇‐八に、五―七行は同三〇‐三（＝アレクサンドレイアのクレメンス『雑録』第一巻二三‐一）にも引かれる。

(4)「断片」九と同様に、この比喩的描写が政治状況にあてはまることは明らかである。実際、プルタルコスは「断片」九の一―二行の続きにこの詩句を引用している。

(5)「記憶」を擬人化した女神。ゼウスとの間に九柱のムーサたちを生んだ。

(6)マケドニアとテッサリアの境界にそびえるギリシアの最高峰（二九一七メートル）。神々はその山頂に住むと考えられた。

ピエリア[1]にましますムーサらよ、わが祈りを聞《きこ》し召したまえ。
どうかお取り計らいください、私が至福の神々から幸を受け、すべての
　人々からつねに好評を得るように、
そしてそんななかで、友には慈しみ深く、敵には情け容赦なく振舞い、
　友から尊敬の眼で見られ、敵からは恐怖の眼で見られますように。
金を得たいと思いはすれど、不正入手は
　わが望みにあらず。かならずや後々、天罰が下る。
神々の与えたもう富は人にしっかりと残る、
　底の底から頂《いただき》までしっかりと。
しかし、人々が傲慢とともに敬う富は道理に
　はずれ、不正な行為に屈して
しぶしぶ付き従ってくるものの、またたくまに破滅と入り混じる。
　その始まりは火のように、些細なことから起こる。
最初はとるに足りないが、最後は厄介なことになる。
　なぜなら、死すべき者どもの傲慢無礼な行ないは長くは続かず、
ゼウスが万事の結末を見そなわすがゆえ。そのさまはまるで突然、
　一陣の風がまたたくまに雲を散らしたかのよう。

――波多き荒涼たる海の
　底を掻き立てる春風は、小麦を実らせる大地で
みごとな畑を荒らしたのち、天空なる神々の高御座《たかみくら》に達し、
　晴れた空が、おかげでふたたび見えるようになる。
太陽の偉大な力が肥えた大地に輝き、
　雲は一つとしてもはや見ることができない――
ゼウスの報復とはこのようなもの。神は死すべき人間のように
　一つ一つのことがらに立腹なさるわけではないが、
永久に見のがすことも決してない。誰であれ
　罪の心をいだく者を見のがさず、最後にはかならず明るみに出す。
ただし、ただちに罰を受ける者もいれば、後々受ける者もいる。当の本人が逃げ、
　ついていく神意が追いつかなくても、
いつかかならずやって来る。罰を受けるのは罪のない
　子供らか、後代の子孫たち。
死すべき身の私たちは、善人も悪人も同じようにこう考える。

（1）神々の住むオリュンポス山北麓の地域。ヘシオドス『神統記』五三行によると、ムーサたちの生誕地。

　すなわち、……（1）人それぞれ自分の考えがあるのだ、
ひどい目に遭うまでは。そのときはそのときで嘆き悲しむが、それまでは
　私たちは口を大きく開けながら、虚ろな希望を喜んでいる。
つらい病に苦しむ者は誰しも
　やがて元気になると考える。
またほかには、実際はみじめなのに優秀だと思い違い、
　容姿端麗ではないのに美男子だと勘違いしている者もいる。
貧乏で、貧困の問題に迫られている者がいるとすれば、
　いつか金がたくさん手に入るだろうと思う。
追い求めるものは十人十色。ある者は魚の多い海の上を
　船に乗ってさまよう。利益を上げて故郷に戻ることを願い、
すさまじい風にもまれながら、
　命など歯牙にもかけずに。
また別の者は木々の茂る土地を切り開きながら、一年の間
　あくせく働き、曲がった鋤《すき》を気にかける。
また別の者はアテナの技（2）や、さまざまな技に通じたヘパイストスの
　技を学び、手を使って生計《たつき》を集める。

また別の者は、オリュンポスなるムーサらの贈物を教えられ、
　美しい詩の芸術の奥義に通じる。
また別の者は、遠矢を射る王アポロンのおかげで預言者になった。
　禍が遠くから人に近づくのが彼にわかるのは、
神々が付き添ってくださればこそ。だが運命によって定められたことを、
　鳥占いの鳥や犠牲獣が妨げることは決してない。
また別の者たちは、たくさんの薬に通じたパイエオン(3)の技を持つ
　医師たちだが、この人たちにも最後の切り札はなく、
激痛は往々にしてささいな痛みから次第に強くなり、
　鎮痛剤を投与しようとも、鎮められない。
ところが、苦しい重病でうろたえているこの男に
　手を当ててやると、男はたちまち元気になる。
運命は死すべき者どもに悪しきものもよきものももたらす。
　不死なる神々の贈物は受け取らないわけにはいかない。

---

(1) テクストが毀れている。
(2) アテナとヘパイストスはともに陶器作りの守護神。
(3) 病気治癒の神。しばしばアポロンと同一視される。

どんな行為にも危険はつきもの。ことが始まったときには、
　その先どうなるかは誰にもわからない。
きちんと振舞おうと努めているのに、気づかないうちに
　とんでもないひどい愚行に陥ってしまった者もいれば、
行状の悪い男に、神があらゆる点で
　よい巡り合せを与え、愚行から解放してやることもある。
富の行きつく果ては人間には明らかではない。
　われらのなかには、今でもこの上なく財産が多いというのに、
その倍増に懸命な者たちがいる。万人が満足するものなど、あろうか？
　不死なる神々は死すべき人間に利益を与えたが、
それら[1]から破滅が立ち現われる。そしてゼウスが破滅を、
　苦しむ者に送るたび、ある時はある人が、別の時には別の人が手に入れるのだ[2]。

ストバイオス『精華集』第三巻九−二三

一四

ソロンから。

人間には幸せな者など一人もいない、みんな哀れだ、
　太陽が見おろす死すべき者であるかぎりは。

ストバイオス『精華集』第四巻三四-二三

一五

ソロンが富裕層よりも貧困層の部類に自分自身を入れていたことは、次の詩句から明らかである。

金持ちはその多くが邪悪であり、善良な人々は貧しい。
　だが私たちは彼らと、徳と富を取り換えたりはしない。
なぜなら、徳はつねにゆるぎないものであるが、

---

(1)「それら」が何を指すかは不明。利益、人々、神々などが候補にあがっている。

(2)本断片の一―二行はクラテス「断片」一-一―二（Diels）に、一行はアレクサンドレイアのクレメンス『雑録』第六巻一一-一にも引かれ、七―八行はプルタルコス『英雄伝』「ソロン」二-四、「ソロンとププリコラの比較」一-七にも引かれる。また本断片の六五―七〇行はテオグニス五八五―五九〇行と酷似し、本断片七一―七六行はテオグニス二二七―二三二行と同じ（七四行は異なる）。七一行は、アリストテレス『政治学』第一巻八-一二五六b三一、プルタルコス『富への愛好について』四-五二四E、バシレイオス『若人へ』九-一〇三にも引用される。

富は、ある時はこの人、ある時はあの人と、持ち主が変わるからである。(1)

プルタルコス『英雄伝』「ソロン」三-二

一六

ソロンは神に関する最も賢明なことがらをこう書いた。

知恵の隠れた奥義はもっとも見定めがたい。

それはまさに、あらゆるものを試すただ一つの道具だ。

アレクサンドレイアのクレメンス『雑録』第五巻八一-一

一七

だがヘシオドスも、彼の記しているところでは、先に言ったことと一致している。(2)［中略］だから、アテナイ人のソロンがエレゲイア詩でヘシオドスに従って自身も［こう書いた］のは当然である。

いかなる場合にも、不死なる神々の心は人間に隠されている

アレクサンドレイアのクレメンス『雑録』第五巻一二九-五

一八

哲学をするとは、まさにソロンの言ったとおりなのではないか？　ソロンはこう言った。

私はつねに多くのことを学びながら年をとる。

伝プラトン『恋がたき』一三三C

一九

ソロンは〔エジプトから〕次にキュプロスに船を進め、その地の王たちの一人であるピロキュプロスから大歓迎を受けた。ピロキュプロスの所有するポリスは大きくなかった。〔中略〕そこでソロンは彼をこう説得した、すなわち、ポリスの下に美しい平原が広がっているのでそこにポリスを移し変え、もっと快適で大きなポリスとして整備するよう説得したのである。ソロンは現場にも出て、この都市合併の監督に当たった。〔中略〕自身もこの都市合併に言及した。というのは、ソロンはエレゲイア詩のなかでピロキュプロスにこう呼びかけているからである。

（1）一―四行はテオグニス三一五―三一八行と同一。二―四行はプルタルコス『いかにしてみずからの徳の進歩に気づきうるか』六-七八C、『心の平静について』一三-四七二D、バシレイオス『若人へ』五-四五に引かれ、二―三行はプルタルコス『いかに敵から利益を得るか』一一-九二Eに引用される。

（2）ヘシオドス「断片」三〇三（Most-West）（＝二五三（Most））。「如何なる預言者といえども、アイギス持つゼウスの心を／知りうる者など、地上に生を享ける人間にはいないのだ」（中務哲郎訳）。

さて、この地であなたがソロイ(1)の民を末永くお治めになり、
　子々孫々に至るまで、このポリス［ソロイ］にお住まいくださいますよう。
けれども私のほうは、名だたるこの島から速き船に乗り、
　菫《すみれ》の冠を戴くキュプリス様(2)が無事に送ってくださいますよう。
この入植地に恵みと誉れを与えてくださいますよう、
　そしてわれらが祖国へのつつがなき帰国を与えてくださいますよう。

プルタルコス『英雄伝』「ソロン」二六-二-四

二〇

しかし君が今でもまだ私に耳を傾けてくれるなら、それ(3)を取り消しておくれ――
　私のほうが君よりよいことを思いついたからといって恨まないでおくれ――
そしてリギュアイスタデス(4)よ、作り直してこう歌っておくれ、
　「八〇歳で死の定め（モイラ）が訪れますように」と、ね。

ディオゲネス・ラエルティオス『ギリシア哲学者列伝』第一巻六〇

二一

さらにまたソロンは、人生の長さについてミムネルモスに反論して述べた。

嘆く人もいない死が私に来るのではなく、友人たちに
　悲しみと嘆きを、私の死が残しますように。(5)

ポプリコラス(6)は幸福な男だということになる。

プルタルコス『英雄伝』「ソロンとプブリコラの対比」一-五

二二

さて［ソロンは］自分でも自作の詩のあちこちで言っているように、わたし(7)の曽祖父ドロピデスの親戚で、とて

（1）キュプロス島のポリス。「あなた」はピロキュプロスを指す。彼は都市再建を支援したソロンに感謝し、旧名アエペイアの町をソロンの名に因んでソロイと改名したという。

（2）アプロディテ女神の異名。キュプロス島は女神の誕生地。なお、一—四行は『アラトスの生涯』七-一四（Martin）に引用される。

（3）本断片はミムネルモス「断片」六への返答として引用されている。「それ」は「六〇歳で死の定め（モイラ）が訪れますように」というミムネルモス「断片」六の一節を指す。

（4）ミムネルモスのこと。四三頁註（4）の「リギュアスタデス」と同じ。

（5）ミムネルモスへの言及があるため、「断片」二〇と同じ詩の一節と推測される。本断片はストバイオス『精華集』第四巻五四-三に引用される。

（6）前六世紀末に活躍したローマの伝説的な政治家プブリウス・ウァレリウスのこと。ポプリコラスは「民衆の友」を意味するあだ名。

（7）話者はクリティアス。三一八頁以下参照。

も仲のよい友人でもありました。

プラトン『ティマイオス』二〇E

あなたがたの父方の家柄は、ドロピデスの子クリティアスを祖とする家柄です[1]。また、アナクレオンやソロンや他の多くの詩人たちによってほめ称えられ、私たちに伝わっているように、見目麗しさや徳の高さやそれ以外の点でも幸福と呼ばれるものにおいてまさっています[2]。

プラトン『カルミデス』一五七E

二二a

ソロンの親族の歴史と、ソロンとプラトンの縁戚関係の歴史とはこんなふうだ。すなわち、エクセケスティデスの息子がソロンとドロピデスであり、ドロピデスの子がクリティアスである。このクリティアスにはソロンも自作の詩で言及していて、彼のことをこう言っている。

亜麻色の髪のクリティアスに言ってください[3]、父親の言うことに耳を傾けるようにと。
誤りを犯さぬ案内人には従うでしょうから[4]。

プロクロス『プラトン「ティマイオス」註解』第一巻八一-二七（Diehl）

二三

それとも、彼らはそれぞれ、これらのものを愛してはいるが、友として愛しているのではないのかね？　そうすると、次のことを言った詩人[5]は嘘をついていることになる。

幸せなのは、愛する少年たち(6)や単蹄の馬たちや
　猟犬たちや異国の客人のいる人。

プラトン『リュシス』二一二D—E

二四

テオグニスから。(7)

(1)カルミデスとクリティアスを指す。

(2)イオニア地方のテオス出身の抒情詩人（前五七〇頃—四八五年頃）。酒や恋愛を主題とする洗練された詩で名高い。彼はアテナイ滞在中、クリティアスの祖父を愛した。アナクレオン「断片」四九五（*PMG*）参照。

(3)ソロンの甥にあたる。「父親」は、ソロンの兄弟のドロピデスのこと。

(4)本断片の一行目は、アリストテレス『弁論術』一-一三七五b三一および、作者不詳『アリストテレス「弁論術」註解』八一-一六（Rabe）にも引用される。

(5)この詩人の名は不明。ヘルメイアス『プラトン「パイドロス」註解』三八-一四（Couvreur）がこの詩の作者としてソロンの名を挙げているだけである。本断片はテオグニス一二五三—一二五四行と酷似する。一行はルキアノス『異性愛と少年愛』四八に引用される。

(6)原語の παῖδες（paides）には「少年たち」と「息子たち」の意味があるが、前者のほうが文脈にかなう。

(7)ストバイオスは本断片をソロンにではなく、テオグニスに帰している。テオグニス七一九—七二八行参照。本断片の一行後半から六行までは、プルタルコス『英雄伝』「ソロン」二-三にも引用される。

豊かさが同程度の二人の男の、一方にはたくさんの銀と
　黄金、そして小麦を実らせる大地の畑や
馬やラバがある。もう一方の男には、これが一つしかないが、
　腹や脇や脚に心地よいものばかり。[1]
奴隷と妻を持つ時分になると、
　それにふさわしい若さが伴う。[2]
こういう男のほうこそ、死すべき人間には宝物。おびただしい品々をみな、
　あの世に持って行けるわけでもなく、
身代金を払えば死が避けられるわけでもなく、重い
　病《やまい》や醜い老いが近づいてくるのも避けられないのだから。

ストバイオス『精華集』第四巻三三-七

二五

彼［ダプネイオス］が言った、「あなたがソロンのことに触れてくださったのはまことに結構なことです。彼を衆道（エロース）の通として活用しなくてはなりません。

青春の愛らしい若盛りの少年に恋をして、

太腿と甘美な唇がほしいと熱く望むかぎりは。(3)

プルタルコス『エロス談義』五‐七五一B

二六

だからソロンもまだ若くて、プラトンの言うように(4)「たくさんの子種に満ちあふれていた」頃は〔「断片」二五〕のように書いたのだと思う。けれども次のものは、彼が年をとってから書いたものだ。

今の私に好ましいものは、キュプロス生まれの女神(5)とディオニュソス(6)と
　ムーサたちの業(7)、つまりは、男たちに喜びをもたらすものばかり。(8)

彼はまるで、少年愛という大雨と嵐の後に、結婚と哲学といういわば凪《なぎ》のようなもののなかに自分の人生を落ち

---

(1)食べ物と衣類と履物が十分あるということ。
(2)テクストには毀れが認められる。
(3)二行はアテナイオス『食卓の賢人たち』第十三巻六〇二Eとアプレイウス『弁明』九にも引かれる。
(4)プラトン『法律』第八巻八三九B。
(5)愛と官能の女神アプロディテ。九三頁註（2）参照。
(6)ワイン、葡萄、演劇などの神。バッコスとも呼ばれる。
(7)詩作や文芸のこと。
(8)本断片はプルタルコス『英雄伝』「ソロン」三一―七、同『七賢人の饗宴』一三‐一五五F、ヘルメイアス『プラトン「パイドロス」註解』三八‐一八―一九（Couvreur）に、一―二行は「ヘルクラネウム・パピルス」一三八四‐一に引用される。

着かせたかのようである。
プルタルコス『エロス談義』五－七五一E

二七

アテナイの立法家ソロンも次のエレゲイア調の詩を作り、さまざまな年齢を書きあらわした。

年端も行かぬ、まだ子どもっぽい少年は歯の垣根を
　生やし、その後、七年経って初めて抜ける。
神がさらに七年間生きさせてくださると、
　生まれ出る青春のしるしが現われてくる。
三番目の七年間には体全体がさらに成長して、あごに
　毛が生え出し、肌の色つやが変わっていく。
七年周期の四番目には、誰もみな力が最も強い。
　男はこの力というものによって、勇気のしるしを示す。
五番目の七年間は、男が結婚に心を向け、
　その後、子らの誕生を求めるべき時期である。
六番目の七年間には、男の頭脳はあらゆることについて鍛錬される。
　同様にもはや無謀なことをしたいとは思わない。

七番目と八番目の七年周期には頭脳と弁舌は最もすぐれている。
　両方あわせて十四年間になる。
九番目の七年間には能力はまだあるが、彼の
　弁舌と知恵は完成度の高さという点では見劣りがする。
十番目の七年間に達して最期に臨むならば、
　お迎えの来るのが早すぎるということはもはやないだろう。[1]

アレクサンドレイアのピロン『世界の創造について』一〇四

二八

さて、彼はまずエジプトに到着し、滞在した。自ら……言っているように。

ナイルの河口、カノボス[2]の岸辺で

プルタルコス『英雄伝』「ソロン」二六-一

---

(1) 一―一八行はアレクサンドレイアのクレメンス『雑録』第六巻一四四-三、ミカエル・アポストリオス『諺集成』一四-九四、「未刊行ギリシア文献集」第一巻四六(Cramer)その他にも引かれる。

(2) ナイル川の最西端の支流。

二九

でもソクラテスさん[1]、昔のことわざはうまく言い当てたものです。楽人たちはたくさんの嘘をついている[2]。

伝プラトン『正義について』三七四A

三〇

「為政者（アルコーン）たちに従いたまえ、彼らが正しかろうと間違っていようと[3]」。これはソロンのエレゲイア調の詩の一節で[4]、勧奨の格言である。

伝ディオゲニアノス『諺集』二-九九

三〇a

ソロンがエレゲイア調の詩で説明しているように、悲劇を初めて舞台にかけたのはメテュムナ[5]のアリオン[6]であった。

ヨハンネス・ディアコノス『ヘルモゲネス「雄弁について」註解』（Rabe, *RhM* 63［1908］150）

三一

ある人々によると、ソロンは法律も叙事詩の韻律で書いて公布しようとした。そして次のような冒頭部分が伝わる。

まずは祈ろう、クロノスの子にして王であるゼウスに、
これらの法に幸運と誉れを授けたまえと。(7)

プルタルコス『英雄伝』「ソロン」三-五

三二(8)

これらのこと(9)のなかにはソロンの意志をくじくものは何一つなく、ソロンは、僭主政は立派な場所だが逃げ道がないと友人たちに言い、ポコス(10)に対しては、詩にこう書いた。

---

(1)アテナイ出身の哲学者（前四六九頃―三九九年）。プラトンの師。

(2)この箇所への古註によると、ピロコロス（一七頁註（6）参照）もこのことわざに言及しているという（「断片」三二八F一（Jacoby））。

(3)この言葉はミカエル・アポストリオス『諺集成』四-三にも引用される。

(4)典拠は「エレゲイア調の詩の一節」と記しているが、引用部分ではエレゲイアではなく、イアンボス（短長格）の韻律が用いられている。

(5)レスボス島北岸にある港湾都市。

(6)前七世紀のなかば伝説的な詩人。ディテュランボス詩の発明者とされる。

(7)本断片は、叙事詩の韻律であるダクテュリコス・ヘクサメトロス（長短短格六脚韻）で書かれている。ソロンに帰せられているが、彼がこの韻律で作詩した証拠が他にないため、ソロン作かどうか疑わしい。

(8)「断片」三二一―三二四はトロカイオス・テトラメトロス（長短格四脚韻）の韻律。

(9)僭主になれという友人たちからの圧力を指す。

(10)詳細不明の人物。

もし私が祖国の地を大切にしたなら、
そして僭主政と容赦ない暴力に
訴えることで己の名声を汚したり辱めたりしなかったのだとすれば、
私は恬然《てんぜん》として恥じることはない。なぜなら、このやり方こそ
すべての人々に打ち勝つものと、私は信じるからだ。

法律を制定する前から彼が大きな名声を得ていたことは、このことから明々白々である。

プルタルコス『英雄伝』「ソロン」一四-八

三三

ソロンが僭主政を避けていることを多くの人々が嘲笑し、自分について言っている言葉をこう書いている。

ソロンって奴は生まれつき浅はかで、ばかな男だよ。
神様がやろうって言ってるのに、その賜物を自分からもらわなかったんだからな。
あいつは獲物を周りに投げかけ、ぼうっと見つめたまんま引かなかったのさ、大きな
網をな。奴には度胸もなけりゃ、才覚もありゃしない。
俺なら望むところなんだがなあ、権力を握り、金がしこたまうなり、
たった一日でもアテナイの僭主になれるっていうんなら、そりゃ本望さ。

あとになって生皮をひっぺがされ、一族郎党全滅だとしたってな。

以上が、自分に関する大勢の卑俗な人々の言説をソロンが詩にしたものである。

プルタルコス『英雄伝』「ソロン」一四-九―一五-一

三四

そして［ソロンは］土地の再分配を望む人々について、どこか他の箇所でもう一度述べている。

他の人々は略奪が目的でやって来た。豊かな希望をいだいていたのだ[1]。
一人一人はこう思っていた、つまり自分らはおびただしい富を見つけるであろう、
そして私が甘言で釣っているけれども、今にじつに残酷な心根を現わすであろうと。
あの頃の彼らの考えは空虚なものだったが、彼らは今や私に腹を立て、
誰もが、まるで敵を見るかのように疑いの目で私を見る。
これではいけない。なぜなら私は神助を得て有言実行してきたが、
でたらめに行なったのではない。また、僭主の
権力を用いて……するのがよいとも思えず、祖国の肥えた土地で

五

（1）この行は「略奪が目的でやって来た人々は豊かな希望をいだいていた」とも解される。

貴族が大衆と同じ分け前を持つのがよいとも思えないからである。(1)

アリストテレス『アテナイ人の国制』一二-三

三五（欠番）

三六(2)

［ふたたび］負債の切り捨てについて、そして、以前は奴隷であったが「重荷おろし」(3)によって解放された人々については、

私はいろいろな目的で民衆を集めたが(4)、そのうち、
目的を達成しないうちにやめてしまったものはどれか？
時がくだす裁きのなかでそれを証言するのは、
オリュンポスの神々のうちでももっとも偉大にして高貴なる母、
黒き大地である。私は当時、大地の
境界を示す目印(5)、あちこちに突き立てられていた目印を取り払った。
大地は以前には隷属状態にあったが、今は自由になった。
私は、神が造った祖国アテナイに大勢の

五

売られた者たちを連れてきた。無法に売られた者もいれば、
法に準じて売られた者もいた。よんどころない
事情があって逃亡した者たちもいた。もはやアッティカ[6]の言葉を
しゃべらない者たちだ、まるであちらこちらをさ迷った放浪者のように。
自分のいる土地で不当な奴隷の身分に
落ちていた者たち、主人たちの気性を恐れていた者たちを
私は自由の身にした。私はこれらのことを、権力を用いて、
そして同時に、強制と正義とを組み合わせて
実行した。しかも、約束どおりにやり遂げた。
身分の低い者のためにも高貴な者のためにも同じように、
一人一人に公正な裁きを整えるために、私は法律を

（1）典拠では本断片は「断片」六の次に置かれ、本断片の後に「断片」三六が続く。本断片の四—五行はプルタルコス『英雄伝』「ソロン」一六-三に、六—七行はアリステイデス『弁論』二八-一三七にも引かれる。

（2）「断片」三六—四〇はイアンボス・トリメトロス（短長格三脚韻）で書かれている。

（3）「重荷おろし」はソロンの造語で、負債の帳消しという政策を意味する。

（4）「民衆を集めた」が正確に何を意味するかは議論の的となっている。

（5）土地が抵当に入っていることを示すしるし。

（6）アテナイを含む地方の名称。

書いた。私が握ったのと同じように、他の
愚かで貪欲な男が突き棒[1]を握ったら、
民衆を抑えることはできなかっただろう。なぜなら、もしも私が
ある時は反対派の気に入ることをやりたいと思い、
また今度は他の者たち［民衆］のもくろみをやりたいと思ったなら、
大勢の男たちがこのポリスから奪われてしまったはずだから。
こういうわけで、私は四方八方に防禦を張り巡らしているのだ、
ちょうどたくさんの犬に囲まれた狼がくるくると身をかわすように[2]。

アリストテレス『アテナイ人の国制』一二-四

三七

後に両陣営から出てきたさまざまな不平を再度非難して、
民衆を公然と非難しなければならないのであれば、
民衆は自分がいま持っているものを自分の目で
見たことがないのであろう、眠りこけているものだから……
より力のまさった、もっと偉大な人々なら

私を認めて友としたであろうに。

彼［ソロン］の言い分によると、［自分以外の］誰か他の者がこの職務を得たならば、
民衆を抑えられなかっただろうし、
乳をかき混ぜて脂肪を取り出す[3]までやめなかっただろう。[4]
だが私は、彼らのいわば緩衝地帯[5]であり、
境界を示す目印として立っていたのだ。

アリストテレス『アテナイ人の国制』一二-五

（1）農作業を行なっている牛などの家畜を追い立てたり動かしたりするための棒。
（2）本断片の三―二七行はアリステイデス『弁論』二八-一三八―一四〇に、また六―七と一一―一四行はプルタルコス『英雄伝』「ソロン」一五-六に、一六行は同一五-一にも引かれる。
（3）この箇所は統語法も意味も不明瞭。底本によると「乳」は国家の比喩、「脂肪」は貴族政の比喩であるが、全般的な意味は不明だという。
（4）本断片の六―七行はプルタルコス『英雄伝』「ソロン」一六-四にも引かれる。
（5）軍事用語の比喩。ここではおそらくアテナイそのものを表わす。

三八

グーロスとはケーキの一種であると、ソロンがイアンボス調の詩で言っている。

彼らは飲み、イートリオン[1]を食べている者もいれば、
パンを食べている者もいれば、レンズ豆の混ざった
ケーキ（グーロス）を食べている者もいる。そこにない焼き菓子なんか
一つもなくて、黒い大地が人々のうちに
生み出したものは何でもかんでもすべて、そこにはどっさりとある。

アテナイオス『食卓の賢人たち』第十四巻六四五F

三九

ソロンのイアンボス調の詩によると、それ［モルタル］はイグディスと呼ばれているようだ。

イグディス[2]を熱心に追い求める者もいれば、シルピオン[3]を追い求める者も、
酢を追い求める者もいる。

ポルクス『辞林』一〇-一〇三

四〇

［ざくろの種を］コッコーンという正しい呼び名で呼ぶ人は今でも多い。実際、ソロンが自作の詩で用いている。

ある者は……ざくろの種（コッコーン）を、またある者は……胡麻を。

プリュニコス『アッティカ語法精選』三七四

四一

ルース(4)は香辛料。ソロン［に用例がある］。

ポティオス『辞典』「ῥοῦν」の項四九一－二一（Porson）

四二（欠番）

（1）蜂蜜と胡麻の入った小さなケーキ。

（2）出典が記すようにイグディスとはモルタルのことだが、モルタルという語（θυεία）にはコッタボス（ワインの滴を飛ばす遊び）で使われるカップ（乳鉢）の意もある。イグディスを舞踏の一種と解する説もあり、また、ポルクスがソロンの意味を誤解したとも考えられる。

（3）植物名。シルピオンの液は薬や香辛料として用いられた。

（4）ルースは英語でsumac、日本語でスマーグまたはスマックと呼ばれる香辛料。ウルシ科落葉低木の白膠木《ぬるで》の赤い実から作られ、まろやかな酸味が特徴。

四三

なぜなら大地は、季節が生み出すものみなを住民たちにもたらすすべを心得ていて、すべてのものを仰向けに伸ばすからである。ソロンの言葉にも。

子らをひたむきに養う者

コリキオス『模擬弁論』二-二-六

四四（欠番）

四五

「人間であるかぎり、人間にふさわしいことを考えろ」と忠告する人々に、私たちは従うべきではない。

アリストテレス『ニコマコス倫理学』第十巻七-一一七七b三一

この格言はテオグニス作だと言う人もいれば、ソロン作だと言う人もいる。

エペソスのミカエル『アリストテレス「ニコマコス倫理学」註解』五九一-一四（Heylbut）

テオグニス

証　言

一

テオグニスはシケリア[1]のメガラ[2]出身のメガラ人。男盛りの時期は第五十九オリュンピア紀［前五四四／四一年］[3]であった。彼の著作は、包囲のさいにシュラクサイ人[4]から救出された人々についての一篇のエレゲイア詩[5]、約二八〇〇行[6]のエレゲイア詩形のさまざまな金言、恋人キュルノス宛てのエレゲイア調の詩の格言集一篇、そして他に、すべて叙事詩の韻律で書かれた、勧告を旨とするさまざまな教訓[7]である。テオグニスは

(1)イタリア半島南端の大きな島。
(2)シケリア島東岸のギリシア植民都市。母市はアッティカのメガラ（一一三頁註（3）参照）。
(3)第五十八もしくは第五十七オリュンピア紀をあげる情報源もある。
(4)シケリア島のポリス。
(5)これに関しては不明。『スーダ辞典』に記載された同名の悲劇詩人の作品かもしれない。
(6)この数字は現存する詩行の約二倍に相当するため、計算違いと見なされる。
(7)教訓とキュルノス宛の箴言が、先に言及された「二八〇〇行」のエレゲイア詩と別のものか、あるいはその一部を指すのかは不明。

教訓を書いたので有益だが、なかには残虐行為や少年愛[1]、その他、高潔な人生が背を向けるあらゆるものも散見される。

『スーダ辞典』θ 一三六（Adler）

二

その人たちも勇敢ですが、それでも私たちの意見では、最大の戦い［内乱］のときに抜きん出ていて、最も勇敢だった人々のほうがずっと勇気があります。私たちのほうの証人としては詩人もいます。それはシケリアのメガラの市民テオグニスで、彼は［七七―七八行］と言っているのです。

プラトン『法律』第一巻六三〇A

三

テオグニスと彼についてのこの情報[2]に関して、昔の人々の間には多々、疑いがあった。テオグニスはアッティカ地方のメガラ[3]の出だという人々もいれば――その代表格のディデュモス[4]はプラトンのことを、誤った情報を伝えているという理由で非難している――、他方、テオグニスはシケリア出身だと言う人々もいる。だが、たとえシケリア出身でないとしても、当該箇所はテオグニスを侮辱するものではなく、まったく逆である。というのは、プラトンはアテナイ人としてアッティカ人のために発言しているのではなく、テオグニスをアテナイ人テュルタイオスと比べながらも、判定に関しては真実を守り、外国人なのにテオグニスを選んだからである。［プラトンの］情報のように、テュルタイオスがラケダイモン人であるのと同様に、テオグニスがここ［アッティカ］のメガラ出身だがシケリアに移り、法によってかの地［シケリア］のメガラの人になったということが、どうしてありえないだろうか[5]？　「プラトン『法律』第一巻六三〇Aへの古註」

四

テオグニスはアッティカのメガラ出身のメガラ人であった。というのは、この詩人が自分でそう言っているからである[6]［七八三行］。プラトンはこのことに留意しないまま、『法律』第一巻で[7]、テオグニスはシケリアのメガラの人であると言った。そして少なからぬ人々がプラトンに追従した。

（1）少年愛に関する詩は一二三一行以下の「第二部」に集められている。
（2）「証言」一一（プラトン『法律』第一巻六三〇A）の内容を指す。後出の「当該箇所」も同じ。
（3）コリントス地峡東方のポリス。シケリアのメガラなど、多くの植民都市を建設した母市。
（4）アレクサンドレイア出身の文献学者、註釈家（前八〇／六三頃―一〇年頃）。
（5）古註の解釈によると、ちょうどアテナイ生まれのテュルタイオスがスパルタ人になったように（テュルタイオス「証言」一二参照）、テオグニスも生まれはコリントス地峡のメガラだが、その植民都市であるシケリア島のメガラの市民になったとプラトンは言おうとしているという。この解釈はプラトンの言葉の解釈としては正しいが、テオグニスがシケリアのメガラの市民になった証拠はなく、現在の定説では、ギリシア本土のメガラ出身とされる。
（6）出典は断言しているが、テオグニス七八三行は、話者（テオグニス）はシケリアに行ったことがあると告げているにすぎず、アッティカのメガラ出身だと主張しているわけではない。
（7）プラトン『法律』第一巻六三〇A（「証言」一一）を指す。

ハルポクラティオン『アッティカ十大弁論家用語辞典』一二六―一二七（Keaney）

五

さらにこれも私には明らかなことだが、誰もが、詩による勧告も散文による勧告もこの上なく有益であると認めているが、人々は喜び勇んで勧告を聞くわけではなく、忠告者に対してと同じ態度を勧告に対して取る。つまり彼らは忠告者たちを賞賛するとはいえ、自分と同じように過ちを犯す人々とつきあいたがり、自分を思いとどまらせる人々とはつきあいたがらないのだ。その証拠として、ヘシオドスとテオグニスとポキュリデス(1)の詩があげられよう。というのは人々は、この人たちは人生の最良の忠告者だと言うが、そう言っているくせに、詩人たちの忠告に従うよりもむしろ、互いの愚行とともに時を過ごすほうを選ぶのだ。さらに、傑出した詩人たちのいわゆる格言を選んだところで、詩人たちが心血を注いで作ったものであっても、人々の扱い方は同じようなものであろう。つまり、このように熟練の技を凝らした作品よりも一番価値のない喜劇のほうを、人々は喜んで聞くのである。

イソクラテス『ニコクレスに与う』四二―四三

六

テオグニスについてのクセノポン(2)の作品から。「これはメガラの人テオグニスの詩だ」〔一二一―一二三行〕。この詩人はもっぱら人々の美徳と悪徳について語った。ちょうど、騎手なら馬術について書くように、彼の詩は人間について書かれている。したがって、彼の詩の原理(3)は正しいと私は思う。というのは、それはまず生まれのよさから始まっているからである。人間であれ、人間以外のものであれ、先祖がよくなければよくないと彼は考える。だから彼は思ったのだ、行き当たりばったりに飼育されるのではなくて、生まれに最もふさわしいものになるようにそれぞれ入念に世話をされた人間以外の動物を例として用いるのがよいのだと。このことを彼は［一八三―一九〇行］の詩行で明らかにしている。この詩行が述べていることはこういうことだ、つまり、人々はお互いから子供を生むのだということも、その結果、よいものに悪いものが混ざっていって人間の種族がだんだんと劣化していくことも知らないのだということなのである。しかし多くの人々は彼のこの言葉から、(4) 出自の低さと悪徳とを金銭で埋め合わせるすべを心得ている人々に対して、彼が非難を向けているのだと見なしている。だが私には、彼が避難しているのは自分自身の人生についての人々の無知なのだと思われる。

ストバイオス『精華集』第四巻二九-五三

(1) ポキュリデスについては本書二六八頁以下参照。テオグニスはしばしばポキュリデスと結びつけて語られる。

(2)「クセノポン」が前四三〇年頃生まれのアテナイの有名な著述家か、あるいは無名の人物かに関しては、議論が分かれる。テオグニスに関する作品への言及はこの他には、ディオゲネス・ラエルティオス『ギリシア哲学者列伝』第六巻一六のアンティステネスの著作リストに記録された二冊の書物しかない。

(3)「原理」の原語 ἀρχή（arkhē）には「初め、冒頭」という意味もあるので、クセノポンが用いたのは次に引用される詩句（一八三―一九〇行）で始まるテオグニスの版だとする説もある。

(4) これ以降はテクストの毀れが認められ、文法的に正しくない。したがって推定訳である。

エレゲイア詩集

第一書

一—四

主よ、レトの子、ゼウスの御子[1]よ、私はあなたのことを
　〔歌の〕始めにも終わりにも決して忘れず、
冒頭でも末尾でも中ほどでも、つねに
　歌います。あなたは私に耳を傾け、幸をお授けくださいますよう。

五—一〇

わが主ポイボス[2]よ、尊い女神レトがあなたをお生みになったとき、
——女神は華奢な腕《かいな》で棗椰子《なつめやし》の木を握りしめながら[3]、
不死なる神々のうちで最も美しいあなたを「車輪の池[4]」のほとりでお生みになりました——
　そのとき、デロス[5]は全島くまなく
かぐわしい香りに満たされ、広々とした大地はほほえみ、
　灰色の海の深い大洋は歓喜したのです。

一一―一四

アルテミス様(6)、野の獣を屠る女神、ゼウスの娘よ、アガメムノン(7)が
　速き船でトロイアに向かおうとしたときに［お社を］奉納した(8)女神よ、
私の願いを聞き入れ、悪しき死霊どもから［この身を］お守りください。
　女神様、それはあなたにはささいなことでも私には一大事でございます(9)。

(1)「主」、「レトの子」、「ゼウスの御子」はいずれも神アポロンを指す。アポロンはゼウスと女神レトの子。

(2)アポロン神の別称。

(3)レトはゼウスの正妻ヘラの嫉妬に苦しめられ、たいへんな苦労の末に出産した。

(4)実際に溜め池として用いられた円形の池。

(5)キュクラデス諸島の中心にあり、レトがアルテミスとアポロンを生んだ島。

(6)狩りと動物守護の女神。アポロンの双子の姉。

(7)ギリシア神話中のミュケナイ王。トロイア戦争におけるギリシア軍の総大将。

(8)パウサニアス『ギリシア案内記』第一巻四三-一に、「［メガラの］アルテミスの社は、トロイア遠征に同行するようメガラに住むカルカスを説得に来たアガメムノンが奉納したものである」とある。

(9)この詩の作者は、おそらく航海に出ようとしているところであり、海の守護者の権能を有するアルテミス女神に祈っているのであろう。なお一一四行は、アリストテレス『エウデモス倫理学』第七巻一〇-一二四三a一八に引用される。

一五―一八

ゼウスの娘なる詩女神（ムーサイ）ならびに優美女神（カリテス）[1]よ、その昔、カドモス[2]の
　婚礼に赴いて、美しい歌を歌った女神たちよ、
「美しきものは愛《いと》しけれ、されど美しからざるものは愛しからず」。
　これが、不死なる神々の口をとおして語られた言葉でした。

一九―三八[3]

キュルノスよ[4]、詩人たる私に許しておくれ、これらの言葉に封をすること[5]を。
　［そうすれば］知らないうちに詩が盗まれたり、
現にここにあるみごとな詩を誰かがへたに作り変えたりすることもなくなり、
　みんながこう言うだろう、「これはメガラの人テオグニスの詩だ[6]、
その名は世にあまねく知られている」と。
　町の人みなを喜ばせるのは、私には無理なこと。
不思議でも何でもないことだ、ポリュパオスの子よ[7]。だってゼウスですら
　雨を降らせたり降らせなかったりして万人を喜ばせるわけでじゃないからね[8]。
でも君には、善意から教えてあげるよ、私自身が
　まだ子供だったときに貴人たち（アガトイ）[9]から学んだことをね、キュルノスよ。

良識を持ちたまえ。恥ずべき行為や不正な行為という犠牲を払ってまで
名誉や成功や富をたぐり寄せてはならない。

---

(1)美と優美の女神たち。たいてい複数形でカリテスと呼ばれ、三柱でイメージされる。

(2)古都テーバイを建設した王。ハルモニア（軍神アレスと、美と愛欲の女神アプロディテの娘）との結婚式には神々も参列した。

(3)これが全体として一篇の詩か、それとも二篇（一九―三〇、三一―三八行）ないしは三篇（一九―二六、二七―三〇、三一―三八行）の詩の合成かについては諸説ある。

(4)テオグニスの恋人である少年の名。詩篇のなかで頻繁に呼びかけられる。後出の二五行のように、父称を用いて「ポリュパオスの子」とも呼ばれる。

(5)「封をする」は直訳すると「印章を置く」。「印章」は詩篇中、最もよく論じられる語で、これが何を意味するかについてはさまざまな説がある。候補にあがっているのはテオグニスの名、キュルノスの名、詩のスタイル、政治的・倫理的内容、あるいはテオグニスの詩の写しに貼られた文字どおりのシールなど。

(6)この文は肯定文ではなく疑問文とも解される。二二―二三行は、ストバイオス『精華集』第四巻二九-五三でクセノポンからとして引用される。テオグニス「証言」六参照。

(7)ポリュパオスは、キュルノスの父の名。ギリシア文学ではこのように父称を用いることも多い。

(8)八〇一―八〇四行を参照。二五―二六行は「ベルリン・パピルス」一二三一九に含まれる。

(9)原語は ἀγαθός（agathos）の複数形。「よい」「すぐれた」の意の ἀγαθός / ἐσθλός（agathos / esthlos）と、その反意語で「悪い」を意味する κακός / δειλός（kakos / deilos）は詩篇全般で頻繁に用いられる重要な語である。両語は出自の高低と倫理的な行動規範としての善悪を同時に含意することが多い。社会的身分の高い者つまりテオグニスの属する貴族階級の者は、その出自から当然、言動もすぐれているものと見なされたが、ἀγαθός / ἐσθλός（agathos / esthlos）はときに出自は貴族であっても、貴族にふさわしい高潔な行動をしない者も含む。

これはこれとしてわきまえておきなさい。貧乏人とは付き合わず、
　つねに貴人を頼りたまえ。
彼らと酒を飲み、食事をしたまえ。彼らと
　座をともにして、大きな権力を持つ人々を喜ばせたまえ。
なぜなら君はすぐれた人々からはすぐれたことを学ぶが、愚劣な人々と
　交わっていると、君がいま持っている理性すら失ってしまうからだ[1]。
これを肝に銘じ、よき人々と交わりたまえ。そうすれば君はいつか、
　私が友人たちに与えた忠告はよい忠告だったと言ってくれるだろう。

三九―五二[2]

キュルノスよ、このポリスは身ごもっている。私は案じているのだ、
　われらの邪悪な傲岸不遜を正す男[3]を生むのではないか、とね。
ここにいる町の人々はまだ健全《まとも》だが、指導者たち[4]は
　変節をとげてしまい、数多くの悪事に陥っている。
キュルノスよ、貴族がポリスを滅ぼした例は一つもない。
　愚劣な連中が放埓な振舞いを好み、
民衆を堕落させ、不正な者たちのために調停する

——自身の利益と権力をもくろんでのこと——、そんな場合はいつでも、
かのポリスの安泰が長く続くとは期待するな、
たとえ今は大いなる平安のうちにあろうと、
愚劣な男たちの好むものが
公の災厄をもたらす利益となったとすれば［安泰は期待するな］[5]。
今述べたさまざまなことから内乱や身内の者同士の殺し合いが生じ、

（1）三三—三六行はプラトン『メノン』九五Dおよび、ストバイオス『精華集』第四巻一五-一八でムソニウス（後一世紀後半の哲学者）からとして引用される。また三三—三五行は、ストバイオス『精華集』第四巻二三-六四でニコストラトス（後二世紀中葉の弁論家？）の『結婚について』からとして引用される。そして三五—三六行は、クセノポン『饗宴』二-四と『ソクラテス言行録』第一巻二-二〇（＋ストバイオス『精華集』第三巻二九-九五）、アレクサンドレイアのクレメンス『雑録』第五巻五二-四、ニコラオス『プロギュムナスマタ［修辞学予備訓練］』二七-二（Felten）、「アリストテレス『ニコマコス倫理学』第九巻九-一一七〇a一二への古註」（Cramer）に引用される。

（2）この詩を二篇の詩（三九—四二と四三—五二行）と見なす説もある。三九—四二行は一〇八一—一〇八二b行で反復されるが、四〇と一〇八二行には若干の相違点もある。

（3）僭主を指す（五二行と比較せよ）。メガラの僭主として唯一知られるテアゲネスの支配は前六〇〇年頃に終わったが、また別の僭主が現われるのではないかとテオグニスは危惧しているのであろう。

（4）おそらく寡頭政治の支配者たちを指す。彼らは貴族階級に属するが、貴族のなすべき振舞いをしないため、「愚劣な」（四四、四九行）と言われる。

（5）四三—五〇行の句読法は議論の的になっている。底本はWestに従っている。

独裁君主が生まれるからだ。どうか、そんな事態がこのポリスの喜びとなりませんように。

五三―六八(1)

キュルノスよ、このポリスはいまだポリスの体《てい》をなしてはいるが、国民は様変わりした。
　かつては、正義も法も知らず、
山羊革を鞣《なめ》しもせぬまま身にまとい、ぼろぼろになるまで着つぶして、
　このポリスの外で、まるで野鹿のように草を食《は》んでいた輩だった。
それが今では貴族だ、ポリュパオスの子よ。(2) かたや、かつての貴族は
　今では賤民だ。このありさまを目にして、我慢などできようか？
連中は互いにだましあい、互いに嘲笑しあっている、
　卑賤の輩のしるしも貴顕紳士のしるしも知らないまま。(3)
ポリュパオスの子よ、町に住むこういう連中とは友だちになるな、
　どんな必要に迫られようとも、腹心の友にはなるな。
みんなと口先だけで親しくしているのがよいと思われる。
　何事であれ、まじめなことは誰にも打ち明けてはならない。
［そんなことをすれば］君は嘆かわしい奴らの心根を知ることになる。
　つまり彼らが、その行ないに何一つ信を置けず、

謀略や欺瞞や奸策が大好きな連中だということ、
そんなとうてい救いがたい連中であることを［君は知ることになる］。

六九―七二

キュルノスよ、卑賤な輩を恃《たの》んでそういう男には断じて相談するな、
まじめなことをなし遂げたいと望むときはいつもだぞ。
むしろ決意せよ、偉人の跡をたどりつつたいへんな骨折りをすることを、
そして、キュルノスよ、長い道のりを足で踏破することを。

七三―七四

すべての友人に事情をすっかり打ち明けたりはするな。
多くの友人のうち、信じるに足る心を持つ者はほんのわずかしかいない。

---

(1) 全体を二篇の詩（五三―六〇、六一―六八行）に分割する案もある。
(2) テオグニスの恋人キュルノスの父称。
(3) 五七―六〇行は差異を伴いながら、一一〇九―一一一〇と一一一三―一一一四行で繰り返される。West は一一一一―一一一二行を五八行の後に挿入すべきだと見なす。

七五―七六

重大事に着手するには、頼る男はごく少数にしておけ。
　キュルノスよ、君がやがて癒しがたい苦痛を受けなくてすむために。

七七―七八[1]

信頼できる男の評価は金銀の重さに値する。[2] そして
　過酷な内紛のときには、キュルノスよ、それはまさに金銀に等しいのだ。

七九―八二

見いだせる男はごくわずかしかいないぞ、ポリュパオスの子よ、
　困難な事態になったときに信頼できる仲間として、[3]
またあえて、［君と］心を一つにして
　順境でも逆境でも等しくそれを分かち合おうとする仲間として［見いだせる男は］。

八三―八六

万人のあいだを探し回っても見つからないぞ、
　船一艘だけで全員を運べるわけではないほど大勢の、

その口元にも目元にも羞恥心が宿っていて
　利益のために恥ずべき行ないに駆り立てられることのない者たちは。

八七―九〇(4)

私にやさしい言葉をかけるのはやめにして、心と気持ちを他所《よそ》に向けてくれ、
　もし君が私を愛していて、君にまごころがあるのなら。
心を清らかにして私を愛したまえ、さもなければ私を見捨て、
　公然と喧嘩を始めて、憎むがいい。

九一―九二

口にする言葉は一つでも、心に二様の考えを持つ男は、仲間としては
　恐ろしい。キュルノスよ、そんな男は友よりはむしろ敵にしたほうがよい。

---

(1) プラトン『法律』第一巻六三〇Aに引用される。「証言」二参照。
(2) 文字どおりには「金と銀に照らし合わせて重さを量れるだけの価値がある」と訳せる。
(3) 七九―八〇行は、テミスティオス（三一七頃―三八八年頃の弁論家・哲学者）『第二十二弁論』二六五aに引用される。
(4) 一〇八二c―f行で若干の差異を伴いながら繰り返される。八七―九〇行を九一―九二行と結合する案も有力だが、底本は一〇八三―一〇八四行が九〇行に続くと考える。

九三―一〇〇(1)

君が見ているあいだは君のことをほめるが、
　君が他所《よそ》に離れていくと、君の悪口を言う者がいるとすれば、
そういう仲間はたしかにあまりよい友ではない。
　口では調子のよいことを言うけれども、胸のなかで違うことを考えている奴だ。
私が友としたいのは、仲間を
　理解し、気質が耐えがたかろうとも
兄弟のようにそれを我慢してくれる、そういう人だ。友よ、君はこのことを心の中で
　よくよく考えてくれ。そうすれば将来いつか私のことを思い出すよ。

一〇一―一一二(2)

誰かに言いくるめられて卑賤な男と友だちにならないようにしたまえ、
　キュルノスよ。価値のない奴が友人だとどんな利益があろうか。
過酷な労苦や身の破滅から君を救ってくれるわけでもなければ、
　幸運に恵まれたところで、それを分け与える気などない奴だ。
親切というのは、卑劣な輩を助ける者にとっては徒《あだ》なるもの(3)。
　灰色の潮の大洋に種を蒔くにも等しい。

大洋に種を蒔いたとて、君は豊かな実りを刈り取らず、
　悪人どもに親切にしたとて、その返礼をきちんと受け取らないのだ。
悪人どもの心は飽くことを知らない。そして君が一度でも過失を犯せば、(4)
　それまでのすべての積み重ねであった友情は投げ捨てられる。
だが貴人らはなんらかの体験をすると、それを最大限に享受して、
　よかったことを思い出に残し、末永く感謝の念をいだく。

一一三―一一四

やばい(5)奴は絶対に親しい仲間にするな。
　危ない港のように、いつも避けることだね。

(1) 通常は一篇の詩として扱われるが、底本は West の考えを支持して、九四行の後に脱文を想定し、全体を三分割する（九三―九四、九五―九六、九七―一〇〇行）。なお、九七―一〇〇行は一一六四a―d行で反復される。
(2) ほとんどの編者は一〇一―一〇四と一〇五―一一二行を別々の詩として扱っている。
(3) 一〇五行は作者不詳「ケルン・パピルス」六四‐一三に引用される。
(4) 一〇九行はストバイオス『精華集』第四巻三三‐三一でテレス（前三世紀の哲学者）作として引用される。
(5) 一一三行の「やばい」と一一四行の「危ない」の原語はともに、「悪い」を意味する *κακός*（kakos）である。

一一五―一一六

飲食をともにするお仲間はなんとも多いことながら、
　まじめな事柄となると、その数はほんのわずかだ[1]。

一一七―一一八

みせかけだけの男ほど見抜くのが難しいものはなく、
　これほど慎重にやらなくてはならないものもないぞ、キュルノスよ。

一一九―一二八

金と銀の贋金《にせがね》で身を滅ぼしたとてまだ我慢できようし、
　キュルノスよ、玄人《くろうと》ならそれを見破るのはたやすいこと。
だが、友とする男の胸の内なる心が、こちらの知らぬまに
　いつわりのものに変わり、心に裏切りの念を抱いていたとすれば、
それこそ、神が人間に作った最もひどいにせ物。
　知ってこれほど悲しいものはない[2]。
というのは、君には男の心も女の心もわからず、
　軛《くびき》をはめる家畜と同じように、試してみるまではわからず[3]、

……(4)それを推し量ることもできないからだ。
なぜなら、判断はしばしば外見《そとみ》に欺かれて狂うからだ。

一二九—一三〇

他人より、勇気が抜きん出ることを祈るな、ポリュパオスの子よ。
富についても同じこと。人にあるのはただ、運（テュケー）のみ。

一三一—一三二(5)

父と母ほどありがたいものはこの世にない。
キュルノスよ、神慮にかなったしきたりを大切にしてきた父母でさえあれば。

---

(1)一一六行は六四四行で反復され、六四三行は一一五行と考えが酷似する。一一五行は一語のみ異なる形で『伝ポキュリデス集』九二にも見いだされる。

(2)一一九—一二四行はアレクサンドレイアのクレメンス『雑録』第六巻一八-六に引用される。

(3)一二五—一二六行はアリストテレス『エウデモス倫理学』第七巻二-一二三七b一五に引用される。

(4)テクストには毀れが認められる。

(5)ストバイオス『精華集』第四巻二五-一に引用される。

一三三―一四二

破滅を招いたり利益を得たりする原因が自分にある人なんかいないよ、キュルノス、
　自分のせいではない。破滅と利益のどちらも、それを与えるのは神々だ。
また人々のうちで、行動するさいに、
　最後に吉となるか凶となるか、胸のうちでわかっている人なんかいない。
というのは、失敗すると思っていても成功したり
　成功すると思っていても失敗したりすることが多かったからだ。
また人は誰も望んだことがすべて叶うわけでもない、
　達成は過酷な困難の後に続くものなのだから。
人は徒《いたずら》なことしか考えず、何も知らない。
　思いのままにすべてを成就するのは、神々である[1]。

一四三―一四四

ポリュパオスの子よ、死すべき人の身にはまだ一人もいないのだよ、他所者《よそ》や
　嘆願者はだましおおせても、不死なる神々に知られずにすんだ者は。

一四五―一四八

わずかな金で敬虔な暮らしをするほうを望みたまえ、
　不正に金を手に入れて金持ちになることを望むよりも。
要するに仁徳はすべて正義のうちにある、[2]
　そしてキュルノスよ、振舞いの正しい者はみな、貴人である。

一四九―一五〇

神（ダイモン）は金銭なら極悪人にも与えるけれど、
　仁徳の分け前のほうは、キュルノスよ、ごく少数の男にしか付き随ってこない。

一五一―一五二

慢心なのだよ、キュルノス、劣悪な奴に神が最初に与えるのは。

（1）一四一―一四二行はオリオン『名句名言集』五‐一二（Schneidewin）に引用される。

（2）このことわざ風の表現はポキュリデス（「断片」一〇）にも帰せられる。一四五―一四七行は作者不詳『アリストテレス「ニコマコス倫理学」註解』二一〇‐一一（Heylbut）で引用される。また、一四七行はアリストテレス『ニコマコス倫理学』第五巻一‐一一二九b二九その他に引用される。

その劣悪な奴の地位をなくしてやろうと神がもくろんでのこと。

一五三―一五四

飽満が慢心を生む。富が、邪悪で
　精神がまともでない者についてくるときにはいつものこと。[1]

一五五―一五八[2]

お願いだから、腹が立っていても、人の心を蝕《むしば》む貧乏を決して罵らないでくれ、
　おぞましい困窮のことも、決して罵らないでくれ。
ゼウスが天秤の皿をその時その時に傾け、
　金持ちになるときもあれば、一文無しになるときもあるのだから。

一五九―一六〇

キュルノスよ、決して大言壮語はするな。誰にもわからないのだからな、
　夜と昼が人に何をもたらすかなんて。

一六一―一六四

心があさましいのに運に恵まれた者がじつに多い。
　こういう連中には、失敗に見えたことが成功に転じる。
だがその一方、志はみごとながらも、運が悪く、
　あくせく苦労しているのに、最後に結果を出せない人たちもいる。

一六五―一六六

神霊（ダイモン）と関係なしに裕福になったり貧乏になったり、
　賤民になったり貴族になったりする者など、一人もいない。

一六七―一六八

人それぞれに禍はつきもので、たしかに幸せという者などいない、
　太陽が見そなわすあらゆる人々のうちには。

一六五

(1) 若干の相違点もあるが、ソロン「断片」六の三―四行に酷似する。　三二一―三二六に引用される。一五七―一五八行はバシレイオス『若人へ』五に引用される。
(2) 一七九―一八〇行とともにストバイオス『精華集』第四巻

一六九—一七〇

神々が評価している者は、あらさがし屋からもほめたたえられる。
　人の真摯さなど、物の数ではない。

一七一—一七二

神々に祈りたまえ。神々にこそ力(1)は宿る。神々なしには、
　よいことも悪いことも何一つとして、人の世に生じない。

一七三—一七八(2)

貴人を何よりもひどく打ちのめすのは貧乏だ。
　そのひどさは、キュルノスよ、灰色の老年や瘧《おこり》(3)以上。
貧乏をのがれるには、底知れぬ大海のなかに、
　切り立った崖から身を投じなくてはならないのだ、キュルノスよ。
人は貧乏に打ちのめされると、何かを語ることもできず、
　何かを行なうこともできず、舌が金縛りにあうからだ。

一七九―一八〇[4]

地上も海の広大な背も越えて探し求めねばならないのは、
　キュルノスよ、つらい貧乏からの解放だ。

一八一―一八二

貧窮した男にとっては、愛しいキュルノス、死んだほうがましだ、
　つらい貧困に苦しみながら生きるより。

---

(1)「神々にこそ」の部分はテクストが毀れている。

(2) 一七三―一七八と一七九―一八二行を結合する編者もいるが、底本は三つの個別の詩として扱う。一七五―一七六行は次の著述で引用される。プルタルコス『ストア派の自己矛盾について』一四-一〇三九F以下において「クリュシッポスによる引用」として、同『共通概念について――ストア派に答える』二二-一〇六九D、ポルピュリオ『ホラティウス「書簡詩」註解』第一巻一-四五、アレクサンドレイアのクレメンス『雑録』第四巻二三-三、ヘルモゲネス（後二―三世紀の修辞学者）『プロギュムナスマタ［修辞学予備訓練］』四、アプトニオス（後四―五世紀の修辞学者）『プロギュムナスマタ［修辞学予備訓練］』四、ストバイオス『精華集』第四巻三二-三八、「トゥキュディデス『歴史』第二巻四三-五への古註」、エリアス（後六世紀の新プラトン主義哲学者）『ポルピュリオス「エイサゴーゲー」註解』一五-一七―一八（Busse）、その他。また、一七七―一七八行はプルタルコス『どのようにして若者は詩を学ぶべきか』四-二二A、アルテミドロス『夢判断の書』第一巻三二、ストバイオス『精華集』第四巻三二-三四その他に引用される。

(3) 間欠熱の一種。

(4) 一五五―一五八行とともにストバイオス『精華集』第四巻三二-二六に引用される。

一八三―一九二[1]

キュルノスよ、私たちは牡羊やロバや馬を探し求めるが、
　探し求めるのは純血種だ。そして人が望むのは、［その種が］将来もよい血統から
出ることだ。ところが、卑しい父親から生まれた卑しい娘との結婚を何とも思わないのだね、
　家柄のよい男であっても、相手方から莫大な金がもらえさえすれば。
女のほうも、卑しい男の妻になることを、その男が裕福ならば
　拒まず、家柄のよい男のかわりに金持ちを望む[2]。
世間は金をありがたがり、高貴な者は卑賤の出の者と結婚し、
　卑賤の者は高貴な出の者と結婚した。つまり、富が血筋を混ぜ合わせたのだ。
だからポリュパオスの子よ、市民たちの血筋が弱まることに驚くことはないぞ、
　高貴なものは卑賤なものと混ざるものなのだから。

一九三―一九六

女の素姓が卑しいことが自分でもわかっていても、
　男は金に目がくらみ、女を［妻として］家に迎え入れる。
世評高き男が世評低き女を迎えるのも、止むに止まれぬよんどころなさに
　駆り立てられてのこと。それにより、男の心は忍の一字となる。

一九七―二〇八

ゼウスから賜った金は、しかも正しい人のもとで
　汚されないままの金は、つねに変わることなくそこにある。
だが男が貪欲な心から、折悪く不正にも、
　正義に悖《もと》る誓いによって金を手に入れ、所有している場合には、
その当座は利益を得たように思われもするが、最後には
　またうまく行かなくなり、神々の御心がまさることになる。
しかしながら人々の心は今述べたことによって欺かれる。なぜなら、その場ですぐに
　というわけにはいかないからだ、至福の神々の過ちへの罰というものは。
悪しき借りの償いを自身で払って、愛しい
　子らに後に災いをおおいかぶせることがなかった者もいれば、
当然の償いが追いつかず、［本人が償う］前に情け容赦なき死が

（1）一八三―一八六行はストバイオス『精華集』第四巻二二-九九に引用される。一八三―一九〇行はストバイオス『精華集』第四巻二九-五三でクセノポンからとして引用され（「証言」六参照）、また同第四巻三〇-一一aにも引用される。

（2）一八八から一八九行への移行が円滑ではないため、West は一八八行の後に脱文の可能性を示唆する。

悲運をもたらして瞼《まぶた》に居座った者もいるからだ。(1)

二〇九―二一〇

亡命者には、友だちも信頼できる仲間もいない。
　亡命よりもつらいのはこのことだ。

二一一―二一二(2)

大酒は身の毒。さりながら、
　賢く飲めば身の毒ならず、身の薬。

二一三―二一八(3)

わが心よ、友みなに合わせてありようをさまざまに変えたまえ、
　個々の持ち前の気性と混ぜ合わせながら。
ずる賢い蛸(4)の性質を持ちたまえ。蛸は
　しがみついている岩にくっついたまま、肌の色を岩に似せるのだ。
ある時はある人の意に従い、別の時は別の人々の顔色をうかがえ。
　知恵は頑迷にまさる。

二一九—二二〇

市民が混乱に陥っているときは、あまり気に病みすぎてはいけない。
　キュルノスよ、私のように中道を行け。

二二一—二二六(5)

隣人は無知蒙昧であり、
　老獪な企てを持つのは自分だけだと思っている者、
そういう者こそ浅はかで、良識が損なわれている。
　というのは、私たちはみな同じようにずる賢いけれど、

---

(1)同じような考えは、たとえばソロン「断片」一三の九—三二行などに見られる。

(2)若干の差異を伴いながら五〇九—五一〇行で反復される。

(3)二一三—二一四と二一七—二一八行は差異を伴いながら一〇七一—一〇七四行として反復される。West その他の編者は二一三—二一四行を別の詩として扱う。二一五—二一六行はプルタルコス『多くの友をもつことについて』九六F、『自然学的諸問題』九一六C、『陸棲動物と水棲動物のどちらが思慮深いか』九七八E、アテナイオス『食卓の賢人たち』第七巻三一七Aその他に引用される。

(4)蛸に関する多くの情報がアテナイオス『食卓の賢人たち』第七巻三一六A—三一八Fに記されている。「ずる賢い」と訳した語は、渦巻きのような蛸の足の状態に言及する語でもある。

(5)ストバイオス『精華集』第三巻四-二六に引用される。

卑しい利潤追求には従いたくないと思う者もいれば、
　いかがわしい悪巧みのほうが好きという者もいるからだ。

二二七—二三二[1]

富の行きつく果ては人間には明らかではない。
　われらのなかには、今でもこの上なく財産が多いというのに、
その倍増に懸命な者たちがいる。万人が満足するものなど、あろうか？
　まさに金こそが、死すべき人間に無分別を生み、
無分別から、破滅が立ち現われる。そしてゼウスが破滅を、
　苦しむ者たちに送るたび、ある時はある人が、別の時には別の人が手に入れるのだ。

二三三—二三四

短慮な民衆を守る砦となり、城壁となりながらも、
　名誉の分け前は少ししか手にしないのが人格者だよ、キュルノスよ。

二三五—二三六

自分たちは救い出される側だと見なすのは、私たちにはふさわしくない。

キュルノスよ、ポリスが完全に征服されようとしている[2]危急存亡のときだ。

二三七―二五四

君には、僕が翼をあげたね。君はその翼をつけて、果てしない海の上へ
天翔《あまか》けて行き、大地の端から端まで楽々と運ばれていくだろう。
君はありとあらゆる晩餐会や宴に顔を出し、
宴席で多くの人々の口の端《は》に上る。
愛らしい若い男たちが高らかな笛[3]の音にあわせて
整然と、きれいな澄んだ声で
君のことを歌ってくれるだろう。そして君が陰鬱な地の底に降りていき、
嘆きの声に満ちた冥王ハデスの館に歩を進めると、
死してなお名声は朽ちず、その先も

（1）ソロン「断片」一三の七一―七六行のバリエーション。

（2）おそらく、テオグニスの目から見ると下層階級に属する者たちにポリスが「征服される」という意味であろう。「征服される」は「有罪判決を受ける」を意味する可能性もある。

（3）「笛」は通常 *αὐλός*（aulos）と呼ばれるが、ここでは縮小辞のついた *αὐλίσκος*（auliskos）が用いられ、明らかに若者の声にふさわしい笛を表わしている。

永遠に、不滅の名が世の人々に知られる。
キュルノスよ、君はギリシアの地と島々をくまなく巡り、
　魚の群れる荒涼たる海を越えていくだろう。
だが馬の背に坐ってではなく、[1] 君を送り届けてくれるのは
　菫《すみれ》の冠をつけたムーサらのきらめく賜物だ。
[この賜物に] 心惹かれるすべての人々に、そして同様に未来の世代にも
　君は歌われるのだ、大地と太陽が世にあるかぎり。
それなのに僕のほうは、君からほんのわずかな敬意も受けず、[2]
　君は幼子をだますみたいに、私を作り話でだましているのだ。

二五五—二五六[3]

最も美しいのは最も正しいもの。最も望ましいのは健康であること。
　そして最も喜ばしいのは、気に入ったものを手に入れること。[4]

二五七—二六〇

私は美しい競争馬、でも最悪の
　男を乗せている。それが私の一番の悩み。

ほんとに何度もあったわね、銜《はみ》を打ち破り、
このへたくそな乗り手を突き落して今にも逃げ出しそうになったことが。(5)

二六一―二六六

私のために酒が飲まれるわけではない。やさしい娘のかたわらに
別の男――私よりずっと劣った男――が居座っているから。
この子の家で、愛しい両親が私のために冷たい水を飲むのは、
彼女が何度も水を汲んで嘆きながら私を運ぶから。

---

(1)この箇所の意味は議論の的になっている。
(2)本文中の否定辞を動詞にかけて「受けず」と訳した。しかしこの否定辞を「わずかな、少ない」という形容詞にかけて「少なからぬ敬意を受ける」、したがって「大いに尊敬されている」ととる解釈もあるが、次行（二五四行）が示すように、この解釈は正しくない。
(3)状態が不完全な後二／三世紀の「オクシュリュンコス・パピルス」第二十三巻二三八〇に含まれ、アリストテレス『ニコマコス倫理学』第一巻八-一〇九九a二七では「デロス島のエピグラム」として、同『エウデモス倫理学』第一巻一-一二一四a五ではデロス島のレト神殿の刻文として引用される。ストバイオス『精華集』第四巻三九-八にも引用される。ペンタメトロス（五脚韻）前半にはさまざまな読みがある。
(4)かならずしも性愛に限定した意味で解釈する必要はない。
(5)このイメージはさまざまに説明される。底本によると、「馬」は上流階級出身であるにもかかわらず下層階級の男に嫁がされたことを非常に嫌がっている女性を表わすが、女性が作った歌ではなく、女性のふりをしている男性が作った詩である。

そのとき私はその子の腰のあたりを腕に抱いて首筋に
　口づけをし、娘は口からやわらかな声をあげた。[1]

二六七—二七〇

貧乏の女神（ペニエ）は赤の他人にとりついていてもそれとわかる。
　市場にも法廷にもやって来ないからだ。
どこでも蔑《さげす》まれ、どこでも嘲笑され、
　どこへ行こうと、どこでも同じように憎まれるから来ないのだ。

二七一—二七八

神々は死すべき人間にまことに等しく、他にも多くのものを与えたが、
　とりわけ、おぞましい老年と青春時代とを与えた。
これこそ、世のあらゆるもののうちで最悪のもの。死や
　諸病と比べても一番厄介だ。
あなたは子らを育て、好ましいものを何もかも与えてやり、
　つらい目にたくさん遭いながら金を注ぎ込んだのに、
子らは父を憎み、死んでしまえと悪態をつき、

父親が入ってこようとすると、まるで乞食のように忌み嫌うのだから。[2]

二七九—二八二

当然のことながら、悪人は正義を曲解し、
　背後に控える神罰に畏れおののくこともない。
なぜなら、やくざな男のもとでは、多くの無法なことがらが
　たちどころに企てられ、万事順調にいくものと見なされるからだ。

二八三—二八六

この町の市民の誰かを信用して一歩を踏み出してはならない。
　誓約や友情も、決して当てにするな。
たとえその男が、不死なる神々のなかで最高の神ゼウスを

（1）テクストも意味も議論の的になっている。テクストについてWestは、二六一—二六二と二六三—二六六行を分離して別の詩とする。Bowieは二六五—二六六行を、性愛を含むまったく別個の物語詩の一部と解する。意味に関しては、断片全体が謎々になっているとの解釈もある。

（2）本断片の句読法は不明瞭である。「死や／諸病と比べても一番厄介だ」の部分を挿入句ととる人も多い。

保証人にしたいと望んでも――それは信用の証にしたいという望みからのこと――、ご法度だ。

二八七―二九二[1]

こんなに悪意に満ちたポリスには、何の喜びもない。
……もっとひどい苦境に大勢の人々が陥り、
貴族の没落が今では賤民の繁栄を生み、
　彼らはよこしまな法律に狂喜している。
なぜなら、一方では尊敬の念が失われ、他方、破廉恥と傲慢が
　正義を打ち負かし、国中を席巻しているからだ。

二九三―二九四

獅子といえどもつねに肉を喰らうわけではない。
　［他の獣より］強いけれども、それでも窮乏することもあるのだ。

二九五―二九八

沈黙は饒舌な男にとって最もつらい苦痛だが、
　男が声を発すると、その場にいる人々はうんざりし、

みなに嫌われる。やむを得ず、
　酒宴でこういう男と交わる羽目に陥るものだ。

二九九―三〇〇

不幸に見舞われた男と親しくなりたがる者はいない。
　同じ一つの胎《はら》から生まれた者でもそうなのだ、キュルノスよ。

三〇一―三〇二

厳しくもし、やさしくもせよ、そして人を引きつけもし、人に冷たくもせよ、
　奉公人や召使い(2)や、戸口を接する隣人に対しては。

三〇三―三〇四

よい生活をこせこせと変えたりせずに、そのまま静かに保たねばならない。

---

(1) 二八七―二八八行（あるいは二八七―二九二行）を二八三―二八六行と結びつける人々もいる。West は二八七―二九二行の前に、三六七―三六八行のようなものが先行したと考える。

(2) 文字どおりには「奉公人や召使い」だが、おそらく女性奴隷と男性奴隷の対比を意図している。

だが悪しき生活は、君がそれを正すまで動かさねばならない。

三〇五—三〇八

悪人といえども、かならずしも生まれつきの悪人というわけではなく、
　悪い連中と友情を結ぶことによって
悪行や罵詈雑言や乱暴狼藉を身につけたのだ、
　不良仲間の言葉がすべて本当だと思ったあげくに。

三〇九—三一二

彼が食事仲間のあいだでは、聡明な人なのに
　その場にいないかのように何も気づいていないのだと思われ、
滑稽なことを言いもしますように。でも外では、彼がもっと強くなり[1]、
　各人の持つ気質がわかりますように。

三一三—三一四

私は狂人たちのなかにいると一番気の狂った者となるが[2]、礼節をわきまえた人々のなかにいると
　みんなのうちで最も礼節をわきまえた者となる。

三一五—三一八[3]

金持ちはその多くが邪悪であり、善良な人々は貧しい。
　だが私たちは彼らと、徳と富を取り換えたりはしない。
なぜなら、徳はつねにゆるぎないものであるが、
　富は、ある時はこの人、ある時はあの人と、持ち主が変わるからである。

三一九—三二二[4]

キュルノスよ、人格者はつねに揺るぎない信念を持ち、
　逆境にあっても順境にあっても肝が据わっているものだ。
だが卑しい男は、神から生活の資と富を与えられると、
　思慮なきゆえに、悪行を抑えられない。

---

(1) καρτερός（karteros）は、文字どおりには「より強い」を意味する語であるが、ここでの正確な意味は不明。全体として、他人といっしょにいるときには仲間と同じ考えを共有しているふりをすべきだが、仲間から離れたら自分の信念の強さを示すべきであるという意味に底本は解釈している。校訂者の間には句読法や読みの一致が見られないが、底本は West に従う。

(2) ことわざを言い換えた表現である。

(3) わずかに差異があるが、ソロン「断片」一五のバリエーションである。ストバイオス『精華集』第三巻一‐八に引用される。

(4) ストバイオス『精華集』第三巻三七‐二に引用される。

三二三―三二八

ささいな理由で、親しい友を失うなよ、
　キュルノス、ひどい中傷にだまされて。
友だちの過ちにことごとく目くじらを立てていると、
　互いに絆を結びあうことも、親しくすることもできない。
なぜなら、人間には過ちがつきもの(1)だから、
　キュルノスよ。だが神々は辛抱をしたがらないが。

三二九―三三〇

思慮深いと、のろまでも韋駄天を追いかけるうちに追いつくもの(2)、
　キュルノスよ、不死なる神々のまっすぐな正義によって。

三三一―三三二(3)

私のように静かに、中道を通って歩みを進めたまえ。
　キュルノスよ、一方の者たちに属するものを、双方いずれの者たちにも与えるな。

三三二a—b(4)（≒二〇九—二一〇）

三三三—三三四

キュルノスよ、亡命した男に期待をかけて大切に思ったりするな。
　彼が帰国しても、もう昔のままではないのだから。

三三五—三三六

度を越すほど一生懸命になるな(5)。何事につけ、中庸が最善(6)。そうやって
　キュルノスよ、身につけるのが難しい人徳を君は手に入れられるのだ。

(1)直訳は、「過ちは人々の間で、死すべき者どもにつき従う」。
(2)この表現のモデルはホメロス『オデュッセイア』第八歌三二九—三三〇行に見いだされる。
(3)ストバイオス『精華集』第三巻一五-六に引用される。
(4)三三二a行はアレクサンドレイアのクレメンス『雑録』第六巻八-一に引用される。三三二b行では最上級が用いられ、「亡命で最もつらいのはこのことだ」となる。
(5)この部分は四〇一行と同一。「度を越すな」は人口に膾炙したことわざ。
(6)「中庸が最善」と訳した部分と似た表現がポキュリデス「断片」一二の前半で用いられている。

三三七―三四〇

ゼウス様が、私を愛してくれる友人たちへのお返しを私にお許しくださいますよう。
　そして将来は敵にもっとたくさん報復することをお許しくださいますよう、キュルノスよ。
このようにして私は人間たちのなかにあって、神と思われるかもしれない、
　復讐し終えてしまった私を死の定めが迎えにくるときには。

三四一―三五〇

オリュンポスなるゼウスよ、時宜を得た私の願いをお聞き届けくださり、
　どうか、数々の災いのかわりに、少しはよい目に遭わせてください。
死んでしまいたいくらいです、数々のつらい心配事のうちに心休まるものが
　見つからないのなら。苦しみには苦しみを、私が与えられますように。
それが掟ですから。でも私たちにはまだ現われていないのです、報復が、
　私の財産を力ずくで奪いとって私物化した奴らへの報復が。
私は、峡谷を超えて行った犬です。
　冬に増水した川の中で何もかも投げ落としてしまった犬なのです。[1]
やつらの黒い血をすすることができますように。ご加護くださる方が、
　私の心の思うままにこれらのことを成し遂げてくれるよき神霊（ダイモン）ですように。[2]

三五一―三五四

ああ、うらぶれた貧乏女神（ペニエ）よ、[3] あなたはなぜここでぐずぐずして、他の
男のところに行かないのですか？　お願いだから、気乗りのしない私に惚れこんだりせず、
出て行ってよその家に足を向けてください。私と
このわびしい暮らしをいつまでも分かち合うのはやめてください。

三五五―三六〇

キュルノスよ、禍に耐えなさい。君は果報に堪能していたのだよ、
その分け前を君もまた持つことになっていたときには。
君が幸運から転じて不運をつかんだのと同じように、もう一度
神に祈りながら、［不運からの］脱却を試みなさい。
しかし、見せつけ過ぎてはだめだ。キュルノスよ、見せびらかしはまずい。

（1）犬の比喩の意味は曖昧でわかりにくい。West の推量によると、ちょうど犬が川を渡った後に身震いするように、詩人は突然、貧困からのがれられる不快な経験をしたという。しかしこの推量も、その他の提案された修正案も説得力がない。おそらくなんらかの寓話をほのめかしているのであろう。

（2）「復讐の霊が立ち上がりますように」あるいは「私の守護霊が私を見守ってくれますように」というような意味であろう。

（3）三五一行前半と六四九行前半は措辞が同じ。

君の不幸を心配してくれる人はほとんどいないよ。

三六一―三六二

大きな禍に見舞われると、人の心[1]は萎え衰えるのだよ、
キュルノス。しかし後で復讐を果たせば、元気を取り戻す。

三六三―三六四

敵を甘い言葉で巧みに丸めこみたまえ。そしてそいつを掌中に収めたら、
なんの口実ももうけずに復讐すべし。

三六五―三六六

理性で持ちこたえ、いつも穏やかな言葉遣いをしたまえ。
短気は卑賤の輩のしるしだ[2]。

三六七―三七〇[3]

私には、市民が何を考えているのかがわからない。
私の行動がよかろうと悪かろうと、どちらも彼らには気に入らないのだから。

多くの者が ── 平民も貴族も同じように ── 私をそしるからだ。
　この愚かな連中のなかには、私のようなことができる奴などいないのに。

三七一―三七二

気の進まない私を突き棒(4)でつついて車の下に無理やり駆り立てないでおくれ、
　キュルノス、愛のほうに激しく引き寄せようとして。

三七三―四〇〇(5)

親愛なるゼウス様、あなたには驚きました。あなたは万物を統べるお方、
　大いなる名誉と力を自らの掌中に収め、

(1)「心」の原語である κραδίη (kradiē) は「心臓」を指すが、ここでは「自信、矜持」の意味。
(2)三六六行は一〇三〇行と一語のみ異なるが、ほぼ同じ。
(3)三六七―三六八行は一一八四a―b行と実質的に同じ。二四行も比較せよ。
(4)家畜を追い立てるための棒。性愛の文脈で理解すべきとされる。
(5)通常この詩は二分割ないしはそれ以上に分割される(三七三―三九二と三九三―四〇〇行、あるいは三七三―三八〇、三八一―三八二、三八三―三九二、三九三―四〇〇行)。しかし底本は West に従って、脱文が二箇所ある一篇の詩と解する。

人間一人一人の考えや気質をご存じです。
　王よ、あなたの力はすべてのものにもまさる最高のもの。
それなのにどうして、クロノスの御子よ、あなたの心は、罪を犯した男どもと
　清廉潔白の士をあえて同じ運命に置くのですか、
一方は心が節制に向けられた人々、他方は、乱暴狼藉のほうに心を向けて
　恃《たの》むに任せて不正な行いをやる連中なのに？
死すべき者どもには、神霊（ダイモン）に由来する規範がないのですか、
　不死なる神々の嘉《よみ》するような道がないのですか？

…………………………………………（1）

それにもかかわらず彼らは富を安泰に手に入れ、他方、悪業を
　慎んでいるにもかかわらず、貧困を、
つまり窮迫を生みだす母なるものを得た。正義を愛しているのに、だ。
　貧困は人々の心を過ちへと惑わせる、
より抗いがたい力で無理やり、胸のうちなる分別を狂わせることによって。
　すると人は不本意ながらも、たくさんの恥ずべきことも敢えて耐え忍ぶのだ、
窮乏に屈したがために。この窮乏こそが、多くのことを教えこむ。
　つまり、嘘いつわりや欺瞞行為や数々のおぞましい諍いを、

そうしたいと思っていない男、悪事が似つかわしくない者にまで教えこむのだ。
　つまりは、窮乏がつらい窮迫をも生み出すから。
貧困のなかでこそ、卑劣な男やそれよりもずっとましな者がどういう人なのかが
　はっきりする。窮乏に追い詰められるからだ。
というのは、後者の心は正義にかなった行為を重んじ、つねにその
　胸のなかにはまっすぐな考えが植え込まれているが、
これとは反対に、前者の心は逆境でも順境でも歩調を合わせない(2)。
　人格者は、幸も不幸も我慢強く耐えなければならないのです。
友だちを尊重し、滅びにつながる誓いをのがれなければならない。

……………………………………

　不死なる神々の怒りを注意深く避けながら。

---

(1) この脱文の内容は、「まったく恥ずべきやり方で略奪や窃盗をする者たちもいる」というようなものであったとWestは推測する。
(2) テクストの毀れが想定されるが、おそらく、劣悪な人は不運に見舞われたときも幸運なときも、それに適応できないというような意味であろう。

四〇一―四〇六

度を越すほど一生懸命にはなるな。[1] 何事につけ、適度が最善だ、[2]
　この世では。人はしばしば繁栄をめざし、
一生懸命に利益を求める。神霊はそういう人を
　わざと大きな過ちへと惑わせ、
禍を幸福だと思わせ、
　有益なものを禍だと、いともたやすく思いこませる。

四〇七―四〇八

君は一番親しい人なのに[3]失敗してしまったが、私が悪いのではない。
　君自身にしっかりした考えがなかったのだ。

四〇九―四一〇[4]

君が子孫に残せる最もすばらしい宝は
　恥を知る心だ、キュルノスよ、それは貴族ならそなわっているもの。

四一一—四一二

人々のうちで仲間として誰にもひけを取らないと思われるのは、
　キュルノスよ、判断力と実行力をそなえた男だ。

四一三—四一四

飲んだところで、私はそれほどには酔いもせず、酒の勢いにまかせもしない、
　君の悪口を言うほどには。

四一五—四一八(5)

探し求めたところで、誰一人として見つからないよ、私に似て
　心に悪巧みがなく、仲間として信頼できる人物なんか。
私が、金のように試金石まで足を運び、鉛とこすりあわせられたなら(6)、

---

(1)三三五行と比較せよ。
(2)クリティアス「断片」七の二行と比較せよ。
(3)文脈がないため意味を決められず、推定訳である。
(4)一一六一—一一六二行と一部だけ異なる。
(5)一一六四e—h行とほぼ同じ。四一五と一一六四e行、四一七と一一六四g行で語が若干異なるが、意味はほぼ同じ。
(6)鉛を混ぜた金と純金とを区別するために使われる試金石については、四四七—四五二行の註を参照。本断片では、人格の優劣に試金石の比喩が用いられている。

私のほうにずっと分《ぶ》がある[1]とわかる。

四一九―四二〇

多くのことが過ぎていく。私も気づいていることだが、しかたなく
　黙っているのだ。自らの力のほどがわかっているから。

四二一―四二四[2]

世人の多くは自分の舌の扉をきちんと閉めもせず、
　どうでもよいことをたくさん気にかける。
災厄は内々にとどめるほうがよく、
　災厄よりも幸福を口外するほうが望ましい。

四二五―四二八[3]

地上にある人間にとって何よりもよいこと、それは生まれもせず
　まばゆい陽《ひ》の光も目にせぬこと。
だが生まれた以上は、できるだけ早く冥府（ハデス）の門を通って[4]、
　うず高く積み重なる土の下に横たわること[5]。

四二九—四三八[6]

人にすぐれた思慮を吹き込むことよりも、人を生み育てるほうがたやすい。
これまで誰一人として考え出せなかったのは、
愚者を思慮深くしたりさもしい奴を高貴にしたりする手立てだ。
もしもアスクレピオスの末裔が[7]、

---

(1)「ずっと分がある」と訳した部分の直訳は「傑出した λόγος (logos) が中にある」。λόγος は多様な意味を持つ語で、この部分はさまざまに解釈されうる。

(2) ストバイオス『精華集』第三巻三六-一に引用される。

(3) セクストス・エンペイリコス『ピュロン主義哲学の概要』第三巻二三一とストバイオス『精華集』第四巻五二-三〇に引用される。

(4) 四二五—四二七行は、アレクサンドレイアのクレメンス『雑録』第三巻一五-一、『スーダ辞典』α四〇九九 (Adler)、「ギリシア俚諺集成」第二巻一四八-四 (Leutsch & Schneidewin) に引用される。なお四二五と四二七行は、ストバイオス『精華集』第四巻五二-二二で「アルキダマス [前五世紀後半—四世紀初頭の修辞学者、ソフィスト]」の弁論教本『ムーセイオン』から」と、『ホメロスとヘシオドスの歌競べ』七八—七九行その他に引用される。

(5) この厭世的な態度は他の多くの著述家にも認められてことわざのようになっているが、テオグニスがその作者であると主張する人は少ない。おそらくテオグニスは、以前からあった二つのヘクサメトロス (六脚韻) からこのエレゲイアを作ったのであろう。

(6) 四三二行はディオン・クリュソストモス『弁論』一-八、およびプルタルコス『プラトン哲学に関する諸問題』問題一-三-一〇〇〇Cに引用され、四三二—四三三行は作者不詳「オクシュリュンコス・パピルス」(未刊行) に引用される。また、四三四—四三八行はプラトン『メノン』九五E、および「ベルリン・パピルス」一二三一〇に引用される。

(7) アスクレピオスは治癒の神。その「末裔」は医者のこと。

人間の卑劣さや破滅的な心を癒す術《すべ》を神から授けられていたならば、
　かなり多額の報酬をもらっただろうに。
もしも思惟というものが、作り出したり人に吹き込んだりできるものだったら、
　すぐれた父親からどら息子が生まることもなかっただろうに。
思慮深い言葉に従うわけだからね。しかし、あなたが教え込んだところで、
　だめ男を人格者にすることはできない。

四三九—四四〇

愚か者とは、私の意図には目を向けるくせに
　自分自身の意図には関心を向けない者。……………[1]

四四一—四四六[2]

何もかも幸せという人はいない。だが人格者は
　不運な目に遭っても耐え忍び、しかもなお、おくびにもそれを出さない。
かたや、だめ男は、順境であれ逆境であれ、
　心を抑えるすべを知らない。神々は
ありとあらゆる種類の贈物を人間に届ける。だが、

神々がどんな贈物を授けようとも、私たちはそれに耐えねばならないのだ。

四四七―四五二

君が私の汚れを洗い出そうとしても、私の頭のてっぺんから
　つねに流れ出るのは汚《けが》れなき清らかな水。
君が見いだすのは、私がどんな行ないでも
　純金のように、試金石(3)で擦ると赤く見え、
うわべには黒い錆《さび》も
　黴《かび》もつかず、いつも清らかな輝きを保っていることである。

四五三―四五六

ねえ、君に、その愚かさと同じ程度の思慮があり、

---

(1)テクストには毀れが認められる。
(2)一一六二a―f行とほぼ同じ。四四二と一一六二b行および四四四と一一六二d行に若干の違いがある。
(3)試金石で擦るという比喩表現は四一七行にも認められる。試金石には、純金であることが判明した金によってつけられた筋がついている。試される金を試金石の上でこすってつけた新しい筋と元々ついていた筋とを比較して、石の上に残された筋の様相の異なり具合によって、試される見本の不純度が相対的に突きとめる仕組みになっている。

　おとなげなさと同じ程度の分別があれば、
ここの多くの市民は、君のことを、今は木偶《でく》の坊だと
思っているが、それと同じ程度に羨ましがっただろうに。

四五七—四六〇[1]

年老いた夫には、若い妻は似つかわしくない。
　若妻は小舟のように、舵の言い成りにはならず、
錨もなく、もやい綱を引きちぎって
　夜中によその港にいることが多いのだから。

四六一—四六二

どうしようもないことには、心を寄せるな、熱望するな。
　どうせできるわけなどないのだから。

四六三—四六四

つまらないものであれ、すばらしいものであれ、神々は
　そう簡単には与えない。刻苦勉励のなかにこそ、栄光がある。

四六五―四六六

徳の実践に腐心し、正しい行ないを大事にしたまえ。
　恥ずべき利益に打ち負かされることなかれ。

四六七―四九六(2)

人々のうち、ここにいることに気が乗らない者を引き留めるな。
　戸口から出ていきたがらない人には、出ていけと言うな。
寝ている人は起こすな、シモニデスよ、(3)私たちの誰であれ、
　酒に酔ってやわらかい眠りに包まれている者は起こすな。
起きている人には、意に反して眠れと言うな。

---

(1) 四五七―四五八行はアレクサンドレイアのクレメンス『雑録』第六巻一四-五に引用される。四五七―四六〇行はアテナイオス『食卓の賢人たち』第十三巻五六〇A、およびストバイオス『精華集』第四巻二二-一一〇に引用される。

(2) 四六七行は四六九行とともに、ペレクラテス「断片」一六二-一一―一二行（Kassel-Austin）に引用され、四七七―四八六行はアテナイオス『食卓の賢人たち』第十巻四二八Cに、四七九―四八六行はストバイオス『精華集』第三巻一八-一三に引用される。

(3) 不詳の人物、もしくはイアンボス詩人か。

　無理やりやらされることはすべて不愉快なのだから[1]。
そして飲みたがる者には、そばに［奴隷を］立たせてお酌をさせたまえ、
　毎晩、安楽に暮らせるというわけではないのだからな。
けれども私のほうは、蜜のように甘い酒には限度があるから、
　家に行って、不幸せをおしまいにしてくれる眠りに心を向けよう。
飲酒が人にとって最も喜ばしい境地に達し、
　素面《しらふ》でもなく、すっかり酩酊したというわけでもない。
酒の限界を超えた者はもはや
　自分の舌も心も意のままには操れず、
素面《しらふ》の者たちから、はしたないと思われるひどいことを口にし、
　酔うといつも自分の振舞いを恬《てん》として恥じず、
それまでは分別があったのに、飲むと愚かしい。さあ、君はこういうことが
　わかっているのだから、酒を飲みすぎるな。
さあ、酔っぱらう前に席を立つか――胃の腑には無理強いさせるな、
　君を哀れな日雇い奴隷みたいに扱わせるな、――
それともその場にずっといるのなら、飲むな。だが君は「満杯にしろ」と、この愚かな一言を
　たえず口にするから酔ってしまうのだ。

なぜなら、友情を固める一献が運ばれ、お代わりの一杯も出され、
　君はまた一杯を神々のために注ぎ、そしてもう一杯[2]を手にして、
断るすべを知らないのだから。達人とは
　何杯も飲んだ後でも愚かなことを言わない人のことだ。
あなたたちは混酒器のそばに居続けてじょうずにおしゃべりし、
　長いこと互いに口喧嘩もせず、
相手が一人であろうとみんな一緒であろうと同じように、人前で[3]口をきく。
　かくして酒宴はまずまずの出来となる。

四九七—四九八[4]

愚か者の心も分別ある人の心も等しく、

（1）この行は一語だけ異なる形でアリストテレス『形而上学』Δ巻五-一〇一五a二八に引用されるが、エウエノス（「断片」八）に帰している。このため、また、六六七—六八二と一三四一—一三五〇行にもシモニデスが登場することから、これら三篇をエウエノスに帰す人々もいる。

（2）「もう一杯」と意訳したが、原語は定冠詞でその意味は不明瞭。一種の罰ゲームとして飲み干す一杯か。

（3）「人前で」と訳した部分は「公然と」を意味する可能性もある。

（4）四九七—五〇八行はストバイオス『精華集』第三巻一八-一四—一六に引用される。

限度を超えて酒を飲めば、かならず虚《うつ》ろになる。

四九九―五〇二

練達の士は金と銀を、火で、
　見分けるが、人の心を示すのは酒[1]。
すこぶる賢い人でも酒を手に取り、限度以上に飲むと、
　それまで賢明だった心を汚してしまう。

五〇三―五〇八

私の頭は酒で酔っている、オノマクリトス[2]よ、やられたよ、
　酒に。たしかにもう頭が働かず、
広間がぐるぐる回っている。だが、さあ、立ちあがって
　試してみようじゃないか、酒が足まで回っていないかどうか、そして
胸の内なる心までも回っていないかを。私は、酔っぱらってバカなことをして
　大恥をかくのではないかと心配だ。

五〇九—五一〇[3]

大酒をすれば、毒。さりながら、
　賢く飲めば毒ならず、百薬の長。

五一一—五二二

クレアリストスよ[4]、深い海を越えて君がたどり着いたのは
　一文無しの住むこの場所。ご自身も一文無しで、お気の毒に。
手元にある一番上等のものを出してあげよう。でも、もし誰かが
　君の友だちとしてやって来れば、友情の度合いに応じて横になってくれたまえ[5]。
ここにあるものは出し惜しみしないが、君をもてなすために手持ち以上のものを
　他所《よそ》から持ってくるつもりはない。
船の両側の漕ぎ座の下に私たちが積み込むのは、
　クレアリストスよ、私たちの手持ちのものと神々が与えてくださるものだ。

（1）五〇〇行「人の心を示すのは酒」は、アテナイオス『食卓の賢人たち』第二巻三七Eに引用される。
（2）詳細不明の人物。
（3）二一一—二一二行と少しだけ異なる。
（4）詳細不明の人物。
（5）席順についてはプラトン『饗宴』二二二E参照。

私の暮らし向きを尋ねる者がいれば、その人にはこう答えてくれ。
　「よい暮らしに比べると苦しいが、貧苦と比べるとうんとよい暮らしだ。
だから、父祖伝来の客人が一人なら見捨てはしない。
　でも、それ以上たくさんの客をもてなすのは無理だ」。

五二三—五二六[1]

富の神（プルトス）よ、人々がとりわけあなたを崇めるのも無益なことではありません。
　あなたは卑劣というものに楽々と耐えられるのですから。
実のところ、富の所有は貴人にこそ似つかわしいのであり、
　貧困に耐えるにふさわしいのは平民なのですから。[2]

五二七—五二八[3]

ああ悲しい、青春よ、ああ悲しい、おぞましい老年よ。
　老年は近づいてくるがゆえに、そして青春は過ぎ去ったがゆえに。

五二九—五三〇

私は友人や信頼できる仲間を誰一人裏切らなかった。

私の魂には、奴隷根性は微塵《みじん》もない。

五三一―五三四

わが愛しき心がつねになごむのは、
　麗しき音を奏でる笛の音《ね》を聞くとき。
楽しきは、快く酒を飲みつつ、笛吹きに合わせて歌うこと。
　楽しきは、響き美しき竪琴（リュラー）をしかと手に抱くこと。(4)

五三五―五三八(5)

奴隷は、頭が生まれつきまっすぐではなく

---

(1) 五二三―五二四行はストバイオス『精華集』第四巻三一‐一に、五二五―五二六行は同第四巻三一‐三aに引用される。

(2) 富の神が卑劣な者たちに富をもたらすことへの皮肉のこもった詩。「貴人」の原語には「よい人」の意味もあり、「平民」の原語には「悪しき人」の意味もある。

(3) ストバイオス『精華集』第四巻五〇‐四四に引かれ、『パラティン詞華集』第九巻一一八では「ベサンティノス［後二世紀のエピグラム作者］から」として引用される。

(4) 五三一―五三二と五三三―五三四行を別の詩と見なす説もある。

(5) 五三五―五三六行はアレクサンドレイアのピロン『有徳者はすべて自由であるべきことについて』一五五およびストバイオス『精華集』第四巻一九‐三六に引用される。

　つねに曲がっていて、首も傾《かし》いでいる。
海葱《かいそう》(1)からは薔薇《ばら》もヒュアキントス(2)も生じないからだ。
　そして母親が奴隷の子は決して自由人らしくならないものだ。

五三九―五四〇

愛しいキュルノスよ、この男は自分で足枷《かせ》を作っているよ、
　私の判断力が神々に欺かれていなければ(3)。

五四一―五四二

ポリュパオスの子よ、私は案じているのだ、傲慢無礼(4)がこのポリスを滅ぼすのではないか、
　ちょうどそれが、生肉を食らうケンタウロス族(5)を滅ぼしたみたいに、と。

五四三―五四六

私は墨縄と曲尺を使ってこの裁決を下し、
　両陣営に等しいものを与えなければならないのだ、キュルノスよ、
予言者たちや鳥占いの鳥や、焼ける犠牲獣に助けてもらいながら(6)。
　間違っているという恥ずかしい非難を浴びないために。

五四七―五四八

卑劣な手段で人を苦しめてはならない。正しい人にとって、
　親切な行ないにまさるものはない。

五四九―五五四

嘆かわしい戦争を引き起こそうとしているぞ、一言も発しない使者が、(7)
　キュルノスよ、遠くから見通しのきく見張り台で光っている使者が。
さあ、脚速き馬に馬勒《ばろく》をつけたまえ、

---

(1) ユリ科ツルボ属の植物。

(2) 元来はシケリアおよびシリア原生の青または深紅の野生の花であったが、本断片では庭に植えられる美しい栽培種の植物として語られている。現在のヒアシンスに相当するわけではない。

(3) West の考えでは、この二行対句は一一〇一―一一〇二行に続く。

(4)「傲慢無礼」と訳した原語の ὕβρις (hybris) がポリスを滅ぼすとことへの危惧は、一一〇三―一一〇四行（ここでは ὕβρις を「無法」と訳した）にも認められる。

(5) 半人半馬のケンタウロス族は、通常は、生肉を食べる者と見なされないが、アポロドロス『文庫［ギリシア神話］』第二巻五-四におけるケンタウロス族のポロスは生肉を食うという。

(6) 前半二行の対句と後半二行の対句を別々の詩とする編者もいる。ただし後半の対句は不完全である。また五四四行の後に脱文を想定する編者もいる。

(7) 狼煙《のろし》の意。

私の思うに、馬が敵を迎え撃ってくれようぞ。
間《あいだ》の距離は遠くない、馬はすぐ着くだろう、
　神々が私の判断を狂わせていなければ。

五五五―五六〇

つらい苦境にある者は耐え忍ばなければならず、
　不死なる神々に解放をお願いしなければならない。
気をつけたまえ、――財産というものは剃刀《かみそり》の刃の上に立っている。
　たくさん手に入れる時もあれば、わずかしか手に入らない時もある――
君が財を成して豊かになりすぎることもなく、
　ひどい窮乏に突き進んで行くこともないように[1]。

五六一―五六二

敵の財産のうち、一部は私自身のものとなり、残りの多くは
　友人たちに手渡すことができますように。

五六三―五六六

宴に呼んでもらうべし、そして坐るべきは、
　あらゆる技に通じたすぐれた男のそば。
その男が賢明なことを言えばかならず耳を傾けるべし。君が学び、
　それを利益として携えて家に帰るため。

五六七―五七〇

私は青春を楽しみ、遊び戯れる。だって魂を失うと、
　大地の下で石のように押し黙ったままずっと長く横たわり、
いとしい太陽《ひ》の光を後にして、
　私の日頃の行ないはよいというのに、何も見えなくなるのだからね。

---

(1)テクストはかなり不確定。五五五―五五六行は一一七八a―b行にほぼ等しい（五五五と一一七八a行は語順と用語に若干の違いがあるが、大意はほぼ同じ）。五五五―五五六行を五五七―五六〇行と別の対句と見なす編者もいれば、この六行を三つの対句に分割する編者もいる。

五七一―五七二[1]

名声は、人間にとって大いなる不幸。試練こそ最善。
　試練を経ない多くの者が手柄の名声を持つ。

五七三―五七四

よい行ないをして、よい目に遭いなさい。使者をなぜもう一人送ろうというのか？
　善行の知らせはさっと広まるものだ。

五七五―五七六

私を裏切っているのは友だちだ。だって私は敵を、
　ちょうど舵手が海の中の暗礁を避けるみたいに、避けているのだから。

五七七―五七八

「善から悪を作るほうが悪から善を作るよりもたやすい」
　――わしに教えを垂れるな、こんな年寄りには理解できん。[2]

五七九—五八二

不埒な男なんか大嫌い。通り過ぎるときには、私は顔を隠す、
　鳥がそうするみたいに、一顧だにしないの。[3]
走り回る女も大嫌い、女たらしも大嫌い、
　他人の畑を耕したがるのだもの。[4]

五八三—五八四

過ぎ去ったことはもうどうしようもないこと。
　でも今後のことには、目を光らせて気をつけなさい。

---

(1)一一〇四a—b行とまったく同一。全体の意味は語の解釈次第で変わる。「名声」を「期待」と解するWestの解釈では、「空しい妄想はよくない。経験が重要。多くの者は自分の知らない喜びを空想する」の意。

(2)二行目のペンタメトロス（五脚韻）はよく知られたことわざに皮肉な答えを返しているものと思われる。

(3)この訳は意訳であるが、Westの修正を取り入れると「小鳥の空っぽの頭をもつ男を「私は嫌う」」と訳せる。

(4)この四行を二分割する編者や五八三—五八四行と結びつける編者もいる。話者は神話中の人物か、あるいはテュケ（運命）やディケ（正義）のような擬人化された女神か、いずれにせよ女性を装っているが、詩の実作者は男性である。

五八五—五九〇[1]

どんな行動にも危険はつきもの。物事が始まったときには、
　その先どうなるかは誰にもわからない。
よい評判を得ようと努めているのに、気づかないうちに
　とんでもないひどい愚行に陥ってしまった者もいれば、
行状の悪い男に、神があらゆる点で
　よい巡り合せを与え、愚行から解放してやることもある。

五九一—五九四

死すべき人間に神々が与えるものは、耐え忍ばねばならぬ。
　悪運、強運、いずれにも飄々と耐えるべし。
逆境にあっては過度に心を腐らせず、順境にあっては
　有頂天は禁物、いまわの際を見るまでは。

五九五—五九八

ねえ、互いに距離を置いて仲間でいよう。
　富だけは別だが、何にでも、もうこれで十分という限度がある。

ずっと友だちでいよう。だけど君は、他の連中とつきあうがいい、
　君の考えをもっとわかってくれる他の連中と。

五九九―六〇二

僕はちゃんと気づいていたよ、君が大通りをあちこち歩き回っていることに。
その通りは、君が僕らの友情を欺きながら以前にも突き進んでいた道だ。
神々に憎まれ、人に信用されない奴なんか、くそくらえ。
　冷酷でずる賢い蛇を懐に飼っているお前みたいな奴なんか。

六〇三―六〇四

マグネシア[2]を滅ぼしたのは、
　この聖なる都市にもっか蔓延しているような、そんな無法な行ないだ。

（1）ソロン「断片」一三の六五―七〇行と措辞や語順が少し異なるが、ほぼ同じような詩句。ストバイオス『精華集』第四巻四七-一六に引用され、同第三巻九-二三では「ソロンから」として引用される。

（2）三頁註（1）参照。アルキロコス「断片」二〇と比較せよ。

六〇五—六〇六[1]

これまでには飢餓で滅んだ人よりも、むしろ飽満で滅んだ人のほうがはるかに多い。
　宿命（モイラ）が許す限度を超えて持ちたいと望んだ人々だ。

六〇七—六一〇[2]

嘘も、初めにはいいことが少しはある。しかし最後には、
　じつに恥ずかしい利益と悪しき利益とが二つながらに
生じ、すばらしい利益など一つも生じないのだ、嘘がまといついて
　口を開けばまず嘘をつくような奴には。

六一一—六一四

隣人をけなすのはたやすい。隣人を
　ほめるのもたやすい。毀誉褒貶は下種《げす》の関心事。
賤しい人々は醜聞をべらべらしゃべって口をつぐもうとしない。
　それにひきかえ、貴人は何事にも限度を保つことを心得ている。

六一五—六一六

徹頭徹尾善良にして節度ある人を
　太陽が、人々のうちに一人として目にすることは今や、ない。

六一七—六一八(3)

何もかも人間の思いどおりに行くわけではない。
　不死なる神々は死すべき者どもに、はるかにまさるのだから。

六一九—六二二(4)

不如意のうちに、心はしばしば、のたうち回る。
　赤貧の極みをのがれられぬがゆえ。(5)
誰もが金持ちを崇め、貧乏人をさげすむ。

（1）六〇五行はストバイオス『精華集』第四巻三三-一一でテレス（前三世紀の哲学者）作として引用され、六〇五—六〇六行は同第三巻一八-九に引用される。
（2）ストバイオス『精華集』第三巻一二-一六に引用される。
（3）ストバイオス『精華集』第四巻三四-五五に引用される。
（4）ストバイオス『精華集』第四巻三三-一五に引用される。
（5）六一九—六二〇行は一一一四a—b行とほぼ同じ。ただし、「赤貧の極みを」と訳した部分は一一一四b行では「赤貧の始まりを」と訳せる。

万人には同じ心がそなわっている。

六二三―六二四

人間のなかには、ありとあらゆる種類の悪徳があり、
　ありとあらゆる種類の美徳と生活手段もある。

六二五―六二六(1)

苦痛なのは、思慮深い人が愚者を相手に長広舌をふるうこと、
　そしてつねに沈黙を守ること。黙ってなどいられないからである。

六二七―六二八(2)

見苦しいのは、素面《しらふ》の人々に酔っぱらいどもが入り交じること。
　だが酔っぱらいに素面が立ち交じれば、これまた見苦しい。

六二九―六三〇(3)

青春と若気は人の頭を浮《うわ》つかせ、
　多くの人々の心を過ちに駆り立てる。

郵 便 は が き

料金受取人払郵便

606-8790

左京局
承認

6199

（差出有効期限
平成28年
12月31日まで）

（受取人）

京都市左京区吉田近衛町69
京都大学吉田南構内

京都大学学術出版会
読者カード係 行

▶ご購入申込書

書　名	定　価	冊　数
		冊
		冊

1．下記書店での受け取りを希望する。

都道　　　市区　店
府県　　　町　　名

2．直接裏面住所へ届けて下さい。

お支払い方法：郵便振替／代引　　公費書類（　　）通　宛名：

送料　ご注文 本体価格合計額　1万円未満：350円／1万円以上：無料
代引の場合は金額にかかわらず一律230円

京都大学学術出版会
TEL 075-761-6182　学内内線2589 / FAX 075-761-6190
URL http://www.kyoto-up.or.jp/　E-MAIL sales@kyoto-up.or.jp

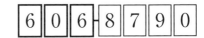

お手数ですがお買い上げいただいた本のタイトルをお書き下さい。

（書名）

■本書についてのご感想・ご質問、その他ご意見など、ご自由にお書き下さい。

■お名前

（　　歳）

■ご住所

〒

TEL

■ご職業

■ご勤務先・学校名

■所属学会・研究団体

■E-MAIL

●ご購入の動機

A.店頭で現物をみて　B.新聞・雑誌広告（雑誌名　　）

C.メルマガ・ML（　　）

D.小会図書目録　E.小会からの新刊案内（DM）

F.書評（　　）

G.人にすすめられた　H.テキスト　I.その他

●日常的に参考にされている専門書（含 欧文書）の情報媒体は何ですか。

●ご購入書店名

都道府県　市区町　店名

ご購読ありがとうございます。このカードは小会の図書およびブックフェア等催事ご案内のお届けのほか、広告・編集上の資料とさせていただきます。お手数ですがご記入の上、切手を貼らずにご投函下さい。

各種案内の受け取りを希望されない方は右に○印をおつけ下さい。　案内不要

西洋古典叢書

月報 117

2015＊第4回配本

シュラクーサイの古代劇場

【前 5 世紀初頭に造営、前 3 世紀およびローマ期に一部改装されている】

目次

2015年11月
京都大学学術出版会

エレゲイア詩を読む愉しみ

安村典子

「エレゲイア」というジャンルは、ギリシア文学を学ぶ研究者たちにとっても、これまで必ずしも身近な分野ではなかったように思う。少なくとも私にとってはそうであった。まして世間一般の読者にとっては一層知名度が低く、ホメロスの叙事詩やギリシア悲劇、それにプラトン、アリストテレスなどの名前は見聞きしていても、「エレゲイア」という名称はほとんど聞いたことがないというのが現状ではなかろうか。

古典研究者の中でエレゲイア詩を専門とする人が少ない理由のひとつは、現存する作品の多くが断片であること、しかもそれらは間接的な資料、つまり後代の著作の中で引用された形で残っているものであることが挙げられる。このため同一断片でも、それを引用した作者によって異なる作者名が記されるなどのテキストの乱れもあり、その事実関係を突き止めることは困難であるため、研究の対象になりにくいということが考えられる。

私もこれまでエレゲイア詩のいくつかを読んだことはあったが、エレゲイア詩全般について本格的に研究したことがなかった。しかし今回の刊行によってまとまってエレゲイア詩を読んでみると、新たな発見が数多くあり、非常に興味深いジャンルであることを知った。とりわけ関心を抱いたのは、作者と作品の密な関係である。すなわちエレゲイア詩の作品はそのいずれにおいても、作者の思想や感情が驚くほどストレートに作品に表出されている。それにより、当時生きていた人々の肉声をそこに聴いているかのような、溌剌とした躍動感を感ずることができるのである。エレゲイア詩の最大の魅力は、当時の人々、必ずしも貴族階級とは限らず、市井の人々が、どのような事柄に関心をよせており、それらの事柄に対して彼らがどのような思いを抱いていたのかを知ることができること、そして彼らの率直で生き生きとした肉声を聴き取ることができる、ということであると思う。そしてまた、断片に付けられている「証言」、いわゆるテスティモニアも非常に面白い。

『エレゲイア詩集』の中でとりわけ興味深く思われた詩のいくつかを、以下に紹介したいと思う。

まず、エレゲイア詩の中でも古い時代に属する、前七世紀のテュルタイオスを取りあげたい。テュルタイオスは対メッセニア戦争の指揮をとるためにラケダイモンに招聘されたといわれ、この戦争に勝利することが彼に課せられた責務であった。彼が「勇気を出してこの地のために戦おう」（「断片」一〇）と歌う時、戦いは絵空事ではない。彼の眼前には戦いに向かうべく整列したラケダイモンの兵士たちがおり、彼らの戦意をかき立てることは、彼にとって目前の切実な問題であった。武勲の誉れは不滅、と歌って人々を戦いへ鼓舞するテュルタイオス自身にとっても、死はすぐそこにあったのである。その臨場感は圧倒的な強さで聴く者に迫ってくる。軍国主義的詩人として敬遠する人々もいるが、戦うことが彼らに課せられた否応ない現実の中で、テュルタイオスが「若者たちの魂をかきたてる優れた詩人」（「証言」一二）であることは確かである。

このことは、ホメロスの叙事詩『イリアス』と比べてみると、その違いの大きさをよく理解することができる。『イリアス』も武勇の誉れを歌う詩であり、作成年代も、両者の間でさほど異なるわけではない。『イリアス』が前八世紀ころに作成されたとすると、その差は百年足らずである。しかしながら民族の叙事詩としての『イリアス』は、その雄大で美しい詩の中に、詩人の思いはあたかも奥深く秘めおかれているようであり、声高に語られることはない。それは物語の底流として、静かに看取できるのみである。言い換えれば『イリアス』では、人間の生と死をある距離をおいて静かに見つめる態度がとられており、聴く者はその物語を通して、詩人の思いを知るのである。英雄の勲《いさおし》、武勇の誉れが歌われてはいるが、勇者の戦意を鼓舞するために歌われているわけでは決してない。

『イリアス』が歌い継がれていたそのほぼ同時代に、テュルタイオスの詩のような、作者の心を前面に表出する直截な詩が作られていたことに、新鮮な驚きをおぼえた。ひとりの将軍が一般の市民に必死な思いで語りかけた歌からは、国の存亡をかけて戦おうとする人々の、切迫した心情がよく伝えられていると思う。

テュルタイオスとほぼ同時代の前七世紀に生きたミムネルモスが、人間の生を木の葉に譬《たと》え、人生の転変を嘆く詩（「断片」二）は、『イリアス』第六歌のグラウコスの話を思い出さずにはいられない。グラウコスは「人の世は木の葉のように移ろいやすい」（六-一四六）と語り、自らの祖父ベレロポンテスの、浮き沈み激しい人生の物語を語っている。ミムネルモスはおそらく、『イリアス』のこの場面を知っていたのではないかと思う。あるいは、人生を木の葉に譬えることは、当時の人々に言い習わされていたことであったのかもしれない。グラウコスは英雄として、自らの出自を誇らかに語る文脈の中で語っているのに対して、ミムネルモスの詩では、老年への嘆きが主題となっている。共通するテーマを取り扱いながら、『イリアス』とミムネルモスの両詩が与える印象の差は非常に大きい。ミムネルモスは敢えて『イリアス』と同様に人生を「木の葉」に譬えつつ、自らの思いを個性的に生々しく伝える詩を作ったのである。

少し時代が下って前六世紀のソロンの詩は、あたかも日本の現況に対して警鐘を鳴らしているかのようなリアルな響きをもっている。「飽満は傲慢を生む、富は精神を危うくする」（「断片」六）との警句は、経済の発展こそ最優先課題とする多くの日本国民のありようそのものを批判しているようであるし、「ポリスは権力者から滅びてゆき、民衆は無知ゆえに独裁者の奴隷へと落ちぶれていった」（「断片」九）という指摘は、昨今の新聞に掲載された記事であるといってもおかしくないほど、今日的である。富、傲慢、権力をほしいままにする独裁者に対して、ソロンが繰り返すこのような批判からは、当時のアテナイの現状を憂え、それを立て直す方策を全力で模索するひとりの市民の、切々たる叫びが聞こえてくる。

『エレゲイア詩集』を読んで、思わぬ出会い、と嬉しく思った詩人もいる。前四世紀のパロス島出身のエウエノスである。この人の名前は、プラトンの『パイドン』『パイドロス』の中でも言及されているが、特に『ソクラテスの弁明』では、この書を学生たちと共に何度も読んだので、耳に馴染みのある名前であった。しかし怠慢のせいでその人について詳しく知ることもせず、ただ、「五ムナという教授料をとって徳を教える人」（『ソクラテスの弁明』二〇b）

とソクラテスによって批判されるソフィストのひとり、という認識でしかなかった。今回彼の文章を初めて読み、とても興味深く思った。「[ある人物が]どのような人であるのか正しく理解するには知恵が必要である」(「断片」三)とのエウエノスの言葉は、一般的な世間知の域を出ないようであり、ソクラテス(プラトン)によって批判の対象となったのは無理からぬところであると思えた。

エレゲイア詩の別の魅力のひとつは、言いたい放題ともいえる感情の吐露である。そのような詩の中で、思わず笑ってしまうような楽しい詩をひとつ紹介したい。クセノパネス(前六世紀)の「断片」七aである。

そしてあるとき、仔犬が打ちつけられているところに彼[ピュタゴラス]が通りがかり、
かわいそうに思って、こう言葉をかけたそうだ。
「やめろ、もう打つな。たしかにそれは友人の魂だから。
鳴き声を聞いて、私にはそれがわかった」。

ピュタゴラス教団はオルペウス教団から、その組織や教えにおいて多くの事柄を継承し、人間の魂は本来神的で不死であるが、現実には肉体という牢獄に閉じこめられていること、魂は自らを浄めて肉体から逃れ、神的な世界に帰るまでは不断の輪廻のもとにあると考えていた。このように死後の霊魂の存在や輪廻転生などを信ずる信仰においては、身のまわりの動物たちはかつて人間の仲間であり、自分の祖先のひとりであったかもしれないと思われていたのである。「断片」七aは、別の解釈もあるようであるが、ピュタゴラス教団のこのような教えを逆手に取って、それを痛切に揶揄したのであると私は思う。犬の鳴き声を聞いて、その犬が友人の生まれ変わりだと、わかるはずがないではないか、と。クセノパネスはホメロスやヘシオドスの神々に対して批判を行なったことでも知られる(二八三頁註(12)参照)。歯に衣を着せぬ批判、権威を笑いとばしてしまう反骨精神の人、クセノパネスらしさがよく表われている断片であると思う。

紙幅の都合上取り上げることができなかったが、ソロンとほぼ同時代、前六世紀のテオグニスの詩も、心に深く残る作品が多い。エレゲイア詩は時空を超えて、古代の人々の心を直接に知ることのできる重要で興味深い魂の記録である。今回の『エレゲイア詩集』の刊行により、多くの読者がこれらのエレゲイア詩に関心をもち、その愉しさを味わう機会が得られるよう、願ってやまない。

(西洋古典学・元金沢大学教授)

連載

西洋古典名言集 (33)

自然に関する名言

自然を表わすギリシア語はピュシス（physis）でラテン語ではナートゥーラ（natura）という。日本語の自然がいわゆる山川草木を連想させる語であるのに対して、古典語のほうは生まれつき、本性、性格、秩序、理法などさまざまな意味を含んでいる。前一世紀ローマの哲学詩人ルクレティウスに『事物の本性について』（*De rerum natura*）という著作があって現存しているが、ここで言われるナートゥーラはものの本性、本質の意味である。この著作は自然学探究の流れをくむもので、ギリシア語で『自然について』（*peri physeōs*）と呼ばれたものをラテン語で表記したものにすぎない。伝承されるところでは、小アジアのミレトス出身の哲学者アナクシマンドロス（前六世紀）が「われわれの知るかぎりで、ギリシア人のうちで最初に自然についての著作を公にした」（テミスティオス『弁論集』三六）と言われている。ただし、前六世紀に『自然について』という表題の著作が流布していたかどうかは疑わしいとされる。それはともかく、もう少し後代の弁論家ゴルギアスにも『自然について』という著作があるが、内容は少しも自然学的ではない。したがって、日本語の自然という語で連想していると、とんでもない間違いを犯すことになる。

さて、自然にまつわる名言を探してみると、技術との対比で用いられることが多い。哲学者アリストテレスには、「自然が技術を模倣するのではなく、技術が自然を模倣するのだ」（『哲学のすすめ（プロトレプティコス）』断片一一）といううまい文言がある。これはイアンブリコスの『哲学のすすめ』が保存しているアリストテレスの言葉であるが、技術は自然が生み出すものを助け、やり残したことの埋め合わせをするためにある、と議論は続いている。アリストテレスは『自然学』（一九九a一五）でも同じような主張を繰り返している。セネカの「すべての技術は自然の模倣である」（『倫理書簡集』六五-三）という言葉は、アリストテレスをふまえたものかもしれない。

したがって、何事であれ自然に従うのがよいということになる。文人のキケロは「ミネルウァの神の意に反して、自然に逆らい、自然と対立してはうまくいかないものだ」（『義務について』第一巻一一〇）と述べている。ミネルウァ「ミネルヴァ」とはギリシアのアテナと同じで知恵の神である。ヒポクラテスの『掟（ノモス）』は医者となるための心得を語る文書であるが、資質や子供の時の学習に加えて、労苦を嫌わない精神も大切だと説くなかに、次のような言葉もある。「なによりも大切なのは自然である。自然に反するならば、いかなる治療も虚しい」（『掟』二）。「技術は自然と張り合う」（アプレイユス『変身物語（黄金のロバ）』第二巻四-二二）と言われることもあるが、概して技術は自然を模倣し、これを補完するものと考えられている。アリストテレスはまた、「技術の生み出したものよりも、自然の生み出したもののほうに多く目的と美が存在する」（『動物部分論』六三九b一九）とも語っている。もちろん、このような発言には彼の合目的的な世界観が背後にある。「自然はお尻を休息のために役立つように作った」（六八九b一五）は、これだけ読むと噴飯ものだが、アリストテレスは大まじめである。「自然は無駄なことはなにひとつおこなわない」（六五八a八）というのが彼の考えであって、お尻は重心と休息という二つの目的をもって存在しているわけである。

一方で、「正しいとか醜いとかは、自然にではなく慣習においてあるのだ」（ディオゲネス・ラエルティオス『哲学者列伝』第二巻一六）という言葉がある。哲学者アルケラオス（前五世紀）の言葉で、アナクサゴラスの弟子でソクラテスの師であり、自然研究をイオニアからアテナイに紹介した人物として知られる。慣習はノモス（nomos）の訳で、法律をも意味する。美醜正邪は人の判断によるもので、自然本来のものではないという意味であるが、これが後にソフィストたちを中心にいわゆる「ノモスとピュシス」を対比させる議論へと展開する。そのひとりのプロタゴラスは、「人間は万物の尺度である」（人間とは個々の人間を指す）という命題のもとに倫理相対主義を唱える。「正・不正、敬虔・不敬といったことがらのどれひとつとして、自然によってそれ自体の本質をもつものはない」（プラトン『テアイテトス』一七二B）という主張に対して、作品中のソクラテスは、感覚・知識説やヘラクレイトスの万物流転説と合わせてその論駁を試みている。さらに、晩年の『法律』においても無神論の名のもとに再びこの思想が出現するが、散文作家や詩人など若者たちの間で「知者（ソポス）」（第十巻八九〇A）の説として紹介されている。晩年のプラトンの大きな関心のひとつが、どのようにしてこうした相対主義を打ち破り、正邪善悪の概念が自然にもとづく絶対的なものであることを論証するかにあったと言って間違いないであろう。

（文／國方栄二）

西洋古典叢書

［2015］全７冊

★印既刊　☆印次回配本

●ギリシア古典篇

ディオン・クリュソストモス　王政論 ── 全集 1★　内田次信 訳

テオグニス他　エレゲイア詩集★　西村賀子 訳

プルタルコス　英雄伝 4★　城江良和 訳

プロコピオス　秘　史☆　和田　廣 訳

ギリシア詞華集 1★　沓掛良彦 訳

ギリシア詞華集 2　沓掛良彦 訳

●ラテン古典篇

アウルス・ゲッリウス　アッティカの夜 1　大西英文 訳

●月報表紙写真――シュラクーサイ（今日のシラクーザ）は、前八世紀にコリントスからの植民によって創建され、僭主ゲロンが前四八〇年にヒメラの戦いでカルタゴ勢力を一掃した頃から、長らくシケリア（シチリア）で最も栄えた都市国家である。多くの遺跡・遺構が今日まで伝存するが、その最たるものの一つが、市域を見下ろす高台の傾斜地に造られた円形劇場である。直径一三八メートルの観客席全体（一万五〇〇〇人収容）が大理石の山塊から切り出されたもので、まさに白亜の威容を誇っている。ゲロンやその後継者ヒエロン一世の下では、ギリシア喜劇の祖エピカルモスが活躍し、アテナイの悲劇詩人アイスキュロスも僭主の招請に応じて来訪し、悲劇を上演している。（一九八七年五月撮影　高野義郎氏提供）

六三一―六三二

頭が心を抑えられない者は、つねに愚行を犯し、
　にっちもさっちもいかなくなるのだよ、キュルノス。

六三三―六三四

頭に浮かんだことは、二度三度と思案しろ。
　無謀な男の末路は破滅だけだから。

六三五―六三六(4)

すぐれた人々には思慮と羞恥心が伴う。
　だが今では多くの人々のうちで、間違いなく少数派だ。

(1) 六二五行は『スーダ辞典』α三七五六(Adler)、および「ギリシア俚諺集成」第一巻二一一-一二、同三五七-三、第二巻一〇一-七(Leutsch & Schneidewin)に引用され、六二五―六二六行はストバイオス『精華集』第三巻三四-一三に引用される。

(2) ストバイオス『精華集』第三巻一八-一〇に引用される。

(3) ストバイオス『精華集』第四巻一一-一二に引用される。

(4) ストバイオス『精華集』第三巻三七-一六に引用される。

六三七―六三八[1]

人々のあいだでは、希望と危険は似たものどうし。
　どちらも扱いにくい力（ダイモン）である。

六三九―六四〇[2]

よくあることだ。人々のやっていることが、予想と予期に反してうまく捗《はかど》っているのに、
　最終的に意図が達成されないことは。

六四一―六四四

敵と味方はとうてい区別がつかない、
　まじめな事柄に着手しないかぎり。
混酒器のそばだと、多くの者がお仲間だが、
　まじめな事柄となると、その数はほんのわずかだ。[3]

六四五―六四六

あなたを案じてくれる誠実な仲間は少ししか見つかるまい、
　心が大いに途方に暮れているときには。

六四七―六四八[4]

もはやまったく、人々のあいだでは羞恥心が滅びた。
　その一方、破廉恥《はれんち》が地上を闊歩している。

六四九―六五二[5]

ああ、うらぶれた貧乏女神（ペニエ）よ、あなたはなぜ私の肩に乗って
　この心と体を辱めるのですか？
あなたは私に恥ずべきことをいっぱい、無理やり教えこむ。私にはその気がないし、
　この世の善も美も心得ているというのに。

六五三―六五四[6]

どうか私が運に恵まれ、不死なる神々とうまくやっていけますように、

（1）ストバイオス『精華集』第四巻四六‐一一に引用される。
（2）ストバイオス『精華集』第四巻四七‐一五に引用される。
（3）一一五―一一六行と着想が似ている。六四四と一一六行は措辞が同一。
（4）ストバイオス『精華集』第三巻三一‐八に引用される。
（5）一七七―一七八行とともに、ストバイオス『精華集』第四巻三二‐三四に引用される。
（6）ストバイオス『精華集』第四巻三九‐一一に引用される。

キュルノスよ。私はそれ以外の幸せは何一つ望んでいない。

六五五―六五六

キュルノスよ、君が辛酸を嘗《な》めるときには、私たちみんなで苦しもう。
　とはいえ、他人の悲しみは束の間にすぎないのだが。

六五七―六六六(1)

低迷のときは滅入りすぎるな、順風満帆のときは
　喜びすぎるな。何ごとも堪えるのが貴人の取るべき態度だ。(2)
そして「今後、二度とこのようなことはしません」と誓うべきではない。
　神々の憤りを招くことになるし、結果は神々次第なのだから。
神々はさらに行なった。(3)禍から福を生み、
　福から禍を生み出し、貧しい人が
たちまち大金持ちになり、莫大な財を持つ男が
　突如として…………(4)一晩で素寒貧《すかんぴん》になった。
分別ある者でさえ過ちを犯し、しばしば愚か者に名声が
　ついて回り、悪人でさえ誉れを手にしたこともある。

六六七―六八二

シモニデスよ、(5) 私が昔と同じくらい財産を持っていたら
　貴族との交わりで悩まずにすんだのになあ。
でも今はそれが底を突いたことがわかっているから、私は窮乏のせいで声が出せないのだ、
　多くの人たちよりも立派なことを知っているのだけれど。(6)
そういうわけで私たちは今、白い帆を下に降ろしたまま運ばれていき、(7)
　メロス島(8)の海から暗い夜を通り抜けていっているわけだが、
人々は船湯を汲み出したがらないのだ、海が両の舷《ふなべり》の
　上を走っているというのにな。安全確保はたしかにすこぶる難しい、

---

(1) 六六五―六六六行はストバイオス『精華集』第四巻四二―五に引用される。
(2) 類似の発想が五九三―五九四行に見いだされる。多くの編者は六五七―六五八と六五九―六六六行を別々の詩として扱う。
(3) テクストは不正確である。West の修正案に従う。
(4) テクストには毀れが認められる。
(5) シモニデスへの呼びかけは四六九行にも見いだされる。
(6) テクストには疑義がある。
(7) 六七一―六八〇行は、国家を船に見立てる比喩によって、社会的・政治的革命が進行している中で貴族が全面的転覆を避ける努力をほとんどしていないことを表現している。
(8) エーゲ海南西部、キュクラデス諸島の端にある島。これを越えると外洋に出る。

彼らのやり方ではね。つまり、舵手[1]を、
　見張りの巧みなすぐれた舵手だったのに、お払い箱にしてしまったし、
力ずくで金を奪い、秩序が壊れ、
　人々のあいだにはもはや平等な分配がない。
商船が指揮を執り、悪人が善人の上に立つ。
　おそらく波が船を飲み込むのではないかと、私は心配だ。
以上の私の言葉を、裏の意味も含めて、貴族たちに示唆してくれたまえ。
だが賤しい男[2]でも、賢ければ、〔私の言葉の意味が〕わかるだろう。

六八三―六八六[3]

無知蒙昧な多くの人々が富を有し、かたや、高邁を
　求める者たちが過酷な貧困に苦しむ。
ことをなすのが無力なのは、両者いずれも同じこと。
　すなわち一方は金に阻まれ、他方は知力に阻まれる。

六八七―六八八

死すべき者どもが不死なる神々に戦いを挑むことはできない。

神々を裁くこともできない。これは誰にも許されぬことだ。

六八九―六九〇

害を与える必要がないときには人に害を与えてはならない。
しないほうがよいこともすべきではない。

六九一―六九二

カイロン(4)よ、あなたが広い海を越え、旅をみごとに終えますように。
ポセイドン(5)があなたを喜びの種として友だちの所に連れて行ってくださるよう。

---

(1)「舵手」はおそらく個人よりもむしろ、権力を掌握している貴族階級を意味する。
(2)写本では対格の *κακόν*（kakon）であるが、Brunck の読みに従って主格の *κακός*（kakos）と読む。
(3)ストバイオス『精華集』第四巻三一-四四に引用される。
(4) *Χαίρων*（Khairōn カイロン）を固有名詞ととらずに、「喜ぶ」という意味の動詞 *χαίρω*（khairō カイロー）の現在分詞 *χαίρων*（khairōn）として「喜びながら」という意味にとる編者が多い。しかし底本は West を支持して固有名詞と解し、六九二行の *χάρμα*（kharma 喜び）との言葉遊びという見解をとる。
(5)海、馬、地震の神。

六九三―六九四[1]

思慮のない多くの人々を破滅させたのは飽満である。
　財産が手元にあると、限度がわかりにくい。

六九五―六九六[2]

わが心よ、好きなものをすべて、お前に与えてやるわけにはいかない。
　我慢してくれ。美しいものを望むのはお前だけではないのだ。

六九七―六九八

私の人生が順調なときには友も多いが、恐ろしいことが
　身にふりかかると、心が信用できる者はほんのわずかだ。

六九九―七一八

大多数の人々にとって唯一の美徳とは
　富があること。彼らの考えでは、富以外は役に立たない。
たとえあなたにラダマンテュス[3]その人の思慮分別があろうとも、
　アイオロスの子シシュポス[4]をしのぐもの知りであろうとも、役に立つのは富だけだ。

シシュポスは大いに機転を利かせて冥界から戻ってきた。
　この男がおべっかを使って口説き落としたのは、ペルセポネ[5]、
人々の思慮分別を損ない、忘却をもたらすペルセポネだ。——
　冥界から脱走しようと企んだ者はシシュポス以外にはいなかった。
死の黒い雲にすっぽり包み込まれた者は
　亡者たちの黒い影のなかに入り、
青黒い門を通り過ぎる。この門は、死者たちの
　魂が拒もうとも、魂を閉じ込めてしまうのだ。
さて英雄シシュポスはそんな所からでも戻ってきた、
　自分の頭をうんと絞って、陽光のもとに戻ってきたのだ。——
たとえあなたが真実に似た嘘をつこうとも、

---

(1) ストバイオス『精華集』第三巻四-四三に引用される。
(2) ストバイオス『精華集』第三巻一九-一一に引用される。
(3) ゼウスとエウロパの息子。冥界で死者を裁く裁判官の一人。
(4) 狡猾な男として有名な神話中の王。シシュポスは、死者を埋葬しなければ罰せられるという慣習を利用して、冥界からこの世に戻ってくる口実を作るために、自分の死後の埋葬を妻に禁じた。なお、六九九—七〇二行はストバイオス『精華集』第四巻三一-三に引用される。
(5) 冥界の女王。

神のごときネストル[1]のように弁舌が達者であろうとも、
足速きハルピュイアたち[2]や
足のすばやいボレアス[3]の子らより駿足であろうとも、役に立つのは富だけ。
皆が胸にとどめておくべきは、
すべての者に最大の力をふるうのは富であるという、まさにこの考えだ[4]。

七一九―七二八[5]

豊かさが同程度の二人の男の、一方にはたくさんの銀と
黄金、そして小麦を実らせる大地の畑や
馬やロバがある。もう一方の男には必要なものがある、
腹や脇や脚を心地よくするのに必要なもの[6]が。
奴隷と妻を持つ時分になると
それにふさわしい若さが伴う[7]。
こういう男のほうこそ、死すべき人間には宝物。おびただしい品々をみな、
あの世に持って行けるわけでもなく、
身代金を払えば死が避けられるわけでもなく、重い
病《やまい》や醜い老年が近づいてくるのも避けられないのだから。

七二九―七三〇

さまざまな心配事が色とりどりの翼とともに人々に割り当てられて、
　命と暮らしのために涙にくれる[8]。

（1）高齢ながらトロイア戦争に出陣したピュロス王。その雄弁ぶりはホメロス『イリアス』第一歌二四七行以下などで賞賛されている。
（2）人をさらう風の精。有翼の女性としてイメージされた。ホメロス『オデュッセイア』第二十歌六六―七八行参照。
（3）北風の擬人化。「ボレアスの子ら」は双子の兄弟カライスとゼテスのこと。彼らも有翼の風の精（ピンダロス『ピュティア祝勝歌』第四歌一八二以下）。ハルピュイアを追撃した話で知られる。
（4）七一七―七一八行はストバイオス『精華集』第四巻三一-八に引用される。
（5）ソロン「断片」一四とほぼ同一。ストバイオス『精華集』第三巻二三-七はこれをソロンではなくテオグニスに帰して引用する。
（6）食べ物と衣類と履物が十分あるということ。
（7）テクストには毀れが認められる。なお、七一九―七二四行はプルタルコス『英雄伝』「ソロン」二-三に引用される。
（8）なかば擬人化された「心配事」が人間の避けられない生存条件を嘆く詩であると解釈される。「色とりどりの翼」という表現は、この擬人化された神が現われる素早さと神のとるさまざまな形を象徴する。

七三一―七五二

父なるゼウスよ、[1] 犯罪者が嬉々として乱暴狼藉を働くことが
　神々の嘉《よみ》したもうところとなりますように、[2] 残虐行為が神々の心に
嘉したもうものとなりますように。いや、……誰であれ……[3]
　神々を畏《おそ》れぬ振舞いをする者は
次に自分自身がひどい復讐を蒙るべきであり、先々になってから
　父親の不遜な行動が子らの災いになったりすることがありませんように。[4]
不正な父を持つ子らも正義を考慮し、
　クロノスの子よ、あなたの怒りを畏《かしこ》み、
市民たちとともに、初めから正義を愛するのであれば、
　父親の不法行為の報復を受けるべきではない。
以上が至福の神々の嘉したもうところとなりますように。だが今や、罪を犯している者が
　［罰を］のがれ、別の人が次に不幸を身に受ける。
そしてこんなことが、不死なる神々の王よ、どうして正しいのでしょうか、
　不正な行ないに関与することなく、
不法行為も行なわず、罪ある誓い［偽証］を立てたこともない
　清廉の士が不正を蒙るということが。

こういう人を見て、
　不死なる神々を畏敬する者などいるでしょうか。それに、人はどう思うでしょうか、
邪《よこし》まで傍若無人の男が人の
　怒りも神の怒りもものともせずに
暴力を振るい、金もたっぷりある、それなのに正しい人々のほうは
　疲労困憊してひどい貧窮に悩んでいるとのだとすれば、人はどう思うでしょうか？

七五三—七五六

次に言うことを身につけて、親愛なる友よ、高潔に財を築きたまえ、
　すなわち、心の分別を保ち、傲慢不遜にならず、
つねにこの言葉を思い出すことだ。すると最後には、
　分別ある言葉に従ったことに君は感謝するだろう。

---

(1) ギリシア神話の最高神。七三八行「クロノスの子」と七四三行「不死なる神々の王」もゼウスを指す。
(2) 皮肉のこもった表現。
(3) テクストには毀れが認められる。
(4) ソロン「断片」一三の二九—三二行と比較せよ。

七五七―七六四

どうか、天高くお住まいのゼウス様がこのポリス[1]を守るため、
　安全のために、つねに右手を差し伸べてくださいますように。
他の不死なる至福の神々もそうしてくださいますように。そしてアポロンが
　私たちの言葉と心を正してくださいますように。
竪琴（ポルミンクス）[2]と笛が聖なる歌を奏でますように。
　灌奠《かんてん》を捧げて神々にお喜びいただいた後、
飲みながら互いに楽しいことを語りあいましょう、
　メディア人[3]との戦争を恐れることなく。

七六五―七六八

今のままか、あるいはもっとよくなりますように[4]。心を楽しませ、
　心配事を忘れて愉快に楽しみながら時を過ごしますよう。
悪しき悲運（ケール）から遠く離れ、
　おぞましい老年と死の結末を遠ざけられますように。

七六九―七七二

詩歌女神（ムーサ）たちに仕え［その言葉を］伝える者は、何か並外れたことを
　知っているとすれば、知恵を出し惜しんではならず、
別のことを探し求め、人に示し、別のことを詩作すべきである。[5]
　自分一人が知っているだけで、何の役に立つというのか？

七七三―七八八

ポイボス様[6]、立派なポリスを城壁で守ってくださったのはあなたです。
　ペロプスの子アルカトオス[7]を喜ばせるためでした。

（1）どの都市を指すのかは不明。したがって七六四行の「戦争」は、早ければ前五四〇年代のイオニア諸都市に対する戦争、あるいは遅くとも前四八〇年代のペルシア王クセルクセスの侵攻を指すと推測される。

（2）弦楽器。とくにアポロンの楽器とされる。

（3）ペルシア人を指す。メディアはイラン北西部の地名、民族名、王国名。

（4）テクストは不確定。

（5）「探し求める、示す、詩を作る」という三つの動詞（いずれも不定法）は詩的活動に言及するものであるが、その正確な意味合いはあいまいである。

（6）アポロンの異名。

（7）メガラの神話中の王で、アルカトゥスとも呼ばれる。アポロンはメガラの守護神であった。

乱暴狼藉を働くメディア軍[1]を御自ら追い払ってください、
　このポリス[2]から。春がきて祭りになったとき、
評判を呼ぶような盛大な犠牲をあなたにお送りするために。
　そのおり、人々は竪琴（キタラー）と愛すべき宴会を楽しみ、
あなたの祭壇の周りで歌に合わせて楽しく踊り、高らかに大声を掛けあいます[3]。
　というのは、私はギリシア人の蒙昧ぶりと
人を滅ぼす内紛を見て、心から恐れているからです。ポイボス様、どうか
　お慈悲を垂れ、われらがこのポリスをお守りください。
私はかつてシケリアの地に参りました[4]、
　葡萄の生い茂るエウボイア[5]の平原にも、
葦茂るエウロタス川[6]の壮麗な町スパルタ[7]にも参りました。
　これらの町はみな、私が行くと客としてあたたかくもてなしてくれましたが、
これらの町からは、どんな喜びも私の心に届かなかったのです。
　このように、郷里ほど愛しいものはありません。

七八九―七九四

どうか、美徳と知恵以外の別の新しい関心事が私に現われたりしませんように。

この二つをつねに保ちながら、
竪琴（ポルミンクス）や踊りや歌を楽しむことができますように。
どうか私が貴人と交わってすぐれた考えを持つことができますように。
嘆かわしい行為で、異邦人や
この地の者を傷つけることなく、正しい生き方ができますように。(8)

七九五―七九六

君は自分の心を喜ばせたまえ。無慈悲な市民のなかには

---

(1)ペルシア軍。
(2)メガラのこと。したがってこの詩は前四八〇年のクセルクセスの侵攻に言及している。作者については、テルモュピュライの戦い（前四八〇年）の戦死者を歌った無名の詩人ピリアダスの可能性も示唆されている。
(3)歌と感謝の祈り。
(4)この行以降を別の詩として扱う編者もいる。この行は、テオグニスの出身地をシケリアのメガラとする説を反駁する証拠として用いられる（「証言」一一―四参照）。七八三行はハルポクラティオン『アッティカ十大弁論家用語辞典』に引用される。
(5)ギリシア中部の東岸に隣接する大きな島。
(6)ラコニア地方を流れる川。
(7)ペロポネソス半島東南部ラコニア地方のポリス。エウロタス川の右岸に位置し、ラケダイモンとも呼ばれる。
(8)多くの編者は七九三―七九四行を七九五―七九六行と結びつけている。

君を悪しざまに言う者もいれば、多少はましな言い方をする者もいる。[1]

七九七―七九八

貴人については毀誉褒貶さまざまであっても、
　卑賤の輩への言及は皆無である。

七九九―八〇〇

人々のうち、非難を受けない者など地上には誰一人いない。
　大多数の者が気に留めなければ、なんともはや結構なことだ。

八〇一―八〇四

人々のうちに、これまで一人もおらず、この先も現われないのは、
　冥界に下る前に万人を喜ばせた人。
死すべき者どもと不死なる神々を統《す》べる
　クロノスの子ゼウスでさえ、万人の喜びとなりうるわけではないのだから。

八〇五―八一〇

コンパスや墨縄や曲尺よりももっと
　まっすぐで、注意深くなければならないのは、キュルノスよ、
デルポイの神の巫女が
　豊かな至聖所から明かす神託をたまわる使者だ。
あなたが何か付け加えると、救済策はもはや見つからず、
　何かを取り去れると、神々の目には過誤が避けられないのだから。

八一一―八一四

私が蒙ったのは、不名誉な死ほどひどくはないものの、
　それ以外のどんなものよりも悲しいことだよ、キュルノス。
味方が私を裏切ったのだ。しかし私は敵軍に近付いて、
　敵がどんな意図を持っているか知ろう。

(1) ミムネルモス「断片」七とほぼ同じ。七九五行の措辞は若干異なるが、七九六行は同一。

八一五―八一八

私の舌の上では牛が力強い足の踵《かかと》で踏みつけていて、[1]
　人を甘言でだますのは得意なのに、それができないのだ、
キュルノスよ。だがともかく、何であれ受けねばならぬ宿命はのがれられないのだし、
　何であれ受けねばならぬ宿命を受けることを、私は恐れていない。[2]

八一九―八二〇

私たちはひどく呪われたところ[3]まで来てしまった。まさにそこで、
　キュルノスよ、私たち二人は死の運命につかまりそうだ。

八二一―八二二

老いた両親を侮りさげすむ連中の
　居場所なんか、ほとんどないぞ、キュルノスよ。

八二三―八二四

希望のために利益に目がくらんで僭主の権力を増すことなかれ、
　神々に誓いを立てて僭主を殺すことなかれ。

八二五—八三〇

あなたの心はどうやって、笛の音に合わせて歌うのを我慢したのか。
　土地の抵当入りを示す標柱が広場（アゴラー）から見える。
その土地が果実で育《はぐく》むのは、……招宴で
　金髪に深紅の花冠をつける人々。……[4]
さあさあスキュテス[5]よ、髪を切れ、お祭り騒ぎはやめろ。
　失われていく、かぐわしい領地を悼みたまえ[6]。

八三一—八三二

私は、人を信じたばかりに財産をなくし、信じなかったおかげで財産が救われた。

---

(1) 意のままに話せない人々についてのことわざ的な言い回しである。

(2) West 以外の編者は八一五—八一六と八一七—八一八行を別の詩としている。

(3)「おおいに熱望されたところ」という意味の可能性もある。

(4) テクストは毀れているが、全般的な意味は明らかである。「招宴で／金髪に深紅の花冠をつける人々」は校訂者による補い。

(5) 男性の名前。この人物の詳細は不明だが、スキュティア人を指すわけではない。

(6) 髪を切るのは哀悼の念を表わす行為。自分の領地が抵当に入っているにもかかわらずスキュテスが自邸で豪勢な宴を開いているのを見て、詩人は彼に、まもなく失われる領地のために嘆き悲しむよう促していると推測される。

両方を知っているのはつらいことだ。

八三三—八三六

こんなのみんな、カラスの餌[1]さ、おしまいだ。私たちは誰も、
キュルノスよ、不死なる至福の神々のせいにはできない。
人間の暴力といやしい利益と傲岸不遜のせいなのだ、
大きな繁栄から不幸へと落ちぶれたのは。

八三七—八四〇

みじめな人間たちには飲酒の災厄が二つある。
四肢を弛める喉の渇きと、つらい酩酊だ。
私は今後、この二つの中ほどにいることにする。あなたが私に
何も飲むなよ、酔いすぎるなよと、お説得することもなくなるだろう。

八四一—八四二

酒はたいがい私を楽しませるが、一つだけおもしろくないところがある。
酔うと私は敵対者のところまで、酒に連れて行かれるのだ。

八四三—八四四

上座の者が下座になったら[2]かならず、
　飲むのをやめて家に帰るべし。

八四五—八四六

恵まれた立場の者が零落するのはわけもないことだが、
　落魄の身が恵まれた立場に立つのは難しい。

八四七—八五〇

思慮なき民を踵で踏みつけ、尖った突き棒で突け、
　耐えがたい軛《くびき》の輪を巻きつけろ。
このようにすれば、自分の主人を愛する民衆を、
　太陽が見渡すかぎりの人間たちのなかに、見つけることはない。

---

(1)「カラスの餌」とは「破滅する、没落する」の意。

(2)「上座の者が下座になる」にはさまざまな解釈がある。客の適正な配置が乱れること、まっすぐに立っている姿勢から床に崩れ落ちること、酔って頭がくらくらすること（五〇五行参照）など。この二行を八四一—八四二行と結びつける編者もいる。

八五一―八五二

オリュンポスなるゼウスが徹底的に滅ぼしてくれますように、自分の仲間を
　柔らかい甘言で丸め込んでまんまと騙そうと思っている奴を。

八五三―八五四[1]

前々から私にはわかっていたし、今はもっとよくわかることだが、
　卑しい連中には感謝の念が微塵《みじん》もない。

八五五―八五六

このポリスはしばしば、指導者たちの悪事のせいで
　まるで傾《かし》いだ船[2]みたいに岸に接するようにして走った。

八五七―八六〇

私のみじめなありさまを見ると、友だちは
　顔をそむけ、私を見たがりもしないのに、
めったにないことだが、どこからか何かすばらしいことが私に起こると、
　私はたくさんの抱擁と友情のしるしを受ける。

八六一―八六四

友人たちは裏切り、何も与えようともしない、
　男たちが姿を現わすときには。でも私は自ら進んで
夕方に出かけていって、明け方にふたたび戻ってくる、
　雄鶏の声で人々が目覚めるときに。(3)

八六五―八六八(4)

神様はたくさんの木偶《でく》の坊に富をお与えになる。
　富はみごとだが、実質が伴わないから、本人のためにも
友人たちのためにもならない。けれども勇気の偉大な誉れは、決して滅びない。
　槍兵は勇士として土地と町を救うからである。

---

(1) テクストが正しいとすれば、一〇三八a―b行とまったく同じ。

(2) 積み荷の配置が不均等なために「傾いだ船」か、あるいは本来の航路から「それた船」の意。

(3) 活用語尾の変化形から話者が女性であることは明らかであるが、それ以外の点については諸説あり、意見の一致を見ない。ただし、実作者は女性ではなく、男性である。

(4) ストバイオス『精華集』第四巻四二―六に引用される。

八六九―八七二

そのときには、私の上に広大な大空が天から落ちてきますように、
　地上に生まれた人間にとって恐怖の的の、青銅の大空が。
もしも私が自分の味方を助けて
　敵軍に甚大な苦痛と苦難を与えることがないとすれば、そのときには。

八七三―八七六

ワインよ、私はお前を称えもし、咎めもする。お前を丸ごと
　憎むことも愛することも、私にはできない。
お前には長所も短所もある。お前をなじったり
　ほめたりなどできようものか、ほどほどに知恵がある者なら。

八七七―八七八[1]

愛しき心よ、青春を楽しみたまえ。たちまちのうちに、他の人たちの
　時代となり、かたやこの身は死して黒き土に戻るのだ。

八七九―八八四

ワインを飲みたまえ、タユゲトス[2]の山頂の麓にて、わがために
　葡萄の木々が生み出したワインを。山の老人で
神々の愛でるテオティモス[3]が深い谷に植え、
　プラタニストゥス[4]から冷たい水を引いて育てた木々だ。
あなたのつらい悲しみはこれを飲むうちに晴れ、
　酔いが回れば、気持ちはもっと楽になる。

八八五―八八六

どうかポリスが平和と富を享受できますよう、他の人々といっしょに
　騒ぎ回れるために。私はいやだ、むごい戦争なんか。

---

(1)最初の語以外は一〇七〇a―b行と一致する。
(2)ペロポンネソス半島のラコニア地方を南北に走る山脈。
(3)「神（テオス）から名誉（ティーメー）を得る者」を意味する人物名。
(4)「鈴懸の木の森」の意のスパルタの地名の可能性がある。鈴懸の木（プラタナス）はギリシア語でプラタノスと言い、パウサニアス『ギリシア案内記』第三巻一一-二および一四-八によると、プラタニストゥスは競技会の開催場所であり、プラタナスの樹林に由来する地名だという。

八八七―八八八

大声で叫ぶ伝令にはあまり耳を傾けるな。
　私たちが戦っているのは祖国のためではないのだからな。

八八九―八九〇

しかし恥ずかしいことだ、その場にいて脚速き馬にまたがっていながら、
　涙をもたらす戦争をじっくり見ないとは。

八九一―八九四

ああ、なんてなさけないことだ。ケリントス[1]は滅び、
　レラントス[2]のすばらしい葡萄畑は荒らされ、
貴族は逃亡し、卑賤の輩がポリスを仕切っている。
　どうかゼウスがキュプセロス[3]の一族を滅ぼしてくれますように。

八九五―八九六

分別は、人の内面にそなわった最上のもの。
　キュルノスよ、無分別ほど悲しいものはない。

八九七—九〇〇

キュルノスよ、もしも神が死すべき人間にあらゆる点で腹を立てるとすれば、
　——神が、個々の人が胸の内で考えていることや、
正しい行ないも不正な行ないもご存じのうえで立腹なさるのならば——
　人間には大災厄となったことだろうに(4)。

九〇一—九〇二

どんなことにも、へたな人もいればうまい人もいる。
　世に万能の人は、なし。

九〇三—九三〇

財産に見合うよう、出費に目を光らす者は……(5)、

---

(1) エウボイア島の北東にある地名。
(2) エウボイアの平原。カルキスに近く、ケリントスよりも南にある。
(3) 前六五五—六二五頃のコリントスの僭主の名前。しかしここで言及されているのが彼の子孫の一人のことかどうかははっきりしないため、この争いがいつ頃のことかわからない。
(4) テクストが不正確なため、推定訳を含む。
(5) テクストには毀れが認められる。

賢人らの目から見ると、最も高貴な美点をそなえている。
人生の終わりを見ることができ、どれだけの資産を
　使った後に冥界に行く運命かがわかれば、
長生きする者は当然、
　生活資金を確保するためにしっかり節約に励むからだ。
しかしそれは無理なこと。だから大きな悲しみが私を襲い、
　心を悩ませ、思いを二つに分ける。
私が立っているのは三叉路。前方には道が二つ。
　そのどちらに進むか、私は思案する。
何も出費せずに不幸せのうちに人生をすり減らすのか、
　それとも金をほとんど残さずに、おもしろおかしく生きるのか。
というのは、この目でしかと見たのだが、節約に励んで、
　金持ちのくせに、自由人らしい食べ物を腹に与えなかった人がいた。
だがこの人は金を使い果たす前に冥王の館に下って行ってしまい[1]、
　たまたま運のよかった人が金を手に入れた。
その結果、この男は無駄骨を折り、やりたいと思っていた人に金をやらなかったのだ。
　また別のこんな人も、私は見た。その人は腹を満たし、

おいしい食べ物で心を楽しませたあげく、金をすり減らしてしまった。
　人を見かけるとどこでも、友だちにはどんなものでも無心した。
だからデモクレス[2]よ、万事のうちで最善のこととは、資力に合わせて
　注意深く出費することだ。
そうすれば、汗水を流した後に、汗の結晶を他人に分け与えることもなく、
　物乞いをして回って最後は奴隷に身を落とすこともない。
たとえ老年がやってきても、金がすっかり底を突くことはなかろう。
　それに、この齢になると金のあるのが一番だ。
金持ちだと君には友だちも多いが、貧乏になると
　友も減り、かつて羽振りがよかった頃と同じわけにはもういかないのだ。[3]

九三一―九三二

節約はしておいたほうがよい。死んでも、誰も大声で泣いてくれないのだ、

（1）九一七―九三二行は「ベルリン・パピルス」二一二二〇に現われる。
（2）詳細不明の人物。
（3）この詩は詩集中で最も新しく作られた詩で、おそらく前五世紀のものと、言語的な根拠から推測される。

　金を残して死んだことがわからないかぎり。

九三三―九三八

美徳と見目麗しさを兼ね備えた男はほとんどいない。
　運よく二物を与えられた者は幸せだ。[1]
誰からも尊敬され、若者たちや同年輩の者たちや
　年長者からさえ、場所を譲ってもらえる。
そして老年に達すると、町の長老のなかでもぬきんでた存在となり、この男から
　敬意や正義を奪ってやろうと思う者など一人もいない。[2]

九三九―九四二

私は、よく響く声で鶯《うぐいす》のようには歌えない。
　昨夜、飲み会に行ったからだ。
笛吹きを言い訳にするつもりはないが、相棒が私を
　見殺しにしたのだ、腕の立つ相棒だけれども。[3]

九四三—九四四

私は笛吹きの近くで歌う、この右側のところに立って
　不死なる神々に祈りを捧げながら。

九四五—九四六

私は墨縄に従ってまっすぐに、どちら側にも
　傾かないで、道を進んでいく。万事、正しく考えなければならないからだ。

九四七—九四八(4)

私は故郷の輝かしいポリスを整える、民衆に
　委ねもせず、不正な者たちに屈しもせずに。

---

(1) 九三三—九三四行は「ミュンヘン写本による名句名言集」一一八に引用される。

(2) 九三五—九三八行について、テュルタイオス「断片」一二の三七—四二行と比較せよ。

(3) おそらく、友人がいないために深酒をして声がしわがれているにもかかわらず、歌う羽目に陥ったという意味であろう。テクストを一部修正すれば、歌の才能がないわけではないが声がうまく出ない、とも解しうる。

(4) 前の二行と結びつけて、ソロンに帰属させる編者もいる。言語も発想もソロンの詩句と似ている。ストバイオス『精華集』第三巻三九-一五に引用される。

九四九—九五四

私は、力を恃《たの》む獅子のように、親鹿から仔鹿を
　足で捕まえたが、血は飲まなかった。
高い城壁をよじ登ったが、ポリスを略奪しなかった。
　馬を軛につないだが、馬車に乗らなかった。
行なったが行なわず、達成したが達成せず、
　やったがやらず、完成したが完成しなかったのだ。[1]

九五五—九五六[2]

卑劣な奴らに親切にすると、災厄は二つ。自分の所有物の
　多くを奪われ、感謝は一切なし。

九五七—九五八

私から多大の恩恵を蒙っておきながら、君が感謝もしていないのなら、
　わが家にもう一度来なくてはならなくなりますように。

九五九—九六二

黒い泉から飲んでいるのが私一人だけだった間は、
　水は甘くておいしいと思われた。
だが今は、水と水が混ざりあい、濁っている。
　私はこれからは川から飲むよりも、別の泉から飲む。[3]

九六三—九七〇[4]

はっきりと知るまでは、決して人をほめるな、
　その人が気性や気質や生き方の点でどんな人かを［はっきり知るまでは］。
多くの人々は偽りの狡猾な性質をそなえていても
　それを隠し、その日暮らしの態度を身につけているのだ。

（1）九四九—九五〇行は一二七八c—d行と同一。後者では、動物の比喩は性愛に関する表現であり、愛情の対象を自分の支配下に置いていたが性関係を持たなかったことを描いた詩と推測される。九五三—九五四行の四つの動詞（行なう、達成する、やる、完成する）は本質的に類義語である。

（2）ストバイオス『精華集』第二巻四六-一二に引用される。

（3）比喩的表現は性愛に関するもの。「泉」は忠実な恋人、「川」は相手をかまわずに交わる移り気な恋人を指す。

（4）九六三行は「ミュンヘン写本による名句名言集」一〇七＝オリオン『名句名言集』八-一一a（Schneidewin）に引用され、九六三—九六八行はストバイオス『精華集』第三巻一-六五に引用される。

けれども時が、一人一人の性格をすっかり明るみに出してくれる。
　だがじつは、私の判断が大きく外れたことがあった。
私は、君の性格を知りつくす前に君をほめてしまったが、
　今は、ちょうど船のように、遠く離れている。

九七一―九七二

飲酒の賞品を勝ち得ることにどんな価値があるのか。
　往々にして、卑しい男が高潔な人物を打ち破るだけだ。

九七三―九七八

人は誰も、いったん大地に覆い隠され、
　漆黒の闇なるペルセポネの館[1]に降りてしまえば、
竪琴（リュラー）を楽しむこともなく、笛吹きに耳を傾けることもなく、
　ディオニュソスの贈物[2]を［唇まで］持ち上げることもない。
私はこのことを念頭に置き、心の言うとおりにしよう、まだ膝が
　軽く、頭がふらふらしないうちは。

九七九―九八二[3]

口先だけではなくて実行を伴う友だちができますように。
　手助けとお金の両方で［私のために］奮闘してくれる友[4]でありますように。
混酒器のそばで私の心を言葉でだますのではなく、
　できれば行動で、人柄のよさを示す人でありますように。

九八三―九八八

われらが愛しき心をなだめよう、宴もたけなわ、
　悦楽の営みが喜びをもたらしてくれる今のうちに。
光り輝く青春は、想念のようにまたたく間に通り過ぎてしまうのだから。
　その素早さときたら、馬の突進をもしのぐほど、
槍を振るう主人を、男たちの労苦のなかへと
　勢いよく、小麦の実る野原を喜び勇んで運びゆく馬の突進をもしのぐほど。

（1）死者の国のこと。ペルセポネは冥界の女王。
（2）ワインのこと。
（3）九七九行は「ミュンヘン写本による名句名言集」一四七に引用される。
（4）つまり、身体的援助と金銭的援助を提供してくれる友人ということ。

九八九―九九〇

人々が飲むときには飲みたまえ。だが気がふさぐときには、
　滅入っていることを誰にも気づかれないようにしたまえ。

九九一―九九二

人に何かされてつらい思いをすることもあれば、自分が何かをして
　うれしくなることもある。できる人はその時々でさまざまだ。

九九三―一〇〇二[1]

もしも君が、アカデモス[2]よ、楽しい歌の賞を設けたなら、
　そしてそのご褒美に、美しい花のような少年を
君と私が腕前を競い合っているあいだ、二人の間に置いておくなら、
　ロバよりもラバがどれほどすぐれているか[3]が、君にもわかる。
そのとき、空の太陽は単蹄の馬たちを[4]
　真昼に追い立てて、
私たちは食事を終えているだろう。私たちが
　あらゆる美味を食べたいだけ食べて腹を満たした後、

すぐに手洗い水[5]を外に運び出して花輪を中へ運び入れるのは、
　手のすらっとした器量よしのラコニアの少女。

一〇〇三―一〇〇六[6]

そもそも勇気は人の世の最高の褒賞、
　賢者が手にする最も美しいもの、
ポリスにも民衆全体にも役立つ美徳である、
　最前列にとどまり、足を広げてすっくと立つ者がいれば。

一〇〇七―一〇一二

世の人々に私は一般論として忠告する、青春の
　光り輝く花があって胸に大志を抱いているうちに

（1）West と Young 以外の編者は九九三―九九六と九九七―一〇〇二行の二つの詩に分割する。おそらくそのほうが正しい。
（2）詳細不明の人物。
（3）意味のよくわからない表現。なお、九九三―九九六と九九七―一〇〇二行は逆の順序でアテナイオス『食卓の賢人たち』第七巻三一〇A―Bに引用される。
（4）太陽神は馬車に牽かれて天空の軌道を走ると考えられた。
（5）古代ギリシアの宴会では客は頭に花冠をかぶり、指を洗う水が食後に供された。
（6）テュルタイオス「断片」一二の一三―一六行とほぼ同一。

自分の財産を享受すべし、と。なぜなら、青春を
　二度手にすることは神々から許されず、死をのがれるすべは
人間にはないのに、醜い老年がおぞましくも侮辱を加え、[1]
　頭のてっぺんに触れるからだ。[2]

一〇一三―一〇一六

ああ、幸いなり、幸運なり、幸せなり、
　試練を経ずして冥王の黒き館に降りた者は。
そして敵軍におびえたり、やむをえず道を踏み外したり、
　友が何を考えているかを詮索したりする前に冥界に下った者は。

一〇一七―一〇二二

たちまち、玉の汗がどっとわが肌の下に流れ、
　私はどぎまぎする、同年輩の花が
喜ばしくも美しいのを目にして。いつまでもこれが続けばよいのに！
　だが、幻影のように儚《はかな》いのは、
尊い青春。おぞましくも醜い

老年がたちまち頭上をおおう。(3)

一〇二三—一〇二四

断じて首を置くまいぞ、敵軍の
　耐えがたき軛の下には。たとえわが頭上にトモロス山(4)があろうとも。

一〇二五—一〇二六

災厄のとき(5)、卑賤の輩は考えがいっそう愚劣になるが、
　貴人の振舞いはつねにまっすぐだ。

一〇二七—一〇二八

卑劣な振舞いは、人にはわけもないこと。

---

(1)「侮辱を加える」は「試す」とも解しうる。
(2) おそらく白髪への言及。
(3) 一〇二〇—一〇二二行はミムネルモス「断片」五の一—三行のバリエーション。
(4) 小アジア・リュディア地方にある山。二一五七メートル。
(5)「災厄のとき」は「自分たちの卑劣さのせいで」とも解しうる。

　キュルノスよ、難しいのは美徳をなすすべだ。

一〇二九―一〇三六[1]

耐え忍べ、わが心よ、耐えがたい目に遭ったとはいえ。
　短気は卑賤の輩のしるし[2]。
お前は、やりもしなかったことを自慢して苦しみを増すようなことはよせ、
　恥の上塗りもよしておけ[3]。友だちを悲しませず、
敵どもをうれしがらせるな。運命が定めた神々からの贈物を
　のがれるのは死すべき人間には容易ではないぞ、
波の沸き立つ海底に潜り込もうとも、
　靄《もや》のかかるタルタロス[4]につかまろうとも。

一〇三七―一〇三八

人格者を欺くのはたしかに最も難しい。
　前々から抱いていた私の考えだよ、キュルノス。

一〇三八a—b（＝八五三—八五四）

一〇三九—一〇四〇

無思慮で愚かな人々とは[5]、
　犬星の季節[6]が始まってもワインを飲まない連中のこと。

一〇四一—一〇四二

笛吹きを連れて、どうぞこちらへ。嘆いている奴の前で、笑いながら
　酒を飲みましょう、そいつの嘆きを酒の肴に。

一〇四三—一〇四四

眠ろう。ポリスの見張りは守備隊がやってくれるよ、

（1）一〇二九—一〇三四行はストバイオス『精華集』第四巻五六-九に引用される。
（2）この行は三六六行と一語のみ異なるが、他は同一。
（3）テクストは不確定。
（4）冥界（ハデス）の最深部にある奈落の底を擬人化したもの。
（5）一〇六九行と比較せよ。
（6）「犬星の季節」は、大犬座の首星であるシリウス（セイリオス）が昇って暑さと喉の渇きが強まる七月末のこと。ヘシオドス『仕事と日』五八二—五八八行およびアルカイオス「断片」三四七参照。

地味の肥えた[1]愛しきわが祖国の見張りは。

一〇四五—一〇四六

ゼウスにかけて、この人たちのなかには、包み込まれて眠っていても
　私たちの浮かれ騒ぎを熱烈に歓迎する人がいますよ。

一〇四七—一〇四八

今は、ワインを飲んで楽しみましょう、愉快にしゃべりながら。
　後のことは、神々にお任せして。

一〇四九—一〇五四

父が息子にするように、私が自ら君に忠告してあげるよ、
　よい忠告をね。これを、心と頭にとめておきたまえ。
急いだがために失敗してはならない。君の胸の奥深くで
　思慮深い考えをめぐらせ、案を練りたまえ。
気の触れた連中の心と頭は猪突猛進するけれど、
　案を練れば、幸福と思慮分別に至るのだ。

一〇五五―一〇五八

この話は、もうおしまい。だけど私のために
　笛を吹いておくれ。そしたら私たち二人とも、詩女神（ムーサ）らに心を向ける。
ムーサたちがこの喜ばしい贈物を与えてくれたのだからね、
　君と私とに。近所の人たちも私たちのことをよく知っていることだし。

一〇五九―一〇六二[2]

ティマゴラス[3]よ、離れたところから見ていると、たくさんの人々の気質を
　知るのは難しい。賢人にとってすら、難しい。
富の影に卑劣さを隠し持つ者もいれば、
　おぞましい貧窮の裏に美徳を隠し持つ者もいるのだから。

（1）「地味の肥えた」の原語 ἀστυφέλης（astyphelēs）は稀語で、意味不明確。文字どおりの意味は「ごつごつしていない」であるため、「肥沃な」の意と推測される。
（2）一〇六一―一〇六二行はストバイオス『精華集』第四巻三二-九に引用される。
（3）詳細不明の人物。

一〇六三―一〇六八

若いときには、同年輩の者といっしょに一晩中、
　憧れに満ちた愛の営みに向かいながら眠ることもできれば、
乱痴気騒ぎをやって笛吹きといっしょに歌うことも許される。 一〇六五
　こんなに楽しいことは……………(1)
男にとっても女にとっても、ほかにない。金も恥も、私にはどうでもよい。
　陽気さを伴う喜びにまさるものはない。

一〇六九―一〇七〇

無思慮で愚かな人々は(2)、死者のことは
　嘆くくせに、青春の花が朽ちるのは嘆かない。 一〇七〇

一〇七〇a―b（＝八七七―八七八）

一〇七一―一〇七四

キュルノスよ、友みなに対してありようをさまざまに変えたまえ、
　個々の生まれつきの気性と混ぜ合わせながら。

ある時はある人の意に従い、別の時には別の人たちの気質に合わせたまえ。
　知恵は大いなる美徳にまさるのだ。[3]

一〇七五—一〇七八

とても難しいのは、行なってもいない行為の結末について
　神がそれをどう成し遂げるおつもりかを知ることだ。
なぜなら闇が広がっているからだ。そして来たるべき未来を前にして
　どうしようもないことがどう終わるかは、死すべき人間にはわからないのだ。

一〇七九—一〇八〇

敵といえどもすぐれた人物なら、私はそしらない。
　味方といえども卑怯な奴なら、私はほめない。

（1）テクストには毀れが認められる。
（2）一〇六九行前半の「無思慮で愚かな人々は」の措辞は一〇三九行前半と同一。
（3）二一三—二一四および二一七—二一八行のバリエーション。West はこの四行を別々の二つの詩とする。

一〇八一―一〇八二b（≒三九―四二）[1]

私にやさしい言葉をかけるのはやめて、心と気持ちを他の心に向けてくれ、

一〇八二c―一〇八四（一〇八二c―f≒八七―九〇）[2]

私にやさしい言葉をかけるのはやめて、心と気持ちを他の心に向けてくれ、　c
　もし君が私を愛していて、君にまごころがあるのなら。　d
さあ、心を清らかにして愛しておくれ、さもなければ私を見捨て、　e
　おおっぴらに喧嘩を始めて、憎むがいい。　f
人格者は、このように考えを正し、
　最後までつねに、味方の者に志操堅固でなければならない。

一〇八五―一〇八六

デモナクス[3]よ、君はとても耐えがたい。だって君はわかっていないからだよ、　一〇八五
　自分の望みどおりにならないことをどうしたらいいのかが。

一〇八七―一〇九〇

カストル様にポリュデウケス様[4]、ラケダイモンの地で
　流れも美しきエウロタス[5]のほとりにお住まいの神様がた、

もしも私が友人に悪事を企んだとしたら、それがわが身に起こりますように。
でも、あちらが私に何か企めば、あちらの身には倍のことが起こりますように。

一〇九一―一〇九四

君の友愛をめぐって私の心は千千《ちぢ》に乱れる。
憎むことも愛することも、私にはできないからだ。(6)
私にはわかっている、友なら憎しみを抱きにくいことも
友になりたがっていない人には愛情を抱きにくいことも。

一〇九五―一〇九六(7)

さあ、別の人に目を向けたまえ。私には

---

(1) 一〇八二行は「むごたらしい内紛を導く傲岸不遜な男が生まれるのではないかと」と訳しうるが、この行以外は三九―四二行と同一。
(2) 一〇八二c―f行は八七―九〇行と同一。ただし三箇所で若干異なる。
(3) 詳細不明の人物。
(4) ゼウスとスパルタ王妃レダとの間に生まれた双子の神。
(5) ペロポンネソス半島のラコニア地方を南北に流れる川。スパルタはその流域にある。
(6) 一〇九二行は八七四行とほぼ同じ。
(7) 一一六〇a―b行と若干異なるが、ほぼ同一に近い。

　そんな義務なんかない。[1] 私が以前にしてやったことに感謝したまえ。

一〇九七―一一〇〇

私はもう翼を高く上げている、
　大きな湖の鳥のように。[2] 邪悪な男からのがれようとして
輪なわを引きちぎったわけだ。君のほうは、私の愛を失って
　私の思慮分別を思い知るだろう、後になってから。

一一〇一―一一〇二[3]

私のことをあれこれ君に忠告して
　私との友愛を見捨てていけばよいと言うような人は……

一一〇三―一一〇四

マグネシアとコロポンを滅ぼしたのは無法（ヒュブリス）だ。
　スミュルナもこれで滅びた。[4] キュルノスよ、君たちもきっとこれで滅びるぞ。

一一〇四a―b（＝五七一―五七二）

一一〇五—一一〇六

試金石まで足を運んで、鉛とこすりあわせられて
純金であるならば、[5] 君は誰が見てもすばらしい人物だ。

一一〇七—一一〇八[6]

ああ、なんてみじめなのだ、私は。まったくもって敵の笑い者、
味方のお荷物。それもこれも、私が無残な目に遭ったせい。

一一〇九—一一一四

キュルノスよ、かつての貴族が今では賤民となり、かつての賤民が
今では貴族だ。このありさまを目にして、我慢などできようか、

---

(1)「義務」の内容は不明。

(2) 無意味な形容語であるため、さまざまな修正案が出されているが、説得的な案はない。

(3) 一一〇一—一一〇二行は一一七八a—b行と同一。いずれも、条件文の帰結節がないまま関係節が残されている。

(4) マグネシアは三頁註（1）参照。コロポンとスミュルナについては四三頁註（2）参照。

(5) 一一〇五—一一〇六行冒頭と四一七—四一八行冒頭は一語が異なるだけ。多くの編者はこの二行対句を一一〇三—一一〇四行と結合させている。

(6) 一三一八a—b行と実質的に同一。

貴族が軽蔑され、賤民が尊敬されるのだ。
　身分の高い男が卑しい身分の男の娘に求婚している。
彼らは互いにだましあい、互いに嘲笑しあっている、
　卑賤の輩のしるしも、貴顕紳士のしるしも知らないまま。[1]

一一一四a―b（Ⅱ六一九―六二〇）[2]

一一一五―一一一六
君は金があるから、私の貧困をあなどる。しかし私の手元にも
　いくばくかはあるし、神々に祈ってこれから稼ぎ出すものもある。

一一一七―一一一八
すべての神々のうちで最も美しく、最も憧れを呼び覚ます神である富の神（プルトス）よ、
　あなたとご一緒なら、卑劣な男でも高貴になります。

一一一九―一一二二
私が羽目を外すことなく楽しみ、レトの子ポイボス・アポロン並びに

二二五

不死なる神々の王ゼウスに愛してもらえますように。
どんな不幸な目にも遭わず、
　青春と富に心を慰められながら、私が正しく生きるために。

一一二三―一一二八

禍を思い出させないでくれ。私はオデュッセウス(3)と同じような目に遭ったのだ。
　オデュッセウスは冥王の大いなる館を脱して帰還し、
求婚者たちを情け容赦なく殺した。
　正妻ペネロペ(4)に求婚した者たちを、嬉々として殺したのだ。
ペネロペは愛する息子のかたわらに留まりながら夫を待っていた、

（1）一一〇九―一一一〇行は五七―五八行のバリエーション。一一一三―一一一四行は五九―六〇行のバリエーション。一一一二行と類似の表現が一八九―一九〇行に認められる。

（2）「洗うが如き赤貧」と訳した六二〇行では ἄκρην（akrēn）が用いられているが、一一一四b行では ἀρχὴν（arkhēn）が用いられているので「赤貧の始まり」と訳せる。しかし、ἀρχὴν は誤りと解される。

（3）ホメロス『オデュッセイア』の主人公。トロイア戦争終結後、一〇年間も苦難の放浪を続けた。その間、冥界に下ることもあったが、最後はイタカに無事に帰郷し、妻に言い寄っていた求婚者たちを殺害した。

（4）オデュッセウスの妻。

夫が故郷の地に足をつけるまで…………[1]。

一一二九―一一三二[2]

がぶがぶ飲むぞ。心がずきずき痛む貧乏は気にならない。
　私の悪口を言う敵対者も気にならない。
だが、私を見捨てていく愛しい青春を嘆き悲しみ、
　つらい老年が近づいてくることに私は涙するのだ。

一一三三―一一三四

キュルノスよ、私らは災厄を、ここにいる友人たちといっしょに初手で防ぐぞ。
　私たちが探し求めているのは、できかけの傷に効く薬だ。

一一三五―一一五〇[3]

人間界にいるよい神は「希望」だけ。
　他の神々は立ち去ってオリュンポスに行った。
偉大な「信義」の神は行ってしまった。人々の
「慎み」も行ってしまい、「感謝」も、友よ、地上を去った。

法にかなった誓いが世の中で信用されることはもはやなく、
　不死なる神々を畏れる者は一人もいない。
敬虔な人々の一族は滅び、道理にかなう行ないも
　敬虔な振舞いも、もはや人々の知ったことではない。
しかし、人が生きて陽の光を目にするかぎり、
　神々を敬い「希望」を持たせてください。
神々に祈り、みごとな腿の骨を焼いて
　初めと終わりに「希望」に犠牲を捧げさせてください。
悪人どもの不正な話には、つねに用心させてください。
　悪人どもは、不死なる神々を畏れることなく、
つねに日頃から他人の財産に意を向け、
　さまざまな悪事によって恥ずべき協定を結んでいる。

---

(1) テクストには毀れが認められる。この詩は未完成であると考える人が多い。

(2) ストバイオス『精華集』第四巻五〇-四三に引用される。

(3) 一一三五行はストバイオス『精華集』第四巻四六-一二に引用される。

一一五一—一一五二[1]

今の友だちと縁を切って新しい友だちを探すことなど、もってのほか。
　卑劣な連中の言葉に従ってそんなことをしてはいけない。

一一五三—一一五四[2]

どうか私が金持ちになり、悪しき心配事とは無縁で、
　辛い目に遭わず、無事に生きられますように。

一一五五—一一五六

金持ちになることを熱望も祈りもしないけれど、どうか私が[3]
　辛い目に遭わず、つましく暮らせますように。

一一五七—一一六〇[4]

いつの世も死すべき人間にとって難攻不落の最たるものは、富と知恵。
　富で心が満たされることなどないのだから。
同様に、最高の賢者は知恵を、避けるのではなく
　愛しているのだが、思いの丈を遂げるには至らない。

一一六〇a—b

……今は勇士たる若者たちよ(5)……私には

　そんな義務なんかない。私が以前にしてやったことに感謝したまえ。

一一六一—一一六二(6)

君が子孫に残せる最もすばらしい宝は

　恥を知る心だ、キュルノスよ、もしも君がそれを貴族に与えるならば。

---

(1) 一二三八a—bと同一。『パラティン詞華集』第十巻四〇と「未刊行ギリシア文献集」第四巻三七四-一三(Cramer)に引用される。

(2) 一一五三—一一五六行はストバイオス『精華集』第四巻三九-一四に引用される。

(3) 一一五五行は『パラティン詞華集』第十巻一一三、バシレイオス『若人へ』九、ゲオルギデス『格言集』一-六七(Boissonade)に引用される。後世の偽書である『シビュラ託宣集』第二巻一〇九—一一〇はこの行を模倣し、「ルキアノス『弁明』一二への古註」(Rabe)はこの行を間違って引用している。

(4) ストバイオス『精華集』第四巻三一-二六に引用される。一一五七—一一五八行はテオグニスの諸写本には欠落し、ストバイオスの引用からの補いである。

(5) 毀れたテクストをWestはこのように修復しているが、そうするとこの二行は一〇九五—一〇九六行と同一になる。

(6) ストバイオス『精華集』第三巻三一-一六に引用される。一一六一行は四〇九行とほぼ同一。一一六二行も四一〇行と似ている。

一一六二a—f（≒四四一—四四六）[1]

一一六三—一一六四[2]

人の目も舌も耳も心も、
　賢慮ある人々の場合は、胸のまんなかにある。

一一六四a—d（≒九七—一〇〇）[3]

一一六四e—h（≒四一五—四一八）[4]

一一六五—一一六六

善良な人々とつきあいたまえ。劣悪な連中とは断じてつきあうな。
　交易のために目的地まで旅立つときにはいつもそうしろ。

一一六七—一一六八

善良な人々は受け答えもみごとで、行ないもみごとだが、
　劣悪な連中のつまらない言葉は風に運ばれ、飛んでいく。

一一六九—一一七〇

悪友とのつきあいから生じるのは災厄だ。君は自分でもよく
　わかっているね、偉大な神々に罪を犯した以上は。

一一七一—一一七六

キュルノスよ、神々が死すべき人間に与える最善のものは思慮だ。
　思慮はあらゆるものを試す道具(5)。
ああ、これが心にある者は幸いだ。これは
　おぞましい無法や悲惨な飽満よりもはるかにまさるもの。
飽満は人間にとって悪しきもの。これほど悪しきものはない(6)。
　災厄はすべて、無法と飽満から起こるのだよ、キュルノス。

---

(1)一一六二b—dが若干異なる以外は、四四一—四四六行と同一。
(2)ストバイオス『精華集』第三巻三-一九に引用される。
(3)冒頭が若干異なるほかは、九七—一〇〇行と本質的に同一。
(4)一一六四eとgの一部以外はほぼ四一五—四一八行と同一。
(5)ソロン「断片」一六参照。
(6)この行には削除記号が付されている。

一一七七―一一七八
もしも恥ずべき行ないを、人からされたことも、人にしたこともなければ、
　君の美徳の証拠は最高ということになるよ、キュルノス。

一一七八a―b（≒五五五―五五六）

一一七九―一一八〇[1]
キュルノスよ、神々を敬い、畏れよ。そうすれば、人は
　不敬な言動をしなくなる。

一一八一―一一八二
君の望みどおり、公の財を食い物にする僭主を打ち倒すべし。
　神罰がくだることは一切ない。

一一八三―一一八四b
キュルノスよ、人に光をもたらす陽光が
　眺め渡しているかぎりにおいて、責めの迫っていない者など一人もいない。

私にはわからない、市民が何を考えているのかが。(2)
　私の行動がよかろうと悪かろうと、どちらも彼らには気に入らないのだから。

一一八五—一一八六

知性すぐれ、弁舌も達者。だが、ごくわずかしかいないのは
　両方を取り仕切る者。

一一八七—一一九〇

たとえ身代金を払ったところで、死や耐えがたい不運をのがれられる者は一人もいない、(3)
　宿命（モイラ）が人生の終わりを投げてこないかぎりは。
神が苦悩を送りこむと、心労をのがれられないのが
　死すべき人間だ。賄賂を贈ってそれを避けたいと思ったところで。

---

(1) オリオン『名句名言集』三-五（Schneidewin）に引用される。行を別々の詩とする編者もいる。

(2) 一一八四a行は三六七行と語順が異なるのみ。一一八四b行は三六八行と同一。一一八三—一一八四と一一八四a—b

(3) ソロン「断片」二四の九—一〇行と比較せよ。

一一九一―一一九四

王様が寝るような寝椅子に、死んでから寝たいという望みは、私にはない。
　でも私にはどうか、生きているうちによいことが起こりますように。
茨は死者にとって、マットレスと同じような敷物。
　それが固かろうが柔らかかろうが、死者にはどちらでも同じことだ。

一一九五―一一九六

神々に偽誓をすることなかれ。耐えられないことだ、
　神々が債務を隠すことは。

一一九七―一二〇二

甲高く叫ぶ鳥(1)の鳴き声を、ポリュパオスの子よ、
　私は聞いた。鳥は、耕作の季節を人に告げる使者としてやってきたが、
私の暗い心を打ちのめした。
　私の花咲く畑は他人の手に渡り、
私のラバが曲がった犂《すき》を引いているわけではないからだ。
　…………航海のせいでな(2)。

一二〇三―一二〇六

私は行かないし、彼も私に招かれないだろう。(3) 墓で
　嘆かれることもなく、僭主の男は大地の下に降りていく。
私が死んだときには、彼も嘆かず、
　眼にあたたかい涙をこぼしもしないだろう。

一二〇七―一二〇八

私らは君を乱痴気騒ぎから締め出すこともなく、招くこともない。
　君はそこにいると歓迎されているが、(4) そこにいないと友だちだ。

---

(1) 鶴のこと。ヘシオドス『仕事と日』四四八―四五一行に、「毎年のように高い雲間から鳴き騒ぐ／鶴の声を聞く時には、気をつけよ。／鶴は耕しの合図を運び、時雨降る／冬の季節を告げる」（中務哲郎訳）とあり、十月末のことという。

(2) この詩行は毀れている。テオグニスは航海によって災難に遭い、土地を失ったのであろうと推測される。

(3)「私は彼の葬式に行かないし、彼は私の葬式に招かれないだろう」の意。

(4)「歓迎されている」ではなく、「厄介者だ」あるいは「迷惑な人だ」とも読める。ただ、それだと一二〇七行に矛盾が生じる。

一二〇九―一二一〇

私は生まれつきアイトン(1)だ。堅固な壁をめぐらせたテーバイ(2)の町に
　住んでいる。父祖伝来の地から追放されたのだから。

一二一一―一二一六

臆面もなく冗談を言いながら私の愛しい両親をそしらないでおくれ、
　アルギュリス(3)よ。君は奴隷の身だが、
私のほうは、災厄がほかにもたくさんあるが、女よ、それは故郷を
　のがれて亡命しているからにすぎず、苦しい隷属もなく、
わが身を売ることもないのだ。それに、私のポリスは
　レタイオス(4)の野にある美しいポリスだ。

一二一七―一二一八

嘆き悲しんでいる人のそばにいるときには、決して笑わない(5)でいよう。
　キュルノスよ、自分の順境を喜びながら(6)。

一二一九—一二二〇

敵が敵対者を欺くのは難しい。
　だがキュルノスよ、友が友を欺くのはわけもないこと。

一二二一—一二二二[7]

言葉[8]は常々、死すべき者たちに多くの失敗をもたらしている、
　思慮分別が混乱しているときにはな、キュルノスよ。

（1）意味不明の虚構の名前。ホメロス『オデュッセイア』第十九歌一八三行でオデュッセウスが名乗ったいつわりの名前であることから、この箇所をほのめかしているとも指摘されるが、それでもやはり意味は不明である。

（2）ギリシア中東部ボイオティア地方の主要なポリス。

（3）不詳の女性の名。遊女（ヘタイラー）の名前か。

（4）小アジア西部を流れるマイアンドロス川の支流。冥界に流れるレテ（忘却の川）との関連を見てとり、アリストパネス『蛙』一八六行やプラトン『国家』第十巻六二一Aにある「レテの野」と比較する解釈もある。

（5）「笑わない」と訳した部分に含まれる否定語をWestは削除している。

（6）他人の悲嘆を酒の肴にして笑いながら飲もうという正反対の心情の詩もある。一〇四一—一〇四二行参照。

（7）一二二一—一二二六行は諸写本に記載がなく、ストバイオスに引用されるのみ。

（8）原語は*λόγος*（logos）。ストバイオスは「臆病について」という見出しでこの二行対句を引用しているため、この語は「打算」とも訳せる。*λόγος*を*δέος*（deos）または*φόβος*（phobos 恐怖）と訂正する案もあるが、ストバイオスに誤りがあるのかもしれないし、また、臆病への言及がこの文脈に含まれていたのかもしれない。

ストバイオス『精華集』第三巻八-九

一二二三—一二二四

キュルノスよ、怒りほど非道なものはない。それは怒っている本人を
　傷つけているのだ、卑劣にも、心にへつらいながら。

ストバイオス『精華集』第三巻二〇-一

一二二五—一二二六

キュルノスよ、良妻ほど甘美なものはない。
　私がその証人だ。私の言葉は正しいと、君が証明してくれますように。[1]

ストバイオス『精華集』第四巻二二-五

一二二七—一二二八[2]

一二二九—一二三〇[3]

すでにもう、法螺貝[4]が私を故郷に呼んでいる。
　貝は死んだが、口は生きて、声を発している。

アテナイオス『食卓の賢人たち』第十巻四五七A

第二書[5]

一二三一—一二三四

非情なエロス[6]よ、あなたを抱き上げ、あなたに乳を含ませたのは「狂気」だ。
　あなたのせいで、トロイアのアクロポリスが滅び、
アイゲウス[7]の子の偉大なテセウス[8]も滅び、アイアス[9]も滅びた。

---

(1) キュルノスが良妻と結婚しようとしているのか、詩人が自分の妻の性格を証拠立てようとしているのか不明。
(2) ミムネルモス「断片」八が誤って挿入されているため省略。
(3) 諸写本になく、アテナイオスに引用される。
(4) 直訳すると「海の屍《しかばね》」。一種の謎々で、法螺貝やコンク貝など大型の巻貝の意。身をはずした貝殻はラッパとして用いられた。詩人の亡命からの帰国を示すのかもしれない。
(5) 以下の詩行は、A写本にしか保存されていない。その多くは性愛、とくに少年愛に関する詩である。
(6) 愛を擬人化した神。
(7) アテナイの伝説的王。テセウスの父。
(8) アテナイの英雄。アイゲウスの子。
(9) 小アイアス。オイレウスの子。

　オイレウス[1]のすぐれた子［アイアス］の死も、あなたの無法な振舞いのせいだ[2]。

一二三五—一二三八

少年よ、私に耳を傾けて、君の考えを変えておくれ[3]、
　私は君の心に納得のいかない話もしないし、おもしろくない話もしない。
さあ、ちょっと我慢して私の言うことをわかっておくれ。
　君は自分の嫌なことはやる必要がないのだよ。

一二三八a—b（＝一一五一—一一五二）

一二三九—一二四〇

彼らは私の前でしばしば、君についてつまらないことを言う。
　彼らはあなたの前でも、私についてつまらないことを言うだろう。それには耳を傾けるな。

一二四一—一二四二

あなたはこれからは、過ぎ去った昔の愛に楽しみを見いだす。
　これからやってくる愛をとやかくするのはもう無理だ。

一二四三―一二四四（一二四三＝五九七）

ずっと友だちでいよう。君は今後、他の連中とつきあうがいい。[4]
　君はずるい性格だから、信頼はとうてい無理だ。

一二四五―一二四六

水と火は決して混ざり合わない。私たちも決して、
　互いに信じあう友だちにならないだろう。

（1）小アイアスの父。
（2）トロイアはスパルタ王妃ヘレネとトロイア王子パリスの駆け落ちに端を発する戦争で滅びた。テセウスは冥界の女王ペルセポネの誘拐をたくらんだ友人ペイリトオスに同行し、その後、冥界に幽閉されたとの説もあれば、英雄ヘラクレスに救出されたとの説もある。アイアス（小アイアス）はトロイア陥落のさいにトロイア王女で予言者のカッサンドラをアテナ女神の神殿で強姦したため、神罰によって帰国の船が難破した（アルカイオス「断片」二九八参照）。
（3）「君の考えを変えてくれ」は意訳。直訳すると、「君の心を飼いならせ」。
（4）話しかけられているのはおそらく若衆の年齢を過ぎた人物であろう。若衆は念者に支配力をふるえたが、彼は今や少年を追う側になり、支配についての立場が逆転した。

一二四七—一二四八

私の憎しみと上手《うわて》を行くこと(1)をとっくり考え、わかってくれたまえ、
　私が君に過ちの償いをできるだけさせてやろうとしていることを。

一二四九—一二五二

少年よ、君は馬(2)とまったく同じだ。大麦を腹いっぱい食べた後は
　私の馬小屋にまた戻ってくるのだからな、
すぐれた馭者や美しい牧草地や
　冷たい泉や木陰多き茂みに焦がれて。

一二五三—一二五四(3)

幸せなのは、愛する少年たちや単蹄の馬たちや
　猟犬たちや異国の客人たちのいる人。

一二五五—一二五六

愛する少年や単蹄の馬や犬がいない人は
　心が喜びにひたることがない。

一二五七―一二五八

少年よ、君はあちこちをさ迷う鳶《とび》(4)のよう。
　あるときはこの人たちと、また別のときには別の人たちと親しい。(5)

一二五九―一二六二

少年よ、君は容姿端麗だが、
　頭上に載るのは、強情で思慮分別のない冠。
心のうちには、向きをくるくる変える鳶《とび》の気質。
　他の人々の言いなりだ。

一二六三―一二六六

少年よ、親切にしてくれた人への君のお返しはひどいものだ。
　親切な行ないに、君からは感謝の念もない。

---

(1) 一般的な解釈とは異なる底本の解釈に従う。
(2)「馬」は恋愛詩でよく用いられる比喩的表現。
(3) ソロン「断片」一三とほぼ同一。
(4)「鳶」という Welker の読みを採る。鳶は渡り鳥なので魅力的な読みである。テクストは毀れている。
(5) Schneidewin その他の読み *τοῖς φίλος εἶ*（tois philos ei）を採る。

君は私にまだ何もくれていない。私のほうは、もう何度も君に
　親切にしたというのに、なんら敬意を払ってもらっていないのだ。

一二六七―一二七〇

少年と馬は、持ち前の気質が似かよっている。馬は
　御者が塵埃に横たわっていようとも、嘆き悲しみもせず、
大麦で腹がいっぱいになると次の男を運んで行く。
　それと同じように少年も、手近にいる男を愛する。

一二七一―一二七四

少年よ、君は淫らな振舞いのせいで良識をなくし、
　私の友人たちの恥となった。
君が私を慰めてくれたのは短い間だった。嵐の後[1]、
　私がそっと港に入ったのは、夜が迫っていたため[2]。

一二七五―一二七八

美しいエロス[3]が現われるのは、繁茂する大地が

春の花々で花開くとき。
そのとき、エロスはみごとに美しいキュプロス島を捨て、
大地に種を運びながら、人々のところにやってくる。

一二七八a—b（＝一一〇一—一一〇二）

一二七八c—d（＝九四九—九五〇）

一二七九—一二八二

私は君にひどい待遇を与えたいわけではない。たとえそうしたほうが、
不死なる神々の目から見れば、私にはよいことであってもね、美少年よ。
私は重罪を犯した者たちを裁くために坐っているのだから。[4]

（1）「嵐」はおそらく激情の比喩。
（2）写本どおりに読むと、「夜のあいだに急いだ」となる。
（3）愛の擬人化。キュプロス島生まれの愛の女神アプロディテの幼い息子としてイメージされた。
（4）否定辞をどこにかけるかによって意味が変わる。「私は小さな罪を犯した者たちを裁くために坐っているわけではないからだ」とも訳せるが、「小さくない罪（つまり重罪）を犯した者たちを裁くために坐っている」と解した。

美少年たちの…………[1]

一二八三―一二九四

少年よ、私にひどい仕打ちをしないで。私はまだ、君を喜ばせたいと
　思っているのだし[2]、それを快く認めてもいる。
なぜなら、君は私を策略で出し抜いたり欺いたりしないだろうから。
　だって、勝利を収めて優位に立つのは君なのだから。
でも私を避けていると、こんな話が世にあるように、こっちがそっちを傷つける[3]ことになる。
　イアシオス[4]の娘、嫁入り前のイアシエ[5]は
適齢期なのに結婚を拒み、男たちから
　逃げ回っていた。帯を締めたまま、やりとげられないことをやりとげたのだ、
父親の家に背を向けた金髪のアタランテ[6]は。
　彼女が山の高い頂に赴いたのは、
黄金のアプロディテ[7]の贈物である、憧れを呼び覚ます結婚を避けるため。
　けれども彼女は激しく拒んだにもかかわらず、最後には結婚を知ることになった。

一二九五―一二九八

少年よ、私の心をひどい苦悩で掻き乱さないで[8]。
　君への愛情ゆえにペルセポネの館[9]に私を
運び去らせ、滅ぼさないでくれ。君は神々の怒りと
　人々のうわさを恐れ、やさしい気持ちになってくれ。

---

(1) テクストの毀れが認められる。「美少年はみな悪いことをしている」あるいは「美少年は悪いことをしても罰をのがれられる」といった内容だったのかもしれない。性愛の文脈では「悪いことをする」とは、示された愛情に答えないことを意味する。

(2) 底本はこの部分を挿入句とみなしていないが、挿入句とみなす編者が多い。

(3)「傷つける」は性愛に関するメタファー。

(4) 神話中の人物。アルカディアのリュクルゴス王の子か。一二八八行以降を、アタランタについての別の詩からの挿入と見なす見解もある。

(5) イアシオスの娘。次に言及されるアタランテの別名か。

(6) 神話中の俊足の少女。一二九一行で山に赴いたと言われるのは、処女神アルテミスのように山で狩りをしていたことを指す。競走で自分に勝てる男がいないかぎり結婚しないと言って、父親の勧める結婚を拒んだが、アプロディテ女神から三個の林檎をもらった青年メラニオン（またはヒッポメネス）が競走に挑み、彼女が追いつきそうになるたびに林檎を投じた。彼はアタランテが林檎を拾っているうちに彼女を追い抜いて勝利し、結婚にこぎつけた。

(7) 愛と官能の女神。

(8)「ひどい苦悩のさなかにある私の心を掻き乱さないでくれ」とも解しうる。

(9) 冥界のこと。「ペルセポネの館に運び去る」は、自殺への言及。

一二九九―一三〇四

少年よ、いつまで私を避けるつもりだい？　私はどんなに君を追いかけ、
　求めていることだろう。どうかこれにも決着がつきますように
……………(1)。君は、心が淫らで高慢、
　すげなく、鳶《とび》のように逃げる。
さあちょっと待って、私に好意を与えて。もうそんなに長くないよ、
　菫の冠を戴くキュプロス生まれの女神(2)の贈物を君が保っているのも。

一三〇五―一三一〇

若者たちのとても麗しい花がかけっこより速いことは、君も
　心の中ではわかっているのだから、これを肝に銘じ、束縛から［私を］
解放しておくれ。君もいつか否応なしに、強い少年よ、
　キュプロス生まれの女神の業《わざ》に直面して、
ちょうど私がいま君に執心しているみたいに苦しまないためだ。ご用心あれ、
　……………(3)悪行に打ち負かされないよう。

一三一一—一三一八

少年よ、私は気づいていたんだ、君がこそこそと、——実際、私は君を……(4)——
　いま親しくしている仲よしの連中とつきあって、
私の友情を何の値打ちもないものとして捨てたことに。
　君は、この連中と以前は親しくなかったし、
私のほうは、みんなのなかでもとくに君のことを仲間だと、
　信じられる仲間だと思っていた。さあ、もう今は、別の友人のところに行け。
私はずっと後援しているが、あらゆる男たちのなかに、
　君を目にして少年愛にふけりたいと思う者など一人もいませんように。

一三一八a—b（＝一一〇七—一一〇八）

(1) テクストが毀れている。
(2) アプロディテ女神のこと。この女神の「贈物」は美や性的魅力を指す。青春ははかなく、青年期を過ぎた若者に性的魅力がなくなることを警告する。
(3) テクストが毀れている。
(4) テクストが毀れている。

一三一九―一三二二

少年よ、憧れを呼び覚ます女神キュプリスが君に好意を授けてくださり、
　若者たちがみな君の容姿に心惹かれるのだから、
私の言葉に耳を傾け、私の好意を心に留めておきたまえ、
　男が愛に耐えるのは難しいということを心得て。[1]

一三二三―一三二六

キュプロス生まれの女神よ、私の労苦を終わらせたまえ、そして
　心をすっかり蝕む心配事を打ち砕き、元どおりに快活にしてください。
いやな心配事を終わらせて、寛大なお心から、
　節度ある行ないをお与えください、私が青春を終えたあかつきには。

一三二七―一三三四

少年よ、君のあごにまだ髭が生えてこないうちは、君をほめたたえるのを
　私はやめない、たとえ死ぬ運命になろうとも。[2]
求愛は、応じる君にはすばらしいこと、愛する私には恥ずかしいことではない。
　私の両親にかけてお願いだ、

少年よ、(3)私を敬い、好意を与えておくれ。君もいつか、
　菫の冠を戴いたキュプロス生まれの女神の贈物を
望んで他の男にかかわるのだとすれば、そのときには神の取り計らいで、君が
　報いとして同じ言葉に出会いますように。(4)

一三三五—一三三六

幸せなのは、家に帰って愛の鍛錬を
　美少年とともに眠りながら、一日中、行なう人。

一三三七—一三四〇

私はもう少年を愛していない。つらい悩みは蹴飛ばした。
　苦しい骨折りからのがれて、せいせいした。

---

(1) 古代ギリシアでは容姿端麗と思慮分別は相互補完的なものと考えられた。したがってこの詩は、美少年ならば詩人の愛に報いるだけの知恵を持つべきだという意味を持つ。

(2) 多くの編者は一三二七—一三二八行を次行以降とは別の詩として扱っている。

(3) 「少年よ」の後に何らかの語を挿入すべき箇所。

(4) 「あなたが念者になったときには、あなたから私への答え方に応じて、好意的な答えを、あるいはつれない答えを受け取ることにように」というような意味である。

美しい冠を戴くキュテレイア[1]生まれの女神がよこす憧れから、私は解放された。
　少年よ、君に対する好意など、私にはさらさらない。

一三四一—一三五〇

ああ、柔肌の少年が愛しい。その子は私のことを友人みなに
　しこたま吹聴するのだ、私はそれを嫌がっているというのに。
隠れずに我慢しよう。意に反した力ずくのことは多いもの。
　不細工な子に征服されたわけでもなさそうだから[2]。
少年を愛するのは心が弾むこと。昔々、ガニュメデス[3]を、
　クロノスの御子にして不死なる神々の王［ゼウス］が愛し、
誘拐してオリュンポスに連れていき、
　神霊（ダイモン）にして少年の愛らしい花を保てるようにした。
だからシモニデス[4]よ、驚くことなかれ、私もまた
　美少年への愛に征服されたことが明るみに出たことに。

一三五一—一三五二

少年よ、乱痴気騒ぎはよせ。年寄りの言うことを聞け。

乱痴気騒ぎは若者にはふさわしくない。

一三五三―一三五六

甘く苦く、魅惑的かつ冷酷なのは、[5]
キュルノスよ、若者たちにとっての愛。成就されるまでのこと。
成就すれば甘美。だが、追っても
　成就しなければ、あらゆるもののうちで最も苦しい。

一三五七―一三六〇

少年愛好者たちにはつねに、うなじに軛《くびき》がのっている。
　耐えがたく、［愛の］歓待を思い出させるつらい軛が。
愛を求め、少年をめぐって骨折る者がすべきことは、

（1）キュテレイア（キュテラ）は、ペロポンネソス半島最南端の沖合にある島。アプロディテの生誕地とみなされる。二六七頁註（3）も参照。

（2）多くの編者は一三四一―一三四四と一三四五―一三五〇行を別の詩と見なす。

（3）美少年のトロイア王子ガニュメデスがゼウスにさらわれて神界の酌童になった話は、『ホメロス風讃歌』「アプロディテ讃歌」二〇〇―二一七行に詳しい。

（4）著名な詩人かどうか不明。四六九および六六七行参照。

（5）一三五三行は三〇一行とほぼ同じ。

葡萄の枝のような火[1]に手をつっこむこと。

一三六一―一三六二

君は私の愛を失って、岩に近づいていく船のようだ。
　少年よ、君は腐った艫綱《ともづな》を握ったんだね。

一三六三―一三六四

私がその場にいないときでも、誰にも君を傷つけさせない。
　君を愛するなと、私を説得する者は一人もいない。

一三六五―一三六六

どんな少年よりも最も美しく愛らしい子よ、
　ここにいておくれ。ちょっとだけ私の言葉を聞いてよ。

一三六七―一三六八

少年にはたしかに感謝の念がある。しかし女は、忠実な仲間は
　一人もおらず、いつも身近な男に恋をする。[2]

一三六九―一三七二

少年愛は、それを得るもよし、捨てるもよし。
　それを見つけるほうが成就するより、はるかにたやすい。
少年愛に夢中になるのは無数の不幸、かつ無数の幸福。
　だがこのような……[3]これには心を喜ばせる何かがある。

一三七三―一三七四

あなたは、私のためにずっといてくれたことなんか一度もない。どんな
　まじめな知らせでも、それを受けるといつも立ち去ってしまう。

一三七五―一三七六

幸せなのは、少年を愛しているのに海を知らない人や、
　沖合で夜が近づいても気にとめない人。

（1）着火が速く、燃え上がって超高温になる火の意。一三五七―一三五八と一三五九―一三六〇行は別の詩ともされる。

（2）一二六七―一二七〇行では少年の移り気が強調される。

（3）「苦痛」に相当する語の脱落が推測される。

一三七七—一三八〇

君は美少年なのに、友だちの悪影響で卑劣な連中と交わっている。
　だから、君の評判はいかがわしい。
少年よ、私は君の愛を失うのは気が進まないけれど、
　自由人らしい振舞いをして、利益を得た。

一三八一—一三八五

君は贈物を携えてきたと、人々に思われた、
　キュプロス生まれの黄金の女神からの贈物を[1]……………
……………………
　けれども、キュプロス生まれの[2]菫の冠の女神の贈物は
人々には一番持ちにくい重荷になる。
　もしもキュプロス生まれの女神が苦痛から解放してくれなければ。

一三八六—一三八九

キュプロス生まれの、策略をめぐらすキュテレイア[3]よ、あなたを
　たたえるために、ゼウスはこの並外れた贈物を与えた。

人々の思慮深い心を、あなたは打ち負かす。
あなたからのがれられるほど強くて賢い人はいない。

ピリアダス

証言

一

ボイオティア[4]にあるテスペイア[5]というポリス［中略］。そして、ペルシア人に殺された人々[6]の墓碑がある。メガ

(1)一三八二行後半と一三八三行はテクストが毀れている。
(2)「キュプロス生まれの」は校訂者による補遺。
(3)ゼウスが父クロノスの性器を鎌で切り取ると、性器は海に落ち、その泡からアプロディテが生まれた。この女神はペロポンネソス半島の南に浮かぶキュテラ島に最初に立ち寄ったので、「キュテレイア」とも呼ばれる。また、その後キュプリスに行ったため、「キュプリス生まれの女神」とも呼ばれる。ヘシオドス『仕事と日』一九〇—二〇〇行参照。
(4)中部ギリシアの地方名。
(5)ボイオティア地方の南のほうにあるポリス。後出のテスピアイの別名。
(6)前四八〇年のテルモピュライの戦いにおける戦没者を指す。

ラの人ピリアダス(1)の手になるものであった。
かつてヘリコン山(2)の端《は》のふもとに住んでいた人々、
この人々の勇気を、広々としたテスピアイは誇りにしている。

ビュザンティオンのステパノス『地理学辞典』三一〇-九(Meineke)

ポキュリデス

証言

一

ポキュリデスはミレトス(3)の人。哲学者。テオグニス(4)の同時代人。彼らはトロイア戦争の六四七年後、第五十九オリュンピア紀(5)〔前五四四—五四一年〕に男盛りであった。ポキュリデスは叙事詩と、勧告あるいは格言を含むエレゲイア詩を書いた。一部の人たちはそれに『要諦集』という題をつけたが、『シビュラの書』(6)の剽窃である(7)。

『スーダ辞典』φ六四三(Adler)

二

アルキロコス[8]の主題を非難する人もいれば、パルメニデス[9]の作詩法を非難する人もいる。ポキュリデスの陳腐さやエウリピデス[10]の饒舌、ソポクレス[11]の不規則性を非難する人もいよう。〔中略〕だが、どの人も、人を動かし、導く、生まれつきの才能の独自性ゆえに賞賛されている。

プルタルコス『講義を聴くことについて』一三-四五A―B

---

(1)ピリアダスの名はここ以外には見当たらないが、一九九頁註（2）参照。
(2)ボイオティア地方西南の山（標高約一七五〇メートル）。詩女神ムーサたちの聖地で、詩人ヘシオドスが霊感を授けられた場所。
(3)三頁註（3）参照。
(4)テオグニス「証言」一を参照。
(5)他の典拠はもっと早い時期か、あるいは遅い時期を伝えている。
(6)アポロンの神託を告げる巫女シビュラによって書かれたヘクサメトロス（六脚韻）の託宣集。
(7)『伝ポキュリデス集』（おそらく後一世紀初頭にヘクサメトロス（六脚韻）で書かれた二三〇篇の格言集）への言及。
(8)三頁註（5）参照。
(9)哲学者（前五一五／一〇頃―四五〇年以降）。エレア学派の開祖。
(10)三大悲劇詩人の一人（前四八五／八〇頃―四〇六年頃）。
(11)三大悲劇詩人の一人（前四九六頃―四〇六年頃）。

三

私たちはポンペイウスと[1]一緒にここにいた。彼は国家について私と長々と話しあい、「彼が言うように」（彼の場合には、これは必要な但し書きなのだ）、シリアを侮りヒスパニアを[2]蔑みながら、ここでもまた「彼が言うように」自分自身を批判した。そして私の意見では、私たちが彼について話すときにはどんな場合にも、「次もまたポキュリデスの詩句」という決まり文句のように、この言葉が付け加えられるのである。

キケロ『アッティクス宛書簡集』第四巻九-一

断　片

一　エレゲイア詩

アモルゴス島も[3]スポラデス諸島に属していて、イアンボス詩人のシモニデスの[4]出身地である。レビントス島と[5]……[6]……も同じ諸島に属する。

次もまたポキュリデスの詩句。レロス島民は[7]悪い。悪いのもいれば悪くないのもいるどころではない。
　プロクレスの[8]ほかはみんな悪い――だが、プロクレスもレロス島民である。

というのは、この島の出身者は性悪だと非難されてきたからである。

ストラボン『地誌』第十巻五-一二

二―一六　ヘクサメトロス（六脚韻）

二

ポキュリデスから。

次もまたポキュリデスの詩句。この四つのものから
女の種族が生じた。つまり、犬から生まれた女もいれば、蜜蜂から、
あるいは毛深い豚から、あるいはたてがみ長き馬から生まれた女もいる。
この最後のタイプの女は扱いやすくてすばしこく、あちこち出歩き、見目麗しさはぴかいち。

（1）ローマ共和政末期の政治家、軍人（前一〇六―四八年）。なお、ポキュリデスに関する他の証言についてはミムネルモス「証言」八、テオグニス「証言」五、ポキュリデス「断片」四の冒頭部分を参照。

（2）イベリア半島全域を指す。

（3）キュクラデス諸島に属する島。ナクソス島の東南に位置する。

（4）シモニデスは誤りで、正しくは前七世紀中葉のイアンボス詩人セモニデス。セモニデスはサモス生まれだが、植民団を率いてアモルゴス島に移住した。

（5）レロス島の南西に位置する島。

（6）この部分にはテクストの毀れが見られるが、直後の引用詩句から明らかに「レロス」を補うべきである。レロス島はサモス島の南にあり、アモルゴス島とレビントス島はレロス島の南西に位置する。

（7）レロスは小アジア南西沿岸のスポラデス諸島に属し、サモス島の南に位置する島。

（8）詳細不明の人物。

毛深い豚から生まれた女は可もなく不可もなし。
犬から生まれた女は気難しくて、がさつ。蜜蜂から生まれた女は
すぐれた主婦で働き者。
友よ、運よくこの手の女とすばらしい結婚ができるよう祈りたまえ。(1)

ストバイオス『精華集』第四巻二二-一九二

三

ポキュリデスから。

次もまたポキュリデスの詩句。名家の出など、何の役に立とうか、
言葉にも志にも、人を惹きつけるものがなければ。

ストバイオス『精華集』第四巻二九-二八

四

そこで私はふざけて彼に、「カリストラトスよ、(2)ホメロスとポキュリデスではどちらがすぐれた詩人だと君は思う?」と言った。彼は笑いながらこう言った。「僕自分、二人目の詩人の名を知りません。ここにいる人たちも誰一人、知らないと思いますよ」。〔中略〕君の言葉どおり、君たちはポキュリデスを知らないけれども、とても有名な詩人の一人だ。〔中略〕「そのとおり」と私は言った。「君はポキュリデスの詩から短い例を取り出せる。彼の詩

は長たらしい一連の詩をつなぎ合わせたものではなく、〔中略〕二、三行のうちに初めと終わりがあるからで、だから彼は、重大で大いに価値ありと思ったこと一つ一つに、自分の名前を付け加えるのだよ。ホメロスが自分の名前を詩のどこにも入れなかったのとは大違いだ。ポキュリデスが次のような格言や意見表明に自分の名を付加するのは、当然のことだと思わないかい？」。

次もまたポキュリデスの詩句。見晴らしのきくポリスが整然と
治められていれば、小さくても、愚かなニノス(3)よりもよい。

ディオン・クリュソストモス『弁論』三六-一〇―一三

五

γογγυσμός〔ゴンギュスモス。不平を鳴らしながら〕とγογγύζειν〔ゴンギュゼイン。不平を鳴らすこと〕という語は、死語ではなく、イオニア方言である。私は、ポキュリデスというミレトス出身でかなり昔の人が用いた例を知っている。

次もまたポキュリデスの詩句。仲間は仲間を

（1）この詩はおそらくセモニデス断片七の影響を受けている。両詩とも共通の伝統から派生した可能性もある。
（2）詳細不明の人物。
（3）別名ニネヴェ。アッシリアの首都として殷賑を極めた大都市であったが、前六一二年にメディア人に滅ぼされた。本詩はかならずしもこの滅亡の直後に作られたわけではない。

気遣うべし、市民が不平を鳴らすことについては何であれ。

プリュニコス『アッティカ語法精選』三三五

六[1]

ポキュリデスは自作の詩で *χρεωφειλέται*［クレオーペイレタイ。債務者たち］を、慣用に従って *χρῆσται*［クレースタイ。債務者たち］[2]と呼んでこう述べている。

次もまたポキュリデスの詩句[3]。悪い奴の債務者（クレーステース）になるのを避けるべし。その不当な取り立てで君が苦しまなくてすむように。

「アリストパネス『雲』二四〇行への古註」

七

ポキュリデスから。

富を望むなら、畑が豊かになるよう精を出せ。
畑はアマルテイアの角[4]と言われるのだから。

ストバイオス『精華集』第四巻一五-六

八

ポキュリデスの詩から。

合議は夜に行なうこと。人の頭は夜のほうが冴える。

徳を求める者には、沈黙は善。[5]

オリオン『名句名言集』一-二二（Schneidewin）

九[6]

知を愛し求め、十分に考えることは金儲けよりもよいことだが、貧乏人や金儲けをせざるをない人々には、好ましいものではない。ポキュリデスによると。

（1）『スーダ辞典』α二九六六、χ五〇九（Adler）に引用される。

（2）クレースタイは本来「債務者たち」を意味するが、アリストパネス『雲』二四〇行は「債権者」という逆の意味で用いている。ポキュリデスの詩句の「クレーステース」はクレースタイの単数形。

（3）本断片の「次もまたポキュリデスの詩句」という部分は挿入と見なされる。

（4）赤子のゼウスに乳を与えた山羊もしくはニュンペーの名。そこから「アマルテイアの角」は豊饒を象徴する。

（5）この表現はことわざになった。

（6）伝ディオゲニアノス『諺集』四-三九、アポストリオス『諺集成』六-八Aに引用される。

生活の資を求むべし、されどすでに活計《たつき》があるなら徳を求むべし。(1)

アプロディシアスのアレクサンドロス『アリストテレス「トピカ」註解』二五八-七(Wallies)

一〇

こういうわけで、正義はさまざまな徳のうちで最高の美徳であるとしばしば考えられる。〔中略〕そして私たちはことわざを借りてこう言う。(2)

要するに仁徳はすべて正義のうちにある。

アリストテレス『ニコマコス倫理学』第五巻一-一一二九b二七

一一

ポキュリデスから。

多くの人は思慮深そうに見えるものだ、

整然と(3)歩いているときには。本当は軽薄であろうとも。

ストバイオス『精華集』第二巻一五-八

一二

だがたしかに、ポリスはできるだけ対等な人々や同様な人々からなることを願うものであり、とりわけ中流階級ではそうなっている。〔中略〕だからポキュリデスが次のように祈ったのは正しい。

中ほどのものには最良のものが多い。私もポリスのなかで中ほどになりたいものだ。

アリストテレス『政治学』第四巻一二九五b二五

一三(4)

ポキュリデスの言うように、

ひとかどの者になることを求める者は、嫌でも辛酸をどっさり嘗めること、のみならず、嘲笑と軽蔑もしこたま受けなければならない〔後略〕。

(1)プラトン『国家』第三巻四〇七Aはこの一節を念頭に置いていると思われる。

(2)典拠はことわざの作者名をあげていないが、テオグニス一四七行に現われる。エペソスのミカエル『アリストテレス「ニコマコス倫理学」註解』八-一〇（Hayduck）はテオグニスとポキュリデスに帰している。

(3)「整然と」と訳した部分は「着飾って」ともとれる。

(4)アレクサンドレイアのクレメンス『雑録』第五巻一四〇-六と「未刊行ギリシア文献集」第一巻一六六-一四（Cramer）に引用される。

プルタルコス『講義を聴くことについて』一八-四七E—F

一四

だから、ことわざをよく口にする人々が「酒に舵なし」と言うが、これはうまい言い草だ。〔中略〕そしてポキュリデスはこう言った。

宴で杯がめぐってきたら
楽しくしゃべりながら坐って酒を飲むべし。

アテナイオス『食卓の賢人たち』第十巻四二七F—四二八B

一五

またおそらく詩人のポキュリデスもこう述べ、すばらしい忠告を与える。

——まだ子供のうちに
立派なことがらを教えるべし——

伝プルタルコス『子供の教育について』五-三F

一六

ポキュリデスはさらにまた、アンゲロイ〔天使たち〕をダイモネス〔神霊たち〕とも呼んでいる。私たちは、ダイモネス〔神霊たち〕のなかには善良な者もいるが反逆者もいることを聞き知っているので、邪悪な者もいると彼は述べる。

しかし、ある時はある神霊（ダイモーン）が、別の時には別の神霊（ダイモーン）が人に憑く。
迫りくる災いから人を解放できる神霊もいれば(1)

アレクサンドレイアのクレメンス『雑録』第五巻一二七-四

（1）おそらく「災いをもたらす神霊もいる」という詩句がこれに続くと推測される。「ダイモーン」は「ダイモネス」の単数形。

デモドコス

証言

一

ミレトス人のデモドコスはレロスの生まれであった[1]。

作者不詳『アリストテレス「ニコマコス倫理学」註解』四三九‐一五（Heylbut）

断片

一

自制できないことは悪徳ではない。このことは明らかである。もっとも、ある程度はおそらく悪徳ではあるのだが。というのは、自制できないのは意図に反することだが、悪徳のほうは意図に従っているからである。それにもかかわらず、ちょうどデモドコスがミレトス人について言ったように、さまざまな行為において両者は少なくとも似ている。

次もデモドコスの詩句。[2] ミレトス人は愚かではないが、愚か者が行なうまさにそのことを行なう。

そして自制できない人々は、不正な人々ではないけれども不正行為を行なうのである。

アリストテレス『ニコマコス倫理学』第七巻八-一一五一a五

二

次もデモドコスの詩句。[3] キオス島民[4]は悪い。悪いのもいれば悪くないのもいるどころではない。

プロクレスのほかはみんな悪いのだ——だが、プロクレスもキオス島民である。[5]

『パラティン詞華集』第十一巻二三五

---

(1) これがデモドコスに関する唯一の証言である。デモドコスは前六世紀の人ではないかと見られる。レロス島については二七一頁註(7)参照。

(2)「次もデモドコスの詩句」の部分は挿入と見なされる。

(3)「次もデモドコスの詩句」の部分は挿入と見なされる。

(4) エーゲ海中東部の島。

(5) この行はポキュリデス「断片」一と同一。West は、ポキュリデス「断片」一は実際にはデモドコス作であると見なし、さもなければポキュリデスをモデルにした偽作であろうと考える。

三—五（欠番）[1]

六[2]

彼［ビアス］[3]も訴訟の弁護がきわめて巧みで、善なることのために言論の力を用いたと言われている。そこで、レロスの人デモドコスも暗にこのことを指してこう述べている。

君がたまたま報復するような場合には、[4]プリエネ[5]でよくやるようなしかたで弁護したまえ。

ディオゲネス・ラエルティオス『ギリシア哲学者列伝』第一巻八四

クセノパネス

証　言

一

クセノパネスはデクシオスの子、あるいはアポロドロス[6]によると、オルトメネスの子。コロポン[7]出身で、ティモン(8)に賞賛されている。ティモンは実際、「クセノパネスはほどほどに謙虚な男。ホメロスのあらさがしをする皮肉屋」(9)と述べている。クセノパネスは祖国から追放されてシケリアのザンクレ(10)で過ごしたが、カタネ(11)にも滞在していた。［中略］彼はヘシオドスとホメロスに対抗して叙事詩の韻律で書き、エレゲイア詩やイアンボス［短長格］の詩も書いて、彼らが神々について語ったことを非難した(12)。のみならず、自らも自

(1)「断片」三―五は二に続き「同じ詩人の」と記された『パラティン詞華集』からの三つのエピグラムであるが、偽作と見なされているため、底本はこれらを割愛している。
(2)韻律はテトラメトロス（四脚韻）。
(3)七賢人の一人。プリエネ出身の政治家、哲学者（前六〇〇／五九〇頃―五三〇年頃）。
(4)この部分のテクストには混乱が認められる。
(5)小アジア西岸、イオニア地方のポリス。ビアスの頃にもっとも繁栄していた。
(6)アテナイ出身の歴史家（前一八〇頃―一一〇年頃か）（「断片」二四四F六八a（Jacoby））。
(7)小アジア西岸のギリシア植民都市。
(8)ペロポンネソス半島東北部の都市プリウス出身の懐疑派の哲学者、諷刺詩人（前三二〇頃―二三〇年頃）。出典は「断片」六〇-一（Di Marco）。

(9)この一節はセクストス・エンペイリコス『ピュロン主義哲学の概要』第一巻二二四にも引用されている。
(10)シケリア島の最東北端のポリスの旧名。後代のメセネ。
(11)シケリア島の東端のポリス。ザンクレの南方に位置する。
(12)その例としてよく知られているのは、「ホメロスとヘシオドスは人の世で破廉恥《はれんち》とされ／非難の的とされるあらんかぎりのことを神々に行わせた――／盗むこと、姦通すること、互いにだましあうこと」というクセノパネス「断片」一一（Diels-Kranz）（藤沢令夫・内山勝利訳）である。彼が創作したというイアンボス調（短長格）の詩は現存しない。ただし、イアンボス・トリメトロス（短長格三脚韻）にヘクサメトロス（六脚韻）が続く断片はある（一四（Diels-Kranz）、本書未収録）。滑稽な諷刺詩『マルギテス』をクセノパネスの作品とみなす説もある。

作の詩を朗誦していた。タレス(1)やピュタゴラス(2)の考えに反対し、エピメニデス(3)をも攻撃したと言われている。どこかで本人が言っているように、(4)非常に長寿であった。〔中略〕彼はコロポンを建設し、イタリアのエレア(5)への植民都市建設に関する二千行の詩を書いた。(6)そして第六十オリュンピア紀〔前五四〇―五三七年〕(7)の頃に男盛りであった。〔中略〕また、同じクセノパネスという名の別人もいて、レスボス(8)出身のイアンボス調の詩人であった。

ディオゲネス・ラエルティオス『ギリシア哲学者列伝』第九巻一八―二〇

二

クセノパネスは同時代の哲学者や詩人たちに対していささか狭量だったため、あらゆる哲学者や詩人たちに対抗して『シロイ』(9)という奇妙な詩を作った。

プロクロス『ヘシオドス「仕事と日」註解』二八六(Petrusi)

断片

一

あなたがたの宴がコロポンの人クセノパネスの歌のとおり、胸がわくわくする、ありとあらゆるものでいっぱいなのを、私は目の当たりにしている。

今やすでに床は清らか、みなの手も
　酒杯も清らか。編んだ冠を巻きつけ[10]、
また別の［召使い］が浅き平鉢にかぐわしき香油を広げる[11]。

（1）ミレトス出身のギリシア初の哲学者（前六三六／二四頃—五四六年頃）。万物の始原を水に求めた。
（2）サモス出身の哲学者、宗教家（前五八二／八一頃または五七二頃—四九七／九六年頃）。霊魂の不滅、輪廻転生などを説いた。クセノパネス「断片」七および七a参照。
（3）前七世紀から六世紀初頭のクレタの哲学者、詩人。
（4）「断片」八参照。
（5）イタリア半島南部西岸のギリシア植民都市。
（6）ヘクサメトロス（長短短格六脚韻）の詩かエレゲイア調の詩か、韻律不明。
（7）他の諸証言もこれと同じか、ほぼ同じ年代を記録しているが、アレクサンドレイアのクレメンス『雑録』第一巻六四-二は第四十オリュンピア紀（前六二〇—六一七年）と主張する。ただしこの主張は一般にしりぞけられている。
（8）エーゲ海北東部の島。女性詩人サッポーの出身地として名高い。レスボス出身のクセノパネスについては他に何も伝わっていない。
（9）諷刺詩の『シロイ』は実際には、ティモン（二八三頁註（8）参照）が書いた詩。ティモンはクセノパネスを称賛してこの作品を彼に献呈した。シロイという語の語源は明らかではないが「当てこすり」というような意味で、パロディの同義語とされる。『シロイ』は五巻以上で構成され、韻律はヘクサメトロス（六脚韻）であるが、ときにイアンボス・トリメトロス（短長格三脚韻）も散見される。
（10）饗宴の客は花の冠をかぶる習慣があった。なお、本断片が描くのは実際の宴ではなく架空の理想的な宴である。
（11）前行の「巻きつけ」の主語は明記されていないが、召使いであることから、「別の」に召使いを補う。

　混酒器[1]は歓喜に満ち、
ワインもお代わりが置かれ、もうおしまいということには決してならない。
　杯に注げばまろやかにして、花の香りが匂い立つワインである。
まんなかでは乳香が神々しい薫りを放ち、
　水は冷たく、甘く、清らか。
きつね色のパンがずらりと並び、栄えあるテーブルには
　チーズや濃厚な蜂蜜がどっさり積まれている。
中央の祭壇はここかしこと花で飾られ、
　館はどこもかしこも歌と浮かれ騒ぎで持ち切りだ。
だが、道理をわきまえた男たちが最初になすべきは、
　縁起よき物語と汚れなき言葉で神[2]をたたえること。
灌酒の儀を執り行なった後は、正しく振舞えるよう祈ること、
　――正しき振舞いこそ、なすべきこと。
傲岸不遜な行ないはなすべきではなきがゆえ――。そして飲めるだけ飲めば帰宅すべし、
　供の者を従えることなく。ただし、ご高齢の方は別。
ほめたたえるべきは、飲酒の後も、
　徳をつゆ忘れず、これをめざし骨折るべく、さまざまな美点を示す人。

ティタン族[3]や巨人族の戦い[4]を語ってはならぬ、
ケンタウロス族の戦い[5]もしかり。これらの戦いは古の人々の作り話。
激しい内輪もめもご法度――内輪もめなど何の役にも立たぬ――。
神々につねによき配慮を保つべし。

アテナイオス『食卓の賢人たち』第十一巻四六二C

二

そしてこういう人々が大食家になるのは思いもよらないことでも何でもない。というのは競技者たちはみな、体

（1）ワインは水で割って飲む習慣であったため、陶製の混酒器であらかじめ混ぜられていた。したがって八行の「水」はワインを割るためのもの。

（2）アポロン神、あるいはディオニュソス神。

（3）ティタン族は天空（ウラノス）と大地（ガイア）から生まれた巨神族で、次世代のオリュンポス神族との戦いで敗れた。

（4）巨人族（ギガンテス）は、ティタン族のクロノスが父ウラノスの性器を鎌で切り落としたときに大地に滴り落ちた血から生まれた巨人の一族。巨人族もオリュンポス族と争って敗れた。

（5）ケンタウロス族は半人半馬の伝説上の一族。粗野で好色、好戦的と見なされた。ギリシア北部に住むラピタイ族の結婚式に招かれたときに、ケンタウロス族が花嫁に乱暴を働こうとしたために戦いが起こった。

を動かすことを教えてもらうと同時に、大食も教えられるからだ。そこでエウリピデスも[1]『アウトリュコス』の初演でこう言っている。〔中略〕エウリピデスがこの台詞の拠り所として用いたのは、コロポンのクセノパネスの次のエレゲイア調の詩である。

優勝するならば、つまりは足の速さで、
　あるいは五種競技で[2]——ゼウスの神域が
オリュンピア[3]なるピサの川のほとりに建つ場で行なわれる競技祭[4]でのこと——、レスリングや、
　あるいは苦しい拳闘や、
パンクラティオン[5]というあの恐るべき競技であれ、
　勝てば、優勝者は町の人々の目には栄えある者として映る。
そして、競技会では晴れやかな貴賓席を与えられ、
　食べ物もポリスの公費で供され、
贈物ももらい、自分の宝物にできる。
　馬で[6]勝っても、これらのものがすべて手に入るのだ、
この私ほど値打ちがあるわけでもないくせに。というのは、
　私のもつ知恵[7]のほうが人間や馬の体力よりもすばらしいからである。
まったくもって、でたらめで間違った世の習わしだ、

すぐれた知恵よりも体力を尊ぶのは。
なぜなら、世に強い拳闘選手がいたところで、
五種競技やレスリングの猛者《もさ》がいたところで、
足の速さで、つまり人間の体力の技のうちで
格別尊重される競技で、すぐれた者がいたところで、
その人のおかげでポリスの安寧秩序が増すわけでもなかろう。
ポリスにささやかな喜びをもたらすにすぎないのだ、
ピサの岸辺で行なわれる競技の勝利者なんか。
それでポリスの金庫が潤うわけではないのだから。

---

(1) 悲劇詩人。三七頁註(8)参照。『アウトリュコス』からの引用についてはエウリピデス「断片」二八二(Nauck)参照。
(2) 走り幅跳び・円盤投げ・槍投げ・短距離走・レスリングからなる運動競技。
(3) ペロポンネソス半島北西部エリス地方にあるゼウス崇拝の聖地で、オリュンピア競技祭の開催地。ピサはそのすぐ東にあるポリスで、競技祭の元来の主催地。「ピサの川」はアルペイオス川を指す。
(4) オリュンピア競技祭のこと。
(5) ボクシングとレスリングを合わせたような非常に荒々しい競技。対戦相手を殴る、蹴る、首を絞める、指を折る、性器を攻撃するなど、ほとんどどんな手段も許されたという。
(6) 複数の馬を用いる戦車競技のこと。
(7) 知恵(ソピエー)の正確な意味内容は不明。詩作の技量と詩に含まれる賢明な内容を指すか。

クセノパネスは他にもたくさんの論戦を張ることで自分の知恵を力説し、運動競技などは無益無用だと非難している。

アテナイオス『食卓の賢人たち』第十巻四一三C―四一四C

三

ピュラルコス[1]が言うには、コロポン人は元来厳格な生き方をしていたが、リュディア人[2]と友好同盟関係を結ぶと、贅沢というものに迷い込んでしまったため、頭髪に黄金の飾りをつけるまでになった。クセノパネスの言うとおりである。

彼ら〔コロポン人〕はリュディア人から無益な贅沢を学んだ。
　忌まわしい僭主政[3]を受けていなかった間のこと。
彼らは総紫のマントをまとってアゴラー[4]に向かった。
　その数は総勢千人[5]を下回らないほど。
誇らしげなようすで、美しい長い髪を飾りたて[6]、
　衣には、作りもみごとな香油で香りを染み込ませて。

そして彼らは時ならぬ時に酩酊して自堕落になってしまったため、なかには日の出も日の入りも見たことがないという者まで出る始末だった。〔中略〕テオポンポス[7]が歴史書の第十五巻で述べていることだが、千人のコロポン人が紫の衣を着て町を歩くことなど、当時は、王位にある者ですらめったになく、羨望の的であった。

アテナイオス『食卓の賢人たち』第十二巻五二六A

四

……初めて貨幣を鋳造したのはアルゴスの人ペイドン(8)か、あるいは［中略］クセノパネスの言うようにリュディア人たちか、あるいは……(9)

ポルクス『辞林』九-八三

五

昔の習慣では、酒杯にまず水を注ぎ、その後でワインを注いだものだ。クセノパネス［はこう言う］。

(1) 前三世紀後半に活躍したギリシアの歴史家（「断片」八一F六六（Jacoby））。

(2) 小アジア西岸のリュディア王国は前八世紀末から前六世紀中葉に繁栄し、莫大な富を背景に贅沢な生活で知られた。

(3)「僭主政」はおそらく、前五四〇年代のペルシア人による圧政を指すのであろう。

(4) 集会所を指すのか市場を指すのかは不明。

(5) 支配層の貴族の数もしくはたんにコロポンの富裕層の数。

(6) 以下のテクストには毀れがある。

(7) キオス出身の歴史家。前三七八／七七頃―三二〇年頃。著書は『ヘレニカ［ギリシア史］』（「断片」一一五F一一七（Jacoby））。

(8) 前八―七世紀頃のアルゴスの王。

(9)「断片」三におけるリュディア人への言及から考えて、エレゲイア調の詩がこの陳述の源になったとする説もある。

杯に先にワインを注いで後から水を混ぜる奴なんか、いやしない。
そうじゃなくて、先に水、その上に葡萄酒だ。

アテナイオス『食卓の賢人たち』第十一巻七八二A

六

そしてコロポンの人クセノパネスもエレゲイア調の詩で言っている。

あなたは仔山羊の骨つき腿肉を〔神に〕送ったけれど、〔優勝して〕得たのは
肥えた牛の脂ののった脚。それが、人が獲る名誉の品。
その名声[1]はギリシア中に達し、絶えることはあるまい、
ギリシア風の歌があるかぎり、ずっと。

アテナイオス『食卓の賢人たち』第九巻三六八E

七

ピュタゴラスの輪廻転生[2]についてはさらに、クセノパネスがエレゲイア詩で証言している。その冒頭はこうだ。

さあ次に、別の話に移って道筋を示してあげよう。

ディオゲネス・ラエルティオス『ギリシア哲学者列伝』第八巻三六

七a

そしてピュタゴラスについて、彼はこう述べている。

そしてあるとき、仔犬が殴られているところに彼が通りがかり、かわいそうに思って、こう言葉をかけたそうだ。

「やめろ、殴るな。たしかに友人の魂だから。鳴き声を聞いて、私にはそうとわかった(3)」。

以上がクセノパネスの言である。　　ディオゲネス・ラエルティオス『ギリシア哲学者列伝』第八巻三六

八

クセノパネスは、どこかで自分でも言っているとおり、たいへんな長寿だった。

(1)「その」の先行詞が優勝者なのか、牛の脚なのかは不明。競技者が試合前に神に捧げた犠牲獣が勝利後の報酬と比べて劣っていることを揶揄するとともに、勝利者の名声を広める手段が歌であることに言及することによって詩人を持ち上げる意図があるのかもしれない。そう解釈すると、「断片」二との類似性が考えられる。

(2)「輪廻転生」と訳した部分の原文は文字どおりには「時にこの人、時にあの人になる」という意味で、死後、別のものとして生まれ変わることを指す。

(3)クセノパネスがピュタゴラスの輪廻転生説をからかうつもりで発した言葉かどうかは不明。

はや、六〇と七年の歳月が過ぎ去った、
自らの思い[1]をギリシア中で論じ[2]合ううちに。
だがそれまでにも、生まれてこのかた、すでに二五年経っていた、
ただし、これらについて確かなことが私に語れるならば、ではあるが。

ディオゲネス・ラエルティオス『ギリシア哲学者列伝』第九巻一八―一九

九

γηρᾶς［ゲーラース。あなたは老いる］は第一活用変化と第二活用変化に属する。ちょうど………[3]のように、πιμπλῶ［ピンプロー。私は満たす］、πιμπλᾶς［ピンプラース。あなたは満たす］と、πιμπλῶ［ピンプロー。私は満たす］、πιμπλεῖς［ピンプレイス。あなたは満たす］と語尾変化するように[4]。［中略］そして［同様に］γηρῶ［ゲーロー。私は老いる］、γηρᾶς［ゲーラース。あなたは老いる］［中略］。分詞はγηρείς［ゲーレイス。老いながら］で、例は「家の中で老いていきながら」。γηρέντος［ゲーレントス］という属格形はτιθέντος[5]［ティテントス］と同様。クセノパネスの例。

老いた男よりももっとか弱い者

『真正語源辞典』＝『大語源辞典』二三〇‐五七＝ヘロディアノス『語形変化について』ii二六六‐七（Lentz）

アシオス

断片

一四

「それは君が言い伝えに興味がないからだよ、大飯食らいくん」とミュルティロスが言った。「だって、君は食道楽（クニーソコラクス）さ。つまり、サモスのあの昔の詩人のアシオスが言うところの食客（クニーソロイコス）だからね。［中略］」そしてミュルティロスが一口飲むと、その後にウルピアノスがもう一度尋ねた。「その食道楽（クニーソロイコス）って語はどこにあるの？　食客（クニーソコラクス）についてのアシオスの詩ってどんなの？」。そこでミュルティロスは言った、「アシオスの詩というのはこういうものだ。

（1）「自らの思い」という表現が正確に何を指すかは論争の的で、「私の勧告」、「私の憂慮」、「私自身」の迂言法などと解される。

（2）クセノパネスは二五歳頃に亡命して以来、ほとんどをギリシア本土で過ごし、自作の詩を吟唱しながら各地を放浪した。亡命の理由は一般に、二九一頁註（3）で触れた前五四〇年代のメディア人によるコロポン征服をのがれるためと見なされる。

（3）テクストは毀れている。「ラダマンテュスが暴力を満たすこと」と修正されている。

（4）二人称単数の形が二種類あるように、という意味。

（5）*τιθημι*（tithēmi 私は置く）の現在分詞の男性単数属格形。

足の不自由な、焼印を押された男[1]で、まるで乞食もどきのよぼよぼの老いぼれが、
メレス[2]が結婚したときのこと、食客（クニーソコラクス）として、
招かれてもいないのに、スープがほしくてやって来た。そしてどまんなかで、
泥から浮かび上がった英雄よろしく、立ち上がったのだった[3]。
食道楽（クニーソロイコス）のほうは［後略］」。

アテナイオス『食卓の賢人たち』第三巻一二五B―E

ディオニュシオス・カルクス

証　言

一

とりわけこれらのことに関しては、彼［ニキアス[4]］が威厳と名声を獲得するのに一役買い、ヒエロンがそれに加担した。ヒエロンはニキアスの家で育てられ、読み書きと学芸についての十分な鍛錬を彼から受けた男だった。そして彼は、その詩歌が現存し、イタリアへの植民の統率者としてトゥリオイ[5]の町を建設した

「青銅の（カルクース）」と呼ばれるディオニュシオスの息子であると詐称していた。

プルタルコス『英雄伝』「ニキアス」五―二―三

二

トゥリオイの占い師。[6] ランポン[7]の取り巻き連中。シュバリス[8]への植民をランポンに帰する者もいれば、ク

---

(1) 焼印は、奴隷あるいは犯罪者のしるしとして押されたようだ。

(2) 詳細不明の人物。ホメロスの父親と言われるスミュルナ付近の川の神の名とも、乞食まがいの老人自身の名とも解されるが、よくわからない。

(3)「英雄のように」と解したが、「英雄たちのまんなかで」とも解釈される。理解の難しい断片。

(4) アテナイの政治家、将軍（前四七〇頃―四一三年）。前四二一年に「ニキアスの和約」を締結したことで名高い。

(5) イタリア半島南部のギリシア植民都市。シュバリスのすぐ近くに前四四四／四三年に建設された。

(6)「無責任な法螺吹き師」を意味する。「アリストパネス『雲』三三二行への古註」によると、イタリア半島南岸のトゥリオイの植民活動に参加したランポン（次註参照）のこと。

(7) 前五世紀中頃のアテナイの著名な神託解釈者、宗教的権威。アリストパネス『鳥』五二一と九八八行で揶揄されている。

(8) 前八世紀後半に南イタリアに建設されたギリシア系植民都市。前六世紀に殷賑を極め、贅沢三昧で名高い。しかしここではおそらく、その隣地に建設されたトゥリオイを指す。

セノクリトス(1)に帰する者もいれば、カルキスの人(2)ディオニュシオスに帰する者もいる。

ポティオス『辞典』「θουριομάντεις」の項九三-一八―二〇(Porson)

三

[アポロン]神はカリトン(3)についても神託を与えたが、その神託の韻文はヘクサメトロス[六脚韻]よりも先にペンタメトロス[五脚韻]を置くという形をとった。ちょうど後代になってから「青銅の(カルクース)」というあだ名のアテナイ人ディオニュシオスがエレゲイア調で作った詩と同じように(4)。

アテナイオス『食卓の賢人たち』第十三巻六〇二B―C

四

アリストテレスは青銅のディオニュシオス[という言葉]で、ディオニュシオスの墓標のことを言っている。ディオニュシオスは自分の墓標に刻まれたエレゲイア調の詩で、自作の詩を「カリオペ(5)の叫び」と呼んでいる。

作者不詳『アリストテレス「弁論術」註解』一六九-二五(Rabe)

断　片

一—四[6]

「カルクース〔青銅の〕」と呼ばれるディオニュシオスが、酒のしずくやコッタボス[7]のことをエレゲイア調の詩のなかでこう言っている。

(1) ランポンとともに前四四三年のトゥリオイの植民活動を指導したと言われるアテナイ人。

(2)「カルキス人」の原語は「カルキデウス」で、おそらく「カルコス〔銅〕」の誤り。なおカルキスはエウボイア島の南西部のポリスで、銅がここで初めて発見されたという。

(3) シケリアのアクラガスの残忍な僭主パラリス(前六世紀中頃)の殺害を企てた人物。しかし計画が露見し、カリトンは相愛の美少年メラニッポスを守るために拷問に屈することなく黙秘を続けた。そしてついにパラリス自身がカリトンに憐憫の情を抱き、彼を釈放した。

(4) ペンタメトロス(五脚韻)のあとにヘクサメトロス(六脚韻)が続く詩形の一例は「断片」一である。

(5) 九柱の学芸の女神(ムーサ)たちの一人。底本は無名氏のこの註釈に疑義を呈している。「断片」七参照。

(6)「断片」一—四の典拠はアテナイオス『食卓の賢人たち』第十五巻六六八E—六六九E。底本は「断片」一—四を断片番号順に配置するのではなく、典拠における引用順に配置しているため、以下では「断片」三、四、二、一の順になっている。

(7) 酒宴でのゲームの一種。杯に残った微量のワインを投げて遊ぶ。ランプ台に似た構造物の上に金属製の円盤を置き、それを的にしてワインのしずくを投げる。しずくがこの的に命中すると円盤が落下して、構造物の真ん中に吊り下げられた共鳴板が大きな音を立てるしかけになっていた。

三

ここであなたの三番目のコッタボスとすべく、恋の病にとりつかれている
　私たちがブロミオス(1)の運動場に付け加えるのは、
革袋(2)です。ここにおられる方々はみな、手を
　杯の球体のなかに入れて(3)、からみあわせてください。そしてあれ(4)を見る前に、
空《くう》を切りながら下に落ちていくさま(5)を目測してください、
　酒のしずくがどの地点まで延びていくか(6)を決めるために。

その後、ウルピアノスが大きな杯で飲みたいと言って、同じエレゲイア調の詩集から次の詩をつけ加えた。

四

ほめ歌なる酒を左から右に順ぐりに注ぎたまえ、あなたのためにもわれらのためにも。
　あなたの遠来の旧友を、われらは
大いにほめたたえようとしているのだ、言葉という櫂を
　この酒宴の席で漕ぐことによって。パイアクス(7)の巧みな言葉は、
ムーサらの漕ぎ手を漕ぎ座に送り込む(8)。

［中略］キュヌルコスはこのシリア人［ウルピアノス］にいつも一発かましてやろうとしていて、彼に対するライ

バル心が一向に失せない男だが、宴席が目一杯騒がしくなったとき、このキュヌルコスがウルピアノスに向かってこう言った。「その『騒々しい一群の連中(9)』って何？　自分もこの詩句には覚えがあるから、ちょっと朗誦して進ぜよう。そのねらいはだね、ホメリダイ(10)によって特別に取り置かれた品々のなかからコッタボスの賞品を引き抜いていくのは自分だけだとウルピアノス君がふんぞり返ったりしないためだ。

二

よい知らせを聞くために、こっちにおいで。

(1)酒神ディオニュソスの異名。「ブロミオスの運動場」は宴会場や飲み会のこと。この語をきっかけに、饗宴と運動競技の比喩が始まる。
(2)ボクシングの練習に用いる革製の袋。
(3)杯をボール状の球体に見立てた表現か。ボクシングをするときにはグローブの革ひもを指に巻きつけるが、それと同じように、指と指を杯の取っ手にからませるというような意味と解される。
(4)コッタボスに用いる道具の一部を指すか、しずくが狙い定める的を指すか、はっきりしない。さまざまな修正意見がある。
(5)直訳すると「傾いた空気」だが、読みも解釈も多様。投げられたしずくが描く軌跡のことか。
(6)比喩的表現はこの行まではボクシングであったが、ここからは槍投げに移ると解される。
(7)アテナイのアカルナイ区出身の人物。
(8)「ムーサらの漕ぎ手」は詩人を意味する比喩表現。「漕ぎ座に送り込む」は「聞き手にする」の意か。
(9)笛吹きの集団を指す。
(10)ホメロスの叙事詩を暗唱しながら各地を放浪する吟唱家たち。

杯が元で起きた争いはやめにして、
　私がするとおりに考えて、⑴これを学びたまえ。

この詩はもっかの探求にぴったりだよ」。〔中略〕そしてデモクリトスは言う、「僕も、『カルクース〔青銅の〕』と呼ばれる詩人で弁論家のディオニュシオスの詩句を思い出すために、彼のエレゲイア調の詩から何か朗誦しよう。この男が『カルクース〔青銅の〕』と呼ばれるのは、青銅〔カルコス〕を通貨に用いるようアテナイ人に勧告した⑵ためだ。このことはカリマコス⑶が『弁論家総覧』に記している。ところで、おお、テオドロスよ⑷（これが君の本名だからね）、君は

一

　この詩を受け取ってくれたまえ、
私から捧げる乾杯のしるしとして。私のほうは、左から右へ順番に〔酒杯を〕送ろう、
　君を先頭にして、優美の女神たち（カリテス）の優美さを混ぜ合わたうえで。
君のほうは、この贈物を受け取ったらお返しに歌を贈ってくれたまえ、
　饗宴を飾り立て君の幸せを言祝《ことほ》ぎつつ。

アテナイオス『食卓の賢人たち』第十五巻六六八E—六六九E

五

こういうあらゆる恐ろしいできごとの母胎はワインであり、ワインが原因で酩酊や狂気、さらには酔ったあげくの乱暴狼藉が起きるのだと、ポンティアノスが言った。「カルクース〔青銅の〕」と呼ばれるディオニュシオスは、ワインのおこぼれに与《あずか》ろうと情熱を燃やす連中のことをなかなかじょうずに表現し、エレゲイア調の詩で「酒杯の漕ぎ手たち」と言った。

ディオニュソスの漕ぎ座でワインを運ぶのは
　宴を進める水夫らと酒杯の漕ぎ手たち。
これについては……。〔酒への〕愛はなくならないからだ。

アテナイオス『食卓の賢人たち』第十巻四四三D

(1) 直訳すると、「君の賢明さを私に預けなさい」。

(2) アテナイでは銀が不足したため、前四六〇年に銀メッキを施した青銅製の硬貨が鋳造された。その一年後には、アリストパネスが『蛙』七二五行でこれをけなしている。ディオニュシオスが「カルクース」と呼ばれる別の理由については「証言」四参照。

(3) ヘレニズム時代の代表的な詩人（前三一〇／〇五頃—二四〇年頃）（「断片」四三〇（Pfeiffer））。

(4) キュヌルコスの本名。「おお、テオドロスよ」の部分はたいてい次の「断片」一の一行目に挿入されるか、あるいはその冒頭と見なされる。これを冒頭に置くと詩はペンタメトロス（五脚韻）で始まることになり、ペンタメトロスがヘクサメトロス（六脚韻）に先行するという「証言」三の詩形に合致する。

六

親愛なるティモクラテスよ、私が今言ったことはプラトン(1)の言う「若く美しいソクラテスの」戯歌《ざれうた》ではなく、食卓を囲んだ賢人たちが真剣に追求しているものだ。カルクース〔青銅の〕・ディオニュシオスによると(2)

あるのだろうか、はじめにせよ、
終わりにせよ、最も望まれるものにもましてすばらしいことなど(3)。

アテナイオス『食卓の賢人たち』第十五巻七〇二B―C

七

「声」を心地よく表現していないときは、語の綴りにも誤りがある。ちょうど、「青銅の（カルクース）」ディオニュシオスがエレゲイア調の詩で、詩のことを

カリオペ(4)の叫び声

と呼んでいるように。語は両方とも(5)「声」を表現しているのだが、この比喩は出来が悪い……(6)。

アリストテレス『弁論術』第三巻二-一四〇五a三一

エウエノス

証言

一

互いに同じ名前をもつ二人のエウエノスというエレゲイア調の詩の詩人たちがヒュペレイデス(7)の『アウト

(1) プラトン『第二書簡』三一四C。

(2)「あるのだろうか、はじめにせよ、／終わりにせよ」の部分は、アリストパネス『騎士』一二六四―一二六六行と同じ。この典拠はピンダロス「断片」八九aであると、この箇所への古註は告げる。

(3) この詩句は、おびただしい量の引用を含む『食卓の賢人たち』の最後を締めくくる引用である。

(4) 文字どおりには「美しい声の」という意味の語。九柱のムーサイ（詩歌女神たち）の一柱の名前でもある。二九九頁註（5）参照。

(5)「カリオペ（美しい声の）」*καλλιόπη*（Kalliopē）と「叫び声」*κραυγή*（kraugē）のこと。

(6) これに続くテクストには毀れが認められる。

(7) アテナイの雄弁家、政治家（前三九〇／八九―三二二年）。『アウトクレスへの反論』は前三六〇年頃の作品か（「断片」五八（Blass））。エウエノスという詩人が二人いたという証言は『スーダ辞典』ε三四七六（Adler）にも見いだされる。同φ三六五五は、前四三〇頃に生まれた歴史家のピリストスがエレゲイア詩人エウエノスの弟子であったと伝える。

クレスへの反論』に記録されている。エラトステネスの(1)『年代記』によると、両者ともパロス島出身である(2)が、世に知られているのは若いほうのエウエノスだけである。彼らのうちの一人に、プラトンも言及している［証言五―七参照］。

ハルポクラティオン『アッティカ十大弁論家用語辞典』「Εὔηνος」の項一一六（Keaney）

二

駱駝《らくだ》という動物は、脚を使ってその高さを引き下げて坐るとき、腿をまんなかで折り曲げる。エウエノスがエウノモス(3)に捧げた『エローティカ［エロースの歌］』で言っているように、この動物はまるで*κάμμηρος［カンメーロス。折り曲げた腿］が語源であるかのように、駱駝（κάμηλος カメーロス）と呼ばれる(4)。

アルテミドロス『夢判断の書』第一巻四

三

「そして私は何を失うのか」と彼は言う。――ねえ君、君は、以前は内気だったが、今はもうそうではない。君は何も失っていないのではないか？　君はクリュシッポス(5)とゼノン(6)の代わりに、アリステイデス(7)とエウエノス(8)を読んでいるのだよ。君は何も失っていないのではないか？

エピクテトス『語録』第四巻九-六

四

マルティアリス[9]が言うように、「わが書物は淫靡猥雑なるも、わが人生は高潔なり」〔中略〕。アンニアヌス[10]のフェスケンニア詩[11]について私はいったい何と言おうか？ 最も古い時代の詩人ラエウィウス[12]の書いた『愛の戯れ』の諸巻については、何と？ メナンドロス[13]が賢者と呼んだエウエヌス[14]については、何を？ メ

---

(1) ヘレニズム時代の学者（前二七五頃―一九四年頃）。前二四五頃、アレクサンドレイア図書館長に就任。地球の全周をほぼ正確に測定したことで知られる（「断片」二四一F三（Jacoby））。
(2) エーゲ海南部のキュクラデス諸島に属する島。
(3) 詳細不明の人物。
(4) この語源的説明は無意味であるが、エウエノスに『エローティカ［エロースの歌］』という作品があったことがこの証言からわかる。
(5) ストア派の哲学者。三七頁註（2）参照。
(6) タルソス出身の前三世紀末のストア派の哲学者。クリュシッポスの弟子。
(7)『ミレトス物語［ミーレーシアカ］』という好色的な物語集の著者。ミレトス出身（前一五〇頃―一〇〇年頃）。
(8) エピクテトスはおそらく、エウエノスの『エローティカ［エロースの歌］』（「証言」三参照）を念頭に置いていると考えられるが、テクストの読みに関して「エウエノス」ではなく「エウビオス」という読みも提案されている。エウビオスは恐ろしい堕胎の物語を描いた作者だと、オウィディウス『悲しみの歌』第二歌四一三―四一六行にあるが、エウビオスについてそれ以上の詳細は不明。
(9) ローマの諷刺詩人（後四〇―一〇四年頃）。『エピグランマタ』第一巻第四歌八行。
(10) 後二世紀のラテン詩人。フェスケンニア詩（次註参照）の作者。
(11) 婚礼のおりに歌われた卑猥な、即興の問答歌。
(12) ローマで最初の恋愛詩人（前二世紀ないし前一世紀初頭）。
(13) 絶大な人気を博したギリシアの新喜劇詩人（前三四二／四一―二九二／九一年）（「断片」四三九（Kassel-Austin））。
(14) エウエノスのラテン語での呼び方。

ナンドロス本人については、何と？　喜劇詩人たちについては、何と？　この人たちの手にかかると、厳しい人生も喜ばしい題材になる。

アウソニウス『婚礼継ぎ接ぎ歌』一〇

五

ここにもう一人、パロス出身の知者がいて、彼がこの町に来ていることを私は耳にした。〔中略〕「そういう徳を、つまり人間としての徳であり市民にふさわしい徳でもあるものを知っている者とは誰ですか？〔中略〕誰かいるのですか、それともいないのですか？」と私は言った。「いますとも」と彼は言った。「それは誰？　生まれはどこ？　いくらで教えてくれるの？」と私は言った。「エウエノスですよ」とカリアスが言った、「ソクラテスさん、パロスの人で、五ムナ(1)で、です」。そして私は、もしそのエウエノスが本当にその技術を持っていて、こんなほどほどの値段で教えているのなら、幸せ者だと言った。

プラトン『ソクラテスの弁明』二〇A—B

六

「というのは、あなた〔ソクラテス〕がアイソポス(2)の話を韻文にしたりアポロン讃歌の序歌を作ったりした詩作については、ほかにも何人かの人々がこれまでにも私〔ケベス(3)〕に尋ねていたのですが、さらにエウエノスも先日こう尋ねたからです、つまり、あなたは以前には詩を作ることなど一度もなかったのに、牢獄に来てからは詩を作っておられるので、一体何を考えておられるのですか、と訊いたのです。そこで私がエウエノスに答えられるよう、あなたが気にかけてくださるなら、彼が私にもう一度尋ねたときに――だって、彼が質問することは私にはよくわかっていますからね――何と言うべきかをおっしゃってください。「それなら」と彼は言った、「ケベスよ、彼に本当のことを語りなさい。つまり私は彼や彼の詩と腕を競い合いたいと思って詩を作ったのではないと言ってください、――競うのが簡単なことじゃないことは、私にはわかっているからね――［後略］」。

プラトン『パイドン』六〇D

七

ところで、この上なくすぐれた人物、パロス出身のエウエノスにご登場いただきませんか？ エウエノスは「ほのめかし技」と「それとなくほめる方法」を初めて発明した人で――「それとなくけなす方法」も、覚えやすいように彼が韻律をつけて語ったという人たちもいますよ――なにしろ頭のいい人ですからね。

プラトン『パイドロス』二六七A

（1）古代ギリシアの貨幣単位。ソクラテス裁判の刑罰は一ムナであったから、五ムナはその五倍に当たる。
（2）寓話作家として有名なイソップのこと（前六二〇頃―五六〇年頃）。
（3）プラトン『パイドン』に登場するソクラテスの友人。

八

あなた［ソクラテス］には、彼女［アスパシア］(1)でさえも教師として十分ではなく、あなたはディオティマ(2)からは恋愛術を、コンノス(3)からは音楽を、エウエノスからは詩作術を、イスコマコス(4)からは農耕法を、テオドロス(5)からは幾何学を借り集めています。

テュロスのマクシモス『講演』三八-四

九

ではこの点について、すなわち、文法［文献学］と音楽とはかつて結合した一つのものであったという点については、無視することにしよう。実際、アルキュタス(6)は、そしてエウエノスもまた、文法は音楽に従属すると考えた。この二人を導いた師が同一人物だったことは、ソプロン(7)だけではなく［中略］エウポリス(8)も明らかにしていることであるが。

クインティリアヌス『弁論家の教育』第一巻一〇-一七

断　片

一―八c　エレゲイア調の詩

一

するとウルピアノスが黙っていたのでレオニデスがこう言う、「私は今まで長いこと黙っていたのだから、ひと

こと言わせてもらう権利がある。パロスのエウエノスによると、

何事につけても同じように反対する常習者が多い。
だが、正しいしかたで反対することはまだ彼らの慣わしになっていない。
こういう連中には昔から伝わる格言一つで十分だ、つまり、
「君にはそっちがいいが、私にはこっちがいい」。
じょうずに話せば、賢い人たちはあっという間に説得できる。(9)
賢い人たちというのは一番教えやすい相手なのだから。

五

(1)ペリクレスの愛人（前四七〇頃―四二八年以降）。
(2)前五世紀のギリシアの女性哲学者、巫女。プラトンの『饗宴』に登場する。
(3)音楽教師。プラトン『エウテュデモス』二七二Cと『メネクセノス』二三五E参照。
(4)ソクラテスの弟子クセノポンの『家政論』のなかでソクラテスに農耕法や家政術を教える人物。
(5)前四六〇頃生まれの数学者、哲学者。プラトンの師。
(6)ギリシアの哲学者、数学者（前四二八頃―三四七年頃）。プラトンの友人で、音楽の分野でもすぐれた研究を行なった。
(7)ミーモス劇と呼ばれるギリシアの短い笑劇の作家（前四七〇頃―四〇〇年頃）。プラトンはソプロンを愛読した。
(8)アテナイ出身の喜劇詩人（前四四六／四五頃―四一一年頃）（「断片」一七、二〇八（Kassel-Austine））。
(9)本断片の一―四行はストバイオス『精華集』第二巻二一―一〇にも引かれ、四行はアテナイオス『食卓の賢人たち』第十巻四二九Fにも引かれる。

アテナイオス『食卓の賢人たち』第九巻三六七D—E

二(1)

エウエノスから。

一番適量のバッコス(2)とは、たくさんでもなければほんのちょっぴりでもない。
　この神は苦悩の元にも、狂気の元にもなるからだ(3)。
神が嘉《よみ》したまうのは、三人のニュンペ(4)のなかに四人目として混ぜてもらうこと。
　それが、寝室のしたく(5)が一番うまく整ったとき。
だが、もし神の息吹が激しければ、神は愛に背を向け、
　死の隣人たる眠り(6)に浸る。

『パラティン詞華集』第十一巻四九

五

三

エウエノスから(7)。

私が思うに、知恵の少なからぬ部分を占めるのは、
　それぞれの人がどんな人かを正しく理解することである。

ストバイオス『精華集』第二巻一五-四

四

エウエノスから。

知恵のほかに勇気も持っていることは大いに有益なことだが、
［知恵と勇気が］離れ離れなのは有害であり、禍をもたらすこともある。

ストバイオス『精華集』第四巻一〇-五

(1)『プラヌデス詞華集』で詩人名なしで引用される。
(2) ワインの神ディオニュソスの異名。転じてワインのこと。
(3) 少量のワインでは苦悩を追い払うには足りず、大量の飲酒は狂気をもたらすというような意味。
(4) 元来は山川草木の精だが、ここでは水の比喩。この行は、水三にワイン一の割合で混ぜるのが最良であることを意味する。
(5) 性行為を暗示する。
(6) ギリシアでは、眠りと死はしばしば類似のものとしてイメージされた。
(7) Bach の修正案。写本は「ゼノスから」と伝える。他に、「ゼノドトスから」という Gaisford の修正案もある。

五

エウエノスから。

人々の怒りはしばしば、隠された心を露《あらわ》にする。

それは狂気よりずっとたちが悪い。

ストバイオス『精華集』第三巻二〇-二

六[1]

その結果、エウエノスが書いたもののうち、次の詩句だけがほめたたえられ、引き合いに出される。

父親にとって子供はつねに、恐怖の的か苦悩の種である。

プルタルコス『子供への情愛について』四-四九七A

七[2]

悪業には三種類ある。冒瀆と強欲と傲慢だ。〔中略〕傲慢は、それによって他人を侮辱しながら自分自身に快感を与える悪業である。だからエウエノスも傲慢についてこう言っている。

何の利益ももたらさないのに不正をなすもの

伝アリストテレス『美徳と悪徳について』第七巻一二五一ａ三〇

八[3]
というのは、無理やりやらされるものは必然的なものと言われ、したがってそれはエウエノスが言うように、苦痛だからだ。

無理やりやらされるものはすべて不愉快なのだから。

アリストテレス『形而上学』Δ巻五-一〇一五ａ二八

八ａ＝テオグニス四六七―四九六行

八ｂ＝テオグニス六六七―六八二行

（1）アルテミドロス『夢判断の書』第一巻一五、プラトン『パイドロス』二六七Ａへのヘルメイアスの註解（二三八-七（Couvreur））、マカリオス（十四世紀の箴言家）『諺集』四-三八（Leutsch）にも引用される。

（2）ストバイオス『精華集』第三巻一-一九四にも引用される。

（3）本断片はテオグニス四七二行とほぼ同一。プルタルコス『エピクロスに従っては、快く生きることは不可能であること』二一-一一〇二Ｃにも引用される。

八c＝テオグニス一三四一―一三五〇行

九　ヘクサメトロス（六脚韻）

習慣も変えにくいものなのだよ、本性に似ているからね。ちょうどエウエノスがこう言っているとおりだ。私の意見では、友よ、［習慣とは］長いあいだやってきたことである。さらに最終的には、人には習い性《せい》となるのだ。

アリストテレス『ニコマコス倫理学』第七巻一〇-一一五二a三〇

九a　イアンボス・トリメトロス（短長格三脚韻）

シモニデス(1)は最も賢明なるものを「時」と結びつけた。人は「時」というものによってあらゆるものを発見して学ぶからである、と彼は言った。だがピュタゴラス派のパロン(2)は、最も愚かなものを「時」と結びつけた。「時」が経つと人は忘れてしまうからである。エウエノスは両者を結びつけてこう言った。

最も賢いと同時に最も愚かなものは「時」である。

シンプリキオス『アリストテレス「自然学」註解』七四一-一（Diels）

一〇　韻律不明

「それでは、それらのものはロゴスには何も役立たないのか？」と言う人がいるかもしれない。私としては、ちょうど塩が料理に役立ち、水が大麦パンに役立つのと同じく〔これらはロゴスに役立つ〕と言いたい。火は最強の香辛料であるとエウエノスも言ったが[3]、私たちは水は大麦パンや小麦パンの一部分だと言っているわけではないし、火や塩は野菜や肉の一部分だと言っているわけでもない。

プルタルコス『プラトン哲学に関する諸問題』問題十-三-一〇一〇C

（1）ケオス島出身の抒情詩人（前五五七／五六頃―四六八／六七年頃）（「断片」六四五（*PMG*））。

（2）前六／五世紀のピュタゴラス派の哲学者か。この一文はDielsによる補い。（Diels-Kranz）。

（3）プルタルコスは『似て非なる友について――いかにして追従者と友人を見分けるか』二-五〇Aと『食卓歓談集』六九七C―Dではこれをエウエノスの言葉としているが、『健康のしるべ』一二六C―Dではプロディコス（前五世紀のケオス出身のソフィスト）の言葉としている（「断片」一〇

クリティアス

証言

一

プラトンはアリストンとペリクティオネ――あるいはポトネ――の子。母ペリクティオネの家系はソロンまでさかのぼる。アテナイの人。すなわち、ソロンにはドロピデスという兄弟がいたが、ドロピデスの子がクリティアス、その子がカライスクロス、さらにその子が三十人政権(1)の一員のクリティアスと、グラウコンであった。グラウコンの子がカルミデスとペリクティオネであり、ペリクティオネとアリストンの子がプラトンである。プラトンはソロンから六代目となる。

ディオゲネス・ラエルティオス『ギリシア哲学者列伝』第三巻一

二

彼［アリストテレス］の言うクリティアスが三十人政権の一員でソクラテスに耳を傾けた人物のことなのか、それとも誰か他の人のことなのかは、私たちには問題ではない。別人のほうのクリティアスはソフィスト(2)であると言われ、アレクサンドロス(3)の言うように、当のその書物の著者でもある。というのは、三十人政権の一員のほう［のクリティアス］は『均整のとれた国制』[4]しか書いていないからである。

イオアンネス・ピロポノス『アリストテレス「魂について」註解』八九-八（Hayduck）

三

昔のギリシア人はみな音楽に関心があり、だから笛の演奏に関することにはかなり熱心だった。実際、ヘラクレイアの人カマイレオン[5]が『警告の書』という著作でこう述べている。つまり、ラケダイモン人もテーバイ人もみんな笛の吹き方を習い覚え、ポントス[6]のヘラクレイアの人々は今でもこぞってそうしている、そしてアテナイ人のなかでも断然じょうずな笛の名手はヒッポニコスの子カリアスとカライスクロスの子クリ

(1) ペロポンネソス戦争終了後、前四〇四年から翌年にかけてアテナイを支配した三〇人の独裁政府。

(2) 徳や弁論術を教授すると称して金銭を受け取っていた人々。

(3) アプロディシアスのアレクサンドロスのこと。後二世紀末から三世紀初めに活躍した、すぐれたアリストテレス註解者。

(4) あるいはおそらく『韻文での国制』。クリティアスは『テッサリア人の国制』（断片三一（Diels-Kranz））と『ラケダイモン人の国制』（断片三二―三七（Diels-Kranz））を著わしたが、散文の著作はなかった。

(5) ポントスのヘラクレイア出身のペリパトス学派の哲学者（前三五〇頃―二八一年以降）（「断片」三（Wehrli））。

(6) 小アジアの東北部、黒海南岸の東部の地方名。

ティアスだ、と。

アテナイオス『食卓の賢人たち』第四巻一八四D

四

ダクテュリコス・ヘクサメトロス［長短短格六脚韻］はオルペウス(1)によって最初に考案されたとクリティアスは主張し、デモクリトス(2)はムサイオス(3)が考案したと主張している。

マリウス・テオドルス『韻律について』六-五八九-一二〇（Keil）

断　片

一　ヘクサメトロス（六脚韻）

詩才豊かなアナクレオン(4)はつねに愛（エロース）を歌い、誰もが彼の詩を口ずさむ。だから、最も偉大なクリティアスもアナクレオンについてこう述べている。

昔、女を歌う歌を織りなした
甘く快いアナクレオンをギリシアにもたらしたのはテオス(5)の町。
彼は宴を盛り上げる女たらし、

笛に歯向かい、竪琴を友とする者、悩みを追い払ってくれる甘く快い人。
あなたに寄せる愛好は決して色あせず、滅びないだろう、
酌童がワインと水を混ぜ合わせて酒杯に入れ、
時計回りに配りながら運び回っているかぎりは。
そして女たちの歌舞が夜通し行なわれる聖なる祭りを祝い、
青銅の娘御たる天秤皿が、
ブロミオス[6]のしずくで高きコッタボス[7]の山頂に鎮座ましますかぎりは。

アテナイオス『食卓の賢人たち』第十三巻六〇〇D―E

（1）一九頁註（1）参照。
（2）トラキア地方のアブデラ出身の哲学者（前四六〇頃―三七〇年頃）。原子論で名高い。「断片」一六（Diels-Kranz）参照。
（3）オルペウスの弟子と見なされた伝説的詩人。
（4）九五頁註（2）参照。彼はアテナイ滞在中にクリティアスの祖父を愛した。
（5）イオニア地方の都市。アナクレオンの出身地。
（6）酒神ディオニュソス神の異名。ここではワインの比喩。
（7）二九九頁註（7）参照。

二―九　エレゲイア調の詩

二[1]

クリティアスはこう言っている。

コッタボス[2]はシケリアの地に由来する偉大な発明品。
　われらが矢のように飛ぶ酒のしずくの的にするのは、このコッタボス。
次にシケリアの馬車（オコス）は、美しさでも値の高さでも群を抜く。
……………
テッサリア[3]産の高椅子は手足にとってこの上なく快い腰掛け。
　婚礼用寝台[4]の……を保つのは
ミレトス[5]、そしてオイノピオン[6]の海の町キオス[7]。
　テュレニア[8]産の黄金製の浅杯[9]はすぐれもの、
そして用途が何であれ、家を飾る青銅の品々もみな、すぐれもの。
　フェニキア人[10]は言葉を支える文字を発明した。
そして戦車の二輪馬車を初めて作ったのはテーバイ[11]、
　荷を運ぶ船を初めて作ったのは、海を支配するカリア[12]の民。
そして、轆轤《ろくろ》と土と窯から生じる

最も名高い陶器という、家内で幅を利かせるこの重宝なものを発明したのは、マラトン(13)に美しい戦勝記念碑を建てた町(14)。

（1）アテナイオスは『食卓の賢人たち』第一巻二七D—二八Dでギリシア各地の特産品を次々と列挙し、本断片ではシケリアやテッサリア、イオニア諸都市などの名産品を語る。なお、本断片の一—二行はアテナイオス『食卓の賢人たち』第十五巻六六六Bにも引用され、九と一一行はエウスタティオス『ホメロス「オデュッセイア」註解』一七七一—一七四五にも引用される。

（2）二九九頁註（7）参照。

（3）ギリシア北東部の地方名。

（4）あるいは、たんに眠るためのベッド。直後のテクストは壊れている。修正案は「美しさ」。

（5）三頁註（3）参照。

（6）アテナイオス『食卓の賢人たち』第一巻二六B—Cは歴史家のテオポンポスを引き合いに出しながら、オイノピオンは酒神ディオニュソスの息子で、葡萄栽培を伝授し、キオス島に町を拓いたと述べる。

（7）エーゲ海東部の島。古来、上質のワインを産出する地として名高い。ミレトスとキオスは固い政治的結束で結ばれていた。

（8）エトルリアのこと。前八世紀から前一世紀頃のイタリア半島北部・中部の地域名。

（9）原語は *φιάλη*（phialē）。灌酒などの宗教儀式のさいに用いられる浅い杯。

（10）地中海の東端の沿岸地帯（現在のレバノン）の住民。海上貿易で活躍し、ギリシアに文字を伝えたと言われる。

（11）ギリシア中東部ボイオティア地方の、古くからある主要ポリス。

（12）小アジア西南部の地方。

（13）アッティカ地方北東部にある、第二次ペルシア戦争の戦場。マラトンの戦い（前四九〇年）でギリシア軍は大勝した。

（14）アテナイのこと。

アッティカ(1)の陶器は実際にもてはやされている。

アテナイオス『食卓の賢人たち』第一巻二八B―C

三＝「証言」四

四

あるいは、二つの短音節が一つの短音節の代わりに用いられる。これは、叙事詩以外の韻律に見いだされるが［中略］、叙事詩ではめったに見いだされない。だからクリティアスは、アルキビアデス(2)に関するエレゲイア詩でアルキビアデスという名を使えるとは思わなかった。というのは、彼はこう言っているからである。

私はこれから栄誉を授けよう、アテナイ人クレイニアスの子の
　アルキビアデスに、新しい方法で歌うことによって。
この名はどうしてもエレゲイオン(3)に落とし込めなかったが、
　これからはイアンボスの調べ(4)に乗せればうまく韻律に合うからだ。

ヘパイスティオン『韻律学ハンドブック』二―三

五

召還のこの決議(5)は、カライスクロスの子クリティアスの動議によって承認されていた。クリティアスは自らエレゲイア詩を作り、自分が示した好意を、次の詩句によってアルキビアデスに思い出させた。

君を連れ戻した決議のことだが、それをみなの前で発議したのはほかならぬこの私。
　法案を提出してこの行為を成し遂げたのも、この私。
これらのものの上には私の舌の印章があるのだ。(6)

プルタルコス『英雄伝』「アルキビアデス」三三-一

六

ラケダイモン人には、宴の場で乾杯をする習慣もなければ、乾杯によって友情を固める杯の交換の習慣もなかった。クリティアスはこのことをエレゲイア調の詩で明らかにしている。

(1) アテナイを含む地方の名。
(2) アテナイの政治家（前四五一／五〇―四〇四／〇三年）。伝説的と言ってもよいほどの美少年で、ソクラテスなど多くの人に言い寄られた。
(3) エレゲイア調の二行対句、もしくは二行対句の二行目のペンタメトロス（五脚韻）を指す。解説三五〇頁以下参照。
(4) 短長格。イアンボス・トリメトロス（短長格三脚韻）は、ときにペンタメトロス（五脚韻）やヘクサメトロス（六脚韻）の代わりに用いられた。
(5) アルキビアデスをアテナイに呼び戻す決議は、クリティアスの発議により、前四一一年に裁可された。
(6) この行が正確には何を意味するかは不明。おそらく、国家記録保管庫に預けられて発義者の名を記した決議書の公式の写しに言及するものと思われる。したがって「舌」は事実上クリティアスの名前を指すか、あるいはクリティアスの詩的文体を構成する、純粋に比喩的な印章への言及のいずれかであろう。

これまたスパルタの習わしであり、そうするものと認められている慣行とは、
　酒を入れた同じ一つの杯をみなで飲むこと。
習わしになっていないことは、相手の名を口にしながら乾杯を贈ること、そして
　宴席(1)の左から右手のほうへぐるっと杯を回していくこと。
……［二行以上の欠落］(2)……
　アジア生まれのリュディア人(3)の手が発明したのは酒器と、
左から右に順繰りに杯を差し出すこと、そして
　その人の健康を祝って飲みたい相手の名を呼んで酒を誘うこと。
このようにして酒を飲むうちにやがて舌がゆるみ、
　恥ずかしいことまで口にし、体もおぼつかず、
ふらつく。目には靄《もや》が立ちこめてぼんやりとしか見えず、
　忘却がもののわきまえを知る物覚えを溶かし、
理性が横に逸れてしまう。奴隷たちが身につけているのはふしだらな
　気質。身代を潰さんばかりの贅沢三昧が身に襲いかかる。
しかるにラケダイモン(4)の若者たちは、
　心を楽しませる程度に飲み、
陽気なおしゃべりと節度ある笑いのために飲む。

こういう飲み方こそ、体にも、
頭にも、財産にも、有益だ。アプロディテの営み(5)もうまくいき、
疲れを休めるための眠りにもぴったりで、
人間にとって神々のうちでもっとも喜ばしい健康女神（ヒュギエイア）と、
節度女神（ソプロシュネ）の隣にいる慎しみの女神（エウセビエ）にもふさわしい。

彼はまたこうも言っている。

度を越して杯で乾杯をしたところで、束の間の
喜びしかなく、後にはずっとつらさがつきまとう。
だがラケダイモン人の暮らし方はいつも決まりきったもので、
飲食の程度は、頭を使ったり

(1)「宴席の」という語がこの行内の語にかかるように訳したが、欠落している次行の語にかかる可能性もある。
(2)スパルタの風習に言及した冒頭に対して、それに続く三—四行目でアテナイの飲酒の習慣が話題になると予測されるため、ここには二行以上の欠落が想定される。
(3)小アジア西部の地方。リュディア人は一般に柔弱かつ放恣な気風と見なされたために言及しているにすぎない。
(4)ペロポンネソス半島南部の地方名。ただしここでは、この地方にあるスパルタと同義。スパルタは質実剛健な気風を有する軍事国家であった。
(5)性行為の隠喩。

体を鍛えたりできるほど適度なもの。彼らが設けていないものは、
痛飲で体を酔わせる特別な日である。(1)

アテナイオス『食卓の賢人たち』第十巻四三二D—四三三B

七

「度を越すことなかれ」という格言をラケダイモンの人キロン(2)に帰する人々もいて、その一人がクリティアスだ。この格言をソダモス(3)に帰する人々もいて、それを明らかにする例がテゲア(4)にある次の碑文で、こう書いてある。

エペラトスの子で、私を建てたソダモスがこう言った。
「度を越すことなかれ、そうすればすばらしいことがみな時宜にかなってもたらされる」。

「エウリピデス『ヒッポリュトス』二六四行(5)への古註」

七賢人の言葉も、ある言葉が誰の発言したものかに関しては意見の一致が見られず、同じ言葉がある人の発言にされたり、別の人の発言にされたりする。たとえば、次がその例である。

ラケダイモンの賢者キロンがこう言った。
「度を越すことなかれ、そうすればすばらしいことがみな時宜にかなってもたらされる」。

ディオゲネス・ラエルティオス『ギリシア哲学者列伝』第一巻四一

八

さらにまた、レオンティノイの人ゴルギアス(6)が言うには、キモン(7)は自由に使える金を手に入れ、名誉を得るためにそれを使った。そして、三十人政権のメンバーの一人になったクリティアスはエレゲイア詩のなかで祈る。

スコパス一族(8)の富を、キモンの高邁な心映えを、
そしてラケダイモンのアルケシラオス(9)の勝利を

プルタルコス『英雄伝』「キモン」一〇-五

(1)アテナイではディオニュソス神の祭典のために特別な日が設けられた。プラトン『法律』第一巻六三七B参照。
(2)前六世紀前半のスパルタの政治家。七賢人の一人。
(3)テゲア出身と見なされる人物。
(4)ペロポンネソス半島中央部のアルカディア地方のポリス。
(5)エウリピデス『ヒッポリュトス』二六四—二六六行「ですからわたしは、過度よりも中庸(メーデン・アガーン)であるほうがよいという考え。これには世の賢人方も賛成してくださいましょう」(丹下和彦訳)。
(6)ソフィスト(前四八五頃—三八〇年頃)。
(7)アテナイの政治家、将軍(前五一二頃—四四九年)。
(8)テッサリアの富裕な一族。詩人のシモニデスはこの一族を祝福した。テオクリトス『牧歌』第十六歌四二—四七行参照。
(9)前四四八と四四四年のオリュンピア競技祭の戦車競技で優勝した人物。

九

クリティアスから。

生まれつきによってよりも、鍛錬によってすぐれた者になる人のほうが多い。

ストバイオス『精華集』第三巻二九ー一一

詩人名不詳作品

断片

一

かの勇士[1]の子孫の方々よ、あなた方がメガラとの戦闘[2]で名をあげたとき、グラウコンの念者[3]があなた方のために
エレゲイア調の詩[4]の出だしをじょうずに作りました。つまり、こうです。
アリストン[5]の子ら、神のごとき男の名だたる一族よ。

プラトン『国家』第二巻三六八A

二

つまり、いい人には悪い人になる可能性があるということだよ、ちょうど別の詩人[6]が次の言葉で証言しているようにね。

よい[7]人が悪い人になるときもあれば、いい人になるときもある。

プラトン『プロタゴラス』三四四D

（1）「かの勇士」がアリストンを指すかどうかは不明。

（2）前四〇九年に、すぐれた軍事力をもつメガラ軍をアテナイが破ったことが、シケリアのディオドロス『世界史』第十三巻六五に記されている。

（3）少年愛において愛する側を指す。「グラウコンの念者」をクリティアスと解する説もある。

（4）この詩はアリステイデス『弁論術について』四五およびこの箇所への古註で引用され、そこではエピグラムと呼ばれている。

（5）プラトンの父親。「アリストンの子ら」とはプラトン、グラウコン、アデイマントス。

（6）シモニデス以外の詩人を意味する。

（7）原語 ἀγαθός（agathos）は「いい」の原語 ἐσθλός（esthlos）とほぼ同義で、ともに広範な意味を持つ。生まれや行動、環境などによって尊敬される状態を指し、κακός（kakos 悪い）はその逆を意味する。一一九頁註（9）参照。底本は「よい」を「裕福な」と、「悪い」を「悲惨な」と訳すよう提案する。

二a

だから、君、こういったことを理解していなくてはいけない。もう一つ知らなければならないのは、念者の愛とは善意から出るのではなく、餌のように、満足感の充足から出るということなのである。

狼が仔羊を愛するのと同じように、念者は稚児《ちご》を愛する。

プラトン『パイドロス』二四一D

三

さらに、過誤のありようは多種多様だが〔中略〕、成功(1)はただ一様のあり方しかない。〔中略〕だからそれゆえ、「過剰」と「不足」は悪徳を示すしるしであり、「中庸」は美徳を示すしるしである。

善人たちのありようはただ一つ、だが悪人どもはじつに千差万別。

アリストテレス『ニコマコス倫理学』第二巻六-一一〇六b二八

四

不在が長く続くと、そのせいで友愛も忘れられてしまうようだ。このことから、こう言われる。

言葉をかけあわなかったがゆえに多くの友愛が消滅した。

アリストテレス『ニコマコス倫理学』第八巻五-一一五七b一一

五

役に立つという理由で彼らは互いに友だちになり、役に立つ間だけ友だちなのである。それはことわざにあるとおりだ。［中略］［アルキロコス「断片」一五］、また。

アテナイ人らはもはやメガラ人たちを知らない。(2)

アリストテレス『エウデモス倫理学』第七巻二-一二三六a三四

六

アルクマイオン家(3)の前にも、ケドン(4)が僭主たちを攻撃したことがあった。それで、酒席で順に歌う歌では、ケドンのためにもこう歌われていた。

召使いよ、ケドンのためにも酒を満たせ。彼のことは忘れるな、

(1)原語 κατορθοῦν（katorthûn）は「まっすぐにする、首尾よく達成する」という意味の動詞の不定法。

(2)この詩句はアリストテレス『エウデモス倫理学』第七巻二-一二四二b二二でも繰り返されている。

(3)アテナイの名門貴族。

(4)詳細不詳の人物。彼が攻撃した僭主たちとは、前六世紀の僭主ペイシストラトスの息子のヒッピアスとその弟のヒッパルコスのこと。ただし、ヒッパルコスは恋愛沙汰によって前五一四年にすでに暗殺されていたため、五一〇年の攻撃のおもな標的はヒッピアスであった。

酒は勇敢な男のために注ぐべきものならば。(1)

アリストテレス『アテナイ人の国制』二〇-五

七

曇天や晴天は地方や土地に従っておのおの風と関連づけられている。それゆえ、ことわざで言われたことのなかには、たとえば北西風や南西風に関してそうであるように、いくつかの場所と関連づけられているものもある。クニドス(2)とロドス(3)のあたりでは、とくに後者〔南西風〕が強い。

南西風は、たちまち空を曇らせることもあれば、たちまち晴らすこともある。
だが雲はすべて、北西風に従う。

テオプラストス『風について』五一

八

もしある詩人が次のような意見を述べるとすれば、つまり、

調べの美しい歌にも歌舞にも、私はもう関心がない。

と述べるとすれば、それは「調べの美しい歌にも歌舞にも、私は関心がある」というような意味のことを言ってい

るのである。

クリュシッポス『否定命題について』ⅱ五四-一三（von Arnim）

九

こういうわけでアイトリア人[4]はそのポリスをまたたくまに配下に収め、数々の不正行為のうちで最も正しいことを行なった。

ポリュビオス『歴史』第四巻一八-七

アガトクレス[5]はデイノンの〔同名の〕息子のデイノンを殺した。そして彼はことわざ[6]に言うとおり、「数々の不正行為のうちで最も正しいこと」を行なった。

ポリュビオス『歴史』第十五巻二六a-一

ことわざに言うとおり、彼は「数々の不正行為のうちで最も正しい一つのこと」を行なって

（1）この二行連句はアッティカの宴席で歌う歌（スコリオン）の一例として、アテナイオス『食卓の賢人たち』第十五巻六九五Eにも引用されている。
（2）小アジア南西部カリア地方のクニドス半島のポリス。
（3）エーゲ海東南端の島。クニドスの南方にある。
（4）ギリシア中西部の地方名。
（5）アガトクレスは何人かいて、どのアガトクレスかは不明。
（6）ことわざはおそらく、「数々の不正行為のなかで最も正しい一つのこと」、あるいは「数々の不正行為のなかでこの最も正しいこと」であったと考えられる。

一〇

偶然が、勇者たちの計画を阻むときもあれば、ことざわどおりになるときもある。勇者ながらも、もっと上手《うわて》の勇者に出会った(1)。

『スーダ辞典』τ八四三(Adler)

ポリュビオス『歴史』第十五巻一六-六

一一

これは、「私憤に駆られてではない(2)」と補えば、エレゲイア調のペンタメトロス[五脚韻]になるだろう。これに似ているのは次のものである。

足を軽々と持ち上げる少女たち

ハリカルナッソスのディオニュシオス『文章構成法』二〇〇—二〇一

一二

彼[カリステネス(3)]はこのように前言撤回という手段に訴えて、マケドニア人について自由にたくさんのことを話した。そして、ギリシアが内輪もめをしているからピリッポス(4)が勢力を増しているのだという意見を述べて、こう言った。

内乱のときには、極悪人ですら尊敬された(5)。

プルタルコス『英雄伝』「アレクサンドロス」五三-五

一三

昔の美少年たちの一人のアンティパテスは、以前は傲慢な態度で彼〔テミストクレス〕(6)に接していたが、後に、テミストクレスの名声ゆえに彼の歓心を買おうとした。そこでテミストクレスは彼にこう言った、「若者よ、遅まきながらも、私たちは二人とも正気に返ったわけだ(7)」。

---

(1)『スーダ辞典』ε二二三九(Adler)もこの一節を引用し、ヘラクレスの息子ヒュロスと関係があると説明している。ヒュロスはテゲアの王エケモスとの一騎打ちに敗れて死んだ。この対戦についてはヘロドトス『歴史』第九巻二六を参照。

(2)デモステネス第二十三弁論『アリストクラテス弾劾』一「私が私憤に駆られて［中略］やって来たとは思わないでいただきたい」(木曽明子訳)の引用である。

(3)五頁註(6)参照。

(4)アレクサンドロス大王の父、ピリッポス二世(前三八二―三三六年)。

(5)プルタルコス『英雄伝』「ニキアス」一一-三(「リュサンドロスとスラの比較」一-三、『兄弟愛について』二-四七九a、「ギリシア俚諺集成」第一巻七六-二(Leutsch & Schneidewin)と比較せよ)。

(6)アテナイの政治家・将軍(前五二四頃―四五九年頃)。

(7)テミストクレスとアンティパネスの話に類似した話は、プルタルコス『王と将軍たちの名言集』一八五Cにも伝わるが、字句が若干異なる。

遅まきながらも、私たちは二人とも正気に返ったわけだ、少年よ。(1)

プルタルコス『英雄伝』「テミストクレス」一八-三

一四a

混ぜたての［ワインを］注いでもらって

混酒器を。……………

「アイスキュロス『コエポロイ』三四四a行「混ぜたての」への古註」

一五（欠番）

一六

……教育をほとんど要しない。

「学習に関してほとんど必要ない」という言い方のかわりである。

伝ヘロディアノス『ピレタイロス辞典』一六七

一七

アリストメネス(2)がアンダニア(3)に戻ってくると、女たちは彼にリボンや季節の花々を投げかけて歌を歌った。その歌は今もまだ歌われている。

ステニュクレリオン(4)平原のまっただなかや山の頂へと、
　アリストメネスはラケダイモン勢を追っていった。

パウサニアス『ギリシア案内記』第四巻一六-六

一八

エレゲイア調の詩の詩人たちも、コロポン(5)のアレス川(6)の冷たさを歌っている。

パウサニアス『ギリシア案内記』第八巻二八-三

（1）「少年よ」は校訂者による補い。
（2）前七世紀中頃のメッセニアの英雄。第二次メッセニア戦争でスパルタに対する反乱を指導した。
（3）メッセニア地方の北東、アルカディア地方との境界に近い町。
（4）メッセニア地方の北方にある平原。
（5）四三頁註（2）参照。
（6）コロポンの南を流れる川。五七頁註（1）参照。

一九

笛吹きはこう言ったが、とてもバカとは思えない言い草だった。というのは、昔の言葉にこういうのがあるからだ。

神様は笛吹きの男に分別を植え付けなかった。
一吹きすると、いっしょに分別が飛び去ってしまうのだ。

アテナイオス『食卓の賢人たち』第八巻三三七E

二〇

エレゲイア調のペンタメトロス［五脚韻］を歌うさいには、この点もまた注意すべきである。ギリシア語の詩の場合もそうだが、［この韻律は］しばしば耳をあざむくからである。

私たちはギリシアの海へと漕ぎ出していった。

つまり、もし「ギリシアの海（ヘレース・ポントン）[1]」を一語のように（ヘレースポントンと）[2]発音すると、耳にきちんと聞こえないため、結果としてこれが韻文だとはまったく思えなくなる。しかし、もしこれを半行として発音すると、まさにその分断によって、つまり「私たちはギリシアの」、それから「海へと漕ぎ出していった[3]」とすることによって、このタイプの韻律が示されることになる。

アプトニウス『韻律論』第六巻一一二-一二〇（Keil）

二一

ただゼウスだけがあらゆるものを癒すことができる。

ストバイオス『精華集』第一巻一-六

二二

行為の試金石として、「時」ほどすばらしいものはない。
「時」は人の胸の内に秘めた思いをも明るみに出すのだから。

ストバイオス『精華集』第一巻八-一五

二三

人目に隠されているけれども、このように明々白々であればよいのになあ、
慎重に扱えば最大限に高まる好機というものが。

ストバイオス『精華集』第一巻八-一六

(1) 原文では *Ἕλλης πόντον* と、二語で記される。
(2) 原文では *Ἑλλήσποντον* と一語であるが、発音は前註と同じ。
(3) 原文は *ἡμεῖς δ' εἰς Ἕλλης πόντον ἀπεπλέομεν* で、ペンタメトロス（五脚韻）になる。

二四

…………………[1]たとえ神々がひどい目に遭わせようとも[2]

ストバイオス『精華集』第四巻一〇-一〇

二五

軽はずみゆえに、若いということは悪である。
人々にとって青春はつねに愚かしいもの。
だが正義を損なえば、さらにもっとまずい。

「エウリピデス『アンドロマケ』一八四行[3]への古註」

二六

見張り番は見張るべし、恋人は恋すべし。

マカリオス『諺集』八-三九（Leutsch）

二七

こんばんは、ご同席のみなさん[4]、

わたくしも、始めよければ終わりよし、[5] でございます。
わたしども親しい者どうしがこのような行事に集まったおりには、
　羽目をはずすことなく笑い、冗談を言わねばなりません。
そしてともに集まったことを喜び、互いに戯言《たわごと》を言いあい、
　人を笑わせる冗談を茶化しあわねばなりません。
ですが、どうか「本気」もお忘れなく。順々にスピーチなさる方々に
　耳を傾けましょう。それが宴のあるべき姿というもの。
そして、乾杯の音頭をお取りいただく方に従いましょう。それが
　紳士らしい振舞いというもの。それに、賞賛ももたらしますから。[6]

---

(1) 冒頭のテクストの毀れには「つねに耐えなさい」という修正案が付されている。

(2) 典拠のストバイオスはこれを、エウリピデスの『テレポス』(断片七〇二(Nauck^2))「たとえ神々になにか厳しい定めを割り当てられても、あなたはくじけずに耐えなさい」(久保田忠利訳)に帰している。だが、ストバイオスの引用する一節がペンタメトロス(五脚韻)の韻律だとすれば、これをエウリピデスに帰するのは不可能である。

(3) エウリピデス『アンドロマケ』一八四行「人間、若いということは悪なのですね」(丹下和彦訳)。

(4) この後のテクストには削除記号が付されている。

(5) 原文の一行目後半から二行目の意訳。直訳すると、「じょうずに/始められたので、閉めの言葉もうまく言えることでしょう」となる。

(6) あるいは、「すてきな会話を生み出すのですから」とも訳せる。

「ベルリン・パピルス」一三二七〇（Schubart-Wilamowitz）

六一(1)

］……［
］…………［
］多くの名前(2)
］災いをもたらし［
この私が　しませんように
］　刀を　［
］　私を喜ばせ［た
］　テッサ［リアの
］アテナは　［
］　贈物を知って［いて(3)
］勇気を救った［
］　涙をもたらす飛び［道具を
］　火でたくさんの［
］灯して輝かせた［

「オクシュリュンコス・パピルス」第三十巻二五〇七（Lobel）

六二(4)

兜（?.）] を　頂飾りが四ついた [
] 速やかにやって来た [
] というのは、この言葉は [
] 一人の指揮者を [
] 楯を [
] 伸ばす　カリュストスの(5) [
] エレトリア(6)の地を [
] 事を謀った [
] 牛たち [

---

(1) 本断片はアルキロコスの作品の可能性もある。後二世紀のパピルスである。
(2) おそらく神を修飾する決まり文句。
(3) アルキロコス「断片」一の二行に見いだされる表現。本断片と次の「断片」六二はアルキロコスの詩句の可能性もある。
(4) 本断片はアルキロコスの作品の可能性もある。
(5) エウボイアの南端にある町。
(6) エウボイア島の西南にある沿岸都市。エウボイアでの戦いがアルキロコス「断片」三に記されている。

］神殿へ［
　］敵軍の［
］とどまっている［
　］彼は言った、このことを［
］声を…………［
　］男を、ゼウスに［
］彼に持たせなさい［
　］男を。［
］彼は歩んだ［
　］［
］［
　］［
］……………［
　］ともに［
］やめた［
　］……［

「オクシュリュンコス・パピルス」第三十巻二五〇八（Lobel）

解説

多彩なエレゲイア詩

本書には、前七世紀中葉から前五世紀にギリシア語で作られたエレゲイア詩の邦訳が収められている。「エレゲイア」は日本ではあまり馴染みのない語であるが、「哀歌、挽歌、悲歌」の意の elegy やこの英単語に由来する日本語の「エレジー」の語源だから、古代ギリシアのエレゲイアも似たようなものであろうという推測が働く。ところが、一瞥すればすぐわかるように、本書に収録されたエレゲイア詩には死者への哀悼の念や悲嘆を表わす歌はない。それどころか、戦いへの勇気を奮い立たせようとする勇壮な歌、過度の飲酒や不正な蓄財を戒める説教調の詩が見いだされる。あるいは権力者の驕慢を非難したり、ポリスの没落を憂えたりもする。美少年への思慕を告白するかと思えば、足早に過ぎ去る青春を嘆きながら、忍び寄る老いをかこちもする。ことほどさように、古代ギリシアの初期エレゲイア詩はバラエティに富み、内容は固定的ではない。この一点に注目しただけでも、エレゲイアが elegy や「エレジー」とは大いに趣を異にするものであることがわかる。

エレゲイア詩が人気を博した時期はアルカイック期から古典期に限定されない。アレクサンドロス大王の没した前三二三年から、プトレマイオス朝エジプトの女王クレオパトラが亡くなる前三〇年までの時期をヘレニズム時代と呼ぶが、この時期にも、エレゲイア詩は愛好された。学匠詩人カリマコスの『アイティア〔縁起譚〕』がその代表格である。

ローマでは、ギリシア語のエレゲイアがラテン語で「エレギーア」と呼ばれて盛んに創作された。共和政末期の抒情詩人カトゥルスはレスビアという女性への恋心をエレギーアで詠み、ガルスは『アモーレース〔愛の詩集〕』(前四〇年頃)を編んだ。それから一〇年余り経って帝政初期になると、ティブルスとプロペルティウスが恋愛詩の花を咲かせた。その少し後にはオウィディウスが恋愛詩集『アモーレース』でデヴューし、さらに多くのエレギーア詩を創作した。神話伝説上の名高い女性たちが綴った架空の手紙を集めた『ヘーローイデース〔名婦の書簡〕』、故事来歴にまつわる物語を暦に寄せて語る『祭暦』、黒海沿岸への追放の一因とされる『アルス・アマートーリア〔恋愛指南〕』とその続篇の『恋愛治療術』、さらに流刑地で書かれた『悲しみの歌』、『黒海からの手紙』、『イービス』などである。

このように、歌の内容や創作された時期、地域、使用言語などを見ると、一口にエレゲイア詩と言っても一枚岩ではなかったことがわかる。すぐ後で触れるように、詩歌の長さもさまざまである。それにもかかわらず、じつに多種多様な詩歌がどれも同じ名のもとに一括りにされている。そうである以上、そこには何らかの共通点があるにちがいない。

エレゲイアをエレゲイアたらしめているのはほかでもない、韻律形態である。すなわち規則的な音の並べ方である。ギリシア語であれラテン語であれ、主題の如何にかかわらず、エレゲイアと呼ばれる詩は次の節で述べるような韻律形式を踏まえている。

エレゲイア詩の韻律

まず、エレゲイア詩は二行で一つのまとまりを構成している。つまり基本単位は、英語で言うとcoupletもしくはdistich「二行連句」である。後者は、ギリシア語で「一行」を意味するστίχος（スティコス）から派生したδίστιχος（ディスティコス）「二行一組」に由来する。二行連句が一組だけの短い詩もあれば、何組も積み重ねられた長い詩もある。基本単位をいくつ連ねるかについて特段の制限があるわけではないため、エレゲイア詩の長さは柔軟である。カリノス「断片」一のように二〇行程度のものもあれば、テュルタイオス「断片」一一や一二のように三〇行、四〇行を超えるものもある。現存する初期ギリシアの最長のエレゲイア詩はソロン「断片」一三で、七六行に達する。これは詩の一部分の断片ではなく、完結した詩篇である。だがこの作品のように完成した形で現代まで伝わる詩は希少で、二行連句の第一行のみ、あるいは第二行のみの片言隻句が少なくないのが現状である。

その一方、一〇〇〇行を越すような長大なエレゲイア詩もあったと伝えられる。たとえばテュルタイオスの『エウノミア』のように政治的な内容を含んでいたり、ミムネルモスの『スミュルネーイス』のようにポリスの歴史を扱ったりした詩歌は長篇であった。しかし元の状態を保ったまま現代まで伝わる長篇エレゲイア詩は皆無で、今はそのごく一部しか残っていない。

では、エレゲイア詩の基本単位となる二行一連の韻律とは具体的にどのようなものか。周知のように、漢詩やヨーロッパ諸言語の詩歌では脚韻が重視されるので、行末の音節の母音と子音が規則的にそろうように作られる。だが古典語の場合、詩の韻律を左右するのは行末音の同一性ではない。詩のタイプを決めるのは各行の音節の長短の配置のしかたである。つまり、長音節と短音節をいくつずつどのように組み合わせ、どんな順序で配列するかが重要なのである。

「長・短・短」の音節でできた一つのまとまりをダクテュロスという。このダクテュロスを一行のなかで六回（ギリシア語で六はヘクス）繰り返す韻律はダクテュリコス・ヘクサメトロス（長短短格六脚韻）と呼ばれるが、これが、エレゲイア詩を構成する二行連句の第一行となる。

ここで、必要最小限の細則だけを補足しておくと、ダクテュリコス・ヘクサメトロスと名づけられてはいるが、つねに「長・短・短」（ダクテュロス）が用いられるわけではない。音符の場合、「♩＋♪♪」と「♩＋♩」の音の長さが等しいのと同様に、「長・短・短」は「長・長」（スポンダイオス）と等価である。そのため、「長・短・短」の代わりにしばしば「長・長」が用いられる。

もう一つ、行末に関する細則がある。「長・短・短（もしくは長・長）」が一行に六回反復されると先に述べたが、厳密には行末だけが変則的になる。つまり第六脚は「長・短・短」ではなく、「長・短」もしくは「長・長」で終わる。

次に、二行連句の第二行ではペンタメトロス（五脚韻）という韻律が用いられる。この韻律は「長・短・短（もしくは長・長）」を二回繰り返した後、「長」の音節を一つ加え、ここでいったん区切る。区切るというのは、音の切れ目と単語の語末が一致することを意味し、専門用語ではカエスーラという。そうすると、カエスーラまでの前半部分には「長・短・短（もしくは長・長）」が二回と半分あるという計算になる。そして行の後半、つまりカエスーラの後は、前半と同じリズムが繰り返される。合計すると二回半が二回で五（ギリシア語でペンテ）となるため、第二行の韻律はペンタメトロス（五脚韻）と呼ばれる。

これを図示すると次のようになる。ただし、実際の詩行では「長・短・短」の代わりに「長・長」が使われる箇所があるが、わかりやすいようにここでは単純化し、あえて「長・長」を用いない。—は長音節、◡は短音節、/は一つの格の区切りを示す記号である。二行目の中ほどにある//はペンタメトロスの前半と後半の切れ目となるカエスーラである。なお、カエスーラはじつは一行目にも存在するが、その位置は第二行のように一箇所に固定されているわけではないので、ここではそれを表示しない。

第一行　—◡◡/—◡◡/—◡◡/—◡◡/—◡◡/—◡

第二行　　—◡◡/—◡◡/—//—◡◡/—◡◡/—

第二行で二度繰り返される基本的単位（—◡◡/—◡◡/—）を、distich「二行一組」の頭文字をとってDの記号で表わすこともある。これを用いると次のようになる。

第一行　D◡◡D◡

第二行　　DD

第二行は第一行を少し変形させて反復しただけのように見えるが、実際には細かい規則に縛られている。つまり、第二行のペンタメトロスの前半は、第一行と同じように「長・短・短」を「長・長」で置き換えてもよいが、後半になると、この置き換えがきかないのである。

「エレゲイア」という語の由来

エレゲイア詩の韻律については以上のとおりであるが、そもそも「エレゲイア」という語はいったいどんな意味なのか、そして何に由来するのか。「エレゲイア」に関連する単語は三種類ある。三種類ともそれぞれ単数でも複数でも使われたが、ここではまず単数形であげる。一つ目は男性名詞の *ἔλεγος*（エレゴス）、二つ目は中性名詞の *ἐλεγεῖον*（エレゲイオン）、三つ目は女性名詞の *ἐλεγεία*（エレゲイアー）である。

この三種の語のうち、最も古くから用いられたのは男性名詞の *ἔλεγος* である。最初の用例は前六世紀前半に見られる。パウサニアス『ギリシア案内記』第十巻七章四によると、第八十四オリュンピア期第三年（前五八六年）のピュティア祭競技会で新規種目として *αὐλῳδία*（アウローディアー）が追加され、アルカディア出身のエケンブロトスが優勝したという。*αὐλῳδία* は *αὐλός*（アウロス）という笛と「歌」の意の *ᾠδή*（オーデー）からできた合成語で、「笛の伴奏で歌う歌」を指す。*αὐλός* は flute と英訳されるが、私たちにもおなじみのフルート（リードを用いない横笛）のことではなく、オーボエのようにリードのついた縦笛、しかも二本管であった。

エケンブロトスは優勝の賞品として得た青銅の鼎を、テーバイのヘラクレスに捧げた。この奉納物のエピグラム（銘詩）に、*ἔλεγος* の最初の用例が刻まれている。次に記すのはその和訳である。*ἔλεγος* とその直前の語だけは音訳にし、そこに傍点を付した。「アルカディアのエケンブロトスがヘラクレスにこれ［鼎］を捧げる。アンピクテュオーン［隣保同盟］の競技会でギリシアの人々に、メロスとエレゴスを歌って優勝したがゆえに」（West II^2, p. 62）。

音訳部分の原文は *μέλεα καὶ ἐλέγους* である。最初の *μέλεα*（メレア）という単語は、弦楽器の伴奏つきで歌われる詩歌を意味する中性名詞 *μέλος*（メロス）の複数形、*καὶ* は英語の and に相当し、三番目の *ἐλέγους*（エレグース）は男性名詞 *ἔλεγος* の複数対格形である。エケンブロトスは笛の伴奏つきの歌曲部門で優勝したので、「エレゴス」は明らかに *αὐλῳδία* と同じく、笛の伴奏で歌う歌のことである。つまり、この部分は「弦楽器の伴奏つきの歌と笛の伴奏つきの歌を歌って」の意になる。ちなみに、*ἔλεγος* の語源についてはいくつかの説があるが、プリュギアから借用されたアルメニア語で「葦」を意味する elegn にさかのぼるという説が最も有力視されている。

では、この *ἔλεγος* の旋律や歌詞はどのようなものだったか。パウサニアスは先の箇所に続く節で、第二回ピュティア祭競技会では笛の伴奏つきの歌唱部門が中止されたことを伝える。その理由については、笛の音色が不吉で旋律がもの悲しく、笛に合わせた歌唱が哀れを誘うものだったためと分析した。この記述から推測できるのはせいぜい、「エレゴス」が短調のメロディーだったかもしれないという程度である。哀れを誘うものだったからといって後世の elegy のように「哀悼歌」の意味だったとは言えない。また、そう断定するに足る判断材料もない。むしろ逆に、これを伝えたパウサニアスを疑ってみる必要がある。彼の生きた後二世紀には、ἔλεγος は「哀悼歌」という意味ですでにしっかりと定着していた。したがって、彼の推量は当時の既成概念をあてはめたものと考えるほうが理に適っている。

　前五世紀に入ると、この銘詩に続く用例が現われる。いずれもエウリピデスの作品であるが、『トロアデス〔トロイアの女たち〕』（前四一五年上演）一一九行、『ヘレネ』（前四一二年上演）一八五行、『オレステス』（前四〇八年頃上演か）九六八行、『ヒュプシピュレ』（前四〇九年か四〇七年に上演）断片一-三-一（Kannicht）、『タウリケのイピゲネイア』（前四一三―四〇八年上演）一四六行などである。文脈から判断すると、これらの箇所の ἔλεγος はいずれも「喪の悲しみの歌」や「嘆きの歌」といった意味で用いられている。たとえば『タウリケのイピゲネイア』一四六行では、弟オレステスが亡くなったと思いこんだイピゲネイアが、自分にはもう「エレゴス」しかないと合唱隊に嘆く。この直前の一四四行で θρῆνος（トレーノス）という「哀悼歌」を意味する語が使われていることから、一四六行の ἔλεγος も「悲嘆の歌」の意で用いられていると解釈できる。

　ちなみに、エウリピデスはこれらの作品以前に、『アンドロマケ』（前四三〇―四二五年頃上演）で、ヘクトルの死を悼む妻アンドロマケの嘆きの歌（一〇三―一一六行）でエレゲイアの韻律を用いたことがあった。現存三二篇の悲劇作品のうちで唯一、エレゲイアの韻律で書かれた歌である。

　このように、「挽歌」としての ἔλεγος の例はたしかに前五世紀にあった。ただ、だからといってそれが前五世紀における一般的意味だったことの保証になるわけではない。なぜなら、この意味の用法の期間と詩人はきわめて限定的だからである。つまりこの用法は、前四一五年から前四〇七年頃に上演されたエウリピデスの悲劇作品に集中的に現われるだけで、他の詩人はもちろんのこと、エウリピデスの他の時期にもまったく見あたらないのである。例外はただ一つ、アリストパネスの喜劇『鳥』（前四一五／一四年上演）二一八行である。この喜劇詩人は劇中でエウリピデスを嘲笑の的にするのを好み、彼の作品や用語を何度もからっている。アリストパネスは ἔλεγος についても、世間一般とは異なるこの悲劇詩人の奇異な言葉遣いを揶揄する意図で『鳥』で使ったのではないだろうか。エウリピデスがこの語を「挽歌」という意味で初めて用いたのは、前四一五年（『トロアデス』）であった。『鳥』の上演がそれと同じ年ないしは翌年なのは果たして偶然だろうか。ボウウィーは以上のような特異性を根拠に、「挽歌、哀悼歌、嘆きの歌」の意で ἔλεγος を用いるのは前四一五年から前四〇七年頃のエウリピデス独特の語法であると主張した（Bowie, p. 25）。

以上のように一時期のエウリピデスだけとはいえ、たしかに前五世紀の最後の四半世紀には「嘆きの歌」という限定的な意味が存在した。ἔλεγος がさらにもっと広く世間一般においてこの意味で使われるのは、もう少し時が経ち、ヘレニズム時代に入ってからである。

次に、中性名詞の ἐλεγεῖον（エレゲイオン）が文献に初めて現われるのは前五世紀末、詩のテーマよりも韻律に特化した語として用いられた。たとえばクリティアスは、アルキビアデスという名前は詩を作るときに韻律がうまく合わず、ἐλεγεῖον に収まらないと不平を述べる（クリティアス「断片」四）。実際、アルキビアデス（Alkibiadēs）という名は「長・短・短・短・長」のリズムを持ち、「短」が三つ続くため、どうしてもエレゲイアの韻律には落とし込めないのである。中性名詞の ἐλεγεῖον はこのように、「エレゲイア詩を構成する二行連句」もしくは「エレゲイア詩の第二行のペンタメトロス」を意味していた。一方、複数形の ἐλεγεῖα（エレゲイア）は単数形よりも早く、前五世紀に入ってから使用され始めていた。意味の中心を占めるのは単数形の場合と同じくやはり韻律であり、「エレゲイアという詩形」や「エレゲイア詩形で書かれた詩歌」の意であったが、同時にエピグラム（碑銘詩）のことも指した。エピグラムとは、先程のエケンブロトスの奉納物の場合のように、銘板などに刻まれた比較的短いエレゲイア詩のことである。これについては、後に節を改めて述べる。

三つ目の女性名詞 ἐλεγεία（エレゲイアー）は、先の二語に比べると、文献への登場が遅かった。初出は前四世紀以降、アリストテレスの『アテナイ人の国制』五-二―三（ソロン「断片」四aおよびb参照）である。本書収録のこれらの箇所で「エレゲイア詩」と訳したのが女性名詞の ἐλεγεία である。ついでながら、その直前のソロン「断片」四で「エレゲイア調の詩」と訳したのは、中性名詞 ἐλεγεῖον（エレゲイオン）の複数形 ἐλεγεῖα（エレゲイア）である。つまるところ、女性名詞 ἐλεγεία は、単数形では「エレゲイア詩形で書かれた一篇の詩」と「エレゲイア詩というジャンル」の両方を指し、複数形 ἐλεγεῖαι（エレゲイアイ）では「エレゲイア韻律の二行連句をいくつか連ねた作品」を意味した。

エレゲイア詩の内容

さて、先に述べたような韻律上の条件を満たしさえすればエレゲイア詩のカテゴリーに収まるわけであるから、エレゲイアはどんな目的にもかなう汎用性の高い韻律だと言えよう。それゆえにこそ、冒頭で触れたように、エレゲイア詩の内容は多種多様なものとなる。とはいえ、本書所収の初期エレゲイア詩の内容をごくおおまかに整理すると、軍事的ないしは政治的文脈における勧奨、人生や人間についての思索、賞賛や自画像などに分類される。

エレゲイア詩が何を歌ったかを知るために、逆に何を歌っていないかに注目すれば、その特色をあぶりだすことができるだろう。そこでまず叙事詩と比較してみると、叙事詩はどの行もすべてダクテュリコス・ヘクサメトロスで構成されている。エレゲイア詩のほうは、二行連句の第一行でこの韻律を用い、第二行で反復されるリズムもこれを少し変えた形である。だから叙事詩とエレゲイア詩は、形態的には非常に近い。

このような形態的類縁性から、エレゲイア詩は叙事詩から派生したと一般に見なされる。叙事詩の後にエレゲイア詩が登場したという歴史的前後関係から見ても、この説は受け入れられやすい。だが、ある共通の起源から両者が派生したという説もある。すなわち叙事詩とエレゲイア詩は同じ先祖から生じたジャンルで、伝統的詩歌の共有遺産を利用しながら共時的に発展したという考え方である。比喩的に言うと、一般的見解では叙事詩とエレゲイアはいわば親子関係として、共通起源説では兄弟関係として、把握されるのである。

さて、形はたしかに似ているが、内容面ではどうなのだろう。結論から言うと、異質な部分もあれば共通する部分もある。異なる部分は物語性にかかわる。ダクテュリコス・ヘクサメトロスの連続的反復は、ホメロスの『イリアス』のように英雄の手柄や合戦を活写し、『オデュッセイア』のように苦難の旅や復讐の過程を鮮やかに描く。また、ヘシオドスの『神統記』のように宇宙の始まりや神々の複雑な系譜を仔細に物語る。ヘクサメトロスのみを連綿と重ねた韻律はこのように、神話や伝説的な物語を滔々と叙述する叙事詩に適した物語性の高いリズムである。では、エレゲイア詩はどうか。韻律単位の区切りと単語の末尾が一致するカエスーラは、二行連句の第二行のちょうどまんなかでかならず生じる。このために、話の流れが一時的とはいえ、途切れてしまう。そんな中断が二行に一回の頻度で生じるわけだから、たえず話の腰が折られる格好になる。物語の円滑な叙述が頻繁に妨げられる結果、エレゲイア詩の物語叙述への適性は、叙事詩に比べると低くなる。

次に、エレゲイア詩と叙事詩の共通項を見つけるには、『イリアス』や『オデュッセイア』のような英雄叙事詩だけが叙事詩ではないことを思い出す必要がある。エレゲイア詩の範例となったのは、『仕事と日』に代表される教訓叙事詩だったのではないだろうか。ヘシオドスはこの作品で正義の重要性や勤勉を強調し、生活の知恵や処世訓を細かく教え諭した。『仕事と日』を連想させる点はエレゲイア詩にも少なくない。たとえばソロン「断片」一三には、詩の構造や文体はもちろん、思想についても一致点がいくつか見いだされる。カリノスやテュルタイオスも戦場でどう振舞うべきかを語り、勇敢な行動を奨励した。イソクラテスはヘシオドスとテオグニスを同類と見なしたが（テオグニス「証言」四）、それも故なきことではない。テオグニスもまた、善良な人々との交流を勧めたり（三五―三八行）、真に信頼できる人物は少数であると警告したり（七三―八二行）、人としていかに生きるべきかを、ヘシオドスと同様にしばしば説いたからである。エレゲイア詩と教訓叙事詩とは、勧奨や訓戒という特徴を共有しているのである。

次に今度は、エレゲイアとほぼ同じ頃に出現したイアンボス詩と比べてみよう。イアンボスは「短・長」

の音節の組み合わせで成り立つ詩で、辛辣な個人的攻撃やあからさまな表現が特徴的である。前七世紀の詩人セモニデスは、女性をさまざまな動物に見立てて痛烈に諷刺するイアンボス詩を残した。前五四〇年頃に活躍したヒッポナクスも誹謗中傷に満ちた詩をこの韻律で作った。この二人以上に有名なのは、前七世紀中頃の詩人アルキロコスである。彼の詩については有名なエピソードがある。アルキロコスには結婚を約束した娘がいたが、娘の父親が婚約を一方的に破棄したため、詩人はそれを恨んで婚約者の一族を誹謗中傷する詩をイアンボスの韻律で作った。それがあまりにも激烈だったため、娘と父親はついに自害に追い込まれたという言い伝えである。逸話の信憑性はともかくとして、それほどすさまじいイアンボス詩だったのであろう。

イアンボスについて付言しておかなければならないのは、アルキロコスはイアンボス詩だけを創作したわけではないことである。彼は、「エレゲイア詩の創始者」(カリノス「証言」一)と呼ばれるほど、エレゲイア詩も巧みであった。ただ、本書の底本はアルキロコスのエレゲイア詩を収録していないため、本書もそれに倣った。

エレゲイア詩はイアンボス詩とは対照的に、罵倒や揶揄とは無縁である。卑猥で露骨な表現もほとんどない。ただしイアンボス詩といえども、かならずしもつねに個人攻撃や野卑な内容に偏っていたわけではないことを付言しておかなければならない。イアンボス詩もエレゲイア詩と同じくらい多彩で、幅広い主題に対して寛容であった。両者の違いは明らかに韻律レベルによってのみ保たれているとも言われる。

他方、同じエレゲイアの韻律を用いるにしても、ローマでは趣向が異なった。先述のようにラテン語のエレギーア詩人たちはこの詩形を駆使して女性への恋心を歌い、恋愛詩という独自のジャンルを築いた。他方、現存するギリシア初期エレゲイア詩では恋を主題とする詩を残したのはテオグニスただ一人であるが、恋といっても異性愛ではなく少年愛であった。彼には、美少年への恋心を歌う詩だけを集めた「第二詩集」も残されている。しかし、テオグニス以外のエレゲイア詩人は恋や官能をほとんど歌っていない。以上のことから、異性を対象とした恋愛というテーマが希薄だったことも、ギリシアの初期エレゲイア詩の特色の一つとして付け加えられる。

ただし、右に述べたことはあくまでも残存する断片からの推断だということを肝に銘じておきたい。というのは、ミムネルモスは多くの恋愛詩を手がけたはずだと、その「証言」一一や一二から推測されるからである。けれども私たちの手元に残された断片の数が乏しい現状では、ギリシアの初期エレゲイア詩の往時の実相を描き出すのは至難の業である。

エピグラム（碑銘詩）

エレゲイア詩は、厳密に言うと、二種類あった。違いは、詩を発表する媒体である。二種類のうち、声を媒体として口頭で歌うスタイルをとるものを普通、エレゲイア詩と呼んでいる。本書で扱うのはもっぱらこの、狭義のエレゲイア詩である。ただ、ピリアダス「証言」一とクリティアス「断片」七のような例外もあって、こちらのほうはギリシア語でエピグランマ（ἐπίγραμμα）、英語でエピグラム（epigram）と呼ばれるもう一つのエレゲイア詩に属する。

エピグラムの発表媒体は音声ではなく、もっぱら文字であった。石や金属の銘板に刻まれたため碑銘詩とも言われ、本来の用途から、葬儀用と奉納用に分類される。葬儀用エピグラムは墓碑や記念碑、塔、彫像といった故人を追悼する建造物に刻まれ、奉納用のエピグラムは、先に言及したエケンブロトスの優勝記念の鼎のように、神々や英雄に献上する品々や像、建造物に刻まれた。いずれの用途であれ、文字を刻みつける空間の物理的な制約を受けるため、何百行に及ぶ長いエピグラムはない。だが狭義のエレゲイア詩のほうは、数百行を超える長篇詩の存在が知られている。韻律は同じだが、詩を作る目的も長さも、狭義のエレゲイア詩とエピグラムとでは異なっていた。

現在も残っているエピグラムのほとんどはエレゲイアの韻律を用いているが、歴史的には、エピグラムにおいて最初からこの韻律が使われていたわけではなかった。とくに前五六〇年頃までの初期エピグラムの第二行では、もっぱらダクテュリコス・ヘクサメトロスが使用されていたが、ペンタメトロスやイアンボス、その他の抒情詩の韻律が続くこともあった。つまり競合する韻律タイプが他にいくつかあったわけだが、やがて前六世紀の間に、エピグラムの第二行でヘクサメトロスの代替としてペンタメトロスが最も頻繁に用いられるようになった。この組み合わせが次第に定着していき、前五世紀になって墓碑の銘文をエレゲイアの韻律で作ることが一般的になったのである。墓碑のエピグラムの影響により、碑銘用でない狭義のエレゲイア詩も「哀悼歌」という意味に転化していったものと推定されている。

エレゲイア詩と饗宴

音声中心の狭義のエレゲイア詩に戻ると、これも二つのタイプに下位区分される。区分の基準は発表の場である。一つは饗宴（シュンポシオン）という私的な集いの場で口ずさまれたタイプである。テオグニス二三七―二五四行はそのようすを生き生きと描く。テオグニスはその箇所で、自分の詩が宴席で笛に合わせて繰り返し歌われることによって、恋人キュルノスの名は永遠不滅のものになるだろうと予言した。

饗宴そのものもしばしば詩の主題になった。テオグニスはもとより、クセノパネスも理想的な架空の酒宴を詠んだ（「断片」一）。ディオニュシオス・カルクス「断片」一―四は酒宴のほか、的をめがけてワインのしずくを飛ばして遊ぶ「コッタボス」という宴会後の余興も描いた。笛とともに歌う歌はもちろんのこと、竪琴（リュラー）のような弦楽器も宴を盛り上げるのに一役買った。このことはテオグニスの五三一―五三四、八二五―八三〇、九三九―九四四、一〇五五―一〇五八行などから明らかである。一方、クリティアス「断片」六はスパルタとアテナイの饗宴のありかたの違いを歌うとともに、心身の健康を増進するスパルタ風の節度ある飲酒を推奨する。詩人名不詳「断片」二七も宴会の楽しさを伝えるとともに、宴を心地よいものにするために守るべきマナーを説く。

以上のように、饗宴とエレゲイア詩は不可分の関係にあった。そして当然、饗宴に不可欠なワインへの言及も多い。テオグニス一〇四七―一〇四八行のように飲酒の楽しみも歌われたが、酩酊がもたらす災厄への言及や飲みすぎを戒める警告も多い。その好例はテオグニス四六七―四九六、五〇三―五〇八、八二五―八三〇、八三七―八四四、一一二九―一一三二行などである。

このように酒の席で親しい仲間内で歌われたタイプの詩が圧倒的大多数を占めるが、もう一つの下位区分としては、公共の場で不特定多数の人々を対象に発表されるタイプもあった。これに属するのは、テュルタイオスの『エウノミア』やミムネルモスの『スミュルネーイス』、あるいは前五世紀のクセノパネスがエレア建設に関して作ったという長篇詩のような、政治的・歴史的な性格を帯びたものである。このタイプのエレゲイア詩は公の祭典で競演されたようだが、ほとんど残っていない。

エレゲイア詩のテクスト伝承

私たちの手元には、総計およそ三〇〇〇行の初期エレゲイア詩が伝わっている。その大部分はプライベートな饗宴で初めて披露された後、何度も繰り返し歌われるうちにいつしか人口に膾炙し、文字化されたようだ。それが二五〇〇年以上もの風雪に耐え、現代まで伝わったのである。じつに長い年月、いったいどんな道筋を経て、はるばる二十一世紀までたどり着いたのだろう。

伝承経路は三種類あった。まず、写本による直接伝承である。現存する約三〇〇〇行のおよそ半分弱を占める一三八九行のテオグニスの「詩集」は中世写本をとおして直接的に伝えられた。計五〇冊ある写本のうち、主要写本は六種類ある。(1) そのすべてが冒頭から一二三〇行までを含んでいるが、「第一書」と呼ばれるこの部分は、一五四三年に印刷初版本が刊行された。そこでは倫理的・政治的な性質を帯びた詩句が主流を占め、歴史的な事件・現象が反映されていると言うよりもむしろイデオロギー的である。テオグニスとメガラの関係については、現実のものではなく伝統的な知の組織化の装置と評される。

「第二書」と呼ばれる一二三一行以下の一五八行の主題は、ほぼ少年愛である。この部分はA写本によってのみ伝わり、他の写本には欠けている。A写本は最古かつ最良の写本で、十世紀初頭に作成されて現在はパリにある。「第二書」の存在は、一八一五年にベッカーの校訂本が刊行されるまで世に知られなかった。「第二書」は先行する「第一書」とは別立てで編纂されているが、最初からこのような形をとっていたわけではなかったようだ。少年愛を扱った詩行は、元々は「第一書」のなかに散在していたが、ビザンツ時代に抜粋されて現在のようなかたちにまとめられたと推測される。

次に、二つ目の伝承方法は間接伝承である。テオグニスの「詩集」以外のおよそ一六〇〇行の圧倒的大多数は、後代の著作のなかで引用されるという間接的なかたちで伝えられた。たとえば、カリノス「断片」一は後五世紀の文筆家ストバイオスの編んだ『精華集』第四巻一〇-一二に「カリノスから」として引用された。ストバイオスの『精華集』のほか、アテナイオスの『食卓の賢人たち』、プルタルコスの『モラリア』と『英雄伝』、パウサニアス『ギリシア案内記』、ディオゲネス・ラエルティオス『ギリシア哲学者列伝』、ストラボン『地誌』、さらにプラトンやアリストテレスの著作もエレゲイア詩の引用元の宝庫である。また、

（1）そのうち、X写本と呼ばれる大英図書館所蔵の一三〇〇年頃の写本（Lond. Add. 16409）はデジタル化され、オンラインで閲覧できる。http://www.bl.uk/manuscripts/FullDisplay.aspx?ref=Add_MS_16409

古代の辞書やヘパイスティオンの韻律書にも有益な引用が見いだされる。

三つ目の伝承形態はパピルス断片である。パピルスはナイル川に自生する同名の植物で作られた書字素材で、そこに文字を記した文書もパピルスと呼ばれる。パピルス文書はエジプトの乾燥した気候のなかで保存状態がよかったおかげで生き延びたが、文字が切れ切れにしか読めない状態になっていることが多い。けれどもパピルス断片は、直接伝承によっても間接伝承によっても知られていないテクストを伝える貴重な情報源になることもある。その典型的な例は、プラタイアでのペルシア人との戦い（前四八〇／七九年）で戦死したギリシアの兵士を悼むシモニデスのエレゲイア詩である。シモニデスのこの詩を含むパピルスはカイロの南南西に位置するオクシュリュンコスという、ナイル川の支流の川辺にある遺跡で発見された。一〇〇行を越すこの長い詩を伝えるのは、一九九九年に公刊されたこのパピルスだけである。物語を含む勧奨的な内容の詩で、おそらく公的な場で発表されたと推測される。この詩はウェストの校訂本ではシモニデス「断片」一〇―一七に相当し、一八もこれに含まれる可能性があるが、本書の底本はこれらを収録していない。

本書に含まれるパピルス断片由来のテクストとしては、テュルタイオス「断片」二、一八、一九、ミムネルモス「断片」一三、一三a、さらに詩人名不詳「断片」二七、六一、六二などがある。とくに詩人名不詳「断片」六一や六二が典型的だが、ごく一部しか判読できない状態に陥り、意味をなさない箇所も多々ある。とりわけテュルタイオス「断片」二〇から二三aまでは、底本にテクストは含まれているものの、判読できる単語が一行のうちに一つあるかないかといった難しい状態に陥っているため、本書では思い切ってこれらを訳出しないことにした。

初期エレゲイア詩人たち

これまでエレゲイア詩の概要について述べてきたが、次の節からは個々の詩人にスポットライトを当てる。各詩人を紹介する順番は、参考文献にあげたアローニ（Aloni）の分類と順序に従った。断片邦訳の掲載順は底本におけるテクスト配列と同じだが、解説では、それとは異なるアローニの順序を採用した。そのほうが、初期エレゲイア詩の系統や歴史的変遷における各詩人の位置づけが把握しやすいからである。

何度か触れたように、このジャンルが発展をとげたのはアルカイック期から古典期にかけてであった。この時期をさらに細分化するとともに詩人の出身地も考慮に入れると、本書に収録したエレゲイア詩人たちは次の四つのタイプに分類される。

最初のタイプは、前七世紀から前六世紀のイオニア地方の饗宴を基盤とする詩人たちである。年代順でいくとカリノスやミムネルモスなどのイオニアの詩人たちである。さらに、彼らよりも時代がやや下り、活躍の場もアテナイに移るが、ソロンもこの伝統に連なる詩人として、この最初のグループに分類される。

本書に登場する詩人のうち、アローニが言及していない詩人が四名いる。ポキュリデス、デモドコス、アシオス、ピリアダスである。ポキュリデスとデモドコスは前六世紀の人でミレトス出身である。アシオスはサモス島出身だが、やはり前六世紀に生きたと推定される。そこで、この三詩人を前七―六世紀のイオニアの饗宴系の詩人たちに含めることとし、時系列を勘案してクセノパネスの次に配した。

次に、二番目のタイプはスパルタで唯一のエレゲイア詩人テュルタイオスである。時期としては前七世紀半ばから末あたりである。そして三番目のタイプは、前七世紀末から前六世紀頃にメガラの饗宴から生まれたテオグニスの詩歌である。アローニの記事に含まれないもう一人の詩人のピリアダスはメガラ出身であるため、テオグニスの次に置いた。ついでながら、ピリアダスにはエピグラムしか残っていない。そのため、底本が依拠したウェストの校訂本では、ピリアダスは除外されている。

最後に、四番目のタイプは前五世紀アッティカのエレゲイア詩人たちである。このグループはテオグニスの影響下にあり、ディオニュシオス・カルクス、エウエノス、クリティアスがこれに属する。このタイプの詩人たちの詩の内容上の特徴としては、思弁的・哲学的な傾向、倫理的・実際的な問題についての議論の発展、弁証法的要素などが指摘されている。

では以下で、カリノスからクリティアスまでの本書所収の一三名の詩人たちのプロフィールを紹介する。

カリノス

カリノスはイオニア地方のエペソス出身。おそらく前七世紀中葉に生きた、最も古いエレゲイア詩人の一人である。先に触れた名高い詩人アルキロコスとほぼ同時代人であったが、ストラボンによると、カリノスのほうがアルキロコスよりやや年長であった(「証言」一)。四つの断片によって、計二五行のエレゲイアの詩行が伝わる。

カリノスが言及しているトレレス人とは、前七世紀初頭に黒海の東部から小アジアのプリュギアに進み、同世紀中葉にはリュディアまで侵入していたキンメリア人の一派である。キンメリア人は前六五二年にリュディアの王ギュゲスを殺害し、贅沢で名高い首都サルデイスを焼き払った。カリノスは「断片」一で、イオニアまで迫ったトレレス人の攻撃に対抗し、祖国防衛のために武器を執れと奮起を促す。「いつまで坐っているのか」という同断片の冒頭の詩句は、若い兵士が決起しない現状に対する批判の比喩的表現とも取れる。だが、詩人は饗宴で目の前に坐っている若者たちに直接呼びかけているのだと、文字どおりに解釈したほうが詩のイメージが生き生きとする。

　この訴えは非常に直裁で、言葉遣いはホメロスを想起させる。カリノスの語彙は実際にほとんどすべて叙事詩に由来すると言っても過言ではなく、言い回しも実質的にホメロス的である。たとえば、勇敢な戦士をそびえ立つ *πύργος*「櫓《やぐら》」にたとえる比喩（「断片」一の二〇行）は、アカイア軍の *πύργος* とたとえられたアイアス（ホメロス『オデュッセイア』第十一歌五五六行）を連想させる。また、カリノス「断片」一の明白な愛国主義と自己犠牲はホメロス『イリアス』のヘクトルと重なる。すなわち、同断片の八―九行の「死が訪れるのは運命女神たちが定めたまさにそのときのみ」という表現は、『イリアス』第六歌四八七―四八九行を想起させるのである。ヘクトルはこの箇所で、「わたしの寿命が尽きぬかぎり、わたしを冥府に落とすことは誰にもできぬのだ。人間というものは、一たび生まれて来たからには、身分の上下を問わず、定まった運命を逃れることはできぬ」と妻のアンドロマケに述べていた。同じように、死は不可避な定めだという諦念にも似た認識（「断片」一の一一行）は、「数も知れぬほどの死の運命がわれらの身に迫っており、人間の分際ではこれを逃れることも避けることもできぬ」という『イリアス』第十二歌三二六―三二七行のグラウコスの言葉を響かせている。

このようにホメロス叙事詩の伝統に忠実に則っているとはいえ、カリノスはけっしてホメロスの亜流ではない。というのは、ホメロス詩篇が歌ったのは古代人にとってすら遠い過去の異国のできごとであったのに対して、カリノスは同時代の事件、すぐそこまで差し迫った眼前の危機に対処するために詩歌を武器とし、力強い訓戒をリズムに乗せたからである。言い換えると、カリノスの歌の主要な関心は「いま・ここ」である。そのためにホメロスを巧みに応用し、実用に供したのであった。この詩人の革新性は、叙事詩の新しい実際的な効用を開拓した点にあった。

ミムネルモス

ミムネルモスもイオニア地方の宴会歌の系列に属し、古代にはカリノスやアルキロコスと同様に、エレゲイア詩の発明者と目された（カリノス「証言」一二）。『スーダ辞典』は前六三二―六二九年頃に男盛りの時期（四〇歳くらいの頃）を迎えたと伝えるが（「証言」一）、その信憑性に対する研究者の意見は分かれる。年代決定の手がかりは、ヘルモス川のほとりの平原でリュディア人を敗走させた昔の英雄に言及する「断片」一四である。リュディア王ギュゲスがスミュルナ人に敗れたのは前六六〇年代のことであった。ミムネルモスが往年のこの英雄の活躍ぶりを人々に思い出させて奮起を促す必要があったのは、ギュゲスの子孫でスミュルナを破壊したアリュアッテスとの戦い（前六〇〇年頃）の頃と推測される。ちなみにミムネルモスという名前は、「[戦いで]持ちこたえる」という意味の *μίμνω*（ミムノー）と「断片」一四で言及された古戦場 *Ἕρμος*（ヘルモス）の合成だという説もあるが、ギリシア人の好んだ民間語源説かもしれない。「甲高い声」を意味するリギュアスタデスというあだ名もあった（「証言」一）。ソロン「断片」二〇は、彼をリギュアイスタデスと呼んでいる。

ミムネルモスの生存年代のもう一つの手がかりは日食だが（「断片」二〇）、それがいつだったかは詩からは特定できない。哲学者タレスが予言した前五八五年五月二十八日の日食も候補の一つだが、前六四八年四月六日の皆既日食を推する説が有力である。諸要素を総合すると、前七世紀後半の人ということになろう。

詩人の出身地については候補が二つある。「証言」一はコロポン、スミュルナ、アステュパライアをあげるが、アステュパライアは固有名詞ではなくたんに「古い町」の意であるから、コロポンとスミュルナの二択となる。「証言」一二と一〇はコロポンと言うが、スミュルナに軍配があがる。というのは、ミムネルモスはスミュルナの人々が追放されてコロポンに避難したと語っており（「断片」九）、スミュルナ人の戦いについて『スミュルネーイス』という歴史的な詩歌を創作し（「断片」一三および一三a）、スミュルナの英雄を賞賛した（「断片」一四）からである。以上のことから、詩人はスミュルナで生まれ、後にコロポンに移ったのであろうと推測される。

ミムネルモスには『ナンノ』と『スミュルネーイス』という題の二巻の書物があった（「証言」九）。詩人の恋人で笛吹きの女性の名に由来する『ナンノ』は、総計八〇行ほどのミムネルモスのエレゲイア詩のほとんどを占める。たとえば、「断片」四、五、八、一〇、一二、二四には『ナンノ』からと明記されている。

一方、『スミュルネーイス』からと明記されているのは、一三aのみである。九と一四もこれに属する可能性もあるが、疑わしい。「証言」一〇のカリマコスの比喩的言辞の意図するコントラストはやや謎めいているが、饗宴で歌われたミムネルモスの歌がいずれも短いものであったのに対して、『スミュルネーイス』のほうは、ムーサへの呼びかけを含む序の存在を示唆する断片を含むことから（ミムネルモス「断片」一三）、数百行に及ぶ長篇だった可能性が高い。もしそうであったとすれば、「ほっそりした詩」は『ナンノ』を、「大柄な女」は『スミュルネーイス』を意味することになるだろう。

ミムネルモスの恋の歌はローマの詩人たちによって称賛されたが（「証言」一一および一二）、全部で二一ある彼の現存断片のうち、恋の詩は実質的には「断片」一だけである。しかもこの詩ですら、恋の喜びや悲しみだけを歌うのではない。詩の後半は青春の短さと老年の醜さを強調する。若さのはかなさと迫りくる老いへの嫌悪感は、「断片」三―六でも歌われた。人生を自然の四季になぞらえた「断片」二には、人間を木の葉にたとえる比喩が見いだされる。これはホメロス『イリアス』第六歌一四六行の直喩の応用である。また、二人の命運の女神（ケール）への言及も『イリアス』第九歌四一一行以下の反響と考えられる。

その他、神話への言及を含む「断片」一一や一二もこの詩人がいかに多彩であったかの片鱗をのぞかせる。ミムネルモスはイアンボス詩も創作した（散逸）。このようなレパートリーの幅広さにもかかわらず、もっぱら模範的な恋愛詩人というミムネルモス評がラテン文学で定着したのは、ヘレニズム時代を代表する詩人カリマコスに起因する。カリマコスは後世に対して非常に大きな影響を及ぼした詩人である。そのカリマコスが、ミムネルモスの優雅で洗練された、そして生き生きとした詩を愛好したからであった。

ソロン

ソロンは詩人としてよりも、アテナイの黄金時代の礎を築いた政治家・立法家として、あるいは七賢人の一人として有名である。正確な生没年は定かではないが、前六四〇年頃に生まれたようだ。サラミス島生まれなのでイオニアではなくアッティカ出身だが、彼の詩にはイオニアの伝統が反映されている。

ソロンは前五九四／九三年にアテナイのアルコーン（執政官）に就任すると、「重荷おろし」と呼ばれる負債の帳消しによって、借金に苦しむ困窮者を負債から解放したり、法律を起草して回転式の木製書字板（アクソネス）に明記したりするなど、さまざまな経済的・政治的改革を断行した。そして改革後は一〇年間ほど外遊し、エジプトやキュプロス島に逗留した。自ら独裁者になることを拒否するとともに、僭主政治に反対してもいた。だが果たして彼の危惧は的中する。ペイシストラトスがアテナイの僭主の座に就き、ソロンはその少し後の前五五九年頃に、およそ八〇年の生涯を閉じた。

ソロンについては、アリストテレスの『アテナイ人の体制』やプルタルコスの『英雄伝』「ソロン」、ディオゲネス・ラエルティオス『ギリシア哲学者列伝』第一巻四五—六七に詳しい。ヘロドトス『歴史』第一巻二九—三三はソロンがリュディアの王クロイソスを訪れたという話を伝える。しかしクロイソスが王位に就いたのは前五六〇年頃、ソロンはそのおよそ一年後に没したため、両者の会見は不可能であったと見なすのが定説である。なお、ソロンに関する証言は以上の他にもたくさんあるが、政治関係のことがそのほとんどを占めるため、底本は『スーダ辞典』以外の証言を割愛している。

ソロンのエレゲイア詩の断片数は三一、計二三〇行の詩行が残る。エレゲイアのほかにも、「断片」三一のヘクサメトロス、三二—三五のトロカイオス・テトラメトロス（長短格四脚韻）、三六—四〇の約五〇行に及ぶイアンボス・トリメトロス（短長格三脚韻）、四一—四五のその他の韻律の詩も伝わり、詩行は総計で約二八〇行に達する。そのほとんどは饗宴において政治的同志や主義主張を同じくする仲間たちの前で最初に披露されたと考えられている。

ただ、『サラミス』（あるいはポリュアイノスによると『アレイア［軍神歌］』）と題された詩（「断片」一—三）の発表の場に関しては議論が分かれている。サラミス島の領有をめぐってアテナイとメガラが膠着状態に陥り、この問題に触れることが法によって禁止されたとき、ソロンはサラミス奪回を訴えるために狂気を装い、フェルト帽をかぶって、使者のふりをして広場（アゴラー）でこのエレゲイア詩を諳んじたという。プルタルコス（ソロン「断片」一）のほか、ポリュアイノス『戦術書』第一巻二〇-一とディオゲネス・ラエルティオス『ギリシア哲学者列伝』第一巻四六もこれと類似の話を伝える。このエピソードを額面どおりに受け取って『サラミス』は実際にこのような状況で公表されたと解釈するのが一般的である。

エレゲイア研究の第一人者ウェストはもとより、他の多くの研究者もこの一般的見解をとっているが、これと真っ向から対立するのがボウウィーの説である（Bowie, pp. 18–19）。彼によると、プルタルコスその他の伝える逸話は「伝令」や「アゴラー」といった謎めいた比喩的表徴を説明するための脚色にすぎず、佯狂のモチーフは「断片」一〇の「狂気」への言及からの借用である。前五—四世紀のアテナイではソロンのさまざまな法や詩歌に付随するアネクドートが数多く知られていたが、そのうち、現代の研究者によってそれが事実だと認定される逸話はほとんどなく、『サラミス』に関するエピソードもその一つだという。ではこの詩はどこで初めて歌われたのか。ボウウィーはエレゲイア詩の発表の場は私的な宴席に限定されるという立場を取るため、この詩もソロンが親しい友人たちと共有した饗宴の場で初めて披露されたと主張する。

この問題はいまだ決着を見ないが、サラミスは最終的にアテナイに帰属することになった。このような結果の招来はもっぱらソロンの言葉の力のみによるとはかならずしも言えない。けれども、望ましい成果を生んだ以上、ソロンの詩はプロパガンダとして一応、功を奏したと評してもよさそうだ。『サラミス』で政治的意見を表明したように、彼は詩歌をとおして人々に警告を発したり、自分の政策を公表・擁護したりした。読み書きがまだ広く一般に浸透していなかった当時のアテナイでは、詩歌とくにイアンボスとエレゲイアの詩は情報や主義主張を保存したり、伝達したり、共有したりするための有益な手段であった。また、人々と意思の疎通を図り、説得するための重要なツールでもあった。ソロンはおそらく詩歌の効用を十分に意識し、そのコミュニケーション機能を最大限に活用した最初の政治的指導者であった。

では、彼の詩人としての力量はどう評価されるか。高い評価を受ける詩もあれば、凡庸としりぞけられる詩もある。たとえば「断片」四は擬人化や比喩的表現、首句反復、交差対句法などの点で高く評価される。他方、「断片」一三はアルカイック期のエレゲイア詩のなかで一番長いうえ、数少ない完結作品であるが、まとまりに欠けると一蹴される。

詩才については、このように毀誉褒貶相半ばする。とはいえ彼の詩には、他の同時代の詩人にはない独自性がある。それはアッティカ方言の詩作への応用である。詩歌の言語とは当時は、とりもなおさずホメロス叙事詩で用いられたイオニア方言であった。この方言が圧倒的に優勢かつ支配的な言語環境のなかで、ソロンは彼特有の言い回しを用いたり、アッティカ方言を織り交ぜたりした。カリノスとテュルタイオスがホメロスの言語に非常に忠実かつ従順であったのに対して、ソロンの語法はイオニア方言を基本に据えながらもホメロスから離陸し始めたと言ってよいだろう。それは私たちの想像を超える画期的な創作活動だったにちがいない。ソロンはおそらくこの言語的な先駆性によって、今も断片が残る最古かつ唯一の初期アテナイ詩人として記憶されるようになったのである。

次に詩の内容に目を移すと、ソロンの詩には、愛国心と保守主義と率直な心情表明という相互に関連しあう三つの特徴が看取される。アテナイへの強い愛国心は『サラミス』に横溢するだけではなく、他のいくつもの断片にも看取される。そして祖国愛は具体的には、「高貴なる母、黒き大地」(「断片」三六)という言葉に表われ、神々の配慮を受けるポリスという特権的位置付け(「断片」四の冒頭)によって示される。この断片四は、神々の庇護によりアテナイは不滅だというポリス讃美の宣言で始まるが、第三連に入ると雰囲気が一変する。そしてこの急激な暗転が詩の中心主題を導き、不滅のはずのポリスが不正な市民によって滅ぼされかねないという危惧が表明される。詩人の強い危機感も、その由来をたどると、祖国への深い愛に行き着くのである。

秩序と繁栄が遵法によって約束されるのに対して、破滅へのシナリオは飽満や驕慢、不正な富によって加速される。ゆえにソロンは、「断片」四bで飽くなき金銭欲を抑えるよう説いたように、無法の原因となる悪徳を避けるよう人々を戒める。ソロンの愛国心と保守的な価値観とは、不可分の関係にある。

心情の率直な表明も、ソロンの詩の顕著な特色である。彼は祖国愛に動かされて富裕層のためにも貧困層のためにも心を砕いてきたが（「断片」五）、彼の真意は理解と賛同を得られなかった。それどころか、両サイドから批判を浴びたのであった。そのため彼は、万人に気に入られるのは難しい（「断片」七）と苦い感情を洩らし、時が経てば人々にわかってもらえる（「断片」一〇）と淡い期待を抱くなど、いつわらざる思いを詩のなかでストレートに吐露する。人はすべてみじめだというペシミスティックな人間観に陥る（「断片」一四）こともあれば、神助を得て改革を行なってきたという矜持に支えられ（「断片」三四）、私利私欲のためではなく祖国を愛し万人のために信念を持って改革を進めたという誇りもあった（「断片」三二）。

「友には慈しみ深く、敵には情け容赦なく」（「断片」一三）という言葉は、ソロンの倫理観における貴族的な保守主義を示している。保守主義的な人生観という点では、テオグニスとソロンは似ている。実際、ソロン「断片」二四はテオグニスの詩句と見なされているし、「テオグニス作と言う人もいれば、ソロン作だと言う人もいる」（ソロン「断片」四五参照）という発言も伝わる。

このように両者の詩を混同する現象が看取されるのは、二人の詩人がともに貴族階級に属したことと無関係ではないが、実人生のうえでは大きな違いがあったようだ。テオグニスはおそらく没落貴族として不如意な人生を送った。彼が詩で語ったことが事実だとすれば、亡命も体験したようだ。一方、ソロンのほうは、思いどおりに改革が進まず四方八方から批判や非難を浴びたとはいえ、為政者として権力の座を占めた。おそらくこうした境遇や立場の違いによって、ソロンの保守的な価値観は個人的レベルにとどまらず、社会の安寧基盤としてコード化された。

クセノパネス

クセノパネスはカリノスやミムネルモスと同じくイオニア地方出身だが、時代はこの二人よりも後で、前六―五世紀である。前五六五年頃にコロポンに生まれ、前五四〇年代後半にギリシア本土に渡った後、シケリアなど各地を放浪しながら活躍して、かなり高齢まで生きた（「証言」一）。「断片」八の自伝的な詩句が真実だとすれば、二五歳で郷里を出て早くも六七年経過したとあるため、優に九〇歳を超える長寿に恵まれたことになり、おそらく前四七〇年頃に没したものと考えられる。

クセノパネスは詩人としてよりも、ソクラテス以前の哲学者としての知名度のほうがずっと高い。よく知られているように、彼は、神話や擬人化された神について語る叙事詩を痛烈に批判した。その鋭い見識の一端はエレゲイア詩でも遺憾なく発揮された。たとえば「断片」一では、ティタン族や巨人族やケンタウロス族の戦いは、「古の人々の作り話」という一言でじつに小気味よく切り捨てられている。

クセノパネスをめぐる証言は多数にのぼるものの、そのほとんどは哲学的立場への言及である。そのため、底本は彼に関する証言を大幅に割愛して、ディオゲネス・ラエルティオスとプロクロスによる証言だけに絞っている。またクセノパネスの詩の数も相当数に達する（「証言」一）。エレゲイアはもとより、他にもイアンボス・トリメトロスとダクテュリコス・ヘクサメトロスを含んだ詩もいくつかあるが、底本はエレゲイア詩だけを収録している。

現存するクセノパネスのエレゲイア詩の断片数は一〇、行数は全部で六八行である。それらを一瞥するだけでも、彼の詩の内容の多彩さは明白だ。「断片」一や五のように饗宴をテーマとする詩もあれば、運動競技の優勝者に授けられる名誉を批判するとともに、詩人としての自らの知恵を称揚する詩もある（「断片」二）。そうかと思えばまた、郷里コロポンの人々がリュディア風の贅沢三昧を模倣する軽佻浮薄な風潮を批判し（「断片」三）、貪欲を非難すると同時に詩歌の優越性を宣言し（「断片」六）、ピュタゴラス派の輪廻転生の教義をからかうのであった（「断片」七および七ａ）。

『シロイ』というヘクサメトロスの長篇詩もあったようだ（「証言」二）。『シロイ』とは「横目、斜視」の意で、ライバルの哲学者たちへの批判と嘲笑に満ちた諷刺詩であるが、実作者はクセノパネスではなく前三―二世紀の懐疑論者の哲学者のティモンであった。後二世紀の哲学者のセクストス・エンペイリコス『ピュロン主義哲学の概要』第一巻二二三―二二四によると、ティモンはクセノパネスへの称賛ゆえにこの詩を彼に献呈したという。『シロイ』全三巻のうち、第二巻と三巻の対話篇はティモンがクセノパネスに質問するというスタイルをとり、問答形式によって哲学者たちを吟味した（ディオゲネス・ラエルティオス『ギリシア哲学者列伝』第九巻一一二）。一方、アテナイオス『食卓の賢人たち』第二巻五四ｅに引用されたヘクサメトロスの五行の詩は、クセノパネスの『パローディアー［もじり詩集］』からとされるのであるが、『パローディアー』が『シロイ』の別名であった可能性を示唆する研究者もいる。

最後に、興味深い提唱を紹介しておきたい。クセノパネスが『マルギテス』を作ったのではないかという仮説である（F. Bossi, *Studi sul Margite*, Ferrara 1986）。この仮説を支える証拠としては、たとえば、『マルギテス』断片一の冒頭でクセノパネスの故郷コロポンが言及されていることがあげられる。この諷刺詩は、古代にはホメロス作と見なされていた。ホメロスを批判の的としたクセノパネスが、当のホメロスを騙って滑稽な詩を作ったとすれば、いかにも「ホメロスの欺瞞の嘲笑者」(ティモン「断片」八三四(Lloyd-Jones- Pearson))と呼ばれたこの多才な哲学者・詩人にふさわしい、相当に手の込んだ当てこすりである。

ポキュリデス

ポキュリデスは前六世紀中葉の人、やはりイオニア地方のミレトス出身である。『スーダ辞典』によるとテオグニスの同時代人で、盛時は前五四四―五四一年であった。全一六断片、計三四行が残る。そのうちエレゲイア詩であることが確実なものは、「断片」一の二行一連だけである。一行のみの「断片」九、一〇、一二、一三の後にペンタメトロスが続けばエレゲイアとなるが、ダクテュリコス・ヘクサメトロスが続けば叙事詩となる。したがって一行しか残っていない場合は、元々エレゲイア詩だったのか叙事詩だったのかわからない。他方、少なくとも二行以上残っている「断片」二―八、一一、一四―一六は、韻律上は明らかに叙事詩である。叙事詩と聞くとホメロスやヘシオドスの作品のような長篇を思い浮かべがちだが、ポキュリデスのそれはせいぜい二、三行で終わる短い格言のようなものであった(「断片」四)。

ポキュリデスの詩は低俗だという世評があったことを、プルタルコスが伝えている(「証言」二)。イソクラテスは、有益だが人々が耳を傾けない勧告を詩作した詩人として、ヘシオドスとテオグニスとポキュリデスをあげた(テオグニス「証言」五)。現存する断片を見るかぎり、ポキュリデスの詩の主流を占めるのはたしかに訓戒と勧奨である。そしてキケロが言うように(「証言」三)、ポキュリデスはしばしば自分の名を詩の冒頭に組み込んでおり、実際に、「断片」一―六はどれも「次もまたポキュリデスの詩句」という言葉で始まっている。

デモドコス

デモドコスはミレトスのレロス出身。生存年代は不明だが、ウェストの校訂本は彼を前六世紀としている。三つの断片(「断片」一―二および六)で合計五行の詩が残る。「断片」三―五は存疑断片であるため、底本はこれらを除外した。

アシオス

アシオスはサモス出身のおそらく前六世紀の人。エレゲイア詩人としてよりも叙事詩人として知られ、本書未収録の「断片」一―一三はすべてダクテュリコス・ヘクサメトロスである。アシオスに関する詳細は不明だが、パウサニアス『ギリシア案内記』第二巻六―三と第七巻四―一は、彼の父親の名前を伝える。

テュルタイオス

これまで述べてきたのはイオニア系のエレゲイア詩人たちについてであった。その劈頭を飾る前七世紀中葉のカリノスよりもやや遅れて、別のタイプのエレゲイア詩人が、イオニアから遠く離れたラケダイモンから現われた。この第二のタイプの詩人とは、スパルタのテュルタイオスである。スパルタが隣接するメッセニアを二〇年がかりで征服したのは、この詩人の祖父の代のことであった（「断片」五）。この第一次メッセニア戦争の年代に関してはいろいろな説があるが、前六九〇―六七〇年頃が候補の一つにあがっている。スパルタの経済的繁栄の基盤はこの戦争での勝利によって固められたが、前七世紀中葉ないしは後半になるとメッセニアが反乱を起こし、それがやがて第二次メッセニア戦争へと発展した。この戦争の勃発の具体的な年代も諸説あって定まらないが、テュルタイオスの時代と重なっていたと推測される。前七世紀後半からおよそ一〇〇年間にわたるスパルタの経済的・軍事的・文化的な絶頂期は、この詩人の同時代人たちが第二次メッセニア戦争で払った大きな犠牲のうえに築かれたのであった。

第二次メッセニア戦争は繁栄をもたらした反面、スパルタの内乱をも誘発し、国内の混乱に拍車をかけた。テュルタイオスはこの事態に対して、「正しい秩序」を意味する『エウノミア』というエレゲイア詩篇を著わした（「断片」一）。アリストテレス（同断片）とストラボン（「断片」二）が言及する『エウノミア』は、『スーダ辞典』（「証言」一）が『ラコニア人の国制』と呼ぶ詩篇と同一であると一般に考えられ、ウェストもテュルタイオス「断片」一―四をこの詩篇と関連づけている。

テュルタイオスの詩の断片数は二三、詩行は総計およそ一五〇行である。多くの証言が一致して伝えるのは、アポロン神の神託によってアテナイからスパルタにこの詩人が連れてこられたという話である。このアテナイ出身説の草分けになったのはプラトンの『法律』だった。以降、リュクルゴス『レオクラテス告発弁論』、ピロデモス『音楽について』、シケリアのディオドロス『世界史』など、この逸話を伝える資料は枚挙にいとまがない。スパルタびいきのプラトンですら、テュルタイオスはアテナイからスパルタに連れて行かれたと主張しているだけに、この説はいかにももっともらしく聞こえる。しかし現代の研究者の間では、この種の証言の信憑性には問題があるという見方が大勢を占めている。彼の詩にドリス方言が散見されることを根拠として、アテナイ出身説はせいぜい彼の詩歌からの推論にすぎないと主張され、あるいはただの作り話だとも言われる。また、経済的・政治的・外交的理由によりアテナイの市場やスパルタとの外交関係への配慮から創作されたにすぎないといった否定的見解もある。

『スーダ辞典』にはテュルタイオスの出身地をミレトスとする記述もある。これについては、イオニア地方から起こったエレゲイア詩がギリシアの各地に普及した結果、イオニア方言が詩歌の主要な使用言語であるという事実への誤解から生じた説と考えられている。このような誤った情報が広まるほど、テュルタイオスはカリノスと同様に、ホメロスの用語と語法に多くを負っていたのである。そしてこの事実は、前八世紀にイオニア地方で成立した叙事詩が前七世紀後半にはすでにペロポンネソス半島でも広く普及し、汎ギリシア的な性格を帯びていたことを示唆する。だがそれでも、テュルタイオスの詩にはときおりドリス方言が混じっている。これは意図的な使用というよりも、イオニア方言を自家薬籠中のものとしながらも、ふと漏れてしまった土着の言語と評価されている。

テュルタイオスのエレゲイア詩はホメロスを踏襲し、戦闘を主題にしているが、戦士の身分と戦い方に関しては『イリアス』とは異なっている。ホメロス叙事詩では身分の高い王や貴族が戦闘の中心的役割を担ったが、テュルタイオスの時代には、多数の平民で構成される重装歩兵軍団が戦いの主体になっていた。この戦法では、戦士が互いにぴったりと身を寄せ合って戦わなければ勝利はおぼつかない。第二次メッセニア戦争の頃のイオニア地方では、重装歩兵による軍事編成がすでに広く普及していた。のみならず、スパルタはアルゴス勢（敵対するメッセニアの同盟ポリス）の重装歩兵軍団に敗北を喫したばかりであった。このような情勢を考慮に入れると、テュルタイオスのエレゲイア詩が果たした役割が見えてくる。すなわち彼の詩は、重装歩兵主体の軍事編成にふさわしいイデオロギーを鼓舞するプロパガンダの役割を果たしたのであった。

詩人はそのためにどんな仕掛けを詩歌に組み込んだのだろうか。彼の詩はしばしば、勝利の光と敗北の影という明瞭な対照に焦点を絞る。この技法は「断片」一一―一三の比較的長い三篇の詩で駆使されている。そこでは理想的な兵士像とその栄光が、臆病者を見舞う敗北や恥辱のみじめさとみごとなコントラストを形成している。栄光と悲惨の対比が明瞭であればあるほど、兵士の士気を鼓舞する効果も高まったであろう。

テュルタイオスはスパルタの栄光のために兵士の勇気を駆り立てる詩を残したが、彼はどのような立場で詩を創作したのだろうか。この問題については意見が分かれている。愛国的なしろうと詩人という見方もあれば、一種の桂冠詩人であったという意見もある。現存する断片を見るかぎりでは、彼の詩はもっぱら第二次メッセニア戦争とそれに続く内乱やスパルタの歴史と国政に関することがらに終始しているが、彼が政治や軍事に関すること以外も歌ったかどうかはわからない。いずれにせよ、テュルタイオスが体制側を代弁するスタンスに立っていたことは明らかである。

テオグニス

第二グループに属するのがテュルタイオス一人であったのと同じく、第三グループも実質的にはテオグニスのみで構成される（ただし、出身地が同じメガラであることから、次のピリアダスも便宜上、このタイプに入れた）。テオグニスは初期エレゲイア詩人のなかで最も重要な詩人である。というのはなによりもまず、現存する初期エレゲイア詩の半分近くがテオグニス作の「エレゲイア詩集」に属するからである。量的優越性もさることながら、第二に、彼には他のエレゲイア詩人にない特異性がある。それは、アルカイック期の詩人のなかで唯一、その詩が一大集成として編纂され、複数の中世写本による直接伝承を経由して現代まで生き延びたという事実である。

とはいえ写本によらず、引用による間接伝承のみで伝わった詩行もごく一部だが、あることはある。それは、ストバイオス『精華集』に引用された一二二一―一二二六行と、アテナイオス『食卓の賢人たち』に引用された一二二九―一二三〇行である。計一三八九行のうちのわずか八行、全体の〇・六パーセント弱にすぎない。逆に言うと、圧倒的大部分が写本によって保存されてきたのである。

最初にこの詩人の出身地と生没年をはっきりさせたいのだが、それが思いのほか難しい。まず、詩人の生没年は正確には不明である。『スーダ辞典』（「証言」一）は彼の男盛りの時期を前五四四―五四一年と伝えているが、この証言は疑問視される。というのは、詩に反映されているのはおもに前七世紀後半から前六世紀のできごとだからである。メガラの歴史的状況と詩の内容から、テオグニスの男盛りの時期はおおよそ前六〇〇年くらいであろうと推測されるが、前五七〇年頃の生まれとする説や、ソロンのおよそ半世紀後だという説もある。

次に、テオグニスの出身地はメガラである（一一三行）。それに間違いはない。しかし問題は、この同じ名前のポリスが二つあることだ。一つはアテナイの西北西、コリントス地峡の東方にあるメガリス地方の首都である。テオグニス「証言」三と四では、「アッティカのメガラ」と呼ばれている。もう一つは、この「アッティカのメガラ」がシケリア（シチリア）島に植民した同名の都市である。どちらのメガラが詩人の出身地かという問題は完全に決着がついているわけではない。とはいえ、後に述べるような区分を判断基準の目安として応用すると、「メガラの人テオグニス」（二三行）という部分が真正の詩句である可能性は高い。そして、詩人が何の形容語句もここではつけずに、たんにメガラとしか言っていないのは、植民都市ではなく母市が出身地だからという意見が大勢を占めている。

この問題に決着がつかない原因は、テオグニス以外の人の手になる詩句が彼の詩集に含まれているという事実にある。たとえば七七三―七八八行を読むと、「アッティカのメガラ」が出身地としてたしかに優勢に見える。この箇所で詩人は、シケリアのメガラを訪れて歓迎を受けたが故郷ほど愛しいものはないと語っているからだ。これを読むかぎりでは本土のメガラが間違いなくテオグニスの出身地だと言いたくなるが、「彼の真作の詩句であれば」という保留がつく。なぜなら、七七五行の「メディア軍」は前四九〇か四八〇年のペルシア人からの攻撃を意味し、テオグニスが生きていたと想定される時代よりずっと後の事件だからである。したがって、たしかに本土出身のメガラの人がこの詩句を作ったとしても、それがテオグニス本人だったとは言えないのである。このように、テオグニスに関してはつねに、詩行の真贋を見分けるという厄介な問題がつきまとう。

真贋問題を一刀両断する絶対的な基準はないが、ウェストの分類は真偽を識別する目安の一助となる。

ウェストはテオグニスの「エレゲイア詩集」を内容面から五つに分類した。まず、プロローグの一―一八行には四つの短い神への呼びかけが含まれる。次に一九―二五四行は、ほぼすべてがキュルノスへの呼びかけを含み、まじめなトーンが漂っている。この二番目の部分は内容面からさらに細分化され、一九―三八行はこの部分の序にあたる。そしてこの部分の結びに当たるのは二三七―二五四行で、これらの間にある詩行は自余の詩行よりもずっとなかみが緊密で濃いと評される。第二部分はこのような層状の構造と凝集性から、全体としてテオグニスの最も初期の詩集を代表する中核的要素であり、この詩人自身の手になる詩句の割合が高いと考えられる。

次に、二五五―一〇二二行で構成される三番目の部分では内容の均一性が薄れて、種々雑多なテーマの寄せ集めといった印象が強まる。そしてこの部分では、キュルノスへの呼びかけは散見される程度に頻度が減る。四番目の部分となる一〇二三―一二二〇行では、テオグニスの他の箇所の詩句や他の詩人の詩句との重複の割合が非常に高いのが印象的である。最後の「第二書」の一二三一―一三八九行は恋の歌の集成で、そのほとんどが少年キュルノスへの呼びかけを含んでいる。

恋人キュルノスへの呼びかけはテオグニス特有のもので、その回数は七六回に及ぶ。加えて、父称によって「ポリュパオスの子」と呼ぶ箇所も九回ある。『スーダ辞典』は「恋人キュルノス宛てのエレゲイア調の詩の格言集」と記している（「証言」一）。そのため、従来は、キュルノスへの呼びかけを含む詩行をすべてテオグニスの真正の詩句と見なす傾向があった。しかし韻律面から見ると、この呼びかけを詩に組み込むのはそれほど難しいことではないため、呼びかけの存在は作者の信憑性を高める確実な指標にはならない。

争点になっているのは、頻繁に呼びかけられるキュルノスが実在の少年かどうかである。多くの批評家は、詩人のすぐそばに実際にいた美少年というよりもむしろ、倫理・政治的な言葉を語りかける相手としての理念的な存在であると考えている。

「エレゲイア詩集」と題されたテオグニスの写本を見ると、約六〇〇組の二行連句が均等な行間を保ちながら立て続けに並んでいる。写本では意味のつながりや脈絡もなく詩行が続くが、校訂本では、意味のまとまりごとに詩行が区切られている。ただし、校訂者ごとに区切り方は異なる。底本は原則としてウェストの校訂本に依拠しているが、ウェストと異なった区切り方を採用することもある。その場合には、本書はその旨を註に記した。

テオグニスの詩集を全体的に俯瞰すると、意図的な構成や論理的な連続性が欠如している。語句や主題の反復や重複、さらに明らかな不一致や矛盾も認められるほか、テュルタイオスやミムネルモス、ソロン、エウエノスといった他のエレゲイア詩人の詩句も紛れ込んでいる。ソロンに帰属されるのは、一五三—一五四、二二七—二三二、三一五—三一八、五八五—五九〇、七一九—七二八、一二五三—一二五四行である。七九五—七九六と一〇二〇—一〇二二行はミムネルモスの、一〇〇三—一〇〇六行はテュルタイオスの詩句とほぼ同じである。またアリストテレスは四七二行をエウエノスに帰属する詩句として、また、二五五—二五六行をデロス島のエピグラムとして引用した。

テオグニスの名を騙るにせの詩句や自由な改作は、早くも詩人の存命中から存在していた。そのことは、テオグニス一九—三八行ですでに示唆されている。したがって彼の詩集が詩人自身の手になる真正の詩行ばかりではないという認識は研究者の間で一致しているが、誰がいつどのように集成を編纂したか、どの詩句がテオグニスの真作でどれが別人による加筆や改竄かという問題になると、意見の一致は難しい。とはいえ、なかにはテオグニス本来の詩行であることがほぼ確実視されるケースもある。たとえば一一―一四行のアルテミス女神への祈りは、一四行がアリストテレス『エウデモス倫理学』第七巻一〇-一二四三a一八に引用されていることもあって、おそらくテオグニスの真正の詩句であろうと見なされている。

テオグニスのエレゲイア詩は、イオニアの場合と同じく、饗宴という環境のなかで生まれた。アテナイやスパルタの饗宴では人々はクリーネーと呼ばれる寝椅子に寝そべりながら飲酒を楽しんだが、メガラでは椅子に腰かけるスタイルをとった。饗宴には、複数の年齢集団から選出された人々が招かれた。エレゲイア詩がそういう場で歌われる目的は、行動規範の確立と集団の価値観の再確認であり、「エレゲイア詩集」はそのための一種のマニュアルの役割を果たしたようだ。異年齢の人々が集うメガラの饗宴では、年長者が年少者に権威を課しつつ保守主義を伝授する問答式のエレゲイア詩が歌われたと考えられている。他方、饗宴には貴族的な平等主義も認められ、即興演説も行なわれた。テオグニスの詩集はおそらくこのような饗宴に出席する人々にとって便利な模範的手引書となり、メガラの権威ある伝統に基づいた集成の漸進的な再利用を反映するものと見なされる。

テオグニスは階級的混乱の時代を生きた没落貴族で、追放の憂き目にもあったようだ。新興階級が羽振りをきかせる過酷な現実を目の当たりにしたテオグニスの心情は、たとえば三七三行以下に反映されている。万物を統治し正義を実現するはずの神ゼウスが悪しき者たちに金銭や安泰を与え、正しい人々に貧困を与えるという矛盾に満ちた現実に、詩人は驚きを禁じ得ない。憤懣はやがて絶望に変わる。四二五―四二八行はこの世に生まれないことが人間には最善で、生まれた以上はできるだけ早く死ぬのが次善の策だという究極の厭世観を歌う。同じようなペシミズムは、バッキュリデス『祝勝歌』第五番一六〇行およびソポクレス『コロノスのオイディプス』一二二五行以下にも認められるが、その源流はテオグニスにさかのぼるのである。

ピリアダス

メガラ出身のピリアダスには、テスピアイの戦士のための墓碑銘しか残っていない。テスピアイはボイオティア地方の都市で、ペルシア戦争（前四九二―四七九年）ではテルモピュライの戦い（前四八〇年）とプラタイアの戦い（前四七九年）に参戦した。

ディオニュシオス・カルクス

ディオニュシオスは前五世紀中葉のアテナイ出身の弁論家・詩人。銀貨の代わりに青銅の硬貨を用いることをアテナイ人に勧告したために、「青銅の」［カルクース］」というあだ名がついたという。彼は南イタリアのトゥリオイへの植民（前四四四年頃）の指導者と目される。ディオニュシオスの息子はヒエロンといい、アテナイ貴族として名高いニキアス（前四七〇―四一三年）の家で育てられた（「証言」一）。ディオニュシオス・カルクスの断片で残っているものの数は七、合計およそ二五行である。彼の現存するエレゲイア詩は宴会を主題とし、ことさらにわかりにくい気取った言葉遣いが特徴的である。

エウエノス

パロス島出身でエウエノスという名のエレゲイア詩人は二人いたが、若いほうのエウエノスのほうが世に知られていた（「証言」一）。『スーダ辞典』によると、エウエノスの弟子であった歴史家のピリストスは前四三〇年頃の生まれという。ヒエロニュモスの記述からエウエノスの生年を前四六〇年とする解釈もある。彼はソクラテスと同時代に生きた著名な弁論教師で、プラトンは『ソクラテスの弁明』で彼を知者と呼び（「証言」五）、『パイドロス』でも「頭のいい人」と述べた（「証言」七）。獄中で日々を過ごすソクラテスがエウエノスから詩作を学んだと、『パイドン』に記されている（「証言」六）。

八つの断片によって総計二〇行ほどの詩行が伝わるほか、ヘクサメトロスやイアンボスの詩も知られる。節度ある飲酒を賞讃する「断片」二はクリティアス「断片」六への返歌であったと見なされる。「断片」八はテオグニス四七二行に等しいが、アリストテレスが『形而上学』Δ巻五‐一〇一五a二八以下と『エウデモス倫理学』第二巻七‐一二二三a三一以下でこれを引用していることから、テオグニスの詩句ではなくエウエノスの詩句であると考えられる。「断片」八a—cについても同様のことが言えるだろう。したがって、喜劇詩人のペレクラテスが前四二〇年頃上演の『ケイロン』で引用したエレゲイア詩（ペレクラテス「断片」一六二）は、テオグニス四六七行以下ではなくエウエノスの詩句と思われる。喜劇詩人のメナンドロスもエウエノスを賢者と呼んだ（「証言」四）。アルテミドロスは、エウエノスが『エローティカ〔恋の歌〕』という詩集を作ってエウノモスに献呈したことを伝える（「証言」二）。「証言」三のエピクテトスの意味するところは、エウノスもアリステイデスも同じくらい「猥褻な、きわどい」ということであり、「証言」四のアウソニウスも同じようなことを暗示している。

クリティアス

クリティアス（前四六〇頃―四〇三年）は母方の家系がソロンまでさかのぼるアテナイの名門貴族で、甥にあたるプラトンの対話篇『クリティアス』に主人公として登場している。彼は積極的に政治活動に関与し、三十人政権の中心的指導者となったほか、文学活動も熱心に行なった。アナクレオンを称えるヘクサメトロスの詩（「断片」一）とエレゲイア詩（「断片」二―九）のほか、弁論や政治的著作も著わした。また、エウリピデス作と言われる三篇の悲劇（『テンネス』『ラダマンテュス』『ペイリトゥス』）とサテュロス劇『シシュポス』を合わせた四部作に関しては、真の作者はクリティアスだったとも主張され、研究者のあいだでは意見が分かれている。詳しくは『ギリシア悲劇全集』第十三巻（岩波書店、一九九二年）を参照されたい。クリティアスについての証言のほとんどは彼の政治的経歴やソクラテスとのつながり、散文の文体、倫理的性格に関係する内容であるため、底本は証言を省略した。

あとがき

本書の底本は、ギリシア・ラテンの古典作品の原典対訳シリーズとして有名なロウブ古典叢書（Loeb Classical Library）の一冊であるD. E. Gerber（ed.）, *Greek Elegiac Poetry: From the Seventh to the Fifth Centuries BC.*（Harvard University Press 1999）である。底本は叙事詩やエレゲイア詩の研究の碩学M. L. Westの校訂本*Iambi et Elegi Graeci ante Alexandrum Cantati*（Oxford 1989）に基づいており、底本における詩人ごとの断片番号はウェストの校訂版のそれを全面的に踏襲している。しかし底本は、この校訂本に収録されたすべての詩人を包含しているわけではない。たとえば、アルキロコスのエレゲイア詩はウェストの校訂本では「断片」一から一七までを占めるが、彼の詩は同じ編者によるロウブ古典叢書の他の巻（D. E. Gerber（ed.）, *Greek Iambic Poetry: From the Seventh to the Fifth Centuries BC.*（Harvard University Press 1999））に収められている関係で、本書の底本はアルキロコスを割愛した。シモニデスやアンティマコスもウェストの校訂版には収められているが、底本には収められていない。

底本は各詩人の証言に関しては、ウェスト版におけるそれを大幅に省略している。したがって底本における証言の番号はウェストの校訂版における証言の番号とは異なる。ただし断片については、底本の断片番号はウェスト版の番号を忠実に踏襲している。

詩歌の翻訳では避けられないことだが、原典の韻律の魅力を引き出すことは訳者の力量をはるかに超える難業であった。ただせめてもの慰めとして、原文の行と日本語訳の行とができるだけ対応するように努めた。しかしこれとても、言語構造の違いが障壁となり、思ったようにできない場合もあった。またこのような工夫があだとなってかえって原典を裏切り、原文の強調点と訳文のそれにずれが生じたのではないかという危惧も残る。一読してできるだけわかりやすい訳文にしようと心がけたが、テクストの毀れにより、また訳者の浅学菲才のせいで、思いがけない誤訳もあるかもしれない。しかし、もしも原典の魅力をほんのわずかなりともお伝えできたとすれば、訳者にとって望外の喜びである。

最後に、翻訳の機会を与えてくださった編集委員の先生方、とりわけ京都大学名誉教授の中務哲郎先生にお礼申し上げる次第である。また、邦訳の作業を進める上では、先学の方々のすぐれた業績から多くの恩恵を蒙った。「テオグニス詩集」については久保正彰先生のご高訳を参考にさせていただいた。間接引用により伝わった詩行については、アテナイオスやプルタルコスの作品をはじめとし、それぞれの出典の翻訳を参照させていただいた。それらの多くの訳者の方々に深い謝意を表したい。

拙稿を丁寧にお読みくださって多くの誤りをご指摘くださった元金沢大学教授の安村典子先生にもお礼申し上げる。

京都大学学術出版会の國方栄二氏と和田利博氏には、翻訳作業が遅々として進まなかったことに衷心よりお詫び申し上げるとともに、根気よく見守ってくださったことに深くお礼申し上げる。とくに和田氏には、不備の多い訳稿を整えるのに大変なご苦労をおかけした。感謝あるのみです。

テオグニスの「エレゲイア詩集」についてもう一言付け加えることをお許しいただきたい。本書は本来、京都大学文学部西洋古典学研究室の先輩の下田立行氏の流麗な文体で世に出るべきものであった。下田氏はテオグニスの詩の翻訳につとに着手しておられたが、その完成を見ないまま二〇〇三年に夭折され、詩集の冒頭から四二四行までの訳稿が残されていた。遺稿を快くお貸しくださったご遺族に、心より感謝申し上げる。訳書全体の統一の観点から、またご本人による推敲ができないためもあって、遺稿をそのままのかたちで本書に反映させることはできなかった。この点は本当に残念であるが、翻訳にあたり大いに参考にさせていただいたことを申し添えたい。下田氏が踏み出した最初の一歩を無駄にしてはならないという思いに導かれ、遅ればせながらもようやく完成の日を見るに至った。下田立行氏の霊に、深い哀悼の念とともにこのエレゲイア詩集の翻訳を捧げる。

参考文献

一次資料

Gentili, B. and Prato, C.（ed.）1988–2002. *Poetarum Elegiacorum Testimonia et Fragmenta*. 2nd edn.（2 vols.）. Teubner Verlag.

Gerber, D. E.（ed.）1999. *Greek Elegiac Poetry: From the Seventh to the Fifth Centuries BC*. Harvard University Press（Loeb Classical Library）.

West, M. L.（ed.）1989–92. *Iambi et Elegi Graeci ante Alexandrum Cantati*. 2nd edn.（2 vols.）. Oxford Clarendon Press.

二次資料

Adkins, A. W. H. 1985. *Poetic Craft in the Early Greek Elegists*. The University of Chicago Press.

Aloni, A. 2009. 'Elegy: Forms, Functions and Communication.' in F. Budelmann (ed.), *The Cambridge Companion to Greek Lyric*. Cambridge University Press. pp. 168–188.

Barron, J. P. and Easterling, P. E. 1985. 'Early Greek Elegy: Callinus, Tyrtaeus, Mimnermus.' in P. E. Easterling and B. M. W. Knox (eds.), *The Cambridge History of Classical Literature: Volume 1, Greek Literature*. Cambridge University Press. pp. 128–135.

Boedeker D. and Sider, D. (eds.) 2001. *The New Simonides: Contexts of Praise and Desire*. Oxford University Press.

Bowie, E. L. 1986. 'Early Greek Elegy, Symposium and Public Festivals.' *Journal of Hellenic Studies* 106. 13–35.

Faraone, C. A. 2008. *The Stanzaic Architecture of Early Greek Elegy*. Oxford University Press.

Gentili, B. (trans. by T. Cole) 1988. *Poetry and Its Public in Ancient Greece: From Homer to the Fifth Century*. The Johns Hopkins University Press.

Gerber, D. E. 1997. 'Elegy.' in D. E. Gerber (ed.), *A Companion to the Greek Lyric Poets*. Brill. pp. 89–132.

——— (ed. and trans.) 1999. *Greek Iambic Poetry: From the Seventh to the Fifth Centuries BC*. Harvard University Press (Loeb Classical Library) .

Henderson, W. J. 1982. 'The Nature and Function of Solon's Poetry: FR. 3 Diehl, 4 West.' *Acta Classica* 25. 21–33.

Irwin, E. 2005. *Solon and Early Greek Poetry: The Politics of Exhortation*. Cambridge University Press.

Knox, B. M. W. 1985. 'Theognis' and 'Solon.' in P. E. Easterling and B. M. W. Knox (eds.), *The Cambridge History of Classical Literature: Volume 1, Greek Literature*. Cambridge University Press. pp. 136—145 and 146–152.

Nagy, G. 2009. 'Ancient Greek Elegy.' in K. Weisman (ed.), *The Oxford Handbook of the Elegy*. Oxford University Press. pp. 13–45.

Parker, V. 1991. 'The Dates of the Messenian Wars.' *Chiron* 21. 25–47.

West, M. L. 1974. *Studies in Greek Elegy and Iambus*. Walter de Gruyter.

『世界人生論全集1』（テオグニス詩集　久保正彰訳）、筑摩書房、一九六三年。

内山勝利編『ソクラテス以前哲学者断片集　第一分冊』岩波書店、一九九六年。

西村賀子「アルカイックのギリシア詩人のいくさ歌」『文学』二〇一五年三・四月号、二〇一五年、二〇七―二二三頁。

出典一覧

以下は、本書に訳出した詩人たちについての証言と詩句を引用している出典の索引である。数字は各詩人の証言（「証」と略記）と「断片」（「断」と略記）の番号である。下線付きの箇所は註で言及された出典を示す。

ア 行

アイスキュロス Aiskhylos 悲劇詩人（前525／24―456／55年頃） →古註

アイリアノス Klaudios Ailiānos ローマ出身のギリシア語著述家（175頃―235年頃）

『ギリシア奇談集』 *Poikilē historiā* ミムネルモス「断」*19*

アウソニウス Decimus Magnus Ausonius ローマの著述家（310頃―394年頃）

『婚礼継ぎ接ぎ歌』 *Centō nūptiālis* エウエノス「証」*4*

アテナイオス Athēnaios 随筆家（160頃―230年頃）

『食卓の賢人たち』 *Deipnosophistai* テュルタイオス「証」*10;* ミムネルモス「証」*3, 4, 6, 8,*「断」*12, 18;* ソロン「断」*25. 2, 38;* テオグニス*215-216, 457-460, 477-486, 500, 993-996, 997-1002, 1229-1230;* ポキュリデス「断」*14;* クセノパネス「断」*1, 2, 3, 5, 6;* アシオス「断」*14;* ディオニュシオス「証」*3,*「断」*1, 2, 3, 4, 5, 6;* エウエノス「断」*1;* クリティアス「証」*3,*「断」*1, 2, 6;* 詩人名不詳「断」*6, 19*

「アテナイ写本」 Cōdex Athēniensis ミムネルモス「断」*21a*

アプトニウス Aelius Festus Aphthonius ラテン語文法学者・修辞学者（４世紀前半）

『韻律論』 *Dē metrīs* 詩人名不詳「断」*20*

アプトニオス（アンティオケイアの） Aphthonios ho Anthiokheus 修辞学者（４世紀後半）

『プロギュムナスマタ［修辞学予備訓練］』 *Progymnasmata* テオグニス*175-176*

アプレイウス Lūcius Āpulēius ローマの著述家（後124頃―170年頃）

『弁明』 *Apologiā* ソロン「断」*25. 2*

アポストリオス Mikhaēl Apostolios 諺収集家（15世紀）

『諺集成』 *Paroimiai* ソロン「断」*27, 30;* ポキュリデス「断」*9*

『アラトスの生涯』 *Arātū genos* （1―4世紀） ソロン「断」*19. 1-4*

アリステイデス Aelius Aristīdēs 修辞学者（後129―189年）

『弁論』 *Ōrātiōnes* ソロン「断」*34. 6-7, 36. 3-27*

アリストテレス Aristotelēs 哲学者（前384―322年）

『アテナイ人の国制』 *Athēnaiōn polīteiā* ソロン「断」*4a, 4b, 4c, 5, 6, 34, 36, 37;* 詩人名不詳「断」*6*

『エウデモス倫理学』 *Ēthika Eudēmia* テオグニス*14, 125-126, 255-256*（デロス島のレト神殿の刻文として）*;* 詩人名不詳「断」*5*

『形而上学』 *Meta ta physika* エウエノス「断」*8*

『政治学』 *Polītika* テュルタイオス「断」*1;* ソロン「断」*13. 71;* ポキュリデス「断」*12*

『ニコマコス倫理学』 *Ēthika Nikomakheia* テュルタイオス「断」*9;* ソロン「断」*45;* テオグニス *147, 255-256*（デロス島のエピグラムとして）*;* ポキュリデス「断」*10;* デモドコス「断」*1;* エウエノス「断」*9;* 詩人名不詳「断」*3, 4*

『弁論術』 *Rhētorikē* ソロン「断」*22a. 1;* ディオニュシオス「断」*7*

（伝）アリストテレス

『美徳と悪徳について』 *Peri aretōn kai kakiōn* エウエノス「断」*7*
アリストパネス Aristophanēs 古喜劇詩人（前450／45頃―385／80年頃） →古註
アルテミドロス Artemidōros 占術研究家（後２世紀後半）
『夢判断の書』 *Oneirokritika* テオグニス*177-178*; エウエノス「証」*2, 6*
アレクサンドロス（アイトリアの） Alexandros ho Aitōlos 文献学者・詩人（前315頃―250年頃）
「断片」 ミムネルモス「証」*6*
アレクサンドロス（アプロディシアスの） Alexandros ho Aphrodīsieus ペリパトス派哲学者（２世紀末―３世紀初め）
『アリストテレス「トピカ」註解』 *Eis ta Topika Alexandrū* ポキュリデス「断」*9*
イオアンネス・ピロポノス →ピロポノス
イソクラテス Isokratēs 弁論家・弁論術教師（前436頃―338年頃）
『ニコクレスに与う』 *Pros Nīkokleā* テオグニス「証」*5*
エウスタティオス Eustathios ホメロス註解者（12世紀）
『ホメロス「オデュッセイア」註解』 *Parekbolai eis tēn Homērū Odysseian* クリティアス「断」*2. 9*, *2. 11*
エウリピデス Eurīpidēs 悲劇詩人（前485／80頃―406年頃） →古註
エピクテトス Epiktētos ストア派の哲学者（後55頃―136年頃）
『語録』 *Diatribai* エウエノス「証」*3*
エリアス Ēliās 新プラトン主義哲学者（６世紀）
『ポルピュリオス「エイサゴーゲー」註解』 *Prolegomena syn theōi tēs philosophiās* テオグニス*175-176*
オリオン Ōrīōn 辞典編纂家・文法学者（５世紀）
『語源辞典』 *Etymologikon* カリノス「証」*2*
『名句名言集』 *Anthologion* テオグニス*141-142*, *963*, *1179-1180*; ポキュリデス「断」*8*

カ 行

カリマコス Kallimakhos 学匠詩人（前310／05頃―240年頃） →古註
『縁起譚』 *Aitia*（断片） ミムネルモス「証」*10*
ガレノス Klaudios Galēnos 医学者（129頃―216年頃）
『ヒッポクラテスとプラトンの教説について』 *Peri tōn Hippokratūs kai Platōnos dogmatōn* テュルタイオス「断」*13*
キケロ Mārcus Tullius Cicerō ローマの政治家・弁論家（前106―43年）
『アッティクス宛書簡集』 *Epistulae ad Atticum* ポキュリデス「証」*3*
「ギリシア俚諺集成」（Leutsch & Schneidewin） テオグニス*425-427*, *625*
クインティリアヌス Mārcus Fabius Quīntiliānus 修辞学者（後30／35頃―95／100年頃）
『弁論家の教育』 *Īnstitūtiō ōrātōria* エウエノス「証」*9*
クセノポン Xenophōn アテナイの軍人・歴史家（前430／28頃―352年頃）
『饗宴』 *Symposion* テオグニス*35-36*
『ソクラテス言行録』 *Apomnēmoneumata* テオグニス*35-36*
クラテス Kratēs 犬儒派の哲学者（前368頃―288年頃）
断片 ソロン「断」*13. 1-2*
クリュシッポス Khrȳsippos ストア派の哲学者（前280頃―207年頃）
『否定命題について』 *Peri apophatikōn* 詩人名不詳「断」*8*
クレメンス（アレクサンドレイアの） Klēmēs ho Alexandreus キリスト教著述家（150頃―215年頃）
『雑録』 *Strōmateis* ソロン「断」*6. 3*, *11. 5-7*, *13. 1*, *16*, *17*, *27*; テオグニス*35-36*, *119-124*, *175-176*, *332a*, *425-427*, *457-458*; ポキュリデス「断」*13*, *16*
ゲオルギデス Jōhannēs Geōrgidēs 格言

収集家（11世紀）
『格言集』 *Gnōmologion* テオグニス*1155*
コイロボスコス Khoiroboskos 文法学者（9世紀）
『ヘパイスティオン「韻律ハンドブック」註解』 *Skholia syn theōi tōn metrōn apo phōnēs tēs oikūmenikēs didaskaliās* テュルタイオス「断」*17*
古註（古写本の欄外書き込み）
「アイスキュロス『コエポロイ』への古註」 詩人名不詳「断」*14a*
「アリストテレス『ニコマコス倫理学』への古註」 テオグニス*35-36*
「アリストパネス『雲』への古註」 ポキュリデス「断」*6*
「エウリピデス『ヒッポリュトス』への古註」 クリティアス「断」*7*
「—『アンドロマケ』への古註」 詩人名不詳「断」*25*
「カリマコス『縁起譚』断片への古註」 ミムネルモス「証」*10*
「ディオニュシオス（トラキアの）『文法論』への古註」 テュルタイオス「証」*14*
「デモステネス第19弁論への古註」 ソロン「断」*3*
「トゥキュディデス『歴史』への古註」 テオグニス*175-176*
「プラトン『法律』への古註」 テュルタイオス「証」*3*,「断」*5;* テオグニス「証」*3*
「ホメロス『イリアス』への古註」 ミムネルモス「断」*17*
「リュコプロン『アレクサンドラ』への古註」 ミムネルモス「断」*22*
「ルキアノス『弁明』への古註」 テオグニス*1155*
コリキオス Khorikios 修辞家・弁論家（500年頃）
『模擬弁論』 *Dēclāmātiōnēs* ソロン「断」*43*

サ 行
作者不詳
『アリストテレス「ニコマコス倫理学」註解』 *Eis ta Ēthika Nīkomakheia* テュルタイオス「断」*9;* テオグニス*145-148*；デモドコス「証」*1*
『アリストテレス「弁論術」註解』 *Eis tēn Rhētorikēn* ディオニュシオス「証」*4;* ソロン「断」*22a. 1*
サルスティオス Sallūstios ソフィスト・ギリシア語文法学者（4／5世紀）
『ソポクレス「アンティゴネ」ヒュポテシス［古伝梗概］』 *Sallūstiū Antigonēs hypothesis* ミムネルモス「断」*21*
シュメオン Symeōn 文法学者（12世紀前半）
『シュメオン語源辞典』 *Etymologikon Symeōn* ミムネルモス「断」*15, 16*
『真正語源辞典』 *Etymologicum genuīnum*（9／10世紀） ミムネルモス「断」*15, 16;* クセノパネス「断」*9*
シンプリキオス Simplikios 新プラトン主義哲学者（530年頃）
『アリストテレス「自然学」註解』 *Eis tēn physikēn akroāsin* エウエノス「断」*9a*
『スーダ辞典』 *Sūda*（10世紀末頃の文学百科事典） テュルタイオス「証」*1;* ミムネルモス「証」*1;* ソロン「証」*1;* テオグニス「証」*1,* テオグニス*425-427, 625;* ポキュリデス「証」*1,*「断」*6;* 詩人名不詳「断」*9*
ステパノス（ビュザンティオンの） Stephanos ho Byzantios 文法家（6世紀）
『地理学辞典』 *Ethnika* カリノス「断」*4;* ピリアダス「証」*1*
ストバイオス Stobaios 文筆家（5世紀）
『精華集』 *Anthologion* カリノス「断」*1;* テュルタイオス「断」*11, 12;* ミムネルモス「断」*1, 2, 3, 4, 5, 8, 14, 24, 25;* ソロン「断」*13, 14, 21, 24;* テオグニス「証」*6,* テオグニス*22-23, 33-36*（ムソニウスからとして）, *33-35*（ニコストラトス『結婚について』からとして）, *35-36, 109*（テレスか

らとして), *131-132, 155-158, 175-176, 177-178, 179-180, 183-186, 183-190*（クセノポンからとして）, *221-226, 255-256, 315-318, 319-322, 331-332, 421-424, 425*（アルキダマス『ムーセイオン』からとして）, *425-428, 427*（アルキダマスの『ムーセイオン』からとして）, *457-460, 479-486, 497-508, 523-524, 525-526, 527-528, 535-536, 585-590*（ソロンからとして）, *605*（テレスからとして）, *605-606, 607-610, 617-618, 619-622, 625-626, 627-628, 629-630, 635-636, 637-638, 639-640, 647-648, 649-652, 653-654, 665-666, 683-686, 693-694, 695-696, 699-702, 717-718, 719-728, 865-868, 947-948, 955-956, 963-968, 1029-1034, 1061-1062, 1129-1132, 1135, 1153-1156, 1157-1160, 1161-1162, 1163-1164, 1221-1222, 1223-1224, 1225-1226;* ポキュリデス「断」*2, 3, 7, 11;* エウエノス「断」*1. 1-4, 3, 4, 5, 7;* クリティアス「断」*9;* 詩人名不詳「断」*21, 22, 23, 24*

ストラボン　Strabōn　地誌学者（前64／63―後25年以降）

『地誌』　*Geōgraphika*　カリノス「証」*1, 4, 5,*「断」*2, 2a, 5;* テュルタイオス「断」*2, 5, 8;* ミムネルモス「証」*2,*「断」*9, 10, 11, 11a;* ポキュリデス「断」*1*

セクストス・エンペイリコス　Sextos Empeirikos　医師・哲学者（後２世紀末頃）

『ピュロン主義哲学の概要』　*Pyrrhōneioi hypotypōseis*　テオグニス*425-428;* クセノパネス「証」*1*

ソポクレス　Sophoklēs　悲劇詩人（前496頃―406年頃）　→サルスティオス

タ　行

『大語源辞典』　*Etymologikon mega*（12世紀後半）　ミムネルモス「断」*15, 16;* クセノパネス「断」*9*

（伝）ディオゲニアノス　Diogeniānos　諺収集家（生没年不詳）

『諺集』　*Paroimiai*　ソロン「断」*30;* ポキュリデス「断」*9*

ディオゲネス・ラエルティオス　Diogenēs Lāertios　哲学史家（前３世紀頃）

『ギリシア哲学者列伝』　*Bioi kai gnōmai tōn en philosophiāi eudokimēsantōn*　ミムネルモス「断」*6;* ソロン「断」*2, 3, 9. 1-4, 10, 11. 1-8, 20;* デモドコス「断」*6;* クセノパネス「証」*1,*「断」*7, 7a, 8;* クリティアス「証」*1,*「断」*7*

ディオドロス（シケリアの）　Diodōros ho Sikeliōtēs　歴史家（前90頃―27年頃）

『世界史』　*Bibliothēkē historikē*　テュルタイオス「証」*6,*「断」*4;* ソロン「断」*9, 9. 3-4, 11*

ディオニュシオス（トラキアの）　Dionȳsios ho Thrāix　文法学者（前170頃―90年頃）　→古註

ディオニュシオス（ハリカルナッソスの）　Dionȳsios ho Halikarnasseus　歴史家・修辞学者（前60頃―後７年以降）

『文章構成法』　*Peri syntheseōs onomatōn*　詩人名不詳「断」*11*

ディオン・クリュソストモス　Diōn Khrȳsostomos　弁論家（後40頃―120年頃）

『弁論』　*Logoi*　テオグニス*432;* ポキュリデス「断」*4*

ティモン　Tīmōn　哲学者・詩人（前320頃―230年頃）

断片　クセノパネス「証」*1*

テオプラストス　Theophrastos　哲学者（前370頃―287年頃）

『風について』　*Peri sēmeiōn hydatōn kai pneumatōn kai kheimōnōn kai eudiōn*　詩人名不詳「断」*7*

テミスティオス　Themistios　弁論家・哲学者（317頃―388年頃）

『弁論』　*Logoi*　テオグニス*79-80*

デモステネス Dēmosthenēs　弁論家（前384―322年）

『弁論』　*Logoi*　ソロン「断」*4*

トゥキュディデス　Thūkȳdidēs　歴史家（前464／55頃―401／395年頃）　→古註

ナ　行
ニコラオス　Nīkolāos Sophistēs　弁論家・ソフィスト（5世紀）
『プロギュムナスマタ［修辞学予備訓練]』 *Progymnasmata*　テオグニス *35-36*

ハ　行
パウサニアス　Pausaniās　旅行家・地誌学者（115頃—180年頃）
『ギリシア案内記』 *Hellados periēgēsis*　カリノス「証」*3;* テュルタイオス「証」*7,*「断」*5, 6, 7;* ミムネルモス「断」*13;* 詩人名不詳「断」*17, 18*
バシレイオス　Basileios　ギリシア教父（330頃—379年）
『若人へ』 *Pros tūs neūs*　ソロン「断」*13. 71, 15. 2-4;* テオグニス *157-158, 1155*
パピルス
「オクシュリュンコス・パピルス」 Papȳrī Oxyrhynchī　テュルタイオス「断」*2, 23a;* ミムネルモス「断」*13;* テオグニス *255-256, 432-433;* 詩人名不詳「断」*61, 62*
「ケルン・パピルス」 Papȳrī Colōniensēs　テオグニス *105*
「ヘルクラネウム・パピルス」 Papȳrī Herculānensēs（→ピロデモス）ミムネルモス「断」*12＝23;* ソロン「断」*26*
「ベルリン・パピルス」 Papȳrī Berolinensēs　テュルタイオス「断」*18, 19, 20, 21, 22, 23;* テオグニス *25-26, 434-438, 917-933;* 詩人名不詳「断」*27*
「ミラノ大学蔵パピルス」 Papȳrī Ūniversitātis Mediōlānensis　ミムネルモス「断」*13a*
『パラティン詞華集』 *Anthologia Palātīna*（980頃）　ミムネルモス「証」*5,*「断」*7;* テオグニス *527-528*（後2世紀のエピグラム作者ベサンティノスからとして）, *1151-1152, 1155;* デモドコス「断」*2;* エウエノス「断」*2*
ハルポクラティオン　Harpokratiōn　文献学者（2世紀？）
『アッティカ十大弁論家用語辞典』 *Lexeis tōn deka rhētorōn*　テオグニス「証」*4,* テオグニス *783;* エウエノス「証」*1*
碑文
「ギリシア韻文碑文集成」(W. Peek (ed.), *Griehische Vers-Inschriften*, Berlin, 1955)　テュルタイオス「証」*9*
ピロデモス　Philodēmos　詩人・哲学者（前110頃—37年頃）
『音楽について』 *Peri mūsikēs*　テュルタイオス「証」*5*
『敬虔について』 *Peri eusebeiās*　ミムネルモス「断」*12＝23*
ピロポノス（イオアンネス・ピロポノス） Iōannēs ho Philoponos　文法学者・アリストテレス註解者（490頃—570年頃）
『アリストテレス「魂について」註解』 *Eis tēn peri psȳkhēs*　クリティアス「証」*2*
ピロン（アレクサンドレイアの） Philōn ho Alexandreus　ユダヤ人のギリシア哲学者（前30／20頃—後45年頃）
『世界の創造について』 *Peri tēs kata Mōyseā kosmopoiiās*　ソロン「断」*27*
『有徳者はすべて自由であるべきことについて』 *Peri tū panta spūdaion eleutheron einai*　テオグニス *535-536*
プラトン　Platōn　哲学者（前428頃—347年）
『カルミデス』 *Kharmidēs*　ソロン「断」*22*
『国家』 *Polīteiā*　詩人名不詳「断」*1*
『ソクラテスの弁明』 *Apologiā Sōkratūs*　エウエノス「証」*5*
『ティマイオス』 *Tīmaios*　ソロン「断」*22*
『パイドロス』 *Phaidros*　エウエノス「証」*7;* 詩人名不詳「断」*2a*
『パイドン』 *Phaidōn*　エウエノス「証」*6*
『プロタゴラス』 *Prōtagorās*　詩人名不詳「断」*2*
『法律』 *Nomoi*　テュルタイオス「証」*2,*「断」*12. 1, 12. 11-12;* テオグニス

「証」*2*, テオグニス*77-78*
『メノン』 *Menōn* テオグニス*33-36*, *434-438*
『リュシス』 *Lȳsis* ソロン「断」*23*
(伝) プラトン
『恋がたき』 *Erastai* ソロン「断」*18*
『正義について』 *Peri dikaiū* ソロン「断」*29*
『プラヌデス詞華集』 *Anthologiā diaphorōn epigrammatōn* (14世紀) エウエノス「断」*2*
プリュニコス Phrȳnikhos 辞書編纂家 (2世紀)
『アッティカ語法精選』 *Eklogē* ソロン「断」*40*; ポキュリデス「断」*5*
プルタルコス Plūtarkhos 伝記作家・哲学者 (46頃—120年頃)
『英雄伝 (対比列伝)』 *Bioi parallēloi*
「アルキビアデス」 *Alkibiadēs* クリティアス「断」*5*
「アレクサンドロス」 *Alexandros* 詩人名不詳「断」*12*
「キモン」 *Kimōn* クリティアス「断」*8*
「クレオメネス」 *Kleomenēs* テュルタイオス「証」*11*
「ソロン」 *Solōn* ソロン「断」*1*, *4b*, *5*, *7*, *9. 1-2*, *11. 1-4*, *11. 5-7*, *12*, *13. 7-8*, *15*, *19*, *24. 1-6*, *26*, *28*, *31*, *32*, *33*, *34. 4-5*, *36. 6-7*, *36. 11-14*, *36. 16*, *37. 6-7*; テオグニス*719-724*
「ソロンとプブリコラの比較」 *Synkrisis Solōnos kai Poplikola* ソロン「断」*6. 1-2*, *13. 7-8*, *21*
「テミストクレス」 *Themistoklēs* 詩人名不詳「断」*13*
「ニキアス」 *Nikiās* ディオニュシオス「証」*1*
「リュクルゴス」 *Lykūrgos* テュルタイオス「断」*4*
『モラリア (倫理論集)』 *Ēthika*
『いかにしてみずからの徳の進歩に気づきうるか』 *Pōs an tis aisthoito heautū prokoptontos ep' aretē* ソロン「断」*15. 2-4*
『いかに敵から利益を得るか』 *Pōs an tis hyp' ekhthrōn ōpheloito* ソロン「断」*15. 2-3*
『エピクロスに従っては、快く生きることは不可能であること』 *Hoti ūde hēdeōs zēn estin kat' Epikūron* エウエノス「断」*8*
『エロス談義』 *Erōtikos* ソロン「断」*25*, *26*
『多くの友をもつことについて』 *Peri polyphiliās* テオグニス*215-216*
『月面の顔について』 *Peri tū emphainomenū prosōpū tōi kyklōi tēs selēnēs* ミムネルモス「断」*20*
『共通概念について —— ストア派に答える』 *Peri tōn koinōn ennoiōn pros tūs Stōikūs* テオグニス*175-176*
『健康のしるべ』 *Hygieina parangelmata* エウエノス「断」*10* (プロディコスからとして)
『講義を聴くことについて』 *Peri tū akūein* ポキュリデス「証」*2*, 「断」*13*
『心の平静について』 *Peri euthȳmiās* ソロン「断」*15. 2-4*
『子供への情愛について』 *Peri tēs eis ta ekgona philostorgiās* エウエノス「断」*6*
『自然学的諸問題』 *Aitia physika* テオグニス*215-216*
『七賢人の饗宴』 *Hepta sophōn symposion* ソロン「断」*26*
『食卓歓談集』 *Symposiaka* エウエノス「断」*10*
『ストア派の自己矛盾について』 *Peri Stōikōn enantiōmatōn* テュルタイオス「断」*14*; テオグニス*175-176* (クリュシッポスによる引用として)
『スパルタ人たちの名言集』 *Apophthegmata Lakōnika* テュルタイオス「証」*8*
『政治家になるための教訓集』 *Politika parangelmata* ソロン「断」*2*
『どのようにして若者は詩を学ぶべきか』 *Pōs dei ton neon poiēmatōn akūein* テオグニス*177-178*

『富への愛好について』 *Peri philoplūtiās* ソロン「断」13. 71
『似て非なる友について ── いかにして追従者と友人を見分けるか』 *Pōs an tis diakrinoie ton kolaka tū philū* エウエノス「断」10
『プラトン哲学に関する諸問題』 *Platōnika zētēmata* テオグニス432; エウエノス「断」10
『陸棲動物と水棲動物のどちらが思慮深いか』 *Potera tōn zōiōn phronimōtera ta khersaia ē ta enydra* テオグニス215-216
『倫理的徳について』 *Peri ēthikēs aretēs* ミムネルモス「断」1
(伝) プルタルコス
『音楽について』 *Peri mūsikēs* ミムネルモス「証」7
『子供の教育について』 *Peri paidōn agōgēs* ポキュリデス「断」15
プロクロス Proklos 新プラトン主義哲学者(410/12―485年)
『プラトン「ティマイオス」註解』 *Eis ton Tīmaion* ソロン「断」22a
『ヘシオドス「仕事と日」註解』 *Eis ta Erga kai hēmerās* クセノパネス「証」2
プロペルティウス Sextus Aurēlius Propertius ローマの詩人(前50頃―15年頃)
『詩集』 *Elegiae* ミムネルモス「証」12
ヘパイスティオン Hēphaistiōn 文法家(2世紀中頃)
『韻律学ハンドブック』 *Enkheiridion peri metrōn* クリティアス「断」4
ヘルメイアス(アレクサンドレイアの) Hermeiās ho Alexandreus 哲学者(5世紀)
『プラトン「パイドロス」註解』 *Eis ton Phaidron* ソロン「断」23, 26; エウエノス「断」6
ヘルメシアナクス Hermēsianax エレゲイア詩人(前4世紀末―3世紀初頭)
『レオンティオン』 *Leontion* (断片) ミムネルモス「証」4
ヘルモゲネス Hermogenēs 修辞学者(160頃―225年頃) →ヨハンネス・ディアコノス
『プロギュムナスマタ[修辞学予備訓練]』 *Progymnasmata* テオグニス175-176
ペレクラテス Pherekratēs 古喜劇詩人(前5世紀)
「断片」 テオグニス467, 469
ヘロディアノス Ailios Hērōdiānos ギリシア語文法学者(後2世紀中頃から後半)
『語形変化について』 *Peri Pathōn* クセノパネス「断」9
(伝) ヘロディアノス
『ピレタイロス辞典』 *Philetairos* 詩人名不詳「断」16
『(伝) ポキュリデス集』 *Pseudo-Phōkylidēs* (前100頃―後100年頃) テオグニス115
ポティオス Phōtios コンスタンティノポリス総主教・文献学者(9世紀)
『辞典』 *Lexeis* ソロン「断」41; ディオニュシオス「証」2
ホメロス Homēros 叙事詩人(前8世紀?) →古註
『ホメロス語彙の分析』 *Epimerismoi Homērū* ミムネルモス「断」26
『ホメロスとヘシオドスの歌競べ』 *Agōn Homērū kai Hēsiodū* テオグニス425, 427
ホラティウス Quīntus Horātius Flaccus ローマの詩人(前65―前8年)
『書簡詩』 *Epistulae* ミムネルモス「証」11
『詩論』 *Ars poetica* テュルタイオス「証」12
ポリュビオス Polybios 歴史家(前200頃―118年頃)
『歴史』 *Historiai* 詩人名不詳「断」9, 10
ポルクス Polydeukēs / Iūlius Pollux 文法学者(2世紀)
『辞林』 *Onomastikon* テュルタイオス「証」13; ソロン「断」39; クセノパネス「断」4
ポルピュリオ Pompōnius Porphyriō ホ

ラティウス註釈家（3世紀初め）
『ホラティウス「書簡詩」註解』 *Commentum in Horatī Epistulās* ミムネルモス「証」*9, 11;* テオグニス*175-176*

マ　行
マカリオス　Makarios　諺収集家（14世紀）
『諺集』 *Paroimiai*　エウエノス「断」*6;* 詩人名不詳「断」*26*
マクシモス（テュロスの） Maximos ho Tyrios　弁論家・ソフィスト（125頃—185年頃）
『講演』 *Dialexeis*　エウエノス「証」*8*
マリウス・テオドルス　Mallius Theodōrus　ラテン著作家（4世紀後半—5世紀前半）
『韻律について』 *Dē metrīs*　クリティアス「証」*4*
ミカエル（エペソスの） Mikhaēl ho Ephesios　アリストテレス註解者（12世紀中葉）
『アリストテレス「ニコマコス倫理学」註解』 *Eis ta Ēthika Nīkomkheia*　ソロン「断」*45;* ポキュリデス「断」*10*

「未刊行ギリシア文献集」(Cramer)　ソロン「断」*27;* テオグニス*1151-1152;* ポキュリデス「断」*13*
「ミュンヘン写本による名句名言集」 *Flōrilēgium Monacense*　テオグニス*933-934, 963, 979*

ヤ　行
ヨハンネス・ディアコノス　Iōannēs ho Diakonos　輔祭（生没年不祥）
『ヘルモゲネス「雄弁について」註解』 *Eis to peri methodū deinotētos Hermogenūs*　ソロン「断」*30a*

ラ　行
リュクルゴス　Lykūrgos　政治家・弁論家（前390頃—324年頃）
『レオクラテス告発弁論』 *Kata Leōkratūs*　テュルタイオス「証」*4,*「断」*10*
リュコプロン　Lykophrōn　詩人（前330／25頃—260年頃） →古註
ルキアノス　Lūkianos ho Samosateus　諷刺作家・弁論家（120／25頃—190／95年頃） →古註
『異性愛と少年愛』 *Erōtes*　ソロン「断」*23. 1*

固有名詞索引

説明文のあとの数字は各詩人の証言（「証」と略記）と「断片」（「断」と略記）の番号である。

ア　行

アイア　Aiē　黒海東岸のコルキスの古名。　ミムネルモス「断」*11*

アイアス　Aiās　小アイアス。ロクリスの王オイレウスの子。トロイア戦争に参加した英雄。　テオグニス*1233, 1234*

アイエテス　Aiētēs　黒海東端のコルキス地方の伝説上の王。　ミムネルモス「断」*11-11a*

アイオリス人　Aioleis　小アジア西岸北部のエーゲ海に臨む地方などに住むギリシア人の一種族。　ミムネルモス「断」*9*

アイオロス　Aiolos　シシュポスの父親。　テオグニス*702*

アイギアレイア　Aigialeia　ギリシア伝説の英雄ディオメデスの妻。　ミムネルモス「断」*22*

アイゲウス　Aigeus　ギリシア神話におけるアテナイの王。テセウスの父。　テオグニス*1233*

アイソポス　Aisōpos　古代ギリシアのなかば伝説的な寓話作家（前620頃―560年頃）。イソップとして知られる。　エウエノス「証」*6*

アイティオピア人　Aithiopes　世界の東の果て、大洋のほとりに住む神話上の民族。　ミムネルモス「断」*12*

アイトリア　Aitōliā　ギリシア中西部（コリントス湾の北側、アケロオス河の東側）の地方名。　テュルタイオス「証」*9;* 詩人名不詳「断」*9*

アイトン　Aithōn　おそらく虚構の人物名。　テオグニス*1209*

アカデモス　Akadēmos　詳細不明の人物。　テオグニス*993*

アガトクレス　Agathoklēs　殺人をしたと言われる人物。　詩人名不詳「断」*9*

アガメムノン　Agamemnōn　ギリシア神話中のミュケナイ王。トロイア戦争におけるギリシア軍の総大将。　テオグニス*11*

アジア　Asiā　小アジアを指す。　カリノス「証」*5;* ミムネルモス「断」*9;* クリティアス「断」*6*

アシオス　Asios　サモス島出身のエレゲイア詩人（前7／6世紀）。　アシオス「断」*14*

アシオネイス　Asioneis　アジア人を指す。　カリノス「証」*5*

アスクレピオス　Asklēpios　医術、治癒の神。　テオグニス*432*

アステュパライア　Astypalaia　エーゲ海の南のほうにある島。誤ってミムネルモスの出身地とされた。　ミムネルモス「証」*1*

アスパシア　Aspasiā　ミレトス出身の才色兼備の遊女（ヘタイラー）。アテナイの政治家ペリクレスの愛人（前470頃―428年以降）。　エウエノス「証」*8*

アタランテ　Atalantē　神話中の俊足の少女。結婚を避けるために求婚者と競走した。　テオグニス*1291*

アッティカ　Attikē　アテナイを含む、中部ギリシアの地方名。　ソロン「断」*2, 36;* テオグニス「証」*3-4;* クリティアス「断」*2*

アテナ　Athēnā　ゼウスの娘。さまざまな技芸を司り、アテナイを守護する処女神。　テュルタイオス「断」*4;* ミムネルモス「断」*14, 21;* ソロン「断」*4, 13;* 詩人名不詳「断」*61*

アテナイ　Athēnai　アッティカ地方最大のポリス。現在のアテネ。　テュルタイオス「証」*1-7,*「断」*2;* ソロン

「証」1,「断」1-2, 4, 7, 9, 17, 27, 33, 36; テオグニス「証」3; ディオニュシオス・カルクス「証」3,「断」2; クリティアス「証」1, 3,「断」4; 詩人名不詳「断」5

アドラストス　Adrāstos　伝説中のアルゴスの王。テーバイ攻めの七将の総帥。　テュルタイオス「断」12

アナクレオン　Anakreōn　ギリシアの抒情詩人（前570頃—485年頃）。酒と恋愛を主題とする洗練された詩で名高い。　ソロン「断」22; クリティアス「断」1

アピドナ　Aphidna　アッティカ地方のデーモス（区）の1つ。ラコニアにも同名の地があったようだ。　テュルタイオス「断」2

アプロディテ　Aphrodītē　美、愛、官能、豊穣の女神。　ミムネルモス「断」1, 22; テオグニス1293; クリティアス「断」6

アポロドロス　Apollodōros　アテナイ出身の文献学者、史家（前180頃—110年頃か）。　クセノパネス「証」1

アポロン　Apollōn　予言、音楽、弓術、医術などの神。ゼウスとレトの子。アルテミス女神の双子の弟。　テュルタイオス「証」3, 6-7,「断」4; ソロン「断」13; テオグニス759, 1119; ディオニュシオス・カルクス「証」3; エウエノス「証」6

アマゾン族　Amazones　好戦的な女性だけの、伝説上の部族。　ミムネルモス「断」21a

アマルテイア　Amaltheia　赤子のゼウスに乳を与えた山羊もしくはニュンペの名。そこから「アマルテイアの角」は豊饒を象徴する。　ポキュリデス「断」7

アモルゴス　Amorgos　キュクラデス諸島に属する島。ナクソス島の東南に位置する。　ポキュリデス「断」1

アリオン　Arīōn　前7世紀のなかば伝説的な詩人。ディテュランボス詩の発明者とされる。　ソロン「断」30a

アリステイデス　Aristeidēs　『ミレトス物語（ミーレーシアカ）』という好色的な物語集の著者（前150頃—100年頃）。　エウエノス「証」3

アリストクラテス　Aristokratēs　オルコメノスの王。第2次メッセニア戦争における将軍。　テュルタイオス「断」8

アリストテレス　Aristotelēs　「万学の父」と呼ばれるギリシアの大哲学者（前384—322年）。　テュルタイオス「断」9; ディオニュシオス・カルクス「証」4; クリティアス「証」2

アリストメネス　Aristomenēs　前7世紀中頃のメッセニアの英雄。第2次メッセニア戦争でスパルタに対する反乱を指導した将軍。　詩人名不詳「断」17

アリストン　Aristōn　哲学者プラトンの父。　クリティアス「証」1; 詩人名不詳「断」1

アルカディア　Arkadiā　ペロポンネソス半島中央部の山岳地域。　テュルタイオス「断」8

アルカトオス　Alkathoos　神話中のメガラの王。アルカトゥスとも呼ばれる。　テオグニス774

アルキビアデス　Alkibiadēs　アテナイの政治家、軍人（前451／50—404／03年）。すこぶる美少年で、ソクラテスなど多くの人に言い寄られた。　クリティアス「断」4-5

アルキュタス　Arkhȳtās　ギリシアの哲学者、数学者（前428頃—347年頃）。プラトンの友人で、音楽の分野でもすぐれた研究を行なった。　エウエノス「証」9

アルギュリス　Argyris　詳細不明の女性の名。遊女（ヘタイラー）の名前か。　テオグニス1212

アルキロコス　Arkhilokhos　ギリシア最古の抒情詩人（前714頃—676年頃）。　カリノス「証」1-2; ミムネルモス「証」8,「断」20; ポキュリデス「証」2

アルクマイオン家　Alkmaiōnidai　アテナイの名門貴族。　詩人名不詳「断」6

アルケシラオス　Arkesilāos　前448年と

444年のオリュンピア競技祭の戦車競技で優勝した人物。　クリティアス「断」*8*
アルケンブロトス　Arkhembrotos　エレゲイア詩人テュルタイオスの父。　テュルタイオス「証」*1*
アルゴス　Argos　ペロポンネソス半島北東部のアルゴリス地方の総称またはその主要ポリス。　テュルタイオス「断」*8;* ミムネルモス「断」*22;* クセノパネス「断」*4*
アルテミス　Artemis　狩りと動物守護の女神。ゼウスとレトの娘。アポロンの双子の姉。　テオグニス*11*
アレクサンドロス（アプロディシアスの）　Alexandros ho Aphrodīsieus　後2世紀末から3世紀初めに活躍したアリストテレス註解者。　クリティアス「証」*2*
アレス　Arēs　戦争の神。ゼウスとヘラの子。　テュルタイオス「断」*11-12, 19*
アレス川　Ales　コロポンの南を流れる川。　詩人名不詳「断」*18*
アンダニア　Andania　メッセニア地方の北東、アルカディア地方との境界に近い町。　詩人名不詳「断」*17*
アンティアネイラ　Antianeira　アマゾン族のリーダー。　ミムネルモス「断」*21a*
アンティゴネ　Antigonē　テーバイの王オイディプスと、彼の母・妻のイオカステとの間に生まれた娘。　ミムネルモス「断」*21*
アンティステネス　Antisthenēs　ソクラテスの弟子。犬儒（キュニコス）派の祖とされる哲学者（前455頃—365年頃）。　テュルタイオス「断」*14*
アンティマコス　Antimakhos　コロポン近郊のクラロス出身の詩人（前444頃—348／47年頃）。エレゲイア詩『リュデ』や叙事詩『テーバイス』の作者。　ミムネルモス「証」*5*
アンティパテス　Antiphatēs　かつて美少年だった人物。　詩人名不詳「断」*13*
アンドライモン　Andraimōn　おそらくコロポン植民建設の指導者。　ミムネルモス「断」*10*
アンニアヌス　Anniānus　後2世紀のラテン詩人。フェスケンニア詩人。　エウエノス「証」*4*
アンピオン　Amphīōn　ゼウスの子。音楽の力で石を動かしてテーバイの城壁を築いたという。　テュルタイオス「証」*12*
イアシエ　Īasiē　神話中の若い女性。イアシオスの娘。アタランテの別名か。　テオグニス*1288*
イアシオス　Īasios　神話中の人物。アルカディアのリュクルゴス王の子か。　テオグニス*1288*
イアソン　Iāsōn　ギリシア神話中の英雄。アルゴ船による遠征隊のリーダー。　ミムネルモス「断」*11-11a*
イオニア　Iōniā　小アジア西岸のエーゲ海に望む地方。　カリノス「証」*5,* 「断」*2;* ソロン「断」*4;* ポキュリデス「断」*5*
イオン　Iōn　キオス島出身の悲劇やディテュランボス詩の詩人（前490／80頃—422年）。　ミムネルモス「断」*21*
イスコマコス　Iskhomakhos　ソクラテスの弟子クセノポンの『家政論』のなかでソクラテスに農耕法や家政術を教える人物。　エウエノス「証」*8*
イスメネ　Ismēnē　テーバイの王オイディプスと、彼の母・妻のイオカステとの間に生まれた娘。アンティゴネの姉妹。　ミムネルモス「断」*21*
イタリア　Ītaliā　イタリア半島の地域。　ミムネルモス「断」*22;* クセノパネス「証」*1;* ディオニュシオス・カルクス「証」*1*
イデ　Īdē　クレタ島の最高峰（標高2456メートル）。小アジアのプリュギア地方の同名の山は標高1767メートル。　カリノス「証」*4*
イトメ　Ithōmē　メッセニア地方の山（標高1151メートル）。　テュルタイオス「断」*5*

ウラノス Ūranos 「天空」を擬人化した神。クロノスの父、ゼウスの祖父にあたる。 ミムネルモス「断」*13*

ウルピアノス Ulpiānos アテナイオス『食卓の賢人たち』に登場するシリア人の文献学者。 アシオス「断」*14;* ディオニュシオス・カルクス「断」*3-4;* エウエノス「断」*1*

エウエノス Euēnos パロス島出身のエレゲイア詩人。アテナイで活躍して「知者」と呼ばれ、ソクラテスに詩作術を伝授した。 エウエノス「証」*1-3, 4*（ラテン語でエウエヌス）, *5-9,*「断」*1-8, 9-10*

エウセビエ Eusebiē 「慎しみ」の意の擬人化した女神。 クリティアス「断」*6*

エウノミア Eunomiā 「秩序のある状態、秩序ある政治」を意味し、擬人化される。 テュルタイオス「断」*1-2;* ソロン「断」*4*

エウノモス Eunomos エレゲイア詩人エウエノスが自著を捧げた相手。 エウエノス「証」*2*

エウボイア Euboia ギリシア中部の東岸に隣接する大きな島。 テオグニス *784*

エウポリス Eupolis アテナイの喜劇詩人（前446／45頃―411年頃）。 エウエノス「証」*9*

エウリピデス Eurīpidēs 三大悲劇詩人の１人（前485頃―406年頃）。 テュルタイオス「断」*13;* ポキュリデス「証」*2;* クセノパネス「断」*2*

エウロタス Eurōtās ラコニア地方を流れる川。 テオグニス*785, 1088*

エエリオス Ēelios 太陽神。ヘリオスともいう。 ミムネルモス「断」*11a-12*

エオス Ēōs 曙の女神。 ミムネルモス「断」*12*

エクサミュエス Examyēs 詳細不明の人物。ミムネルモスの友人か。 ミムネルモス「証」*4*

エクセケスティデス Exēkestidēs ソロンの父。 ソロン「証」*1,*「断」*22a*

エシオネイス人 Ēsioneis アジア人を指すイオニア方言。 カリノス「証」*5*

エジプト Aigyptos 北アフリカ、ナイル河畔の国。 ソロン「断」*19, 28*

エテオクレス Eteoklēs オイディプス王とイオカステの子。アンティゴネとイスメネの兄弟。 ミムネルモス「断」*21*

エピメニデス Epimenidēs 前７世紀から６世紀初頭のクレタの予言者、哲学者、詩人。 クセノパネス「証」*1*

エペソス Ephesos 小アジア西岸のギリシア植民都市。 カリノス「証」*1,*「断」*2*

エペラトス Epēratos ソダモスの父。 クリティアス「断」*7*

エラトステネス Eratosthenēs ヘレニズム時代の学者（前275頃―194年頃）。前245年頃にアレクサンドレイア図書館長に就任。地球の全周をほぼ正確に測定した。 エウエノス「証」*1*

エリネオス Erīneos 中央ギリシアのドリス地方（テッサリアとポキスの中間）の町。 テュルタイオス「断」*2*

エレア Eleā イタリア半島南部西岸のギリシア植民都市。 クセノパネス「証」*1*

エレトリア Eretria エウボイア島の西南にある沿岸都市。エウボイアでの戦いがアルキロコス「断」３に記されている。 詩人名不詳「断」*62*

エロス Erōs 恋愛の神。しばしばアプロディテの幼子として擬人化される。 テオグニス*1231, 1275, 1277*

エンペドクレス Empedoklēs シケリアのアクラガス出身の哲学者、詩人、政治家、神秘宗教家（前495／90頃―435／30年頃）。 テュルタイオス「証」*14,*「断」*13*

オイノピオン Oinopiōn 酒神ディオニュソスの子。人々に葡萄栽培を伝授し、キオス島に町を拓いた。 クリティアス「断」*2*

オイレウス Oïleus ロクリスの伝説上の王。小アイアスの父。 テオグニス

1234
オケアノス　Ōkeanos　世界の周囲を取り巻いて流れる「大洋」を擬人化した神。　ミムネルモス「断」*11-12*
オデュッセウス　Odysseus　ホメロス『オデュッセイア』の主人公。トロイア戦争終結後、10年に及ぶ放浪の後、故郷イタカに戻り、妻に言い寄っていた求婚者たちに復讐した。　テオグニス*1123, 1124*
オノマクリトス　Onomakritos　詳細不明の人物。　テオグニス*503*
オリュンピア　Olympiā　ペロポンネソス半島北西部にあるゼウスの聖地。ゼウスの祭典であるオリュンピア競技祭が行なわれた地。　クセノパネス「断」*2*
オリュンピア紀　Olympias　ギリシアの暦数の単位。前776年から起算し、あるオリュンピア競技祭から次の競技祭までの４年の期間を指す。　テュルタイオス「証」*1;* ミムネルモス「証」*1;* ソロン「証」*1;* テオグニス「証」*1;* ポキュリデス「証」*1;* クセノパネス「証」*1*
オリュンポス　Olympos　テッサリアとマケドニアの国境にそびえるギリシアの最高峰（2917メートル）。その山頂には神々が住んでいると考えられた。　ソロン「断」*13, 36;* テオグニス*341, 851, 1136, 1347*
オルコメノス　Orkhomenos　アルカディア地方東部のポリス。　テュルタイオス「断」*8*
オルトメネス　Orthomenēs　アポロドロスの伝えるクセノパネスの父親の名。　クセノパネス「証」*1*
オルペウス　Orpheus　ホメロス以前の伝説的な音楽家、詩人。歌で山川草木をも動かしたほどの名手。　テュルタイオス「証」*12,*「断」*13;* クリティアス「証」*4*
オンパリオン　Omphaliōn　第２次メッセニア戦争におけるピサ人の将軍パンタレオンの父。　テュルタイオス「断」*8*

カ　行

カイロン　Khairōn　詳細不明の人物名か。　テオグニス*691*
カストル　Kastōr　ゼウスとスパルタ王妃レダの子。ポリュデウケスとともに双子の神。　テオグニス*1087*
カタネ　Katanē　シケリア島東端のギリシア植民都市。アイトネ（現・エトナ）山の南麓の港湾都市。　クセノパネス「証」*1*
カドモス　Kadmos　神話中、フェニキアのテュロスの王アゲノルの子。姉妹エウロペを探してギリシアに渡り、古都テーバイを建設した王。　テオグニス*15*
ガニュメデス　Ganymēdēs　神話におけるトロイア王子。ゼウスはこの美少年を神界までさらっていき、酌童とした。　テオグニス*1345*
カノボス　Kanōbos　ナイル川の最西端の支流。カノポスともいう。　ソロン「断」*28*
カマイレオン　Khamaileōn　ペリパトス派の哲学者（前350頃—281年以降）。　ミムネルモス「証」*8;* クリティアス「証」*3*
カライスクロス　Kallaiskhros　ソロンの兄弟ドロピデスの玄孫。三十人政権を指導したクリティアスの父。　クリティアス「証」*1, 3,*「断」*5*
カリア　Kāriā　小アジア西南部のエーゲ海に臨む地方。　クリティアス「断」*2*
カリアス　Kalliās　アテナイの笛の名手として言及される人物。　エウエノス「証」*5;* クリティアス「証」*3*
カリオペ　Kalliopē　「美しい声」の意味。９柱のムーサたちのうち、とくに詩歌を司る女神。　ディオニュシオス・カルクス「証」*4,*「断」*7*
カリステネス　Kallisthenēs　アレクサンドロス大王の東征に随行した哲学者、歴史家（前370頃—327年）。　カリノス「証」*5;* テュルタイオス「断」*2;* 詩人名不詳「断」*12*
カリストラトス　Kallistratos　ディオ

ン・クリュソストモス『第36弁論』の登場人物。　ポキュリデス「断」4
カリテス　Kharites　美と優美を表徴する3柱の女神たち。単数形はカリス（Kharis）。　テオグニス 15; ディオニュシオス・カルクス「断」1
カリトン　Kharitōn　シケリアのアクラガスの残忍な僭主パラリス（前6世紀中頃）の殺害を企てた人物。　ディオニュシオス・カルクス「証」3
カリノス　Kallīnos　前7世紀中葉のエペソス出身の詩人。エレゲイア詩の創始者とされる。　カリノス「証」1-5,「断」1-2a, 4-5
カリマコス　Kallimakhos　ヘレニズム時代を代表する学匠詩人（前310／05頃―240年頃）。　ミムネルモス「証」10; ディオニュシオス・カルクス「断」2
カリュストス　Karystos　エウボイアの南端にある町。　詩人名不詳「断」62
カルキス　Khalkis　エウボイア島の南西部のポリス。銅（カルコス）が初めて発見された地とされる。　ディオニュシオス・カルクス「証」2
カルミデス　Kharmidēs　ソロンの兄弟ドロピデスの同名の孫の孫にあたるグラウコンの子。哲学者プラトンの母の兄弟。　クリティアス「証」1
キオス　Khios　エーゲ海中東部の大きな島。古来、上質のワインの産地として名高い。　デモドコス「断」2; クリティアス「断」2
キニュラス　Kinyrās　キュプロス島の伝説上の裕福な王。　テュルタイオス「断」12
キモン　Kimōn　アテナイの政治家、将軍（前512頃―449年）。　クリティアス「断」8
キュクロプス　Kyklōps　ホメロス『オデュッセイア』第9歌に登場する野蛮な単眼巨人とその一族。　テュルタイオス「断」12
ギュゲス　Gȳgēs　前7世紀前半のリュディアの王。　ミムネルモス「断」13
キュディアス　Kydiās　エロティックな詩を書いた詩人。　ミムネルモス「断」20
キュテレイア　Kythereiē　ペロポンネソス半島最南端の沖合にある島。キュテラともいう。　テオグニス 1339, 1386
キュヌルコス　Kynūlkos　アテナイオス『食卓の賢人たち』に登場する犬儒（キュニコス）派の哲学者。「犬の支配者」を意味するあだ名。本名はテオドロス。　ディオニュシオス・カルクス「断」4
キュプセロス　Kypselos　前655―625年頃のコリントスの僭主。　テオグニス 894
キュプリス　Kypris　アプロディテの異名。女神の誕生地キュプロス島にちなむ名称。　ソロン「断」19; テオグニス 1319
キュプロス　Kypros　地中海最東の大きな島。アプロディテ女神の誕生地とされる。　ソロン「証」1,「断」19, 26; テオグニス 1277, 1304, 1308, 1323, 1332, 1382, 1383, 1385, 1386
キュルノス　Kyrnos　エレゲイア詩人テオグニスの恋する少年。「ポリュパオスの子」とも呼ばれる。　テオグニス「証」1, テオグニス 19, 28, 39, 43, 53, 69, 72, 76, 78, 92, 102, 118, 120, 132, 133, 148, 150, 151, 159, 174, 176, 180, 181, 183, 220, 234, 236, 247, 300, 319, 324, 328, 330, 332, 333, 336, 338, 355, 359, 362, 372, 410, 412, 539, 544, 550, 632, 654, 655, 806, 812, 817, 820, 822, 834, 896, 897, 1028, 1038, 1071, 1104, 1109, 1133, 1162, 1171, 1176, 1178, 1179, 1183, 1218, 1220, 1222, 1223, 1225, 1354
キュロス　Kȳros　アカイメネス朝ペルシアの王（前530年頃没）。　カリノス「証」5
巨人族　Gigantes　ティタン族のクロノスが父ウラノスの性器を鎌で切り落としたときに大地に滴り落ちた血から生まれた巨人の一族。オリュンポス族と争って敗れた。　クセノパネス「断」1
キリキア　Kilikiā　小アジア南東部の地

中海に面した地方。　ソロン「証」*1*
ギリシア　Hellas　ギリシア人の国土。　テュルタイオス「証」*4;* テオグニス *247, 780;* クセノパネス「断」*6, 8;* クリティアス「証」*3,*「断」*1;* 詩人名不詳「断」*12, 20*
キロン　Khīlōn　前 6 世紀前半のスパルタの政治家、哲学者。七賢人の 1 人。　クリティアス「断」*7*
キンメリオイ　Kimmerioi　南ロシアの現・アゾフ海沿岸から南下して小アジアに侵入した部族。　カリノス「証」*1, 5,*「断」*5*
クセノクリトス　Xenokritos　前443年のトゥリオイの植民活動を指導したというアテナイ人。　ディオニュシオス・カルクス「証」*2*
クセノパネス　Xenophanēs　コロポン出身の哲学者、詩人（前570頃—475年頃）。エレゲイア詩も残る。　ミムネルモス「証」*2;* クセノパネス「証」*1-2,*「断」*1-9*
クセノポン　Xenophōn　アテナイの著述家（前430／28頃—352年頃）。ソクラテスの弟子。『ソクラテスの弁明』『家政論』『アナバシス』など著作多数。　テオグニス「証」*6*
クナキオン　Knakiōn　おそらくペロポンネソス半島南部を流れるエウロタス川の支流。　テュルタイオス「断」*4*
クニドス　Knidos　小アジア西南部カリア地方、クニドス半島にあったギリシア植民都市。　詩人名不詳「断」*7*
グラウコン　Glaukōn　ソロンの兄弟ドロピデスの玄孫。三十人政権のメンバーのクリティアスの父方の伯父。哲学者プラトンの母方の祖父にあたる。　クリティアス「証」*1;* 詩人名不詳「断」*1*
クリティアス　Kritiās　アテナイの政治家、弁論家、エレゲイア詩人で三十人政権の指導者（前460頃—403年）。カライスクロスの子で笛の名手。同名の祖父クリティアス（前540頃—420年頃）はソロンの兄弟ドロピデスの孫（同名のドロピデス）の子。　ソロン「断」*22-22a;* クリティアス「証」*1-4,*「断」*1-2, 4-9*
クリュサ　Khrȳsē　アポロン・スミンテウスの神域のあった、トロイア近郊の港町。　カリノス「証」*4*
クリュシッポス　Khrȳsippos　ストア派の哲学者（前 280 頃—207 年頃）。　テュルタイオス「断」*13-14;* エウエノス「証」*3*
クレアリストス　Klearistos　詳細不明の人物。　テオグニス*511, 514*
クレイニアス　Kleiniās　アルキビアデスの父。　クリティアス「断」*4*
クレタ　Krētē　エーゲ海最南部の大きな島。　カリノス「証」*4*
クロイソス　Kroisos　リュディア王国の最後の王（在位・前560頃—546年頃）。　カリノス「証」*5*
クロノス　Kronos　天空神ウラノスと大地女神ガイアの子。デメテル、ヘラ、ハデス、ポセイドン、ゼウスの父。　テュルタイオス「断」*2;* ソロン「断」*31;* テオグニス*377, 738, 804, 1346*
ゲー　Gē　「大地」の意およびその擬人化された女神。ガイアともいう。　ミムネルモス「断」*13*
ケドン　Kēdōn　詳細不詳の人物だが、僭主ペイシストラトスを攻撃したようだ。　詩人名不詳「断」*6*
ケベス　Kebēs　プラトン『パイドン』に登場するソクラテスの友人。　エウエノス「証」*6*
ケリントス　Kērinthos　エウボイアの北東にある地名。　テオグニス*891*
ケール　Kēr　「死神、悲運」の意。複数形（Kēres）は死の運命をもたらす擬人化された女神たち。　ミムネルモス「断」*2;* テオグニス*767*
ケンタウロス族　Kentauroi　神話において、半人半馬で粗野で好色と見なされる一族。　テオグニス*542;* クセノパネス「断」*1*
コス　Kōs　小アジア西南部カリアの沖合にある、スポラデス諸島に属する島。　ミムネルモス「証」*10*
コメテス　Komētēs　神話の人物。ステ

ネロスの子。ディオメデスから遠征中の留守を任されたが、その間に彼の妻と通じ、後に追放された。　ミムネルモス「断」*22*
ゴルギアス　Gorgiās　シケリア島東部のギリシア人都市レオンティノイ出身（前485頃―380年頃）。ソフィスト、弁論家としてアテナイで活躍した。　クリティアス「断」*8*
コロポン　Kolophōn　小アジア西岸、リュディア地方のギリシア植民都市。　ミムネルモス「証」*1-3, 10,*「断」*9-10;* テオグニス*1103;* クセノパネス「証」*1,*「断」*1-3, 6;* 詩人名不詳「断」*18*
コンノス　Konnos　ソクラテスにキタラー（竪琴）を教えた音楽教師。　エウエノス「証」*8*

サ　行
サモス　Samos　エーゲ海東部イオニア諸島にある島。　アシオス「断」*14*
サラミス　Salamīs　アテナイの西方に位置する島。メガラとアテナイの争奪の的であった。『サラミス』はソロンのエレゲイア詩集。　ソロン「証」*1,*「断」*1-3*
サルデイス　Sardeis／Sardīs　小アジア西岸のリュディア王国の首都。サルディスともいう。　カリノス「証」*5,*「断」*5*
ザンクレ　Zanklē　シケリア島の最東北端のポリスの旧名。現・メッシーナ。　クセノパネス「証」*1*
シキノス　Sikinos　エーゲ海南方にあるキュクラデス諸島の非常に小さな島。パロス島の南方に位置する。　ソロン「断」*2*
シケリア　Sikeliē　イタリア半島南端にある、地中海最大の島。　テオグニス「証」*1-4,* テオグニス*783;* クセノパネス「証」*1;* クリティアス「断」*2*
シシュポス　Sīsyphos　狡猾で抜け目のない男として名高い神話中の王。　テオグニス*702, 703, 706, 711*
シビュラ　Sibyllē　アポロンの神託を告げる巫女。『シビュラの書』はギリシア語のヘクサメトロス（6脚韻）で書かれた託宣集。　ポキュリデス「証」*1*
シモニデス　Simōnidēs　詳細不明の人物。　テオグニス*469, 667, 1349*
シモニデス　Simōnidēs　ケオス島出身の抒情詩人（前557／56頃―468／67年頃）。　ポキュリデス「断」*1;* エウエノス「断」*9a*
シュバリス　Sybaris　前8世紀後半に南イタリアに建設されたギリシア植民都市。前6世紀に殷賑を極め、贅沢三昧で名高い。　ディオニュシオス・カルクス「証」*2*
シュラクサイ　Syrākūsai　シケリア島のギリシア植民都市。　テオグニス「証」*1*
シリア　Syriē　地中海東岸、メソポタミアの西の広範な地域。　ポキュリデス「証」*3;* ディオニュシオス・カルクス「断」*4*
スキュティア　Skythiā　黒海北岸の地方。スキュティア人は騎馬遊牧民族。　ミムネルモス「断」*21a*
スキュテス　Skythēs　詳細不明の人物。　テオグニス*829*
スケプシス　Skēpsis　小アジアのトロアス地方、スカマンドロス川上流の町。　カリノス「証」*5;* ミムネルモス「断」*11*
スコパス一族　Skopadai　テッサリアの支配者スコパスの富裕な一門。抒情詩人シモニデスは一時、この一族に寄寓していた。　クリティアス「断」*8*
ステシコロス　Stēsikhoros　シケリア島出身の抒情詩人（前632／29頃―556／50年頃）。　テュルタイオス「断」*13;* ミムネルモス「証」*8,*「断」*20*
ステニュクレリオン　Stenyklērion　メッセニア地方の北方にある平原。　詩人名不詳「断」*17*
ステネロス　Sthenelos　神話において、テーバイ攻めの七将の1人カパネウスの息子。　ミムネルモス「断」*22*
スパルタ　Spartā　ペロポンネソス半島東南部ラコニア地方のポリス。ラケダ

イモンともいう。　テュルタイオス「証」6-7,「断」2, 4, 6; テオグニス785; クリティアス「断」6
スポラデス諸島　Sporades　エーゲ海中部、小アジアとクレタ島の間に散在する島々。　ポキュリデス「断」1
スミュルナ　Smyrnā　小アジア西岸のイオニア地方のギリシア植民都市。　カリノス「断」2-2a; ミムネルモス「証」1,「断」9, 13; テオグニス1104
ゼウス　Zeus　ギリシアの最高神。クロノスとレアの末子。　カリノス「断」2; テュルタイオス「断」2, 4, 11, 18; ミムネルモス「断」2, 4, 13, 26; ソロン「断」4, 13, 31; テオグニス1, 11, 15, 25, 157, 197, 231, 285, 337, 341, 373, 731, 757, 804, 851, 894, 1045, 1120, 1346, 1387; クセノパネス「断」2; 詩人名不詳「断」21, 62
ゼノン　Zēnōn　タルソス出身の前3世紀末のストア派の哲学者。クリュシッポスの弟子。　エウエノス「証」3
ソクラテス　Sōkratēs　アテナイ出身の哲学者（前469頃―399年）。プラトンの師。　ソロン「断」29; ディオニュシオス・カルクス「断」6; エウエノス「証」5-6, 8; クリティアス「証」2
ソダモス　Sōdamos　「度を越すことなかれ」という格言を言い始めたとされるテゲア出身とおぼしき人物。　クリティアス「断」7
ソプロシュネ　Sōphrosynē　「節度」の意味の擬人化された女神。　クリティアス「断」6
ソプロン　Sōphrōn　ミーモス劇というギリシアの短い笑劇の作家（前470頃―400年頃）。　エウエノス「証」9
ソポクレス　Sophoklēs　三大悲劇詩人の1人（前496頃―406年頃）。　ポキュリデス「証」2
ソロイ　Soloi　ソロンに因んで命名された、キリキアおよびキュプロスにあるポリス。　ソロン「証」1,「断」19
ソロン　Solōn　アテナイの立法家、詩人。七賢人の1人（前639頃―559年頃）。　ミムネルモス「断」6; ソロン「証」1,「断」1, 4-4a, 4c-4b, 5-7, 9-11, 13-19, 21-22a, 25-27, 30-34, 37-41, 43, 45; クリティアス「証」1

タ　行

ダイテス　Daitēs　「食べる人々」の意。あるいは、ミムネルモスの詩で言及されたとされるトロイアの英雄。　ミムネルモス「断」18
ダイモン　Daimōn　「神、神霊」を意味する語。　テオグニス149, 165, 350, 381, 638, 1087, 1348; ポキュリデス「断」16
ダウヌス　Daunus　イタリア東南部アプリア地方の伝説的な王。　ミムネルモス「断」22
タソス　Thasos　エーゲ海の最北の、トラキアの対岸に位置する島。　カリノス「証」1
ダプネイオス　Daphnaeos　プルタルコス『エロス談義』に登場する人物。　ソロン「断」25
タユゲトス　Tāÿgetos　ペロポンネソス半島のラコニア地方を南北に走る山脈。　テオグニス879
タルタロス　Tartaros　冥界（ハデス）の最深部にある「奈落の底」の擬人神。　テオグニス1036
タレス　Thalēs　ミレトス出身のギリシア最初の哲学者（前636／24頃―546年頃）。　クセノパネス「証」1
タンタロス　Tantalos　ペロポンネソス半島の名祖となったペロプスの父。　テュルタイオス「断」12
ディオティマ　Diotīmā　プラトンの『饗宴』に登場する前5世紀の女性哲学者、巫女。　エウエノス「証」8
ディオニュシオス（・カルクス）　Dionȳsios ho Khalkūs　前5世紀中頃のアテナイの弁論家、エレゲイア詩人。　ディオニュシオス・カルクス「証」1-4,「断」1-4, 5-7
ディオニュソス　Dionȳsos　ワイン、葡萄、演劇などの神。バッコスとも呼ばれる。　ソロン「断」26; テオグニス976; ディオニュシオス・カルクス

「断」*5*
ディオメデス　Diomēdēs　トロイア戦争に参加したアイトリアスの王。ギリシア勢ではアキレウスに次ぐ英雄。女神アプロディテを槍で突いて敗走させた。　ミムネルモス「断」*22*
ディケ　Dikē　「正義」を擬人化した女神。　ソロン「断」*4*
ティタン族　Tītān　天空（ウラノス）と大地（ガイア）から生まれた神族。次世代のオリュンポス神族との戦いで敗れた。　クセノパネス「断」*1*
ディデュモス　Didymos　アレクサンドレイア出身の文献学者、註釈家（前80／63頃—10年頃）。　テオグニス「証」*3*
ティトノス　Tīthōnos　神話中の人物。トロイア王プリアモスの兄。曙の女神が一目惚れしたほどの美男子。　テュルタイオス「断」*12;* ミムネルモス「断」*4*
デイノン　Deinōn　詳細不明の人物。同名の息子を殺した男。　詩人名不詳「断」*9*
ティマゴラス　Tīmagorās　詳細不明の人物。　テオグニス*1059*
ティモクラテス　Tīmokrates　アテナイオス『食卓の賢人たち』の宴の列席者。　ディオニュシオス・カルクス「断」*6*
ティモクリトス　Tīmokritos　アイトリアとの戦いで戦死したスパルタ兵。　テュルタイオス「証」*9*
ティモン　Tīmōn　ギリシアの懐疑派の哲学者、諷刺詩人（前320頃—230年頃）。諷刺詩『シロイ』の作者。　クセノパネス「証」*1*
テウクロイ　Teukroi　トロイア人のこと。　カリノス「証」*4*
テオグニス　Theognis　エレゲイア詩人（前570年頃—？）。メガラ出身のエレゲイア詩人。　ソロン「断」*24, 45;* テオグニス「証」*1-6,* テオグニス*22;* ポキュリデス「証」*1*
テオス　Teōs　イオニア地方の港湾都市。詩人アナクレオンの出身地。　クリティアス「断」*1*
テオティモス　Theotīmos　「神（テオス）から名誉（ティーメー）を得る者」を意味し、タユゲトスの山麓で葡萄を植えた老人の名。　テオグニス*881*
テオドロス　Theodōros　前460頃生まれの数学者、ピュタゴラス派の哲学者。プラトンの師。　エウエノス「証」*8*
テオドロス　Theodōros　アテナイオス『食卓の賢人たち』に登場するキュヌルコスの本名。　ディオニュシオス・カルクス「断」*2*
テオポンポス　Theopompos　キオス出身の歴史家（前378／77頃—320年頃）。カリノス「断」*4;* クセノパネス「断」*3*
テオポンポス　Theopompos　スパルタの王（在位・前720頃—675／70年頃）。その治下に第1次メッセニア戦争が終結した（前710年頃）。　テュルタイオス「断」*4-5*
テオン　Theōn　アウグストゥス時代の文法学者。悲劇と喜劇の百科事典を編纂し、多くの詩人の註釈書を著わした。　ミムネルモス「断」*20*
デクシオス　Dexios　哲学者、詩人クセノパネスの父親の名。　クセノパネス「証」*1*
テゲア　Tegeā　ペロポンネソス半島中央部にあるアルカディア地方東南部のポリス。　クリティアス「断」*7*
テスピアイ　Thespiai　ボイオティア地方、ヘリコン山東麓のポリス。テスペイアともいう。　ピリアダス「証」*1*
テスペイア　Thepeia　→テスピアイ
テセウス　Thēseus　神話におけるアテナイの英雄。アイゲウスの子。　テオグニス*1233*
テッサリア　Thessaliā　ギリシア東北部の地方名。　クリティアス「断」*2;* 詩人名不詳「断」*61*
テーバイ　Thēbai　ギリシア中東部ボイオティア地方の主要都市。　テオグニス*1209;* クリティアス「証」*3,*「断」*2*
テミストクレス　Themistoklēs　アテナ

ナ　行

であったが、前612年にメディア人に滅ぼされた。　ポキュリデス「断」*4*
ニュンペ　Nymphē　山川草木や泉などの精。若い女性の姿で表わされる。エウエノス「断」*2*
ネオプトレモス　Neoptolemos　英雄アキレウスの子。『ネオプトレモス』は作者不明の悲劇作品。　ミムネルモス「断」*25*
ネストル　Nestōr　ピュロス王ネレウスの末子。トロイア戦争に出陣した伝説上のピュロス王。　テオグニス*714*
ネレウス　Nēleus　メッセニア沿岸の町ピュロスを建設した伝説上の王。　ミムネルモス「断」*9*

ハ　行
パイアクス　Phaiax　アテナイのアカルナイ区出身の裕福な人物。　ディオニュシオス・カルクス「断」*4*
パイエオン　Paiēōn　病気治癒の神。しばしばアポロンと同一視される。　ソロン「断」*13*
パイオニア　Paioniā　マケドニア北部の地方名。その住民であるパイオネス人の出陣はホメロス『イリアス』でも言及される（第2歌848行、第16歌287行以降、第21歌155行）。　ミムネルモス「断」*17*
パウサニアス　Pausaniās　スパルタ王レオニダス1世の甥（前515／10頃―467年頃）。前480年頃より摂政。479年のプラタイアの戦いで司令官をつとめ、アカイメネス朝ペルシア軍を破った。テュルタイオス「証」*8*
バッコス　Bakkhos　酒神ディオニュソスの異名。　エウエノス「断」*2*
ハデス　Hādēs　クロノスとレアの子。黄泉の国の王。転じて「冥界」も意味する。　テュルタイオス「断」*12;* ミムネルモス「断」*2;* テオグニス*244, 427*
バビュカ　Babyka　おそらくペロポンネソス半島南部を流れるエウロタス川の支流。　テュルタイオス「断」*4*
ハマクシトス　Hamaxitos　トロイアの南方、レクトン岬のやや北にある場所。　カリノス「証」*4*
パラス　Pallas　女神アテナの異名。パラス・アテナといった呼び方をする。ミムネルモス「断」*14;* ソロン「断」*4*
ハルピュイア　Harpyia　人をさらう疾風の精。半ば鳥、半ば女性としてイメージされた。　テオグニス*715*
パルメニデス　Parmenidēs　ギリシアの哲学者（前515／10頃―450年以降）。エレア学派の開祖。　ポキュリデス「証」*2*
パロス　Paros　エーゲ海南部キュクラデス諸島に属する島。すぐ東のナクソス島に次ぐ大きさ。　エウエノス「証」*1, 5, 7,*「断」*1*
パロン　Parōn　前6／5世紀のピュタゴラス派の哲学者。　エウエノス「断」*9a*
パンタレオン　Pantaleōn　第2次メッセニア戦争におけるピサ人の将軍。テュルタイオス「断」*8*
パンピュロイ　Pamphȳloi　ドリス地方の三部族の一つ。　テュルタイオス「断」*19*
ビアス　Biās　七賢人の1人。プリエネ出身の政治家、哲学者（前600／590頃―530年頃）。　デモドコス「断」*6*
ピエリア　Pīeriā　オリュンポス山北麓の地域。ムーサたちの生誕地。　ソロン「断」*13*
ヒエロン　Hierōn　ディニュシオス・カルクスの子と自称し、ニキアスの家で育った人物。　ディオニュシオス・カルクス「証」*1*
ピサ　Pīsa　ペロポンネソス半島西部ピサティス地方のポリス。競技祭の地オリュンピアのすぐ近くにあり、しばしばオリュンピアと混同された。　テュルタイオス「断」*8;* クセノパネス「断」*2*
ヒスパニア　Hispānia　イベリア半島全域を指す。　ポキュリデス「証」*3*
ヒッポナクス　Hippōnax　イアンボス詩を創始したエペソス出身の諷刺詩人（前550頃―500年頃）。　ミムネルモス

「証」*7*
ヒッポニコス　Hipponikos　アテナイの笛の名手カリアスの父。　クリティアス「証」*3*
ヒュギエイア　Hyieia　「健康」を擬人化した女神。　クリティアス「断」*6*
ピュタゴラス　Pȳthagorās　サモス出身の哲学者、宗教家（前582／81頃または572頃—497／96年頃）。霊魂の不滅、輪廻転生などを説いた。　クセノパネス「証」*1,*「断」*7-7a;* エウエノス「断」*9a*
ピュティア　Pȳthiā　デルポイのアポロン神殿で神の言葉を伝える巫女。　テュルタイオス「断」*4*
ピュト　Pȳthō　アポロンの聖地デルポイの古称。　テュルタイオス「断」*4*
ヒュペリオン　Hyperīōn　太陽神エエリオスや曙の女神エオスの父。　ミムネルモス「断」*12*
ヒュペレイデス　Hypereidēs　アテナイの雄弁家、政治家（前390／89—322年）。　エウエノス「証」*1*
ピュラルコス　Phȳlarkhos　前3世紀後半に活躍したギリシアの歴史家。　クセノパネス「断」*3*
ヒュレイス　Hylleis　ドリス地方の三部族の一つ。　テュルタイオス「断」*19*
ピュロス　Pylos　ペロポンネソス半島西岸メッセニア地方のポリス。　ミムネルモス「断」*9-10*
ピリアダス　Philiadas　前480年頃のメガラ出身のエレゲイア詩人。　ピリアダス「証」*1*
ピリタス　Philītās　コス島出身の詩人、文法学者（前340頃—285年頃）。恋愛エレゲイア詩で名高い。ピレタスともいう。　ミムネルモス「証」*10*
ピリッポス　Philippos　アレクサンドロス大王の父。マケドニア王ピリッポス2世（前382—336年）。　詩人名不詳「断」*12*
ピロキュプロス　Philokypros　キュプロス島の王の1人。ソロンの忠告に従ってソロイの町を建設した。　ソロン「断」*19*
ピロコロス　Philokhoros　前340頃生まれのアテナイ出身の歴史家。　テュルタイオス「証」*10,*「断」*2*
ピンダロス　Pindaros　テーバイ出身の著名な抒情詩人（前522／18—442／38年頃）。四大祭典競技会の優勝者をたたえる祝勝歌などが残る。　ミムネルモス「断」*19-20*
フェニキア人　Phoinikes　地中海の東端の沿岸地帯（現・レバノン）のポイニケ（Phoinīkē）の住民。海上貿易で活躍し、ギリシアに文字を伝えたと言われる。　クリティアス「断」*2*
プラタニストス　Platanistos　詳細不明のおそらく地名、あるいは「鈴懸木の森」の意の普通名詞。　テオグニス*882*
プラトン　Platōn　ギリシアの著名な哲学者（前429／427頃—347年）。　ソロン「断」*22a, 26;* テオグニス「証」*3-4;* ディオニュシオス・カルクス「断」*6;* エウエノス「証」*1;* クリティアス「証」*1*
プリエネ　Priēnē　小アジア西岸、イオニア地方の都市。マイアンドロス川の旧河口に位置する。　デモドコス「断」*6*
プルトス　Plūtos　「富」を擬人化した神。　テオグニス*523, 1117*
プロクレス　Proklēs　詳細不明の人物。　ポキュリデス「断」*1;* デモドコス「断」*2*
ブロミオス　Bromios　酒神ディオニュソスの異名。　ディオニュシオス・カルクス「断」*3;* クリティアス「断」*1*
ペイシストラトス　Peisistratos　アテナイの僭主（在位・前561頃—527年）。　ソロン「証」*1,*「断」*9-11*
ペイドン　Pheidōn　前8—7世紀頃のアルゴスの王。ギリシア本土で初めて貨幣を鋳造した。　クセノパネス「断」*4*
ヘシオドス　Hēsiodos　前8世紀末頃の叙事詩人。『神統記』と『仕事と日』が現存する。　テュルタイオス「断」*13;* ミムネルモス「証」*8;* ソロン「断」

17; テオグニス「証」5; クセノパネス「証」1

ヘスペリデス　Hesperides　「黄昏の娘たち」の意。ギリシア神話中、世界の西のかなたのヘスペリデスの園で、ゼウスとヘラが結婚祝いに得た黄金の林檎を守る3（—7）人の姉妹たち。　ミムネルモス「断」12

ペニエ　Peniē　「貧困、貧乏」を擬人化した女神。　テオグニス267, 351, 649

ペネロペ　Pēnelopē　オデュッセウスの妻。　テオグニス1126, 1127

ヘパイストス　Hēphaistos　火と鍛冶の神。ゼウスとヘラの子。　ミムネルモス「断」12; ソロン「断」13

ヘラ　Hērā　クロノスとレアの娘。ゼウスの妻。結婚の女神。　テュルタイオス「断」2; ミムネルモス「断」21-22

ヘラクレイア　Hērakleia　英雄ヘラクレスによって創建されたと伝えられる各地にあった都市。　クリティアス「証」3

ヘラクレス　Hēraklēs　ギリシア神話における最大の英雄。ゼウスの子。数々の難業を完遂した。　テュルタイオス「断」2, 11

ペリアス　Peliās　イアソンの父アイソンの異父兄弟。アイソンからテッサリアの王位を奪った。　ミムネルモス「断」11

ヘリオス　Hēlios　太陽神エエリオスのこと。　ミムネルモス「断」12

ペリクティオネ　Periktionē　哲学者プラトンの母。　クリティアス「証」1

ペリクリュメノス　Periklymenos　海神ポセイドンの子。　ミムネルモス「断」21

ヘリコン　Helikōn　ボイオティア地方西南の山（標高約1750メートル）。ムーサたちの聖地。　ピリアダス「証」1

ペルシア人　Persai　イラン高原全体をおおう地域の住民。前6世紀中葉以降、大帝国を建設し、オリエントに君臨した。　ピリアダス「証」1

ペルセポネ　Persephonē　ゼウスとデメテルの娘。ハデスに誘拐され、冥界の女王となった。　テオグニス704, 705, 974, 1296

ヘルメシアナクス　Hermēsianax　前4世紀末—3世紀初頭のコロポン出身のエレゲイア詩人。恋人の遊女レオンティオンに捧げたエレゲイア詩集『レオンティオン』が断片で残る。　ミムネルモス「証」3

ヘルモス　Hermos　小アジアのプリュギア地方を源とし、スミュルナの北でエーゲ海に注ぐ川。　ミムネルモス「断」14

ヘルモビオス　Hermobios　詳細不明の人物。詩人ミムネルモスが口説こうとしていた少年か。　ミムネルモス「証」4

ペレクレス　Phereklēs　詳細不明の人物。ミムネルモスの恋敵か。　ミムネルモス「証」4

ヘレスポントス　Hellēspontos　エーゲ海とマルマラ海を結ぶ狭い海峡。現・チャナッカレ海峡。　詩人名不詳「断」20

ペロプス　Pelops　ピサの伝説的な王。ペロポンネソスは「ペロプスの島」を意味する。　テュルタイオス「断」2, 12; テオグニス774

ペロポンネソス　Peloponnēsos　コリントスの地峡部よりも西にある大きな半島。　テュルタイオス「証」7

ボイオティア　Boiōtiā　中部ギリシアの地方名。　ピリアダス「証」1

ポイボス　Phoibos　アポロン神の異称。「光り輝く者」の意。　テュルタイオス「断」4; テオグニス5, 773, 781, 1119

ポキュリデス　Phōkylidēs　ミレトス出身のエレゲイア詩人。前544—541年に男盛り。　ミムネルモス「証」8; テオグニス「証」5; ポキュリデス「証」1-3,「断」1-9, 11-16

ポコス　Phōkos　詳細不明の人物。　ソロン「断」32

ポセイドン　Poseidōn　海、馬、地震の神。　テオグニス692

ポトネ　Pōtōnē　一説によると、哲学者

プラトンの母の名。　クリティアス「証」*1*
ポプリコラス　Poplikolās　前6世紀末に活躍したローマの伝説的な政治家プブリウス・ウァレリウスのこと。「民衆の友」を意味するあだ名。　ソロン「断」*21*
ホメリダイ　Homēridai「ホメロスの後裔」を意味し、ホメロス叙事詩を朗唱しながら各地を放浪した。　ディオニュシオス・カルクス「断」*4*
ホメロス　Homēros　前8世紀の叙事詩人。『イリアス』『オデュッセイア』の作者とされる。　カリノス「証」*3;* テュルタイオス「証」*12,*「断」*13;* ミムネルモス「証」*8, 12,*「断」*19;* ポキュリデス「断」*4;* クセノパネス「証」*1*
ポリュデウケス　Polydeukēs　ゼウスとスパルタ王妃レダの子。カストルとともに双子の神。　テオグニス*1087*
ポリュドロス　Polydōros　前8世紀後期から前7世紀前半頃のスパルタの王。　テュルタイオス「断」*4*
ポリュパオス　Polypaos　エレゲイア詩人テオグニスの恋人キュルノスの父の名。　テオグニス*25, 57, 61, 79, 129, 143, 191, 541, 1197*
ボレアス　Boreās「北風」の擬人化。　テュルタイオス「断」*12;* テオグニス*716*
ポレガンドロス　Pholegandros　エーゲ海の南方にあるキュクラデス諸島の非常に小さな島。　ソロン「断」*2*
ポンティアノス　Pontianos　アテナイオス『食卓の賢人たち』に登場する哲学者。　ディオニュシオス・カルクス「断」*5*
ポントス　Pontos　小アジアの東北部、黒海南岸の東部の地方名。　クリティアス「証」*3*
ポンペイウス　Pompēius　ローマ共和政末期の政治家、軍人（前106―48年）。　ポキュリデス「証」*3*

マ　行

マグネシア　Magnēsiā　イオニア地方のマイアンドロス川下流北側のポリス。　カリノス「証」*1;* テオグニス*603, 1103*
マケドニア　Makedoniā　ギリシアの北東に隣接する地方。　詩人名不詳「断」*12*
マラトン　Marathōn　アッティカ地方北東部にある第2次ペルシア戦争の戦場。マラトンの戦い（前490年）でギリシア軍は大勝した。　クリティアス「断」*2*
マルス　Mārs　ローマの軍神。ギリシア神話のアレスにあたる。　テュルタイオス「証」*12*
マルティアリス　Mārtiālis　ローマ帝政期の諷刺詩人（後40頃―104年頃）。　エウエノス「証」*4*
ミダス　Midās　小アジアのプリュギア地方のなかば伝説上の王。　テュルタイオス「断」*12*
ミムネルモス　Mimnermos　コロポンまたはスミュルナ出身のエレゲイア詩人。前632―629年に男盛りの時期を迎えた。　カリノス「証」*2;* ミムネルモス「証」*1-12,*「断」*1-11, 12-15, 17-22, 24-26;* ソロン「断」*21*
ミュルティロス　Myrtilos　アテナイオス『食卓の賢人たち』に登場するテッサリア出身の修辞学者。　アシオス「断」*14*
ミレトス　Mīlētos　小アジア西岸マイアンドロス河口に位置し、前7―6世紀に栄えたギリシア系都市。　カリノス「証」*1;* テュルタイオス「証」*1;* ポキュリデス「証」*1,*「断」*5;* デモドコス「証」*1,*「断」*1;* クリティアス「断」*2*
ムーサ　Mūsa　文芸や学問などを守護する9柱の女神。複数形はムーサイ（Mūsai）。　テュルタイオス「証」*9;* ミムネルモス「断」*13;* ソロン「断」*13, 26;* テオグニス*15, 250, 769, 1056, 1057;* ディオニュシオス・カルクス「断」*4*
ムサイオス　Mūsaios　オルペウスの弟子と見なされたなかば伝説的な詩人。

クリティアス「証」*4*
ムネモシュネ　Mnēmosynē　「記憶」を擬人化した女神。ゼウスとの間に9柱のムーサたちを生んだ。　ソロン「断」*13*
メオニア　Mēonia　リュディア地方の古名。　カリノス「証」*5*
メガラ　Megara　コリントス地峡東方のポリス。シケリアその他に同名のポリスがあった。　テオグニス「証」*1-4, 6,* テオグニス*22;* ピリアダス「証」*1;* 詩人名不詳「断」*1, 5*
メッセニア　Messēniā　ペロポンネソス半島南西部の地方名。　テュルタイオス「証」*1, 3, 6, 10,*「断」*1, 5-9*
メッセネ　Messēnē　メッセニア地方の首都。　テュルタイオス「証」*1,*「断」*5*
メディア人　Mēdoi　ペルシア人を指す。メディア（Mēdiā）はイラン北西部の地名、民族名、王国名。　テオグニス*764, 775*
メテュムナ　Mēthymna　レスボス島北岸にある港湾都市。　ソロン「断」*30a*
メナンドロス　Menandros　絶大な人気を博したギリシアの新喜劇詩人（前342／41―292／91年）。　エウエノス「証」*4*
メレス　Melēs　詳細不明の人物。　アシオス「断」*14*
メロス　Mēlos　エーゲ海南西部キュクラデス諸島の島。　テオグニス*672*
モイラ　Moira　元来は「割り当て」の意。「死の運命」あるいは「宿命」を意味する。　カリノス「断」*1;* テュルタイオス「断」*7;* ミムネルモス「断」*6;* ソロン「断」*20;* テオグニス*606, 1188*
モイライ　Moirai　モイラの複数形。人の運命を紡ぎ、割り当てる3柱の女神。　カリノス「断」*1*

ラ　行

ラエウィウス　Laevius　ローマで最初の恋愛詩人（前2世紀ないしは前1世紀初頭）。　エウエノス「証」*4*
ラオダマス　Lāodamās　伝説中の人物。オイディプス王の子エテオクレスの息子。　ミムネルモス「断」*21*
ラケダイモン　Lakedaimōn　スパルタの別名。　テュルタイオス「証」*2-8, 10,*「断」*1, 5-6, 8-10;* テオグニス「証」*3,* テオグニス*1087;* クリティアス「証」*3,*「断」*6-8;* 詩人名不詳「断」*17*
ラコニア　Lakōniā　ペロポンネソス半島南東部の地方名。中心的なポリスはスパルタ。　テュルタイオス「証」*1, 9-10, 13;* テオグニス*1002*
ラソス　Lāsos　前6世紀後半のギリシアの音楽家、詩人。　ミムネルモス「断」*19*
ラダマンテュス　Rhadamanthys　ゼウスとエウロペの子。冥界で死者を裁く裁判官の1人。　テオグニス*701*
ランポン　Lampōn　前5世紀中頃のアテナイの著名な神託解釈者、宗教的権威。　ディオニュシオス・カルクス「証」*2*
リギュアイスタデス　Ligyaistadēs　→リギュアスタデス
リギュアスタデス　Ligyāstadēs　ミムネルモスのあだ名。「澄んだ声の持ち主」の意。　ミムネルモス「証」*1;* ソロン「断」*20*
リギュルテュアデス　Ligyrtyadēs　エレゲイア詩人ミムネルモスの父。　ミムネルモス「証」*1*
リュキア　Lykiā　小アジア西南部の沿岸地方。　カリノス「証」*5*
リュクルゴス　Lykūrgos　前9／8世紀のスパルタの伝説的な王。神託により、スパルタに法律（レートラー）を授けたという。　テュルタイオス「断」*4*
リュデ　Lȳdē　詩人アンティマコスの恋人。　ミムネルモス「証」*5*
リュディア　Lȳdiā　小アジア西部にある地方名。　ミムネルモス「断」*13, 14;* クセノパネス「断」*3-4;* クリティアス「断」*6*
レオニダス　Leōnidās　スパルタの王。　テュルタイオス「証」*11*

レオニデス　Leōnidēs　アテナイオス『食卓の賢人たち』の登場人物。　エウエノス「断」*1*
レオンティオン　Leontion　エレゲイア詩人ヘルメシアナクスの恋人の遊女（ヘタイラー）。　ミムネルモス「証」*3*
レオンティノイ　Leontīnoi　シケリア島東部のギリシア人都市。　クリティアス「断」*8*
レスボス　Lesbos　エーゲ海東北部の大島。女性詩人サッポーの出身地として名高い。　クセノパネス「証」*1*
レタイオス　Lēthaios　小アジア西部を流れるマイアンドロス川の支流。　テオグニス*1216*
レト　Lētō　アポロン神とアルテミス女神の母。　テオグニス*1, 5, 1119*
レビントス　Lebinthos　小アジア南西沿岸のスポラデス諸島に属する小島。　ポキュリデス「断」*1*
レラントス　Lēlantos　エウボイアの平原。カルキスに近く、ケリントスよりも南にある。　テオグニス*892*
レロス　Leros　小アジア南西沿岸のスポラデス諸島に属し、サモス島の南方に位置する島。　ポキュリデス「断」*1*; デモドコス「証」*1*,「断」*6*
ロドス　Rhodos　エーゲ海東南端の大きな島。クニドスの南方にある。　詩人名不詳「断」*7*

訳者略歴

西村賀子（にしむら　よしこ）

和歌山県立医科大学教授
一九五三年　大阪市生まれ
一九八二年　京都大学大学院文学研究科博士後期課程満期中退
中京短期大学講師、市邨学園短期大学助教授、名古屋経済大学教授を経て現職

主な著訳書
『ホメロス「オデュッセイア」――〈戦争〉を後にした英雄の歌』（岩波書店）
『近代精神と古典解釈』（共著、国際高等研究所）
『ギリシア喜劇全集』別巻（共著、岩波書店）
『比較神話の鳥瞰図』（共著、大和書房）
『ギリシア神話――神々と英雄に出会う』（中公新書）
『魔女の文明史』（共著、八坂書房）
『太陽神の研究【下巻】』（共著、リトン）
『世界の神話１０１』（共著、新書館）
『創成神話の研究』（共著、リトン）
『ギリシア喜劇全集』第４巻（共訳、岩波書店）
『イソップ風寓話集』（共訳、国文社）
『古典の継承者たち』（共訳、国文社）
『ギリシア悲劇全集』第11・12巻（共訳、岩波書店）

エレゲイア詩《し》集《しゅう》　西洋古典叢書　２０１５第４回配本

二〇一五年十一月二十日　初版第一刷発行

訳　者　西《にし》村《むら》賀《よし》子《こ》

発行者　末　原　達　郎

発行所　京都大学学術出版会
606-8315 京都市左京区吉田近衛町六九 京都大学吉田南構内
電　話　〇七五-七六一-六一八二
ＦＡＸ　〇七五-七六一-六一九〇
http://www.kyoto-up.or.jp/

印刷／製本・亜細亜印刷株式会社

ISBN978-4-87698-913-3

定価はカバーに表示してあります

西洋古典叢書 ［第Ⅰ～Ⅳ期、2011～2014］既刊全113冊（税別）

【ギリシア古典篇】

アイスキネス　弁論集　木曾明子訳　4200円
アキレウス・タティオス　レウキッペとクレイトポン　中谷彩一郎訳　3100円
アテナイオス　食卓の賢人たち 1　柳沼重剛訳　3800円
アテナイオス　食卓の賢人たち 2　柳沼重剛訳　3800円
アテナイオス　食卓の賢人たち 3　柳沼重剛訳　4000円
アテナイオス　食卓の賢人たち 4　柳沼重剛訳　3800円
アテナイオス　食卓の賢人たち 5　柳沼重剛訳　4000円
アラトス／ニカンドロス／オッピアノス　ギリシア教訓叙事詩集　伊藤照夫訳　4300円
アリストクセノス／プトレマイオス　古代音楽論集　山本建郎訳　3600円
アリストテレス　政治学　牛田徳子訳　4200円
アリストテレス　生成と消滅について　池田康男訳　3100円
アリストテレス　魂について　中畑正志訳　3200円

アリストテレス　天について　池田康男訳　3000円
アリストテレス　動物部分論他　坂下浩司訳　4500円
アリストテレス　トピカ　池田康男訳　3800円
アリストテレス　ニコマコス倫理学　朴　一功訳　4700円
アルクマン他　ギリシア合唱抒情詩集　丹下和彦訳　4500円
アルビノス他　プラトン哲学入門　中畑正志訳　4100円
アンティポン／アンドキデス　弁論集　高畠純夫訳　3700円
イアンブリコス　ピタゴラス的生き方　水地宗明訳　3600円
イソクラテス　弁論集　1　小池澄夫訳　3200円
イソクラテス　弁論集　2　小池澄夫訳　3600円
エウセビオス　コンスタンティヌスの生涯　秦　剛平訳　3700円
エウリピデス　悲劇全集　1　丹下和彦訳　4200円
エウリピデス　悲劇全集　2　丹下和彦訳　4200円
エウリピデス　悲劇全集　3　丹下和彦訳　4600円
エウリピデス　悲劇全集　4　丹下和彦訳　4800円

ガレノス　解剖学論集　坂井建雄・池田黎太郎・澤井　直訳　3100円
ガレノス　自然の機能について　種山恭子訳　3000円
ガレノス　ヒッポクラテスとプラトンの学説　1　内山勝利・木原志乃訳　3200円
クセノポン　キュロスの教育　松本仁助訳　3600円
クセノポン　ギリシア史　1　根本英世訳　2800円
クセノポン　ギリシア史　2　根本英世訳　3000円
クセノポン　小品集　松本仁助訳　3200円
クセノポン　ソクラテス言行録　1　内山勝利訳　3200円
セクストス・エンペイリコス　ピュロン主義哲学の概要　金山弥平・金山万里子訳　3800円
セクストス・エンペイリコス　学者たちへの論駁　1　金山弥平・金山万里子訳　3600円
セクストス・エンペイリコス　学者たちへの論駁　2　金山弥平・金山万里子訳　4400円
セクストス・エンペイリコス　学者たちへの論駁　3　金山弥平・金山万里子訳　4600円
ゼノン他　初期ストア派断片集　1　中川純男訳　3600円
クリュシッポス　初期ストア派断片集　2　水落健治・山口義久訳　4800円
クリュシッポス　初期ストア派断片集　3　山口義久訳　4200円

クリュシッポス　初期ストア派断片集　4　中川純男・山口義久訳　3500円
クリュシッポス他　初期ストア派断片集　5　中川純男・山口義久訳　3500円
テオクリトス　牧歌　古澤ゆう子訳　3000円
テオプラストス　植物誌　1　小川洋子訳　4700円
テオプラストス　植物誌　2　小川洋子訳　5000円
ディオニュシオス／デメトリオス　修辞学論集　木曾明子・戸高和弘・渡辺浩司訳　4600円
ディオン・クリュソストモス　トロイア陥落せず――弁論集　2　内田次信訳　3300円
デモステネス　弁論集　1　加来彰俊・北嶋美雪・杉山晃太郎・田中美知太郎・北野雅弘訳　5000円
デモステネス　弁論集　2　木曾明子訳　4500円
デモステネス　弁論集　3　北嶋美雪・木曾明子・杉山晃太郎訳　3600円
デモステネス　弁論集　4　木曾明子・杉山晃太郎訳　3600円
トゥキュディデス　歴史　1　藤縄謙三訳　4200円
トゥキュディデス　歴史　2　城江良和訳　4400円
ピロストラトス／エウナピオス　哲学者・ソフィスト列伝　戸塚七郎・金子佳司訳　3700円
ピロストラトス　テュアナのアポロニオス伝　1　秦　剛平訳　3700円

ピンダロス　祝勝歌集／断片選　内田次信訳　4400円
フィロン　フラックスへの反論／ガイウスへの使節　秦　剛平訳　3200円
プラトン　エウテュデモス／クレイトポン　朴　一功訳　2800円
プラトン　饗宴／パイドン　朴　一功訳　4300円
プラトン　ピレボス　山田道夫訳　3200円
プルタルコス　英雄伝　1　柳沼重剛訳　3900円
プルタルコス　英雄伝　2　柳沼重剛訳　3800円
プルタルコス　英雄伝　3　柳沼重剛訳　3900円
プルタルコス　モラリア　1　瀬口昌久訳　3400円
プルタルコス　モラリア　2　瀬口昌久訳　3300円
プルタルコス　モラリア　3　松本仁助訳　3700円
プルタルコス　モラリア　5　丸橋　裕訳　3700円
プルタルコス　モラリア　6　戸塚七郎訳　3400円
プルタルコス　モラリア　7　田中龍山訳　3700円
プルタルコス　モラリア　8　松本仁助訳　4200円

プルタルコス　モラリア　9　伊藤照夫訳　3400円
プルタルコス　モラリア　10　伊藤照夫訳　2800円
プルタルコス　モラリア　11　三浦　要訳　2800円
プルタルコス　モラリア　13　戸塚七郎訳　3400円
プルタルコス　モラリア　14　戸塚七郎訳　3000円
プルタルコス／ヘラクレイトス　古代ホメロス論集　内田次信訳　3800円
ヘシオドス　全作品　中務哲郎訳　4600円
ポリュビオス　歴史　1　城江良和訳　3700円
ポリュビオス　歴史　2　城江良和訳　3900円
ポリュビオス　歴史　3　城江良和訳　4700円
ポリュビオス　歴史　4　城江良和訳　4300円
マルクス・アウレリウス　自省録　水地宗明訳　3200円
リバニオス　書簡集　1　田中　創訳　5000円
リュシアス　弁論集　細井敦子・桜井万里子・安部素子訳　4200円
ルキアノス　食客——全集　3　丹下和彦訳　3400円

ルキアノス　偽預言者アレクサンドロス——全集 4　内田次信・戸田和弘・渡辺浩司訳　3500円

【ローマ古典篇】

ウェルギリウス　アエネーイス　岡　道男・高橋宏幸訳　4900円
ウェルギリウス　牧歌／農耕詩　小川正廣訳　2800円
ウェレイユス・パテルクルス　ローマ世界の歴史　西田卓生・高橋宏幸訳　2800円
オウィディウス　悲しみの歌／黒海からの手紙　木村健治訳　3800円
クインティリアヌス　弁論家の教育 1　森谷宇一・戸高和弘・渡辺浩司・伊達立晶訳　2800円
クインティリアヌス　弁論家の教育 2　森谷宇一・戸高和弘・渡辺浩司・伊達立晶訳　3500円
クインティリアヌス　弁論家の教育 3　森谷宇一・戸田和弘・吉田俊一郎訳　3500円
クルティウス・ルフス　アレクサンドロス大王伝　谷栄一郎・上村健二訳　4200円
スパルティアヌス他　ローマ皇帝群像 1　南川高志訳　3000円
スパルティアヌス他　ローマ皇帝群像 2　桑山由文・井上文則・南川高志訳　3400円
スパルティアヌス他　ローマ皇帝群像 3　桑山由文・井上文則訳　3500円
スパルティアヌス他　ローマ皇帝群像 4　井上文則訳　3700円